외면하는 벽

해냄

우리는 인간다운 것인가

'70년대 말은 근대화의 이념과 방법을 둘러싼 일대 변혁의 시대였다. 조정래의 문학은 이러한 시대적 변화에 적극 대응하는 모습을 보여준다. 70년대 말 그의 문학에서는 몇 가지 특징적인 면모가 엿보인다. 자본주의적 근대화의 허구성에 대한 비판, 유신 체제에 대한 우회적 비판, 밑바닥 민중에 대한 깊은 관심이 그것이다.

특히 이 시기의 조정래 문학이 집중적으로 천착하고 있는 주제는 바로 민중의 소외된 삶이거니와 이러한 민중 사랑의 마음은 『태백산맥』이나 『아리랑』에서 발전적으로 계승된다. 즉 이 대하소설들이 보여주는 한국 근·현대사에 대한 새로운 시각, 곧 민중 주체적 근대화의 가능성에 대한 집요한 탐색은 이때부터 시작된 셈이다.'

1999년 평론가 하정일 씨가 이 소설집의 작품들을 평한 글의 일부분이다.

1970년대 말, 유신의 탄압은 더더욱 가혹해지고, 잘 살고자 하는 욕구를 먹이 삼아 노동 착취는 갈수록 심해지고, 아파트로 상징되는 도시의 밀집된 삶은 서로 서로를 버리고 외면하며 몰인정한 세상으로 치달아가고……, 참 살벌하고 적막한 세월이었다.

그런데 2010년대인 지금은 어떠한가. 세월의 강이 흘러흘러 장강이 되었으니 살 만한 세상이 되었는가. 우리가 좀더 인간다운 모습으로, 인간다운 대접을 받으면서, 인간답게 살고 있는 것인가? 나는 작가로서 무어라고 대답해야 좋을지 모르겠다.

저 70년대 말의 상황을 상상해 가며 여기 실려 있는 작품들을 읽어 나가면 독자들께서는 그 답을 어렵지 않게 찾게 되지 않을까 싶다.

"한정된 시간을 사는 동안 내가 해득할 수 있는 역사, 내가 처한 사회와 상황, 그리고 그 속의 삶의 아픔을 결코 외면하지 않을 것이다."

내가 서른두 살 때 쓴 글이다. 그동안 그렇게 살려고 노력해 왔고, 앞으로도 또 노력할 것이다.

2012년 4월

조정래

|차례|

비둘기

백골섬은 육지로부터 2킬로 남짓 떨어져 있었다. 추월도(秋月島)라는 엄연한 이름이 있는데도 그 섬은 백골섬으로 은밀하게 불려졌다. 사람들은 입에 올리기 두려워했고, 어쩌다 입에 올린다 하더라도 서로를 거울처럼 환히 들여다보는 사이가 아니고서는 어림도 없었다. 그러고서도 그들은 밀폐된 장소를 골랐고, 자신들도 모르는 사이에 목소리는 한사코 잦아드는 것이었다.

백골섬은 해안 총길이가 8킬로에 지나지 않는 조가비만한 섬이었다. 그런 하잘것없는 크기와는 달리 생김새는 험악하기 이를 데가 없었다. 섬 전체가 바위투성이였다. 아니,

커다란 바위가 바다 가운데 난데없이 불쑥 솟아난 것이 바로 백골섬이라고 해야 옳았다. 풍우에 씻길 대로 씻긴 그 바위섬은 청명한 날씨에는 유독 희게 모습을 드러내곤 했다. 짙푸른 바다 가운데 흰 모습을 남김없이 드러낸 그 바위섬은 언뜻 해골처럼 보이기도 했다.

그뿐만 아니라 해안은 그 어디에도 배를 댈 만한 곳이 없이 깎아지른 절벽이었다. 그 치솟은 암벽을 향하여 파도는 쉴새없이 밀려와 부딪혀 깨지며 흰 물거품을 무수히 토해내고 토해내고 했다. 그래서 바다와 면한 섬 가장자리로는 흰 꽃다발을 두른 듯했다. 먼발치에서 보여지는 이런 경치는 자못 경이로울 수도 있었다. 그러나 그 현장에서는 살인적인 흰 포말(泡沫)에 지나지 않았다. 거칠게 밀려온 파도는 암벽에 부딪혀 무수한 물거품을 토해내고는 다시 바다 쪽으로 떠밀려나간다. 그 물줄기는 뒤이어 밀려드는 파도와 부딪쳐 꿈틀하며 뒤섞인다. 밀려드는 파도는 주춤 기가 꺾이고 그 자리에서 물결의 어지러운 난류(亂流)가 생긴다. 그 어지러운 물결의 뒤섞임은 다시 밀려드는 파도에 실려 암벽을 향해 달린다. 이런 되풀이 속에 만약 배가 끼여든다면 무사하기는 어려울 것이다. 해안이 온통 절벽인 데다가 물살마저 이런 지경이니 사람이 섬에 접근한다는 것은 아예 불가능한 일이었다. 잘못 가까이 갔다가는 살아 돌아오기 어려운 이런 조건 때문에 백골섬이라고 불려진 것일까.

백골섬 바위 덩어리 윗부분에는 신기하게도 다복솔이 자라고 있었다. 어쩌다 각도가 이상하게 맞으면 백골섬은 번쩍번쩍 빛을 발할 때가 있었다. 햇빛을 그처럼 투명하게 반사시킬 수 있는 바위 덩어리로 된 백골섬에 어떻게 나무가 자랄 수 있을까. 나무의 푸르른 빛은 언제 어느 때나 안정과 평온을 주게 마련인 것이다. 그런데 백골섬의 그 다복솔은 꼭 '사무라이'의 머리채가 풍기는 것 같은 서늘한 살기를 지니고 있었다. 섬의 중앙부에 있는 것은 다복솔만이 아니었다. 나지막하게 집이 한 채 있었다. 그 집은 얼핏 보아서는 눈에 띄지 않았다. 솔숲과 같은 계통의 색깔을 칠했기 때문이었다.

사람들은 그 나지막한 집에 어떤 사람들이 살고 있는지 굳이 말하려 하지 않았다. 왜 그 집에 솔숲과 같은 계통의 색깔이 칠해져 있는지를 알려고 하지 않았다. 다복솔도 저절로 자라고 있는 것인지, 아니면 나지막한 초록색 집에 사는 사람들이 일부러 키우는 것인지도 관심 쓰지 않았다. 사람들은 아예 백골섬을 입에 올리려 하지 않았을 뿐 아니라 그쪽으로 얼굴마저 돌리기를 꺼려 하는 형편이었다.

백골섬에서 맞바라보이는 뭍에는 거의 사람이 살지 않았다. 아주 먼 이야기지만 섬 이름이 흉측하게 바뀌기 전에는 제법 큰 해변 도시가 형성되어 있었다. 그런데 어느 날 갑자기 어선 정박을 중지시켜 버렸다. 무슨 이유나 해명이 있은 것도 아니었다. 그 도시에는 갑자기 눅눅하고 습기 찬 바람이 뒤덮였다. 사람들의 표정에는 불평과 불만이 노골적으로 드러났다. 믿을 수 없는 소문이 날이 갈수록 눈덩어리로 커졌다. 누군가가 술자리에서 떠벌리다가 붙들려갔다는 소식이 꽤는 신중하게 퍼졌다. 사람들의 표정에는 어느새 불안과 긴장의 빛이 감돌기 시작했다. 그러는 사이 눈치 빠른 사람들은 하나씩 둘씩 도시를 떠나기 시작했다. 그건 끊어진 젖줄이 다시 이어질 수 없다는 확실한 증거였다. 도시에는 더욱 암울한 바람이 스산하게 불기 시작했다. 그리고 전처럼 아무렇게나 떠들어대는 사람도 볼 수 없었다. 그런데 틀틀틀틀…… 어설프고 맥빠지는 헬리콥터 소리가 들린 것은 이때쯤부터였다. 헬리콥터 소리는 자정이 지난 깊은 밤중에 들렸다. 그래서 처음에는 들은 사람보다 못 들은 사람들이 더 많았다. 헬리콥터 소리는 섬에 대해서 야릇한 소문을 뿌리기 시작했다. 사람들은 흘끗흘끗 눈치를 살펴가며 서로 그 알쏭달쏭한 소문을 확인하려고 보이지 않게 분주했다. 그러면서 도시를 등지는 사람들의 수효가 날로 늘어났다. 얼마가 지나고 나서 자정이 넘은 심야에 들리는 헬리콥터 소리를 듣지 못한 사람은 그 도시에 하나도 없었다. 누가 확인했는지는 모르지만 헬리콥터는 그 섬에 내려앉는다는 것이었다. 그리고 그 비행기에는 살아생전에 풀려날 길 없는 무겁고 몹쓸 죄를 진 죄인들이 실려온다고 했다. 그런데 더욱 놀라운 것은, 바위 덩어리를 속으로 파고 들어가 층층으로 감방을 만들었다는 것이다. 속에 방은 많지만 밖으로 연결된 출입구는 하나뿐이기 때문에 제아무리 홍길동 간을 열두 개 삶아먹은 놈도 달아날 방도가 없다고 했다. 설령 밖으로 나왔다 해도 사방은 빵빵 둘러 낭떠러지인 데다가 아래는 거친 파도가 혀를 널름대는 시퍼런 바다인 것이다.

사람들은 이런 소름 끼치는 소문에 짓눌려 잔뜩 주눅이 든 채로 남보다 먼저 도시를 떠나려고 몸부림쳤다. 도시가 유령의 소굴처럼 텅텅 비게 되었을 즈음에 그 섬의 이름도 백골섬으로 바뀌어 있었다.

엔진 소리가 차츰 약해지더니 몸이 철렁하는 충격이 왔다. 그는 어금니를 맞물며 길게 숨을 내뿜었다. 그건 한숨이 아니라 스스로에게 체념을 확인시키는 진정제였다.

"일어나, 내려!"

억센 손이 왼쪽 팔을 거칠게 붙들었다. 그는 엉거주춤 일어서다가 숨이 막히도록 확 끼쳐오는 매서운 바람에 휩싸였다. 그는 순간적으로 입맛을 다셨다. 소금기가 역연한 바닷바람이었다. 그는 설마 했다. 코를 벌름거리며 숨을 한껏

들이마셨다. 틀림없는 바닷바람이었다.

"뭘 꾸물거려!"

퉁명스런 목소리와 함께 팔을 낚아챘다. 그는 넘어질 뻔하다가 몸을 바로잡고는 발을 더듬더듬 내밀었다. 땅으로 내려섰다고 느끼는 순간 그는 멈칫했다. 고무신 바닥을 통해서 느껴지는 감촉은 아무래도 이상했다. 분명 땅이 아니었다. 그렇다고 아스팔트도 아니었다. 그는 발바닥에 힘을 가했다. 바위라는 느낌이 왔다.

"빨리 걸어!"

그는 끄는 대로 발을 옮겼다. 그때까지 헬리콥터의 프로펠러 소음은 그치지 않고 있었다. 바람 끝의 맵기가 칼날이었다. 몇 걸음을 떼어놓는 사이에 귀끝이 알키한 추위를 탔다.

"……!"

그는 보일 듯 말 듯 고개를 끄덕였다. 그는 코로 갯내음을 맡았을 뿐만 아니라 귀로 파도 소리까지 들은 것이다. 검은 눈가리개 속에서 이미 오래전부터 감고 있던 눈을 다시 감았다.

—여보, 어디든 면회 가겠어요. 건강하셔야 해요.

울부짖던 아내의 모습이 선하게 떠오른다. 그는 고개를 저었다. 여기는 해변이 아니라 섬인 것을 그는 직감으로 알았다. 면회 불허가 아니라 면회 불가능이 되었다. 그는 다시 숨을 길게 내쉬었다.

"피고는 최후 진술을 하시오!"

그는 거침없이 내뱉었다.

"없소!"

이 말과 동시에 제한된 방청인, 그들은 웅성거리는 동요를 보였다. 그는 가만히 눈을 내려감았다. 최후 진술의 의미가 무엇인가. 말은 말 앞에서 말일 수 있는 것이지 소리 앞에서는 부질없는 소리로 전락하고 마는 것이었다. 말을 소리로 전락시키는 것만큼 비열하고 치사한 짓이 또 있을 수 있는가. 말은 절대적인 행동인 것이다. 그는 자신의 행동을 허약하게 만들거나 더럽히고 싶지 않았다.

"피고의 범죄 사실은 지극히 악질적이었을 뿐만 아니라 개전의 빛이 추호도 보이지 않아 본 법정은 피고에게 무기를 선고한다."

방청석에서는 더 거친 동요가 일어났으며, 두 교도관은 그 동요를 차단이라도 하려는 듯이 재빨리 달려와 그의 양쪽 팔을 하나씩 분담했다. 두 교도관의 "앞으로이 갓!" 명령이 팔에 하달되기 전에 그는 먼저 발을 떼어놓았다. 잠시나마 방청석으로 눈길을 돌릴까 하는 생각이 엇갈렸지만 그는 빠르게 선택을 했다. 곧장 문을 향해 걸었다. 이것으로 장마철과 흡사했던 모든 재판이 끝을 맺었다. 중요한 건 그것이었다.

드르륵 문이 열리고, 그는 끄는 대로 발을 떼어놓았다. 훈훈한 열기가 전신을 감싸왔다. 이 친절한 따스함—그는 불현듯 아내의 젖무덤을 떠올렸다. 얼마나 아늑하고 포근한 잠자리였던가. 아내의 젖가슴은 야만적으로 풍만하지 않았다. 사랑스런 크기로 충동적 탄력을 지니고 있었다. 그 젖무덤은 무한한 평온을 끊임없이 빨려주었다. 시린 가슴을 녹여주었고 응고된 감정을 풀어주었다. 그러나 안타깝게도 아내의 젖무덤은 그에게만 국한된 능력을 지녔을 뿐이다. 그 아늑함과 평온함은 복수(複數)를 위한 진동을 하지 못하고 오로지 단수(單數)의 생명만을 감싸도록 되어 있었다. 그러나 분명한 것은 복수의 생명에 있어서도 그런 아늑함과 평온함이 있어야 한다는 사실을 아내의 젖무덤은 일깨워주었던 것이다.

"죄수 1004를 인계합니다."

"추운데 수고하셨소. 죄수는 대답하라, 이름은?"

그는 전혀 감정이 묻어나지 않는 건조한 음성으로 이름 석 자만을 댔다.

"생년월일은?"

"1942년 8월 7일."

"형기는?"

"무기."

"됐소. 죄수 1004를 인수합니다."

하나의 물건을 넘기고 받는 절차가 세련되고도 숙달된 솜씨로 끝났다. 그는 이제 아무 느낌도 없었다. 무수히 되풀이되어 온 절차였다. 1년 전 새벽녘에 서너 명의 바바리 코트 사내들에게 둘러싸인 순간부터 자신은 물건이 되었다. 취급 주의가 필요 없는 화물이 되어 아무 차에나 마구 실렸고 아무 곳에나 마구 내동댕이쳐졌다. 그는 자신이 물건이 아니게 하기 위해서 아무런 노력도 하지 않았다. 좀더 정확하게 말해서 그 어떤 탁월한 노력을 할 수 있었다 하더라도 결코 용납되지가 않았다. 물건이 아닐 수 있는, 그가 발견한 유일한 방법은 강철 같은 침묵을 지니는 것뿐이었다.

"이쪽으로!"

느낌이 다른 손이 팔짱을 끼었다. 그는 기계적으로 발을 옮겼다. 몇 걸음을 옮기지 않아 다시 드르륵 문이 열렸다. 냉기가 왈칵 끼쳐왔다. 그는 숨을 추슬렀다. 그리고 언뜻 자신의 형기를 떠올렸다.

무기…….

조금 전까지 맛보았던 그 짧은 동안의 온기가 어쩌면 마지막이 될지도 모른다는 생각이 들었다. 그는 어금니를 꽉 맞물며 완강하게 고개를 저었다. 그리고 자신의 나이를 확인했다. 아직도 시퍼런 나이였다. 시간은 역사를 만들어내고 세월은 역사를 지배한다. 시간은 인간을 생존케 하고 세월은 인간을 데려간다. 그는 이 사실을 굳게 믿었다.

—여보, 어디든 면회 가겠어요. 건강하셔야 해요.

아내를 나와 무한정 떼어놓을 수는 있다. 그러나 최소한의 내 건강만은 어디까지나 내 차지다. 끈질기게, 길게, 마지막 한 방울의 피가 남을 때까지 그 피를 되마시며 길게 길게 살아남아야 한다. 그는 숨을 길게 들이마셨다.

"계단이야!"

그는 한 발짝 한 발짝 걸어 내렸다. 헬리콥터에서 내렸을 때와는 전혀 다른 냉기가 묻어왔다. 파삭 마른 것 같은 건조한 냉기 속에는 미묘한 냄새가 스며 있었다. 그건 흔한 감방의 비릿하고 찝질하고 떨떠름한 냄새가 아니었다. 감방의 그런 냄새는 질기디질긴 냉면 사리처럼 코로 빨려들어 여지없이 속을 뒤집어놓게 마련이었다. 그래서 코가 멍청하게 동화될 때까지 며칠 간은 머리가 자꾸만 부풀어오르는 것 같은 몸살을 앓거나 또다른 고통에 부대끼지 않았던가. 그런데 이상하게도 여기선 그런 냄새를 맡을 수가 없었다. 분명히 무슨 냄새가 느껴지긴 하는데 그게 전혀 기억 속에 없는 냄새였다. 한 가지 신통한 것은 그 냄새가 아주 미약할 뿐만 아니라 어쩌면 싱그럽게도 느껴진다는 것이었다.

역시 거물들을 모시는 감방이라서 신축을 한 모양이군. 그는 이렇게 생각하며 쓰게 웃었다.

"계단 끝이야!"

친절하시군. 이따위 친절 베풀지 말고 눈가리개나 풀어주시지. 그는 계단이 열다섯 개라고 기억했다. 버릇이었다. 의지(意志)와는 반대로 작용하는, 위치를 확인하고자 하는 욕구였다. 음지에 갇힌 풀줄기가 한사코 햇볕을 향해 뻗어가는 것과 흡사했다. 어딘지 모를 곳에서 심문을 받으면서도, 법정으로 출두하면서도, 감방이 바뀔 때마다 자신도 모르게 사방을 두리번거리거나 발자국 수를 헤아리고 있곤 했다. 그것이 부질없는 짓이라는 깨달음은 매번 뒤늦게 왔다. 그러나 그는 자신에게 비열감이나 굴욕감 같은 것을 느끼진 않았다. 그런 원시적인 욕구가 시들지 않음으로써 자신은 그만큼의 의지를 지닐 수 있는 것이라고 믿었다

느리긴 했지만 계속 걸음을 옮겼다. 차츰차츰 더 깊은 냉기 속으로 침몰하고 있었다. 아내와의 거리에, 세상과의 간격에, 목숨과의 유대에 점점 두꺼운 벽이 둘러쳐지고 있었다. 기약 없는 시간과 친숙해지고, 상대 없는 대화에 친숙해지고, 박수 없는 인내에 친숙해지기 위해 걷고 있는 것이다.

"여기 멈춰."

팔짱이 풀리고 철커덕 철문 열리는 소리가 창백하게 퍼졌

다. 그 철커덕 소리는 가슴에다 덜커덕 소리를 조각했다. 이것도 체념의 의지와는 상반되게 일어나는 현상이었다.

등뒤로 묶인 팔이 풀리고 눈가리개가 벗겨졌다. 그리고 잠시의 짬도 없이 등을 떠밀렸다. 어렴풋한 불빛을 느꼈을 때는 철문이 닫힌 뒤였다.

그는 어깨를 부렸다. 그리고 천천히 시선을 돌려 감방 안을 살피기 시작했다. 선 채로 한 바퀴를 돌았다. 알 수 없는 일이었다. 어디에도 창문은 없었다. 그는 손등으로 눈을 쓸었다. 그리고 다시 한 바퀴를 돌았다. 역시 창은 3면 벽 어디에도 나 있지 않았다. 그는 다리가 휘청 꺾이는 것을 느꼈다.

도저히 도주를 음모할 수 없도록 뚫려 있었던 그전에 갇혔던 감방의 창. 그건 꼭 손바닥만 한 크기였다. 거기에 굵은 쇠창살까지 박혀 근엄한 표정을 짓고 있었다. 그러나 그건 절대한 힘이고 위안이었다. 손바닥만 한 네모로 잘려지고 다시 쇠창살로 토막나긴 했지만 거기에 담긴 하늘은 언제나 변함이 없었다. 날이 맑으면 쪽빛이었고, 구름이 끼면 회색이었다. 그 조각난 하늘을 바라보고 있노라면 갇힌 사의 신념이 시들지 않았다.

그는 주먹을 말아쥐며 부르르 떨었다. 그 조그만 하늘마저 박탈해 버리는 철저한 잔인에 그는 절망적인 감탄을 해야 했다. 갑자기 늪 같은 피곤이 전신을 훑았다. 그는 구석에 놓인 나무 침상으로 비틀비틀 걸어갔다. 두 장의 담요 중에 한 장은 깔고 한 장은 덮었다. 그리고 눈을 감았다.

무기…….

그건 무한정한 휴식의 시작이었다. 그 휴식은 자신의 주위를 살금살금 맴돌며 싸움을 걸어올 것이다. 조금씩 조금씩 피를 말리고, 한 꺼풀씩 살갗을 벗기려 들 것이다. 그놈과의 싸움에서 이기려면 무관심이 최상의 방법이다. 소가 여물을 씹듯, 뱀의 성교처럼 그렇게 징그럽도록 질기게 버팅기는 방법밖에 없다. 오리 새끼나 돼지 새끼처럼 그렇게 오도방정을 떠는 성교는 금물이다.

그래서 선뜻 잠자리에 든 것이다. 이렇게 피곤이 몰려올 때면 고맙게 받아들이는 것이다. 꿈 없이 깊이 잠들 수 있다는 것이 얼마나 다행한 일인가. 감방 속에서, 더욱이 독방 신세에서 불면증만큼 무서운 병이 또 있을까. 제때에 잠을 잘 자는 것만큼 큰 보약이 없을 것이었다.

"여보……."

그는 아내의 젖무덤을 생각했다. 꼭 현실처럼 아내의 부끄럼 타는 알몸은 선명하게 드러났다. 분명 체취까지 맡을 수 있었다. 그는 아내와 떨어지고 나서 지금까지 단 하룻밤도 혼자 잠을 잔 적이 없었다. 밤마다 아내의 젖무덤에 얼굴을 묻고 그 아늑함과 포근함에 감싸여 잠이 들었다. 그래서 그는 그들의 미움을 조금은 더 샀는지도 모른다.

"이 새낀 어째 이리 지치지도 않아. 여기 밥이 무슨 보약이라고 씽씽해."

그들은 미간을 잔뜩 찌푸리며 더러운 물건 쳐다보듯 하곤 했었다.

"기상, 기상!"

그는 자물쇠가 철판에 부딪히는 요란한 소리에 잠이 깼다. 그는 울컥 역정이 솟았다. 수면 부족에서 오는 불쾌감이었다. 수면 부족? 여태껏 느끼지 못한 현상이었다. 언제나 기상 시간 전에 잠이 깨어 있곤 했었다. 기상 시간이 달라진 것일까.

"빨리 밥 받어!"

그는 서둘러 침상 밑에 머리를 박았다. 두 개의 양재기와 숟가락이 하나 놓여 있었다. 숟가락을 얼른 입에 물고 양재기를 양쪽 손에 하나씩 들었다.

눈익은 밥과 국이 그릇을 채웠다. 그는 그걸 들고 돌아서다가 어젯밤 이곳에 도착한 것이 턱없이 늦은 시간이었음을 깨달았다.

그는 침상에 책상다리를 하고 앉아 숟가락을 들었다. 그는 밥 먹는 일에 진지하게 열중했다. 밥알이 입 속에서 완전히 으깨질 때까지 씹어서 넘기는 버릇을 들였다. 우선 소화 불량을 막기 위해서였고 다음은 이빨 훈련을 시키기 위해서였다. 이곳에서의 세 끼 밥은 유일한 불사약인 셈이었다.

그는 끈적끈적하도록 밥을 씹으면서 비로소 방안을 샅샅이 살펴나갔다. 그의 표정은 차츰 굳어지고 있었다. 3면의 벽은 모두 돌이었다. 바닥도 그리고 천장도 돌이었다. 그런데 그 돌벽에는 이음자리가 없었다. 그는 벌떡 일어났다. 문 쪽으로 다가섰다. 두 사람이 통행할 수 있을 만한 폭의 복도도 돌이었다. 그는 머리를 감쌌다. 어젯밤에 걸어 내려온 열다섯 개의 계단이 생각났다. 돌덩어리 속에 들어 있는 감방…… 갈 데 없는 무덤이었다.

그는 암울한 기분이 되었다. 어느 때라고 탈옥을 염두에 둔 일은 없었지만 자신이 바위 덩어리 속에 갇혀 있다고 생각하자 감당할 수 없는 절망감이 밀려들었다. 왜 창문이 없는지는 자명한 사실이 되었다.

그는 천천히 고개를 들었다. 맞은편 복도의 벽에 호롱불이 타고 있었다. 그는 그 불그딕딕한 불꽃을 망연히 바라보고 서 있었다. 저것이 유일한 빛인 것이다. 밤도 낮도 구분하지 못하는 저 죽어버린 불빛. 그는 새삼스럽게 방안이 뿌연 어둠에 잠겨 있음을 발견했다. 그리고 어젯밤에 맡았던 그 기묘한 냄새는 바로 돌 냄새였음도 깨달았다.

그는 전신이 곧 무너져내릴 것처럼 맥이 빠지는 걸 의식했다. 밤의 어둠도 낮의 밝음도 완전 차단되어 버린 바위 덩어리 속. 그는 절망의 검은 커튼 앞에서 자신을 부축할 아무런 힘도 없었다. 세 차례 되풀이된 무기 징역의 판결 앞에서 그는 꿋꿋할 수 있었다. 자신을 지켜보아주는 방청객을 의식한 객기 같은 건 전혀 없었다. 그때도 그랬고 지금도 혼자일 뿐인 것이다. 그런데 지금은 스스로를 지탱할 수가 없다. 그 원인이 지상과 지하라는 차이에서 비롯된 것이라고 그는 명쾌하게 분석까지 했다. 그리고 지상이든 지하든 감방이긴 마찬가지 아니냐는 위로의 구실까지 마련했다. 그러나 그건 어디까지나 사고(思考)의 영역에 지나지 않았다. 야속하게도 감정(感情)은 동의를 하려 들지 않았다.

그는 침상으로 돌아와 다시 숟가락을 들었다. 밥을 넘길 수가 없었다. 눈을 부릅떠가며 밥을 넘기려 했지만 더 이상 먹을 수가 없었다.

"이거 봐, 고집 부리지 말어. 눈 꾹 감고 여기다 지장 눌러. 사람 한평생 눈 깜박할 사이라고. 자넨 자네지만 안사람은 이 무슨 죈가. 자, 자, 어서……."

그 사람은 나긋나긋한 음성으로 이렇게 말하며 그의 손을 끌어다가 인주 가까이 가져가려 했다.

"이러지 마십쇼!"

그는 쏴대며 그 사람의 손을 뿌리쳤다.

"허 참, 이 사람……."

그 사람은 일그러진 웃음을 씹었다. 그리고 담배를 빼물었다. 그에게도 권했다. 그는 거절했다.

"다시 한 번 말하겠네. 여기 지장을 누르게. 내 자식들의 목숨을 놓고 확언하네만 이건 사무적 행위만은 아냐. 자아, 어서……."

그 사람은 다시 그의 손을 잡아끌었고 그는 다시 그 사람의 손을 뿌리쳤다.

"자식들까지 도구로 동원하진 마십쇼."

그가 경멸하는 투로 말했고,

"머어라고?"

그 사람이 벌떡 일어서며 고함을 질렀다.

"개애자식!"

그 사람은 종이를 마구 구겨 그의 낯에다가 내던지며 욕을 뱉었다.

그것이 끝이었다. 그 사람은 다시 나타나지 않았다. 그 사람은 선배였다. 그는 마구 머리를 흔들었다. 왜 이제 와서 그 선배와의 일이 떠오르는 것일까. 그의 절망적인 감정은 동요하고 있었다. 그때 지장을 찍었더라면……. 그는 설레설레 고개를 저었다. 그 선배의 말은 진심이었다 하더라도 그건 어디까지나 개인 관계에 있어서의 진심일 뿐이었다. 그 선배가 하고 있는 객관적 행위 자체가 진심이 될 수는 없는 노릇이었다. 거기에 합치될 수 없는 문제점이 있었다.

인기척에 문 쪽으로 시선을 돌렸다. 간수가 그림자처럼 서 있었다. 그는 그릇을 건넸다.

"여기서 단식 투쟁해 봤자 받을 건 천당 승차권뿐일 텐데……."

간수가 무료한 듯한 음성으로 말하며 멀어져갔다. 그는 철책을 붙들고 서서 빛 바랜 웃음을 흘리고 있었다. 어이없게도 간수의 말은 그의 가슴을 깊게 찔러왔다.

그는 침상으로 돌아와 앉았다. 이곳의 다른 일과가 벌어지기 전에 해야 할 일이 있었다. 그는 변기를 타고 앉았다. 끙끙 힘을 줘가면서 손으로는 옷가에서 실오라기를 뽑아내는 작업을 계속했다. 한 뼘쯤의 실오라기를 뽑아내서 매듭 하나를 만들었다. 달력이었다.

침상에 무릎을 세우고 앉아 반쯤 졸다 깨다 하며 기다렸지만 아무런 연락이 없었다. 요란한 쇳소리에 놀라 눈을 떴다. 꼬빡 잠이 들었던 모양이다.

"빨랑 밥 받어!"

간수가 역정을 냈다. 그는 황급히 문에 달라붙었다. 아침을 설쳤던 때문인지 점심은 제대로 먹을 수 있었다.

오후의 일과 지시를 기다리며 그는 침상 위에 덩그러니 앉아 있었다. 아내를 생각했다. 당돌하고도 무모하리만큼 당찬 여자였다. 몇 차례의 힘겨운 면회를 할 때마다 아내는 웃는 얼굴이었다. 조금도 근심스럽거나 두려운 빛을 보이지 않았다. 가져온 음식을 똑같이 나눠 아내는 맛나게 먹었다. 그리고 전혀 엉뚱하고 재미있는 이야기만을 했다.

"또 금방 올 거예요. 몸 건강하셔야 해요."

아내는 헤어질 때면 잊지 않고 이 말을 다부지게 했다.

아내의 그런 행동이 모두 견디기 어려운 가장이었다는 것을 그는 잘 알고 있었다. 자신이 선배의 그런 권유를 거절했다는 사실을 아내가 알았다면 어떤 반응을 보였을까. 지장을 찍기를 바랐을까. 아내가 그러기를 바랐다면 자신은 어떻게 했을까. 해답이 나올 수 없는 물음이었다.

행여나 행여나 했지만 오후에도 아무런 단체 일과가 없는 채 세 번째 밥이 배급되었다.

그는 숟가락을 들 생각도 하지 않고 멍하니 앉아 있었다. 무섭도록 철저한 형벌을 내리고 있었다. 여기가 바위 덩어리 속이라는 사실을 확인하고서도 한 가닥 기대는 걸었었다. 하루에 한 차례쯤은 단체로 바람을 쏘이게 하거나 운동을 시키리라 믿었다. 그것이 아니라면 사역 같은 것이라도 있으려니 했었다. 그런데 아예 무관심해 버리는 것이다. 독방에 가둬두고 아무런 통제도 간섭도 안 하는 것이다. 제멋대로 내버려두는 것이다. 한 사람만을 고립시켜 놓고 무관심해 버리는 것만큼 고통스런 형벌이 또 있을까. 세 끼 밥만을 디밀어주고 하루 시간 전부를 혼자 해결하도록 떠맡겨버린 것이다. 그것도 밤과 낮이 없는 석굴 속에서. 너무 많이 쌓이는 시간을 견디다 못해 미치게 만들고, 미치다 못해 스스로 죽어가게 만드는 수작이었다. 무관심이 무척 편하게 착각되는 것은 닷새거나 더 길면 열흘에서 끝이 날 것이었다.

그는 이 돌감방에서 생명을 부지할 수 있는 일과표를 짜기 위해 오래도록 골몰했다. 아무리 짜보았지만 시간의 압박을 견뎌낼 방법은 떠오르지 않았다. 감방의 상비품인 성경이나 불경조차 없었다. 공상, 명상, 상상을 뒤죽박죽 섞어가며 시간과 싸울 수밖에 없었다. 그 다음이 건강 지탱 문제였다. 아무 간섭을 안 한다고 침상에 죽치고 누워서 보내다보면 몸이 삐꺽삐꺽 헐어빠지기 시작할 것이었다. 일정한 시간 동안 운동을 해서 그 함정을 뛰어넘어야 할 것이었다. 운동이라면 제자리뛰기나 기타 맨손체조로 해결이 무난할 것이다. 여기까지 생각하던 그는 큰 의문을 하나 붙들었다. 도대체 사람이 햇빛을 안 보고 몇 년까지 살 수 있는가 하는 점이었다. 그는 학식과 상식을 총동원했다. 헛수고였다. 사람이 장기간 햇빛을 보지 못하면 죽게 된다는 글을 읽은 기억이 어렴풋할 뿐 그 기간이 대략 얼마 동안인지는 전혀 알 수가 없었다. 다만 사람의 머리에 있는 가마라는 것이 손톱, 발톱과 함께 체내에 필요한 햇빛을 받아들이는 작용을 한다는 사실은 기억에 또렷했다. 그리고 여자들의 손톱 매니큐어는 그런 작용을 방해해서 병을 일으키는 요인이 된다는 것까지 기억해 낼 수가 있었다. 그런데 그 병이 어떤 것인지는 알 수가 없었다. 중요한 것은 자신은 전신에 매니큐어를 뒤집어쓰고 있는 것이나 다름이 없다는 점이었다.

그는 암담한 기분에 빠졌다. 이렇게 감방에 처박혀진 것은 질기게 살아남기 위해서지 허망하게 죽으려는 것이 아니었다. 기어코 살아 남아서…….

그가 예측했던 대로 다음날도, 그 다음날도 아무런 통제도 간섭도 없이 밥만 세 차례씩 디밀 뿐이었다. 유일한 통제가 있다면 '기상' 시간을 지키는 것이었다. 그러나 그것도 아침밥을 배급하기 위해서였지 감방의 질서를 위해서는 아니었다.

그는 아침을 먹고는 제자리뛰기를 했고 오후에는 맨손체조를 한바탕씩 했다. 매일 대변을 보고 실오라기에 매듭을 하나씩 만들어가는 것처럼 운동도 빼놓을 수 없는 일과 중의 하나였다.

한 뼘 길이의 실오라기에는 매듭이 서른 개 맺힌 것도 있고 서른한 개 맺힌 것도 있었다. 그 실오라기가 열한 개째로 접어들고 있었다. 그는 지치지 않고 운동을 해오고 있었고, 식욕도 균형을 잃지 않고 있었고, 맞바라보이는 벽에 걸린 호롱불도 희끄무레한 빛을 발하며 한 번도 꺼진 일이 없었다.

간수가 건네주는 점심을 받아가지고 막 돌아서려는데 퉁명스런 목소리가 그의 덜미를 잡았다.

"여보, 당신 벙어리야?"

그는 천천히 돌아섰다. 간수가 빤히 쳐다보고 있었다. 그 눈길이 별로 사나워 보이지는 않았다.

"말을 알아듣는 걸 보니 벙어리는 아닌 모양이군."

"왜 그러시오."

"됐어, 그 목소리 한번 듣기 어렵네. 어서 밥이나 먹어."

간수는 돌아섰다.

그는 그 자리에 선 채 온 신경을 한데 집중시켰다. 저 녀석이 갑자기 왜 저럴까. 바깥 세상에 무슨 변동이 생긴 것일까. 그는 그만 가슴이 울렁거렸다. 그러나 곧 부정을 했다. 그건 지극히 희박한, 11개월 사이에 변동이 생길 만큼 그들은 허약하거나 허술하지가 않았다. 아내한테서 무슨 소식이……. 가슴이 싸하니 저려왔다. 그러나 그는 고개를 저었다. 아내의 집념이 아무리 강하다 한들 이런 식으로 가둬버리기로 작정한 그들의 비밀의 벽을 뚫기란 불가능한 일이었다. 또다른 함정을 만들어놓고 유인 작전을 쓰는 것은 아닐까. 가슴에 찬바람이 엉켰다. 어쩌면 그럴지도 모른다. 어쨌든 녀석을 경계해야 한다는 결론을 내렸다.

밥을 먹으면서도, 오후 시간 내내 간수는 그의 머릿속을 지배하고 있었다. 간수가 말했던 것처럼 그동안 그는 단 한 번도 입을 연 적이 없었다. 그들의 철저한 무관심 밖에서 아무 말도 할 것이 없었던 것이다. 요구 사항이나 시정 사항이 있을 리 없었고, 있었다 하더라도 말단 세포에 지나지 않는 간수가 해결할 무슨 능력이 있을 것인가.

무엇보다도 중요한 것은 그의 의식 속에서 간수는 어디까지나 경계해야 하는 부류 중의 하나였던 것이다.

저녁밥 때가 되었다. 간수가 그림자처럼 철책 저쪽에 모습을 드러냈다. 그는 문으로 다가갔다. 그러면서 그의 마음은 어느새 표정을 지니고 있었다. 오늘 아침까지 느꼈던 무생물로서의 간수가 아니었다. 생물, 그것도 사람이라는 엄청난 존재로 둔갑해 있었다. 그의 신경에는 팽팽하게 태엽이 감겨 있었다.

"당신, 가족이 없어?"

밥을 디밀며 간수가 물었다.

"왜 그러시오."

"처자가 없어?"

"왜 그러시오."

간수는 엷게 웃었다. 순간적으로 그의 눈초리가 번뜩였다. 그러나 무슨 의미를 건져내기에는 너무나 단순한 웃음이었다. 그는 몹시 피곤했다.

"당신, 원래 성질이 그런가?"

"무슨 말이오?"

"참 어지간한 친구로군."

"……."

간수는 돌아서려다 말고 말했다.

"여긴 깜빵이야. 바다 가운데, 돌덩어리 속에 파묻힌 지하 깜빵이야."

"……."

간수는 터덜터덜 걸어서 멀어져갔다. 간수가 사라지고 나서도 그 말은 고드름처럼 철책에 붙어 있었다.

'지하 깜빵'이니 어쩌란 말인가. 팔푼이가 아니고서는 당장 알아차릴 수 있는 일이 아니던가. 11개월이 지나고 있는데 그 사실을 알려주는 것은 무슨 이유에서인가. 금방 알아차릴 수 있을 것 같으면서도 영 무슨 뜻인지 종잡을 수가 없었다.

그는 그날 밤 꿈을 꾸었다.

따스한 햇볕이 물살처럼 퍼지는 잔디밭이었다. 파릇파릇 돋아난 잔디 잎새마다 햇빛이 맺혀 싱그럽게 반짝이고 있었다. 아내는 유쾌한 웃음을 뿌리며 저만치 달려가고 있었다. 스카프가 경쾌하게 나부꼈다. 그는 아내를 뒤쫓아 달렸다. 아내와 거의 가깝게 되었을 때였다. 아내가 배를 움켜잡고 넘어졌다. 아내는 잔디밭을 구르며 비명을 질렀다.

"여보, 왜 그래, 왜."

그는 아내를 붙들며 성급하게 물었다.

"배가, 배가……."

아내는 창백한 얼굴로 신음을 씹었다.

"왜, 배탈인가?"

"아, 아녜요……."

"그럼 맹장일까? 급성……."

"아, 아녜요……."

"그럼 뭐야. 어디야, 어디."

그는 아내를 붙들었다. 아내는 한사코 모로 돌아누우며 질긴 음성으로 힘겹게 말했다.

"애, 애를 낳을 것 같아요……."

"애? 임신도……."

그는 말끝을 맺지 못했다. 아내가 부르르 떨며 무서운 비명을 질러댔기 때문이다. 그는 허겁지겁 아내의 배를 만졌다. 이게 어찌된 일인가. 아내의 배는 터질 것처럼 불러 있었다. 그는 영문을 따질 겨를이 없었다.

"의사, 의사를 불러야지."

그는 허둥대며 일어섰다. 그리고 뛰려다가 그대로 넘어졌다. 무언가 발에 걸리는 것이 있었다.

"안 돼요, 늦었어요. 당신이, 당신이……."

아내는 땀에 흠뻑 젖은 얼굴로 힘겹게 말하고 있었다. 그런 아내의 손은 그의 바짓가랑이 끝을 틀어쥐고 있었다. 어디에 걸려 넘어진 것이 아니었다.

"내가 어떻게, 내가……."

그는 안절부절못했다.

"당신은 할 수 있어요. 틀림없이 할 수 있어요."

아내는 고통으로 일그러진 얼굴 위에 웃음을 떠올려 보였다. 그 웃음을 보는 순간 그의 두려움은 말끔히 씻겨졌다.

그는 윗도리를 벗어 아내의 하체 부분 잔디 위에 깔았다. 아내가 햇볕이 얼어붙는 것 같은 싸늘한 비명을 질렀다. 그리고 몸이 꿈틀했다. 그는 눈을 질끈 감았다. 다음 순간 무언가가 아내의 몸에서 불쑥 나왔다. 아기였다. 그는 눈을 휘둥그렇게 떴다. 그리고 외쳤다.

"여보, 아들이야!"

"또 하나의 당신예요."

가느다란, 그러면서도 분명한 아내의 말이었다.

그는 여러 번 복습을 거친 것 같은 솜씨로 척척 뒷수습을 해나갔다. 일을 거의 마쳤을 즈음이었다. 그는 어디선지 모르게 불어오는 서늘한 바람결을 느꼈다. 그때 아내가 소리쳤다.

"여보, 저기 저 사람들……!"

그는 고개를 번쩍 들었다. 아내가 손가락질하고 있는 곳에는 바바리 코트의 사내들이 서너 명 서 있었다. 그들은 이쪽으로 로봇 같은 걸음걸이로 다가오고 있었다.

"여보, 일어나. 피해야 돼, 어서 일어나."

그는 어느새 한쪽 팔에 아기를 안고 다른 팔로 아내를 일으키려 하고 있었다.

"틀렸어요, 틀렸어요……."

아내는 멍한 시선으로 허공을 바라본 채 중얼거렸다.

어느새 바바리 코트 사내들은 그들을 에워싸고 있었다. 사내들의 얼굴은 예의 그 석고 같은 무표정이었다. 한 사내가 입을 열었다.

"그앨 내놔!"

"안 돼, 안 돼!"

그는 부들부들 떨고 있었다.

"잘 아실 텐데. 순순히 내놓으시지."

"안 돼, 이애만은 안 돼!"

그는 아기를 으스러져라 끌어안았다. 그때 사내가 눈짓을 했다. 그러자 다른 사내들이 와락 달려들었다. 그는 발버둥을 쳤지만 소용이 없었다. 너무나 허망하게도 쉽사리 아기는 사내들의 손으로 넘어가고 말았다. 사내들은 바바리 코트 깃을 펄럭이며 멀어져갔다.

"안 돼, 안 돼, 안 돼……."

그는 울부짖으며 그 사내들을 쫓아가고 있었다. 그러나 안타깝고 야속하게도 뛰어도 뛰어도 그 자리일 뿐이었다.

그는 소스라쳐 일어났다.

"안 되긴 뭐가 그리 안 되나."

그는 문 쪽으로 퍼뜩 고개를 돌렸다. 거기에는 간수가 서 있었다.

"무슨 험한 꿈을 꾸었나 보지?"

그는 울음과 같은 한숨을 내뿜으며 고개를 절레절레 저었다.

"무슨 꿈이었나?"

"……."

그는 이마에 밴 식은땀을 손등으로 훔쳤다.

"무슨 꿈이었나니까."

"왜 그러시오! 꿈꾼 것까지 보고하리까?"

그는 역정을 뿜었다.

"……."

둘 사이에 침묵의 벽이 쳐졌다. 감방은 한층 어두운 것 같았다.

"그럴 필욘 없어. 그건 어디까지나 당신 자유니까."

자유? 그는 눈을 떴다. 간수는 거기 없었다. 얼마나 오랜만에 들어보는 말인가. 간수가 말하는 자유는 어떤 것일까. 간수가 지닌 자유의 색깔은 어떤 것일까.

그는 터무니없는 꿈의 충격에 사로잡혀 더 이상 잠을 이룰 수가 없었다. 그동안 헤아릴 수 없이 많은 꿈을 꾸어왔다. 거의가 악몽이었다. 그러나 그것들은 대개 지난 일들의 재현에 불과했다. 그래서 기분이 언짢은 정도였을 뿐 이처럼 충격적일 수는 없었다. 그나마 생기가 돋는 꿈은 아내에 대한 것이었다. 아내는 꿈속에서 항시 발랄하게 웃어주었고, 싱싱하게 몸짓했다. 아내가 그런 모습일 수밖에 없는 것은 결혼 1년이 미처 못 되었기 때문인지도 모른다.

그는 오늘의 꿈에서 아내의 어떤 신상 변동을 추리해 내는 치졸을 범하고 싶지 않았다. 그건 아내에 대한 모독이어서만이 아니라 자신의 이 지하의 삶을 위해서 더욱 그랬다. 그가 아내를 믿는 것은 아내가 자신을 남편으로 떳떳이 내

세우고 있다는 데 근거하고 있었다. 그런 아내의 파악을 신통하게 여길 것까지는 없다. 그건 상식적 사고(思考)로 얼마든지 식별이 가능한 것이니까. 아내의 신통함은 그 다음에 있었다. 그 해결책이 무엇인지를 빤히 알고 있는 것이었다. 그래서 아내는 마지막 인사가 된 그 말을 분명하게 외쳤던 것이 아닌가.

—여보, 어디든 면회 가겠어요. 건강하셔야 해요.

그래서 자신은 건강하기 위해, 오로지 건강하기 위해 온 정성을 기울여오고 있었다. 아내도 밤낮으로 자신의 건강을 빌고 있을 것이고 그리고 아내 자신도 건강하기 위해서 최선의 노력을 기울이고 있을 것을 믿는다. 그것으로 만족인 것이다.

"벌써 일어났군. 자아, 밥 받어."

그는 문 앞에 이르러 고개를 저었다. 간수는 밥을 디밀었다.

"관두겠소."

그는 나직하게 말했다.

"안 돼."

간수도 나직하게 대꾸했다.

"왜요?"

그의 미간에 주름이 잡혔다.

"글쎄 안 돼."

간수는 여전히 나직하게 받았다. 그는 돌아섰다.

"여봐, 잠깐……."

그는 멈칫 섰다.

"이것도 당신 자유야. 그렇지만 천당 승차권 빨리 받아 좋을 건 뭐지? 알아서 해."

그는 가슴이 찌르르한 것을 느꼈다. 그건 분명 한 가닥 호의였다. 불꽃이 반짝하는 전류의 흐름이었다. 무슨 상관이 있는가. 간수가 그들과 이어져 있는 한 자신을 하루라도 더 오래 살리고 싶어할 이유가 없다. 하루라도 더 빨리 사그라져가길 바랄망정. 그런데 간수는 일깨워주고 있었다. 자신이 어느 순간에도 망각하거나 게을리 해서는 안 되는 문제를 깨우쳐주고 있었다.

그는 후딱 돌아섰다.

"무엇 때문이오?"

그는 다급하게 물었다. 그의 음성에는 어느 때 없이 열기가 묻어 있었다.

"……."

간수는 빤히 그의 눈을 들여다보면서 밥그릇만을 그의 손에 쥐어주었다. 그리고 돌아서서 멀어져갔다.

간수는 그에게 먼저 말을 걸어 아무런 대답을 못 얻었던 것처럼 그의 최초의 물음에 아무런 대답을 하지 않고 돌아서버린 것이다.

그는 밥을 깨끗하게 비웠다. 한 순갈도 뜰 수 없을 것 같던 까칠한 기분은 말끔히 가셔 있었던 것이다.

간수가 다시 나타난 것은 배꼽시계가 점심때가 가까워졌음을 알릴 때쯤이었다. 확실한 것은 아니지만 그는 반가움 쪽으로 치우친 기분으로 간수 앞에 다가섰다.

"이 형무소 안에서 내게 매달리지 않은 죄수는 유일하게 당신 하나뿐이야."

간수는 중얼거리듯이 말했다. 그는 "그래서요?" 하고 물으려다가 그만두었다. 이유나 설명을 요구하는 물음처럼 불쾌한 것도 없다는 판단이 섰기 때문이다.

"무슨 요구를……."

"말 말어. 치사하고 구질구질해. 나는 좀더 배짱들이 있는 치들인 줄 알았지. 헌데 영 파이야. 생각해 보면 몰라? 밥 한술 더 주고, 국 건데기 좀더 건져주는 일밖에 내가 할 수 있는 일이 뭐야. 헌데 그 작자들 눈에는 내가 하느님으로 보이나 부지. 한심해, 여기선 그저 끼니 거르지 말고 죽신나게 먹이치우고 똥 핑핑 길 싸는 게 상책 중의 상책이란 길 모르고 설치거든. 올가미에 걸린 쪽제비가 파닥거릴수록 올가미에 조여진다는 걸 알아야지. 안 그래?"

"글쎄요…… 나로선 잘 모를 일이오. 허나 사람의 용기에는 한도가 있는 게 아니겠소?"

"그래도 정도 문제지."

"……."

"하여튼 당신은 독종이야."

간수는 독종이 '도옥종'으로 들리도록 강하게 발음하며 그렇지 않느냐고 눈으로 묻고 있었다. 그는 엷게 웃었다.

"잘못 보신 거 아뇨?"

"천만에. 생김으로야 금방 허물어질 것 같은데 독기야 심장에 들었으니 말야. 참 사람이란 알다가도 모를 일이거든."

간수는 고개를 갸우뚱거렸다.

"당신은 독종을 좋아하는 모양이구려."

그는 심드렁한 투로 말했다.

"말해 뭘 해. 사내가 독기 빼면 뭐 남나? 이빨 뽑아버린 살모사지. 더군다나 여기 갇힌 친구들은 말할 것도 없잖아. 즈이들이 파렴치범들이라면 또 모르지. 헌데……."

간수는 말을 뚝 끊더니 좌우를 두리번거렸다. 그러고 보니 간수의 목소리가 좀 높았던 듯도 싶었다. 좌우를 두리번거리던 간수의 눈동자에는 두려운 빛이 얼핏 내비쳤다.

"그들을 미워하진 마시오."

그는 이 말을 해놓고 섬뜩했다.

"미워하긴, 무시하지."

간수는 재치 문답이라도 하는 것처럼 제때에 받아넘겼다.

"내 말은 한마디로 그렇게 구질구질할 필요가 없다 이거야."

그는 모멸감 같은 것을 느끼고 있었다. 그들을 위하여 무슨 구차스러운 변명이라도 한마디해야 될 것 같았다.

"지푸라기라도 잡고 싶은 심정에서가 아니겠소?"

"그건 또 무슨 소리. 여기가 물 속인가? 바위 속이긴 하지만 숨 맘대로 쉬겠다, 세 끼 밥 꼬박꼬박 주겠다, 아무 간섭 않겠다, 뭐가 어쨌다고 지푸라긴 잡아?"

거침이 없는 간수의 말에 그는 그만 피식 웃음이 나왔다. 그러나 그는 정색을 하고 말했다.

"죽는 것보다 살기가 더 어려워 그러는 게 아니겠소."

"허, 유식한 체하지 말어. 하여튼 당신 같은 독종은 여기 없어."

간수는 빈정대듯 말하고는 돌아섰다. 그는 한참 동안 그 자리에 서 있었다.

간수의 말은 강한 여운으로 그의 귓가에 남아 있었다. 그 여운을 씹으며 그는 수긍하고 있었다.

—……죄인들이 파렴치범들이라면 또 모르지.

다른 감방 사람들이 무슨 요구와 어떤 애걸로 간수를 하느님으로 받들었는지 알고 싶지 않았다. 그 구체적인 사례를 자랑 삼아 늘어놓지 않은 간수가 고마웠다. 어쩌면 앞으로 모래알처럼 많은 시간을 이용해서 간수는 차근차근 털어놓을지도 모를 일이었다. 그러나 결코 그 이야기를 들어주지 않을 작정이었다.

다음날 아침 간수는 밥을 건네주며,

"잘 잤어?"

싱긋 웃었다.

"아, 안녕하세요?"

그는 당황하며 인사를 받았다. 그 평범한 한마디. 그 말이 어쩌면 그렇게도 가슴을 깊이 찔러오는지 모를 일이었다. 이 인사말을 잊어버린 지도 실로 오래되었다. 간수는 짙은 사람의 냄새를 풍기고 있었다.

"맛있게 먹어."

간수는 이 말을 남기고 다음 감방으로 옮겨갔다. 그는 얼른 밥그릇을 내려다보았다. 느낌만이 아니었다. 실로 눈에 띄게 밥이 많았고 국이 걸었다. 그는 한동안 밥그릇과 국그릇을 물끄러미 내려다보고 있었다. 거기 아내의 얼굴이 어른거렸다.

그는 한결 생기가 도는 걸 느꼈다. 간수와는 아침마다 반갑게 인사를 나누었다. 그 순간이 그렇게 좋을 수가 없었다. 그는 밥을 더 꼭꼭 씹어먹었고 운동을 더욱 열심히 했다. 쥐새끼라도 한 마리 있으면 친구를 삼을 판인데 간수는 엄연히 사람이 아닌가.

"닷새를 굶은 병사한테 지금 당장 뭘 원하느냐고 물었더니 가당찮게도 밥이 아니라 여자라고 하더라는군. 지금 당장 풀려난다면 당신은 뭘 원해?"

"그야 물론 나도 여자지."

이런 실없는 농담을 주고받게끔 되었다. 그러나 그는 주의를 게을리 하지 않았다. 간수를 통해서 풀고 싶은 궁금증이나 얻어내고 싶은 정보는 너무나 많았다. 그러나 그걸 꾹 꾹 눌러 참았다. 섣불리 대들다가 다른 감방 사람들과 흡사한 취급을 당할 염려가 있었다. 모처럼 굴러 들어온 기회를 어리석게 잃을 수는 없었다. 당분간은 날짜가 잘 가는 것만으로 만족하기로 했다.

어느 날 점심을 받다가 그는 불쑥 물었다.

"애들은 몇이나 두었소?"

"왜?"

의외로 간수는 눈꺼풀에 힘을 넣으며 되물었다. 불길한 느낌이 그의 머리를 스쳐갔다.

"아니, 그냥 궁금해서 묻는 기요."

그는 조심스럽게 대답했다. 그는 간수의 사생활부터 차근차근 알아내면서 이야기의 통로를 넓히고 자연스러운 사이를 만들 계획을 짰던 것이다.

"니기미, 없는 거나 마찬가지지."

간수는 한숨을 푹 내쉬었다.

"그게 무슨 말이오. 어디 몸이라도……."

아무래도 핀트가 잘못 맞아가고 있는 것 같았다. 그는 초조해졌다.

"병신이 아니라 고아원에 처박아두고 있는 꼴이야."

간수는 어느 때 없이 낙담한 표정이었다. 그는 난처하기 이를 데 없었다.

"날샌 팔자지. 마누라란 년은 화냥질해서 내빼버리고…… 애비라는 작자는 이 꼬락서니니 용빼 재주가 있어야지. 제 놈이 고아원 신셀밖에. 니기미, 남들처럼 그 흔해빠진 친척 부스러기도 하나 없는 팔자니까."

간수는 울먹이는 것 같은 어조로 늘어놓고는 헤풀어진 걸음걸이로 멀어져갔다.

그는 마음이 영 개운치 않았다. 사람이 사는 세상살이란 항시 상상을 비웃는다는 사실을 상기했다.

그는 마음이 개운치 않으면서도 다른 한편으론 안심이 되었다. 자신의 계획은 제대로 들어맞고 있었다. 간수는 처음과는 달리 마음을 풀어놓는 상태에 있었다. 간수의 감정에는 시큰한 물줄기가 상당히 올라 있었다.

간수가 다시 나타난 것은 저녁밥을 먹고 나서 꽤 오랜 시간이 지난 뒤였다. 약하긴 했지만 그는 술 냄새를 풍겼다.

"아직 자지 않고 있었구먼."

그럴 줄 알고 왔다는 듯 간수는 말했다.

"술을 드셨소?"

"약간."

"그래도 괜찮소?"

"당연하지. 당신네들 종 노릇 충실히 잘하라고 비행기로 날라다 주는걸."

"……."

"나만 마셔 미안해."

"천만에요."

"어쩔 수 없잖아. 고무 호스 대놓고 밤낮으로 마셔댈 날이 오지 말란 법도 없잖아. 그때 웬수 갚으라고."

"고맙소."

"고맙긴, 미안하다니까."

간수는 쓸쓸하게 느껴지는 웃음을 입가에 흘리고 있었다.

"저어, 직업을 바꿀 생각은 없소?"

그는 목소리를 한결 낮추어 물었다.

"직업을?"

간수는 눈을 휘둥그렇게 떴다. 그리고 빠르게 좌우를 살폈다.

“자식을 위해서 그게 최선의 방법 아니겠소?”

“어떻게 해야 하는 건데?”

간수는 멍한 눈길로 물었다. 그는 순간 천치를 느꼈다.

“어떡하긴, 사표를 내면 될 거 아뇨.”

그의 답답해 하는 말에 간수는 멍한 시선을 떨구었다. 그리고 설레설레 고개를 저었다.

“모르고 있군, 모르고 있어.”

간수는 중얼거렸다.

“뭘 모른다는 거요?”

그는 다그쳐 물었다.

“얼마나 됐어, 당신 집 떠난 게?”

간수는 정신이 또렷한 눈길로 묻고 있었다.

“3년 2개월.”

“그렇겠지. 그러니까 모르겠지. 모를 수밖에.”

간수는 혀를 끌끌 차며 고개를 끄덕였다.

“도대체 무슨 뜻이오? 속시원히 말을 해요.”

그는 철책을 붙들고 바싹 앞으로 다가들었다.

“간단히 말해서, 그동안 바뀌었어. 사표를 내도 소용이 없어. 다 옛날 얘기지. 이젠 죽으나 사나 한번 정해진 자릴 지켜야 돼. 다른 명령이 떨어질 때까지는. 그렇게 변했어. 알아들어?”

"……!"

그는 철책에 머리를 기댔다. 불똥이 보이는 심한 현기증이 일었던 것이다.

"나도 한때 기름진 자릴 차지하고 있었지. 비록 말단이었지만 말야. 방앗간 참새 흉년 없더라고, 말단이었지만 괜찮았지. 그렇다고 당신 같은 사람 못살게 구는 그런 일과는 아예 상관이 없었어. 그때 장갈 들었지. 여편네는 날 임금님 떠받들듯 했어. 원하는 걸 척척 해주는 남편이었으니까. 그런데 사고가 터졌지. 내 윗놈이 저지른 일이 그만 그물에 걸린 거야. 그놈은 사색이 되어 나한테 매달렸어. 자기가 뒷수습을 말끔히 할 테니 몽땅 뒤집어쓰라는 거였지. 그리고 거금을 내놓았어. 내가 싹 거절을 못한 건 그의 덕을 입은 탓도 있었지만 그 사건에 나도 조금은 연관이 있어서였지. 나는 다 뒤집어썼지. 그런데 철석같이 믿었던 그놈은 싹 오리발을 내밀고 말았어. 그래서 난 여기로 내몰리는 신세가 됐지. 뒤늦게 내가 결백하다고 외쳐본들 뭘 해. 파도 소리가 더 큰걸. 여기는 1년에 한 차례, 닷새 휴가가 전부였어. 1년 반에 집엘 찾아가니 주인이 바뀌어 있지 뭔가. 여편네가 화냥질을 해서 싹 팔아치우고 내빼버린 뒤였어. 오뉴월 개새끼처럼 혀 빼물고 헉헉대며 뛰어다녀서 겨우 애새끼가 처박혀 있는 고아원을 찾아냈지. 그땐 휴가 기간이 다 끝나가고 있었어. 그년을 잡아죽이려는 앙심으로 사표를 썼지. 헌데 때는 이미 늦어 있었어. 바뀐 거야. 그 후로 2년 반이 흘러갔지. 허지만 난 알고 있어. 내겐 다시 새로운 명령이 내려오지 않아. 한번 점이 찍혀버렸거든. 이게 나라는 놈이야."

간수는 웃는지 우는지 분간이 안 되는 괴상한 소리를 흐흐흐 흘리고 있었다.

그는 간수를 뚫어지게 주시하고 있었다. 거기에는 자신과 똑같은 형기의 죄수가 또 하나 서 있었다.

"가 쉬시오. 피곤해 보이오."

그는 팔을 내밀어 간수의 등을 두드렸다.

"당신은 나이에 비해 퍽 점잖아 보여. 내 이야기 지루했지?"

간수는 쓸쓸하게 웃었다. 그는 고개를 저어 보였다.

간수가 돌아간 다음 그는 오래도록 못박혀 앉아 있었다. 바깥 세상의 소식이 어느 때 없이 갈증을 일으켰다. 종잡을 수 없는 생각들이 머리를 어지럽히고 있다. 그는 될 수 있는 대로 단순해지려고 안간힘을 썼다. 먹이만을 찾는 아메바처럼 그렇게 단세포가 되는 것만이 시간을 이기고 자기 스스로를 이기고 타인을 이기고 끝내는 모든 것을 이기는 최선의 방법임을 다시 확인했다.

간수와는 될 수 있는 대로 무거운 이야기를 피하려고 했다. 속수무책인 채 마음에 주름만 잡힐 뿐이었다.

간수는 사과 한 쪽을 디밀 때도 있었고, 사탕을 몇 알 손에 쥐어줄 때도 있었다. 매일은 아니었지만 수시로 고기며 생선을 맛보게 해주었다. 아마 자기 몫의 반찬을 남겨서 가져오는 모양이었다. 가끔은 모르지만 너무 자주 이러면 미안해서 안 된다고 사양을 했다. 그럼 간수는 어떤 때는 그냥 씨익 웃고 돌아섰고, 어떤 때는 "병나면 안 돼. 끝장이야" 하기도 했다.

실오라기 달력이 스무 개로 불어났다. 어느 날 간수는 귤을 하나 내밀었다.

"이거 한 쪽이 사과 열 개 몫을 한다는군. 어서 먹어."

그는 귤을 받아들어 곧 껍질을 벗기기 시작했다. 간수는 이런 것을 꼭 자기 앞에서 먹기를 바랐다. 소장이라도 갑자기 나타날지 모르니까 자기가 망을 보아준다는 것이었다. 이건 이유에 지나지 않았다. 소장은 지금껏 단 한 번 얼굴을 나타낸 적이 없었다. 그 작자는 이 지하실 돌감방을 어지간히 징그러워하고 있는 모양이었다. 간수는 그가 자기 앞에서 이런 것을 맛있게 먹는 걸 즐거워했다. 그래서 그는 맛 이상으로 맛있게 먹는 시늉을 해보였다. 그로서도 그런 일은 큰 즐거움의 하나였다.

"여길 떠나서 해야 할 일을 빼놓고, 여기서 할 수 있는 일

중에서 내게 부탁하고 싶은 거 뭐 없나?"

간수가 조용하게 물었다.

"글쎄요……."

그는 귤을 우물거리며 생각했다.

"혹시 가능할지 모르겠는데, 한 몇 분만이라도 햇빛을 쬐었으면 하는데요."

그의 말에 간수는 그만 난색이 되었다. 아차 싶었다. 그건 간수의 능력의 범위가 아니었다.

"신경 쓰지 말아요. 그냥 해본 말이니까."

"아냐, 아냐. 내가 소장한테 부탁해 볼게. 사실 이건 말도 안 되는 일이야. 햇빛 한 방울 못 보게 하는 이런 감옥살이가 어디 있어."

간수는 상기된 어조로 말했다. 간수의 그러한 적극적인 태도는 자신이 미안해 하는 것을 묵살하려는 것임을 그는 잘 알고 있었다.

얼마 후에 간수는 풀이 죽어 돌아왔다.

"병신 같은 자식이 안 된다는군."

간수는 바닥에 퉤 침을 뱉었다.

"규정이 그런 모양이죠."

그가 위로의 뜻으로 말했을 때,

"맞았어. 짜식이 규정이 어쩌고 하면서 딱 잡아떼는 거야."

흥분한 탓인지 간수의 목소리가 높았다. 그는 얼른 입에 손가락을 대보이며 쉬잇 주위를 환기시켰다. 간수는 반사적으로 좌우를 살폈다. 그리고 한결 낮아진 목소리로 말했다.

"그래서 내가, 갑자기 햇빛을 보면 눈을 상할 염려가 있으니까 눈을 가리고 나오면 어떻겠느냐고 했지. 그랬더니 짜식은 똥 집어먹은 쌍판이 돼가지고 뭐라는지 알아? 죄수들한테 매수되어 규율을 파괴하려는 그따위 행위는 당장 보고해야 한다고 으름장을 놓잖겠어. 어떡하겠어, 물러설 수밖에."

잠시나마 햇빛을 맛보게 될지도 모른다는 한 가닥 기대는 깨어지고 말았다.

그는 질긴 잠의 올가미를 벗어나려고 버둥거렸다. 꿈이 아니었다. 그렇다고 잠이 말짱 깬 것도 아니었다. 잠을 깨야 된다고 생각하면서도 시름시름 잠으로 빠져들고 있었다. 몸은 흐물흐물 맥을 못썼고 의식은 잿빛으로 충충하게 흐려 있었다. 커다란 그물에 걸려버린 것 같은 그런 흐리멍덩한 의식 속을 헤매면서 그는 끊임없이 신음 소리를 듣고 있었다. 고통이 지글지글 타는 것 같은 그 절박한 신음 소리는 어디서 들려오는지 종잡을 수가 없었다. 이쪽인가 하면 저쪽인 듯싶었고, 앞에서 들리는가 하면 어느새 뒤에서 번져 나오고 있었다. 그는 견딜 수가 없었다. 그 신음 소리가 어디서 들려오는 것인지 알아내야 했다. 그는 칙칙하고 끈적끈적한 잠의 늪을 빠져나오려고 버둥거렸다. 얼마를 더 몸부림하다가 가까스로 눈을 뜰 수가 있었다. 자리를 박차고 일어났다. 귀를 곤두세웠다. 이상한 일이었다. 그렇게 생생하게 들리던 소리가 어찌된 것일까. 환청이었을까. 그는 머리를 저었다. 그럴 리가 없었다. 그러나 지금 소리는 자취도 없다. 그는 머리를 감싸쥐며 침상에 털썩 주저앉았다.

"으으으으……."

저 소리, 그는 후닥닥 일어났다. 한결 약해지긴 했지만 분명 그 신음 소리였다. 그는 문에 매달렸다. 아무런 소리도 들리지 않았다. 문 왼쪽 벽으로 몸을 바싹 붙이고 귀를 철책 사이로 내밀듯 했다. 어둠침침한 적막뿐이었다. 다시 오른쪽 벽으로 몸을 옮겼다. 호롱불이 힘겹게 헤치고 있는 어둠의 부스러기가 무겁게 내려쌓이고 있을 뿐 아무런 소리도 없었다. 그런데 그 절박한 신음 소리는 언제나 같은 밀도로 잠겨 있는 어둠의 분말들 속에 분명히 떠돌고 있었다. 손을 휘저으면 건져질 것처럼.

그는 다시 침상으로 돌아와 앉았다. 그는 결코 자신이 잘못 들었다고 생각하지 않았다. 그 소리를 잡기 위해 온 신경을 귀로 집중시키고 있었다. 지금이 밤인건 분명한데 기상 시간까진 얼마나 남았는지 알 수가 없다. 항시 똑같은 불빛에 항시 똑같은 어둠이 잠겨 있기 때문에 시간 감각을 상실한 지는 이미 오래였다.

아무리 기다렸지만 그 신음 소리는 다시 들리지 않았다. 시간이 지남에 따라 그는 등을 벽에 기댔고, 팔을 받치고 옆으로 누웠고 스르르 잠에 빠져 들어갔다.

어이없게도 간수가 깨워서야 일어났다. 그는 눈을 뜨자마자 허둥댔다. 신음 소리를 쫓던 일이 방금 일어난 것처럼 그 동안의 시간을 떠밀고 그의 앞에 서 있었다.

"뭘 잃어버렸나?"

간수가 의아해 하며 물었다.

"난 어젯밤에 분명히 들었는데……."

그는 철책에 매달렸다.

"……."

"아무 일도 없었소? 그 소릴 분명히 들었는데……."

"무슨 소릴?"

간수가 표정 없이 물었다.

"신음 소리 말이오. 아주 절박했소. 곧 숨이 넘어가는 것 같은…… 내가 분명히 들었는데 잘못 들은 건 아니지요? 그렇지요?"

그는 곧 울 것 같은 표정이었다. 간수는 그런 그를 어루만지듯 들여다보고 있었다. 그리고 입을 열었다.

"죽었어!"

간수의 음성은 돌덩어리 같았고, 그는 멍한 얼굴이 되었다. 잠시 후 그는 철책을 붙든 손에다가 머리를 박았다. 그의 머리칼이며 어깨가 칙칙한 어둠 속에서 잔물결을 이루고 있었다.

"어디 한두 번째가……."

간수가 그의 어깨를 어루만지며 조용히 말했다.

그는 감정을 다스리려고 크게 크게 숨을 들이마셨다. 숨결은 걷잡을 수 없이 굴곡이 심했다. 한 목숨이 사라져가려고 마음은 그리도 조바심을 쳤는지 모른다. 자신이 신음 소리를 다시 기다리고 있을 때 얼굴을 모르는 한 생명의 피는 이미 식어가고 있었는지도 모른다.

"그래 그 사람은 어찌 됐소?"

그가 간신히 물었다.

"끌어내다가 관에 넣었지. 곧 잠자리비행기가 와서 싣고 갈 게고, 그리고 가족한테 넘겨지면 그만이겠지 뭐."

그는 더 할말이 없었다. 아무 말도 하고 싶지가 않았다. 돌아섰다.

아침밥을 먹지 않았고 간수도 아무 말도 하지 않았다.

그는 석상이 되어 앉아 있었다. 머릿속은 희게 표백되어 가고 있었다. 의식이 맑아지는 것과는 또다른 상태였다.

그는 점심도 거절했다. 이번에는 간수가 가만히 있지 않았다.

"이러지 말어. 아까도 말했지만 처음 있는 일이 아냐. 당신이 처음 안 것뿐이지. 막말로 죽는 놈만 서러워. 어서 이것 받어."

그는 고개를 저었다.

"이거 왜 이러나. 몇 남지 않은 경쟁자들 틈에 끼고 싶어 이러나? 내가 사람 잘못 봤군."

간수는 노골적으로 경멸의 빛을 보였다.

"그게 무슨 말이오?"

그는 침상에서 내려섰다.

"모르고 있겠지만 이젠 여기 몇 명밖에 안 남았어. 날이 갈수록 일이 줄어들어 좋긴 하지만, 그자들도 머잖아 줄초상 치게 돼 있어. 거기 한몫 끼고 싶으면 알아서 해."

간수는 어느 때 없이 냉정한 어조였다.

"아니 그럼, 새사람들은 들어오지 않는단 말요?"

그의 물음에 간수는 해득할 수 없는 웃음을 피식 웃었다.

"끊긴 지 이미 오래야. 더 미리미리 알아서 기는 거지."

"뭐라구요……?"

그는 비틀거렸다. 간신히 철책을 붙들었다.

"강도·절도·사기범은 날로 늘어나지만 당신 같은 종류

의 사람은 이제 끝이 났어. 따지고 보면 이 깜빵도 잘못 지은 셈이지."

간수의 말을 그는 먼 바람결처럼 듣고 있었다.

그는 밥맛을 잃었고 운동할 의욕도 잃었다. 끝없는 벼랑으로 떨어져내리는 혼돈에서 헤맸고, 밤마다 아내의 꿈을 꾸었다. 옛날 같지 않게 아내는 꿈속에서 줄곧 울고 있었다. 아내의 젖가슴은 쭈글쭈글 탄력이라곤 없었다. 말을 잃어버린 그의 곁에서 간수는 지치지 않고 부축하려고 애썼다.

실오라기가 둘을 더해 스물두 개가 된 어느 날이었다. 간수가 다급하게 손짓을 하고 있었다. 그는 천천히 문께로 걸어갔다.

간수는 빠르게 좌우를 살피더니 느닷없이 그의 귀를 잡아당겼다. 그는 하마터면 소리를 지를 뻔했다.

"당신 여기서 송장이 되고 싶진 않지?"

간수는 빠르게 속삭였다. 그 실오라기 같은 목소리에서 그는 단내를 맡았다.

"무슨 소리요?"

그도 빠르게 속삭였다.

"빨리 대답해!"

"당연하잖소!"

"좋아, 그럼 우리 탈출하는 거야."

"뭐요……?"

"어때, 빨리 대답해!"

"할 수만 있으면……."

"됐어. 기다려!"

간수는 총총히 사라졌다. 그는 안절부절을 못했다. 너무나 갑작스러운 일이라 정신을 차릴 수가 없었다. 침상을 붙들고 앉았지만 전신이 푸들푸들 떨려왔다. 아무 생각도 떠오르지 않았다. 온몸이 열로 들떠올랐다. 얼마를 그렇게 앉아 있었는지 모른다.

간수가 밥통을 들고 나타났다. 간수는 태연했다.

"사흘 후에 실시야. 소장이 겨울 휴가를 떠나는 날이거든."

"소장 말고 다른 사람들이 또 있을 것 아니오."

"취사 담당 한 놈뿐이야. 다른 한 놈은 소장이 떠난 다음날 휴가에서 돌아오구."

"그럼 여기 인원이 모두 네 명뿐이란 말이오?"

"그런 셈이지. 숫자가 줄기만 하구 보충이 안 되니까 몇 명은 딴 곳으로 이동했지."

"그 취사 담당이 문제 아뇨."

"다 내가 알아서 할 테니까 염려 말어. 짜식이 악질이긴 하지만."

간수는 밥 많이 먹어두라는 말을 남기고 돌아갔다.

그는 간수로부터 비로소 이 감옥에 대한 모든 것을 들을 수 있었다. 이곳이 섬이라는 것과 감방은 바위를 파서 만든 것이라는 점은 예상했던 대로였다. 무엇보다도 중요한 것은 이곳의 위치 설명이었다. 간수는 이곳을 중심으로 여러 곳의 위치를 아는 범위 내에서 자세하게 설명하려고 노력했다. 탈출 계획을 결정적으로 도와줄 것은 뭐니뭐니 해도 소장의 고상한 취미였다. 소장은 낚시광이었다. 전에부터 낚시에 미쳤는지 아니면 이런 고도(孤島)에 내동댕이쳐져 한정도 없이 쌓이기만 하는 시간을 때려잡는 수단으로 낚시를 시작한 것인지는 알 수 없었다. 하여튼 소장은 스릴과 재미가 만점이라는 바다낚시를 즐기기 위해 배와 줄사다리를 장만한 것이다. 그래서 물살이 사납지 않은 뭍 쪽으로 향한 해안에 배를 맸고, 때의 위치에 맞춰 줄사다리를 걸 자리를 만드느라 바위에다가 쇠몽둥이를 틀어박는 무지막지한 노동을 치러야 했다. 그뿐이 아니었다. 소장이 낚시 행차를 하실 때는 졸병들은 윤번제로 낚시 도구가 든 배낭을 메고 줄사다리를 타는 곡예를 벌여야 했다. 이것까진 그래도 좋았다. 그 다음은 노를 젓는 일이었다. 소장이 만족할 만큼의 깊이까지 배를 몰아나가기 위해서 죽어라고 노를 저어야 했다. 그래서 손바닥에 물집이 잡혀 터지고 그 자리에 공이가 박힐 때까지 팔자에 없는 노 젓기를 숙달시켜야 했었다. 낚시를 마치고 돌아오면 소장은 꼭 줄사다리를 걷어올리게 했다. 그건 차곡차곡 말려져 소장의 의자 뒤에 있는 캐비닛 속으로 들어갔다. 소장의 말로는 비를 맞으면 안 된다는 것이었지만 사실은 그게 아니었다. 그렇지 않고서야 그게 무슨 보물단지라고 굳이 캐비닛 속에 모시는 것인가. 소장은 부하들을 의심하고 있었다. 그건 그가 소장이라는 자리를 차지하게 되기까지 익혀버린 자신으로서도 어쩌지 못하는 체질일 것이었다. 소장이 아무리 캐비닛 번호를 극비에 붙이고 있었다 하더라도 줄기찬 눈초리 앞에서는 어쩔 수 없는 일이었다. 간수는 캐비닛 번호를 고스란히 머릿속에다 훔쳐 넣을 수 있었다.

"취사 담당이 아무래도 께름칙하군요."

그는 침을 꿀떡 삼키며 말했다.

"염려 없어. 그치는 한번 잠들면 꽹과리를 쳐도 몰라. 소장이 떠날 때쯤이면 그치는 아마 곯아떨어져 있을 거야. 만약 재수 드럽게 그치한테 들키게 되면 뭐 볼 것 있어? 해치워버리는 거지."

간수는 단호하게 말했다.

"날 빼고 몇 사람이나 더 있소?"

"셋!"

"그 사람들은 어떻게 되는 거요."

"관심 쓸 거 없어. 어차피 며칠씩 못 넘기도록 돼 있으니까."

"정말이오?"

"왜, 데려가고 싶어서?"

"……."

"구경을 시켜줄까? 줄사다리에서 다 떨어져 죽게 돼 있어."

"……."

"내일 밤이야."

간수는 선언이라도 하듯 말을 남기고 돌아섰다.

형용할 수 없이 지루하고 초조한 하루였다. 아내를 생각했고, 연락 방법을 생각했고, 피신처를 생각했고, 지난 일들을 생각했고, 다시 체포되었을 때를 생각했고…… 그래도 하루는 길게 남아 있었다. 그런 생각들을 몇 차례 되풀이하고 나서야 저녁밥 때가 되었다.

"한숨 자둬."

밥을 건네준 간수는 이 말만을 던지고 돌아갔다.

그는 꾸역꾸역 밥을 밀어넣었다. 간수의 말에 의하면 이 삼 일간은 민가를 피해야 한다는 것이었다.

잠이 올 리가 없었다. 눈은 감고 있었지만 온 신경은 문 쪽으로 쏠려 있었다.

지극히 산발적인 것이었지만, 한 개인의 의지를, 한 생명의 삶의 조건을, 집단을, 역사라는 것을, 그외에 많은 의식의 조각들을 그는 만나고 있었다.

문 쪽에 인기척이 있었다. 그는 재빨리 일어났다. 간수였다. 가슴이 쿵쿵 울리기 시작했다. 간수는 자물통을 땄다.

"자, 어서……."

문이 열리고, 그는 감방을 빠져나왔다. 간수가 앞장을 섰다. 그는 발이 헛디뎌지는 출렁거림 속에서 간수의 뒤를 바싹 따랐다.

열다섯 개의 계단을 오르고 곧 사무실로 들어섰다.

"자, 이 옷 빨리 갈아입어."

사복이었다. 번호가 붙은 옷을 벗었다. 바지를 입었고, 잠바를 입었다.

"거기 구두도 바꿔 신고."

간수는 캐비닛에 매달려 마른 음성으로 일렀다. 그는 고무신을 벗고 구두를 신었다. 더 할 일이 없었다. 그는 주먹을 꼭 말아쥔 채 부들부들 떨고 있었다. 사무실 중앙의 난로는 벌겋게 달아 있었고, 그 위에 놓인 커다란 주전자는 썩썩 소리를 내며 김을 뿜어냈다.

"됐어, 가!"

간수는 허리가 휘도록 짐을 지고 있었다. 줄사다리였다.

밖은 뿌유스름한 어둠이 덮여 있었다. 바람이 파르르 옷

깃을 날렸다.

"미끄러지지 않게 조심해. 전부 바위야."

앞서가는 간수가 숨가쁘게 일렀다. 그는 무릎에 힘을 모으며 옷깃을 여몄다. 갯냄새가 섞인 차고 싱싱한 바람은 가슴저 깊숙이까지 파고들어 싸한 박하향을 뿌려놓고 있었다.

"빨리 이것 좀 받어."

그는 줄사다리를 받아 내렸다. 허리가 휘청했다. 간수는 줄사다리의 두 끝을 찾아내 바위에 박힌 굵은 쇠못에다 걸었다. 그리고 둘둘 말린 줄사다리를 걷어찼다. 촤르르르……요란한 소리를 내며 줄사다리가 바다로 풀려 내려갔다. 그는 화들짝 놀라 사무실 쪽으로 고개를 돌렸다.

"걱정 말어. 파도 소리가 더 크니까."

간수가 안심을 시켰다.

"자아, 한 발, 한 발, 천천히 걸어 내려가. 서두르면 안 돼!"

간수는 그의 등을 어루만지듯 하며 앞으로 밀었다. 그는 조심스럽게 줄사다리 위에 발을 올리고 두 손으로 줄을 움켜잡았다. 그리고 한 발짝씩 발을 옮기기 시작했다. 그러면서 긴 한숨을 내뿜었다.

간수의 말대로 줄사다리 끝은 배에 닿아 있었다. 그는 배로 펄쩍 뛰어내렸다. 몸이 붕 뜨는 그 짧은 순간이 그는 그렇게 상쾌할 수가 없었다. 살아 있다는 사실이 그 순간처럼 밝은 빛으로 확대되어 온 때는 일찍이 없었다.

"마침 구름이 끼어서 안성맞춤이야. 구름이 끼지 않았더라면 너무 밝을 뻔했어. 머잖아 보름이거든."

간수는 배에 묶인 줄을 풀어내며 혼잣말처럼 했다. 그는 하늘을 쳐다보았다. 달은 보이지 않았다. 짙게 덮인 구름뿐이었다.

배가 물결을 타기 시작했다. 간수의 몸이 율동감 있게 앞뒤로 움직였다. 그 움직임으로 배가 앞으로 나아가고 있는 것이다.

"춥지?"

간수가 물었다.

"아니오."

"추울 게야. 옷이 한겨울 것으론 너무 얇거든."

"걱정 말아요."

그는 으스스 떨며 말했다.

둘 사이에는 한동안 말이 없었다. 그는 뱃전에 부딪히는 물소리에 정신을 팔고 있었다. 이렇게 수월하게 탈옥을 할 수 있다는 게 도무지 실감으로 오지 않았다.

"마누란 미인인가?"

간수가 무료한 듯 물었다.

"내 눈에는요."

"다행이군."

다시 말이 끊겼다.

그는 간수와 어디쯤에서 헤어지게 될 것인지를 생각했다. 알 수가 없었다. 헤어지지 말고 끝까지 함께 갔으면 싶었다. 그건 어디까지나 간수의 뜻에 달린 일이었다. 간수가 짐스러워하면 뭍에 닿자마자 떨어져야 될지도 모른다. 그는 혼자가 되는 게 두려웠다.

"당신은 당신이 훌륭하다고 생각해?"

간수가 물은 말이었다.

"그게 무슨 뜻이오?"

그는 순간적으로 마음을 도사렸다.

"당신 같은 사람 마음은 알 것 같기도 하고 영 알 수가 없기도 하고, 갈팡질팡이거든."

"나도 잘 모르겠군요."

"그럴 리야 없겠지. 훌륭하긴 훌륭한 모양이야. 죽은 다음에도 오래오래 훌륭하다고 꼽는 인물들 중엔 당신 비슷한 사람들이 많으니까 말야."

"……."

간수의 몸이 앞뒤로 움직일 때마다 노 삐꺽이는 소리가 바람을 타고 흩어졌다. 그는 점점 추위를 느꼈다.

"구두 벗고 내릴 준비해."

바로 저 앞이 모래사장이었다. 그는 간수가 시키는 대로 구두와 양말을 벗고 바지를 걷어올렸다.

배가 멎자 그는 바닷물로 첨벙 뛰어내렸다. 섬뜩한 차가움이 전신으로 부챗살처럼 퍼져갔다. 그는 그 바늘 끝 같은 차가움에서 추위를 느끼기보다는 질긴 자신의 생명의 불꽃을 확인하는 것이었다.

그의 뒤를 따라 간수도 모래사장으로 나왔다. 그들은 서둘러 발을 닦고 양말을 신었다. 발은 아리다 못해 마비가 되어버린 것 같았다. 그가 구두를 신고 일어섰을 때였다. 간수가 기다렸다는 듯이 손을 내밀며 말했다.

"자아, 그럼 잘 가시오."

"……?"

그는 어리둥절했다. 간수는 최초로 경어를 썼다.

"여, 여기서 헤어지는 겁니까?"

그의 목소리는 심하게 떨렸다.

"아니오."

간수는 고개를 저었다.

"그럼……."

"어서 떠나시오."

"아니 당신은……."

"난 다시 섬으로 돌아갈 거요."

"그게 무슨 소리요. 함께 가기로 하잖았소."

"난 갈 데가 없소."

"아들이 있잖소. 아들을 찾아야지요."

"몇 개월 전에 죽었어요. 연락이 왔습디다."

"뭐라구요……?"

"난 당신과 또 다르오. 어디에도 몸을 숨길 수가 없게 되어 있소."

"섬으로 돌아가면 당신은……."

"내 염련 마시오. 내가 다 알아서 할 테니."

"안 되오, 갈 데가 없으면 나하고 함께 갑시다. 이게 무슨 짓이오."

"괜히 시간 낭비요. 날이 밝을 시간도 얼마 남지 않았소. 날이 밝기 전에 이 지역을 벗어나얄 게 아니오! 자 이거 받으시오. 누룽지요. 몇 끼는 때울 수 있을 거요."

간수는 조그만 보퉁이를 그의 손에 들려주었다.

"자아, 무사히 가길 빌겠소."

간수는 손을 내밀었다.

"당신은 도대체……."

그는 말끝을 맺을 수가 없었다.

"왼쪽으로 가시오. 가능한 한 민가를 피하구요."

간수는 힘주어 손을 흔들며 말했다.

"잘 가시오. 당신은 독종이었소."

간수는 이 말을 남기고 돌아섰다.

그는 멍하니 서 있었다.

배에 오른 간수는 이쪽을 향하여 마구 팔을 내젓고 있었다. 흡사 허공을 치는 것 같은 몸짓이었다.

"고맙소. 잘, 잘……."

그는 중얼거리며 돌아섰다. 그리고 어둠을 헤치며 걸음을 빨리 하기 시작했다.

그는 큰길을 가로질러 산비탈 쪽으로 접어들었다. 얼마를 걸었는지 먼동이 터오고 있었다. 그는 숨을 거칠게 몰아쉬었다. 뛰는 게 아닌데도 숨이 가쁘고 가슴으로는 맞바람이 통했다. 그는 자신의 몸이 파삭 말라버린 가랑잎 같다는 생각을 몇 번이나 했다. 여름이었으면 얼마나 좋았을까 하는 안타까움이 일곤 했다. 그러나 허약해진 몸을 어쩔 수 없듯이 그것도 부질없는 아쉬움이었다. 추위를 참고 이겨내는 도리밖에 없었다. 그렇지 못하면 얼어죽는 것뿐이었다. 이까짓 추위쯤…… 그러서는 아예 관심거리가 아니었다. 추위가 아무리 고통을 준다 하더라도 그것과 목숨을 동일선상에 놓는 건 그로선 용납할 수가 없었다. 추위는 단순히 견디어낼 역경에 지나지 않았다. 그러나 목숨의 가치는…….

그는 전신을 조여 비트는 것 같은 추위를 질겅질겅 씹었다.

날이 차츰 밝아지기 시작하자 그는 은신처를 찾았다. 우선 사람의 눈에 띄지 말아야 하고 바람을 막을 수 있는 곳이라야 했다. 그는 두 개의 바위가 맞붙어 생긴 공간을 찾아냈다. 주위에 잡풀이며 나무가 서 있어서 쉽게 노출될 염려는 없었다. 그는 바위틈바구니에 쪼그리고 앉았다. 맞바람은 다소 피할 수 있을지 모르지만 추위는 전혀 막아낼 수 없는 장소였다. 그는 점점 추위의 문제가 심각하게 확대되는 것을 느꼈다. 이런 상태로 얼마 동안이나 더 견디어낼 수 있을지 두려웠다. 그는 할 수 있는 한 몸을 조여뜨려 웅크려 박았다. 다른 생각을 하려고 애썼지만 추위는 그 어떤 생각이든 금방 토막을 쳐버리곤 했다. 불, 이글거리는 한 무더기의 불이 소원이었다. 마른 잡풀들의 흔들림이 불길로 보였다. 성냥만 있다면 당장 그 마른 풀숲에 불을 지를 것 같았다. 자신의 위치가 노출되는 것은 그 다음의 일이었다. 그는 벌써 몇 시간째 추위 속에 내던져진 상태였다.

그는 누룽지를 생각해 냈다. 보따리를 풀었다. 꽤 시간이 걸렸다. 뻣뻣하게 굳은 손가락이 제대로 말을 듣지 않았다. 누룽지를 한입 가득 넣고 씹기 시작했다. 이빨 사이사이에서 신침이 흘렀다. 누룽지의 고소한 맛이 따뜻했다. 간수의 얼굴이 선히 떠올랐다.

—추운 데서 잠이 들면 끝장이야. 계속 움직여야 해.

간수는 자상한 사람이었다. 이런 말까지 해주었을 때 눈치를 챘어야 했다. 갑자기 변경한 계획이 아니었다. 도대체 섬으로 되돌아가서 어쩔 작정인 것일까. 어쩌면 섬으로 돌아가지 않았는지도 모른다. 그 배를 저어 어딘가 멀고 먼 곳으로 피신을 했는지도 모른다. 그네들의 손이 전혀 안 미치는 어느 외딴 섬으로. 그러나 그 배는 너무나 작고 너무 느렸다.

그는 누룽지를 우물거리며 손바닥을 맞비비고 발가락을 꼼지락거렸다. 아내가 있는 곳까지는 까마득하고, 계속 사람들의 눈을 피하며 도망을 해야 한다. 그는 긴 숨을 내쉬었다.

하늘엔 탁한 구름이 뒤덮여 있었고, 바람은 멈출 줄을 모르고 불었다. 구름만 끼지 않았더라도 이처럼 추울 것 같지는 않았다. 그는 바위틈을 빠져나왔다. 더 이상 견딜 수가 없었다. 걷기로 했다. 이 추운 산속을 헤맬 사람도 없겠지만 만약 사람을 만난다 해도 당당하게 지나치면 그만이라 싶었다. 견딜 수 없는 추위가 준 용기였다.

그는 계속해서 걸었다. 예상대로 사람은 만나지 않았다. 그는 발을 절룩였다. 지금의 위치가 어디쯤인지 알 수가 없었다. 그는 와들와들 떨며 걸었고, 걸으면서 누룽지를 씹었다.

그는 왼쪽 다리를 끌다시피 했다. 언덕배기를 간신히 기어 올라갔다. 그의 얼굴이 환해졌다. 그러나 이내 어두워지고 말았다. 저 아래쪽 분지에는 집이 서너 채 이마를 맞대고 있었다. 그 집마다에서는 연기가 피어올랐다. 해거름이었다. 그는 따뜻한 방을 생각했고, 뜨끈뜨끈한 국물이 있는 밥상을 생각했다. 그는 그 조그만 마을로 들어가고 싶은 충동에 떨었다. 이 혹독한 추위의 밤을 견뎌낼 자신이 없었다. 배도 고팠다. 누룽지는 시장기를 달래는 데 불과했다.

그러나 그는 먼발치에서 그 마을을 지나쳤다. 어두워지기 시작하면서 희끗희끗 눈발이 날리기 시작했다. 그는 갈피를 잡지 못했다. 추위는 충분히 사람을 죽일 수 있다는 공포감이 엄습해 왔다. 그는 허약하기 이를 데 없는 자신을 보고 있었다. 그는 완강하게 고개를 저었다. 자신은 결코 굴복하지 않았었다. 끝까지 싸웠다. 그래서 지금 이렇게 살아 있는 것이다.

그는 이렇게 부르짖어 보았지만 그 어디에서도 힘은 생기지 않았다. 이상한 일이었다. 그때는 그렇지가 않았었다. 그는 퍼뜩 깨달았다. 그때는 상대가 사람이었고 지금은 상대가 자연이었다. 그 차이는 실로 엄청난 것이었다. 그때는 감정을 무기로 삼은 상대적인 싸움이었다. 그런데 지금은 아무 무기도 갖지 못한 일방적인 싸움이었다.

눈발이 흩뿌리는 속을 그는 밤새껏 걸었다. 수없이 넘어지고 곤두박이며 다시 일어났다. 밖으로 드러난 부분의 살은 푸르뎅뎅하게 얼부풀어 있었다. 입술은 파삭 마른 채 살갗이 들떠올랐다. 그는 몸을 가누기 어려울 만큼 지쳐 있었다.

날이 완전히 밝아졌을 때 그는 끝이 아슴해 보이는 들녘에 이르러 있었다. 그는 들녘을 넋 놓고 바라보다가 비칠비칠 주저앉았다. 졸음이 뭉텅이로 몰려들었다. 이제 추운 것도 의식할 수가 없었다.

—추운 데서 잠이 들면 끝장이야. 계속 움직여야 해.

그는 눈을 부릅떴다. 그리고 이를 앙다물고 일어섰다. 들녘 끝을 향해 비척비척 걷기 시작했다. 그에겐 이제 누룽지도 없었다.

눈발이 거칠어지기 시작했다. 바람이 씨잉 씽 거세게 불었다. 눈발은 땅과 평행선을 그으며 달음박질쳤다. 그는 걷는 게 아니라 바람에 떠밀리고 있었다. 그는 허기에 시달리고 있었다. 배고픔은 두통을 몰고 왔고 귀까지 먹먹하게 만들었다. 무엇이든 먹을 것을 찾아야 했다. 그런데 눈발은 점점 더 거칠어지기만 했다.

그는 추웠고 배가 고팠고 졸음이 왔다. 주저앉고 싶었고, 쓰러지면 죽는다고 생각했고, 뿌득뿌득 이를 갈며 발을 옮졌다.

그는 주춤 멈춰섰다. 무언가가 움직이는 게 있었다. 사람은 아니었다. 아주 작아 보이는 것이었다. 그는 살금살금 접근했다. 그때 후닥닥 뛰는 게 있었다. 토끼! 그는 뒤쫓아 뛰었다. 몇 걸음 뛰지 못하고 사정없이 넘어졌다. 토끼는 간 데가 없었다. 그걸 잡았더라면……. 그는 강한 식욕을 느꼈다. 굽지 않고도 그대로 먹어치울 수 있다고 그는 장담하고 있었다. 그러나 토끼는 이미 도망친 뒤였다……. 그런데 왜 토끼가 거기 있었을까. 그는 부리나케 일어났다. 토끼가 있던 곳에는 콩깍지가 수북이 쌓여 있었다. 그는 콩깍지를 헤집기 시작했다. 아무리 헤집어도 콩은 보이지 않았다. 토끼가 먹을 건 있어도 자신이 먹을 건 없었다. 그는 콩깍지 위에 그대로 쓰러졌다. 정신이 가물가물해 가고 있었다. 그는 이대로 푹 잠이 들고 싶었다.

—여보, 어디든 면횔 가겠어요. 건강하셔야 해요.

역력한 아내의 목소리였다.

그는 부르짖었다. 나 여기 있다고, 어서 면회를 오라고, 그때처럼 맛있는 음식을 가지고 어서 면회를 오라고.

그는 두 팔로 몸을 버팅기며 일어서고 있었다. 푸르뎅뎅하게 얼어버린 그의 볼이 심하게 씰룩였다. 퀭한 눈에는 검은자위가 반쯤 달아나고 없었다.

사방은 어둑어둑해지고 있었다. 하늘에는 여전히 짙은 구름이 덮인 채 눈발은 멎어 있었다. 그는 쓰러질 듯 쓰러질 듯 앞에 보이는 움막을 향해 걷고 있었다. 언제부턴가 그의 시야 속에서 이 세상의 모든 것은 제멋대로 출렁거리고 있었다. 그는 저 앞에 보이는 집에 사람이 있기를 바랐다. 열 사람이든 스무 사람이든 상관이 없었다. 차라리 사람이 있기를 바랐다.

주저하지 않고 벌컥 문을 열었다. 그런 그의 눈은 똑바로 박혀 있었다. 움막 안엔 인기척이라곤 없었다. 짚더미만 수북하게 쌓여 있었다. 그는 발소리를 죽이며 안으로 들어섰다. 한결 아늑함을 느꼈다. 여기저기를 찬찬히 살펴나갔다. 그 어디에도 사람의 냄새는 묻어 있지 않았다. 그는 비로소 마음을 놓았다.

짚더미 쪽으로 돌아서던 그는 귀를 세웠다. 무슨 소리가 들린 것이다. 몸을 웅크린 채 그는 꼼짝을 하지 않았다. 또 소리가 들려왔다. 건너편 벽 쪽에서였다. 돌이 섞인 건너편 흙벽을 그의 눈은 샅샅이 훑고 있었다. 그의 눈이 반짝 빛났다. 돌 위에 뚫린 구멍 속에서 움직이고 있는 건 새가 분명했다. 그의 가슴은 벌떡이기 시작했다. 살금살금 벽으로 다가가기 시작했다. 꿩일지도 모른다, 까치일지도 모른다. 그는 입술을 잘근잘근 씹으며 접근하고 있었다.

벽 아래까지 다 왔다. 숨길을 다잡았다. 이제 덮치기만 하면 되는 것이다. 그는 흙벽의 구멍을 향하여 뛰어올랐다. 뭔가 뭉클 손에 잡혔다. 그리고 그는 짚더미 위로 나둥그러졌다. 그의 손아귀 안에서는 잿빛의 새가 깃을 퍼덕이고 있었다.

그의 얼굴에는 하나 가득 만족스런 웃음이 번지고 있었다. 그는 몸을 바로 가누며 침을 꿀떡 삼켰다.

그는 계속 깃을 퍼덕이는 새를 들여다보았다. 고개를 갸웃했다. 이리저리 유심히 살폈다. 그의 얼굴에는 어두운 그늘이 덮였다. 그때 새가 또 깃을 퍼덕이며 울었다.

꾸륵, 꾸륵, 꾸르륵…….

산비둘기였다.

그는 짚더미를 골라 잠자리를 만들었다. 웅크리고 앉은 다음 짚으로 위를 덮었다. 끝도 없이 자고 싶었다.

그는 비둘기를 가슴팍에 꼭 끌어안았다. 몸이 어디론가 한정도 없이 가라앉아가고 있었다. 그 아늑하고 포근한 아내의 젖가슴에 안기고 있었다. 아내의 젖가슴에선 감미로운 향기가 물큰물큰 퍼져나오고 있었다.

아침 햇살을 밟으며 서너 명의 사내들이 움막을 향해 조심스럽게 접근하고 있었다. 그들은 각기 총을 들고 있었다.

"짜식들이 겁도 없이……."

한 사내가 중얼거렸다.

"제까짓 것들, 뛰어야 벼룩이지."

다른 사내가 따라서 중얼거렸다.

사내들은 움막의 문을 박차고 안으로 뛰어들었다.

"저기다!"

"손들엇!"

아무 반응이 없었다. 한 사내가 날쌔게 발길질을 했다. 그때 푸드덕 소리를 내며 솟구쳐오르는 것이 있었다. 사내들은 엉겁결에 물러서며 총들을 겨누었다.

"엇, 저게 뭐야!"

"새 아냐!"

새는 움막 안을 한바퀴 빙그르르 돌고는 열려진 문을 빠져나갔다.

"이거 죽었잖아?"

시체는 무릎이 턱에 닿을 지경으로 웅크려진 채 짚더미 위에 모로 쓰러져 있었다.

"또 한 놈은 어찌된 거야?"

"어느 지점에서 헤어진 보양이군."

"됐어. 수색대는 우리만이 아니니까."

사내들이 떠들었다.

"근데 아까 그 새는 웬 거야?"

한 사내가 생각난 듯 말했고,

"시첼 파먹으러 온 거 아닌가?"

다른 사내가 대꾸했고,

"글쎄, 독수리가 그렇게 작진 않을 텐데…… 아, 까마귀였나 보다. 그래 까마귀야!"

사내들은 밖으로 몰려나갔다.

〈1977년〉

우리들의 흔적

미스 김의 사망 통지가 간신히 사무실에 도착한 것은 그네가 신기하게도 결근을 한 바로 그 다음날이었다.

사망 통지가 '간신히 도착했다'고 하는 것이나 그네의 결근을 '신기하게' 받아들이는 것은 비록 나만의 느낌은 아니다. 경리과 직원 여섯 명의 줄지은 생각이었다.

수위의 감시와 안내가 뒤범벅된 눈길을 받으며 사무실로 들어선 그 여인은 대뜸 자신의 노고에 대한 공치사부터 늘어놓았다.

"아 무슨 놈에 회사 찾기가 이렇게 힘이 들어 글쎄. 아침에 집을 나와 하루 종일 점심도 굶고 이게 무슨 꼴이야 그래. 벌써 저녁밥 때가 되잖았어. 걸어도 백 리는 너끈히 걸었구먼."

설거지 김칫국물 냄새가 풍기는 것 같은 옷차림에 어울리게 여인의 목소리는 걸쭉하게 사무실에 퍼져나갔다.

이 갑작스러운 침입자 때문에 사무실의 기능은 마비되었다. 모두는 고장난 화면의 인물처럼 연속 동작을 멈춘 각기 다른 포즈로 그 여인에게 생경한 눈길들을 던졌다.

"아, 목소리 좀 낮춰요."

수위가 사무실의 눈치를 살피며 꾸짖는지 일깨우는지 모를 어조로 말했다.

"이 냥반이 아까부터 꽤 까다롭게 구네. 금테 두른 모자 썼다고 너무 이러지 마슈."

여인은 무슨 당당한 용건을 가지고 있는 게 분명했다. 모두는 연속 동작을 멈춘 포즈에서 일단 휴식의 포즈로 바뀌었다. 그에 따라 자동적으로 여인을 바라보는 눈길도 의문과 호기심으로 바뀌었다.

"글쎄 용건부터 어서 말해요."

수위가 무시당한 것을 만회해야 되겠다는 듯 버럭 소리를 질렀다.

"이 냥반 증말 걱정도 팔자로구먼. 내가 어련히 알아서 할까 봐 간섭이야, 간섭이. 그래, 내가 왼종일 밥도 굶고 쏘다녀서 여기 온 게 놀러 온 줄 아슈? 놀러 온 줄 알어?"

여인은 수위에게 맞대거리를 하고 들었다. 곧 멱살이라도 잡을 것 같은 기세였다.

"아주머니, 진정하시고 왜 여길 오셨는지 말씀하세요."

과장이 여인에게로 다가서며 말쑥한 사무적 예의를 갖추었다.

"선생님이 이 사무실 오야붕인가요?"

여인은 한결 누그러진 어조로 물었고,

"예, 그렇습니다."

과장이 열없게 웃으며 대답했다. 다른 직원들도 서로 마주 보고 쿡쿡 웃었다.

"왕초라고 안 해서 다행이군."

누군가가 낮게 지껄였고 또 쿡쿡대고 웃었다.

"미스 김 양이 여기서 일하지요?"

여인은 재차 확인을 했다.

"그렇지요. 미스 김……. 그런데요?"

과장이 좀더 친근한 눈길로 여인을 바라보았다. 직원들은 계속 쿡쿡거리면서도 이틀째 비어 있는 미스 김의 자리에 눈길을 보냈다.

"죽었어요!"

"예에? 누가요?"

"아, 미스 김 양이 죽었어요."

그들은 모두 다시 고장난 화면 속의 사람들이 되어버렸다.

"도대체 이게 어찌된 일입니까?"

과장의 부르짖음 같은 이 말이 터지기까지는 꽤 오랜 시간이 걸린 것같이 느껴졌다.

하루 종일 백 리 가까이 걸었음을 강조한 여인은 비로소 의자에 앉혀졌다. 모두는 여인을 에워쌌다.

"교통 사곤가요?"

"자살했어요. 약을 무지하게 먹었대요."

"자살? 왜요?"

"난들 알겠소, 사람 깊은 속을."

"그게 언제였어요?"

"어제 점심때쯤이었어요."

"그럼 곧 병원으로 옮겼어야지요."

"아, 숨이 끊어진 사람 살려내는 병원도 있답니까?"

"어제 그런 일 당했음 어제 당장 알려줬어야지요."

"이 냥반들 속 편한 소리들만 하시네. 파출소에서 밀어닥치지, 동회에서 쫓아오지, 사람들 몰려들지, 누군 저년 시체 옆방에 눕혀놓고 밤새고 싶어서 늑장부린 줄 아우?"

여인의 떠다미는 것 같은 공박에 모두는 잠시 주눅이 들었다.

"그래도 전화라도 걸었어야지요."

누군가가 짜증스럽게 말했고,

"참말로 똑똑하시구랴. 전화 한 통화 10원이면 왼종일 이 고생 안 하고 차비 안 쓰고 몇백 배 편하다는 것쯤 세 살 난 어린애도 다 알아요!"

여인은 벌컥 화를 내며 자리에서 일어났다. 모두는 움찔하며 조금씩 물러났다.

"그 처녀 미스 김 양도 그렇지. 아무리 셋방살이를 한대지만 한 울 안에서 좀 정붙게 살았으면 어때. 항시 두꺼운 담장 치고 살면서 묻는 말에나 마지못해 대꾸하는 식으로 굴건 뭐야. 내가 회사를 물어두었으니 망정이지 그렇지 않았으면 어쩔 뻔했어 그래."

여인은 금방 시체가 몸에 닿기라도 하는 듯 몸서리를 쳤다.

"이렇게 알려줘서 고맙습니다. 그런데……, 가족은 누가 있나요?"

과장이 흩어지지도 않은 머리칼을 쓸어넘기며 억지스럽게 목청을 가다듬었다.

"아니……, 오야붕이 그것도 몰라요?"

여인은 가당찮다는 눈길로 과장을 쏘아보았다.

"미스 김 양은 혼자 아네요, 혼자!"

여인은 사납게 느껴질 만큼 큰소리로 외쳤다. 그 외침은 과장 혼자에게뿐만 아니라 둘러선 그들 모두에게 던지는 여인의 팔매질이었다. 그들을 휘 둘러보며 끌끌 혀를 차는 여인의 눈에는 적의가 번뜩이고 있었다.

왜 전화로 연락하지 않았느냐는 조금 전의 멍청한 실언처럼 과장의 물음도 어지간히 천진스러운 것이었다. 당연히 동거하는 가족이 없으니 집주인이 직접 나선 게 아닌가. 이건 실언도 추리력 부족도 아니었다. 이제까지 아무도 미스 김이 혼자서 셋방살이를 해왔다는 사실을 모르고 있었다. 여인의 적의도 바로 여기에 있는 것 같았다.

"쯧쯧쯧……, 하루 이틀 얼굴 맞대고 산 것도 아니고. 난 그만 가리다. 오늘 안으로 당장 시첼 치워요. 그렇잖음 장의차에 실어 이 회사로 보낼 테니."

여인은 차갑게 말하고 돌아섰다.

"아니, 아주머니, 잠깐만, 잠깐만, 기다리세요."

과장이 허둥대며 여인을 붙들었다.

"나 부장님한테 다녀올 테니까 이 아주머니 차 대접하고 있어."

과장이 허둥지둥 사무실을 나갔다.

나는 그때서야 목을 치받고 오르던 커다란 멍울이 다소 풀리는 것 같은 기분을 느꼈다. 그렇다고 미스 김의 죽음을 전혀 실감할 수는 없었다. 그네가 젊어서일까. 젊은 사람도 얼마든지 죽을 수 있는 일이 아닌가. 바로 옆자리에 이틀 전까지 있었다는 엄연한 사실 때문일까. 그러나…….

"여봐 미스터 송, 그렇게 멍하니 서 있지만 말고 다방에 전화 좀 걸어."

"아, 예, 예."

나는 계장이 시키는 대로 송수화기를 덥석 집어들었다.

커피 한잔을 주문해 놓고 돌아서니 모두는 둘러서서 나지막한 소리로 얘기를 나누고 있었다.

"영 믿어지지가 않아."

"그러게 말예요. 꼭 거짓말 같아요."

"도대체 왜 그랬을까."

"참 알다가도 모를 일이지. 미스 김은 낙천적인 성격은 아니었지만 그렇다고 비관적인 성격은 더구나 아니었는데."

"그렇지요. 미스 김하고 자살하고는 영 맞아떨어지지가 않아요."

아하……. 나는 이 말을 흘려넘길 수가 없었다. 나는 비로소 미스 김의 죽음을 전혀 실감할 수 없는 이유를 찾아냈다. 만약 그네가 가장 억울하게 죽는 연탄 가스 중독이었다거나 또는 가장 똥값으로 죽는 교통 사고였다면 의당 그 죽음에 혀를 찼을 것이다. 그런데 그네는 의외로, 참으로 의외로 자살을 해버림으로써 모두에게 죽음을 실감할 수 없게 만들었다.

여인이 꽤 뜨거울 커피를 한약 마시듯 단숨에 들이켜버린 직후에 과장은 서둘러대는 몸짓을 지으며 돌아왔다.

"미스터 박, 자넨 이 주소로 빨리 전보 부탁하게. 김경자 사망 급래야."

과장은 빳빳한 종이 한 장을 책상 위에 던졌다. 인사 기록 카드였다.

"발신인은 어디로 할까요?"

"회사지 어디야."

과장은 짜증스럽게 내던졌다.

"미스터 송, 자넨 이 돈 가지고 아주머니 모시고 먼저 떠나게. 우린 곧 뒤따라갈 테니까."

나는 과장이 시키는 대로 할 수밖에 없었다. 서둘러 책상을 정리했다. 언뜻 눈길이 간 텅 빈 미스 김의 책상. 여름이고 겨울이고 정나미 떨어지게 싸늘한 표정을 짓고 있는 철 책상에서 갑자기 불어오는 습기 찬 으스스한 바람. 나는 간사스럽게도 그러나 어쩔 수 없이 죽음이라는 음산한 그림자를 본능적으로 두려워하고 있었다.

"도착하는 대로 전화 주게."

과장은 사무실을 나서는 나에게 일깨웠다.

미스 김의 사망 통지는 이렇듯 약간은 번잡하고 수선스럽게 사무실에 전해졌다. 그 아주머니가 사무실에 나타나기까지의 과정을 다시 생각해 보며 나는 아슬아슬한 안도감에 신침이 고일 지경이었다. 만약 그 아주머니가 회사를 알아두지 않았더라면…….

나는 쌍문동이라는 멀고 먼 서울시의 끝을 향해 가면서 줄곧 미스 김과 나와의 관계를 더듬어보았다. 그러나 지극히 피상적인 사실의 나열들뿐 새롭게 상기할 만한 기억이라곤 하나도 없었다. 나는 나 자신에게 놀라고 있었다. 그녀와 책상 옆구리를 맞대고 살아온 1년 반 가까운 세월 동안 어쩌면 그렇게도 철저하도록 사무적이고 형식적으로 살아올 수 있었을까.

김경자, 주산 3단, 입사 5년 동안 경리 장부에 단 한 번의 미스도 내지 않은 모범 사원. 결코 예쁘지 않고 그러나 밉지도 않은 지극히 평범한 생김새. 그런 생김과 걸맞게 모난 데도 애교도 없는 무던한 성품.

이것이 내가 '확실'이라는 단어를 앞세워 알고 있는 그네의 전부였다. 나이마저도 스물서넛쯤으로 어림할 뿐 확실한 것은 모른다. 그러니 고향은 어디며 가족 관계가 어떤지 알 턱이 없는 노릇이다. 이런 것쯤은 업무 태만을 저지르거나 일과 후에 따로 시간을 내지 않더라도 점심 시간 같은 때 얼마든지 알아낼 수 있었을 것이다.

그저 평범한 이야기 속에 자연스럽게 묻어가고 묻어올 수 있는 것들이니까.

결국 나는 하루 중에 잠자는 시간을 빼고 나면 거의 전부를 보내다시피 하는 사무실 생활 1년 반에 걸쳐서 그네와는 단 한순간도 사람의 정이 담긴 이야기를 나누지 못했다는 결론이었다. 그러면서도 매일 아침 웃으며 인사를 나누었고, 나란히 앉아 수십억의 수치를 틀림없이 계산해 내곤 한 것이다. 이상한 일이다. 서로 그런 사이면서 매일 아침 나눈 인사는 무엇인가. 그 웃음의 정체는 무엇인가.

그리고 기묘한 일이다. 그런 상태로 매일 얼굴을 맞대고 살아오면서도 아무런 어색함도 불편함도 느끼지 않았다.

아니, 가만있자. 미스 김과 나는 여자와 남자고 더구나 처녀와 총각의 사이였으니까 그럴 수 있었을지 모른다. 같은 남자끼리인 과장과 계장, 아니 그들은 높으신 분들이니까 다시 접어두자. 미스터로 싸잡아 불려지는 박·최·허와는 어떤가? 그들과의 사이도 미스 김과 조금도 다를 것이 없었다. 이 뒤늦은 깨달음에 나는 몸서리를 쳤다. 알 수 없는 서늘한 무서움이 심뜩 목덜미를 휘감아왔다.

무슨 놈에 생활이 이런가, 무슨 놈에 생활이 이런가. 나는 이 말을 오징어 발이나처럼 질겅질겅 씹어대다가 퍼뜩 스쳐가는 생각의 꼬리를 붙들었다.

사무실, 거기는 사무실이었다. 유흥장이나 사교장이 아니라 사무실이었다. 거기에서 모두는 사무를 보도록 되어 있었다. 그래서 아무런 어색함도 불편함도 없었다. 오히려 이것저것 서로를 알게 되면 사무를 수행해 나가는 데 번거롭고 불편하게 될지도 모른다. 거기서는 오로지 정확하고 신속한 사무 기능만 갖추면 그만인 것이다.

나는 비로소 내가 커다란 기계의 한 개 부속품인 것을 깨달았다. 월급 생활 1년 반 만에 보게 되는 내 모습이었다.

나는 갑자기 갈증을 느꼈다.

그리고 일등병 때 느꼈던 그 서글픔과 초라함이 원색 그대로 재생되어 나를 짓눌러왔다. 일등병이란 계급장은 나 자신을 그렇게 혐오스럽게 만들 수가 없었다. 누더기·걸레쪽·넝마로까지 천해지고 돌멩이·자갈·모래 끝내는 먼지로까지 졸아들면서도 아무런 대책을 세울 수 없었던 나의 무능. 나는 일등병 깡통 계급장에 지배당하면서 나의 비참한 꼬라지에 얼마나 많은 횟수의 침을 뱉었는지 모른다.

나는 물 대신 담배 연기로 갈증을 달래며 우리가 모두 그런 사이가 된 것은 그 누구의 잘못도 아니라는 궁색한 변명을 마련하고 있었다. 내가 한 개 부속품이라는 확인이 주는 서글픔이나 초라함을 떼치기 위해서라도 그런 변명은 필요했는지도 모른다.

나는 미스 김이 왜 자살을 했을까에 대해 생각을 묶으려고 노력했다. 그러나 그런 의도는 곧 벽에 부딪혔다.

미스 김이 되살아나기 전에는 당연히 불가능한 일이었다.

어제 아침, 9시가 넘자 과장이 재미난다는 표정으로 입을 열었다.

"오늘 미스 김이 웬일이야. 미스 김도 지각을 할 줄 아나?"

"아마 차가 막혔겠죠."

계장이 당연하다는 투로 말했다. 그러므로 9시가 넘었을망정 미스 김은 지각이 아니라는 뜻을 포함하고 있었다.

9시 30분이 지나고 10시가 되었다.

"아직도 차가 막혔을까?"

과장이 약간 염려스러운 빛으로 말했다.

"글쎄요, 무슨 급한 일이 생긴 게죠."

계장은 여전히 자신 있는 어조였다.

10시 30분이 지나고 11시가 되었다.

"아무리 급한 일이라도 전화는 걸어야지."

이렇게 말하는 과장의 얼굴에는 걱정스러운 의문이 감돌았을망정 불쾌하게 여기는 기색은 전혀 없었다.

"곧 오겠죠. 너무 급하다 보면 전화 같은 건 까맣게 잊을 수도 있죠."

계장은 이때까지도 미스 김이 결근을 하리라고는 상상도 못하는 모양이었다.

12시가 넘자 미스 김의 지각은 결근으로 고정되었다.

"허허, 미스 김이 결근을 다 하구. 이제 봤더니 깡도 보통이 아닌데. 전화를 쓱싹해 버렸단 말야."

과장이 퍽 속 넓은 아저씨처럼 너그럽게 말했다.

"참 신기한 일도 다 있군요. 내일 아침엔 해가 서쪽에서 뜰 모양입니다."

계장이 멋쩍게 받아넘겼다.

미스 김의 결근은 이렇듯 신기하게 받아들여졌다. 과장이나 계장이 무척 인정미 넘치는 사람들처럼 행동한 것은 미스 김을 두둔하거나 싸고도는 것이 아님을 우리들은 알고 있었다. 그건 순전히 미스 김에 대한 사무적 신임이었다. 그네는 상당히 징그럽게도 5년 동안 지각 한번 하지 않은 모범 사원이었다.

미스 김의 결근이 신기한 일로 받아들여지고 있을 때 그네는 이미 저승길로 치닫고 있었다는 것이다.

흔한 성에 흔한 이름을 가진 그네는 평범한 여사원이었고 평범한 처녀였다.

그네는 지루할 지경의 성실성을 지켜왔고 어느 때 한번 자기를 내비치는 일 없이 살면서 웃을 필요가 있을 때는 어김없이 웃었다. 그래서 그네는 주위 사람들에게 낙천적으로 받아들여졌을 것이고, 모두는 그네의 자살을 전혀 납득할 수 없는지도 모른다.

"요 며칠 동안 이상한 눈치 같은 건 못 챘나요?"

나는 여인에게 한 가닥 기대를 걸었다.

"아까도 말했지만 그 처녀가 좀 쌀쌀해야지요. 그렇다고 생기는 것 없이 내 쪽에서 친하자고 주책만 부릴 순 없잖겠수? 그러니 눈치고 뭐고 낌새를 알 수가 있어야지요."

"그래도 사람이 죽기 전에는 뭔가 약간은 달라질 텐데요. 괴로워하는 기색이 보인다거나 우울한 것 같다거나……."

"우린 무식해서 그런 눈치 모르겠수."

여인은 무신경하게 말하고 눈길을 돌려버렸다.

원 참, 드럽게도 멋대가리 없는 여편네로군. 나는 담배를 꺼내물고 성냥을 득 그어댔다. 그리고 또 내 나름의 추리에 몰두해 보려고 애썼다. 하지만 처음과 마찬가지로 상식적인 생각만 되풀이될 뿐이었다. 그 생각이라는 것이 고작 실연을 당하지 않았을까 하는 정도였는데, 이것 또한 미스 김한테는 대단히 죄송스러운 일이지만 그네와는 영 맥이 닿지 않았다.

"이봐요, 있어요. 한 가지가 있어요!"

여인이 어찌나 갑작스럽게 소리를 지르며 거칠게 내 팔을 붙들었는지 나는 담배를 놓치고 말았다.

"……?"

"죽기 전 사나흘 밤을 늦게까지 잠을 자지 않았어요. 통금이 지나 연탄불을 갈러 나왔는데 그때까지 불이 켜져 있었거든요."

여인은 자신이 사인(死因) 규명을 한 것처럼 흥분한 어조였다.

"불을 끄지 않고 잠이 들었는지도 모르죠."

"웬걸요. 미스 김 양이 어떤 처녀데. 내 전등 끄는 버릇을 가르쳐준 게 바로 미스 김 양이라구요."

"……."

"뭐가 잡히는 게 있어요?"

나는 고개만 저었다.

여인네 집은 택시를 내려서도 오르막길을 5분 이상 걸어야 했다.

"집이 누추해서……."

여인은 대문을 들어서며 비로소 여자의 모습이 드러나는 어조로 얼버무렸다. 여인은 의례적인 겸손을 보이는 것만이 아니었다. 집은 추위와 더위가 맘놓고 판을 칠 수 있게끔 남루한 차림이었다.

"저 방이우."

여인은 맨 끝방을 손가락질했다.

그 방문은 열려 있었다. 나는 순간 멈칫했고, 그리고 천천히 한 발짝씩 떼어놓았다.

"회사에서 오셨다구요? 나 주인 되는 사람이오."

걸쭉한 남자의 목소리에 나는 얼른 돌아섰다. 흙 냄새를 풍기는 건장한 체구의 남자가 악의 없이 웃고 있었다. 나는 엉거주춤한 자세로 눈인사를 했다.

"어서 망령을 뵙도록 하시오."

남자가 앞장을 섰다.

종이를 바른 조그만 창문이 달린 벽 쪽으로 때가 전 무색의 병풍이 둘러쳐져 있었다. 그 병풍 앞의 조그만 상에 촛대 두 개와 향로가 놓여 있었다. 그것들은 한눈에 장의사의 것임을 알 수 있었다. 이런 조처라도 취해준 주인 내외에게 나는 감사를 느꼈다.

나는 무릎을 꿇고 앉아 향에 불을 당겼다. 화아한 향 내음이 퍼져 올랐다. 미스 김……, 나는 순간 가슴이 찌르르 울리는 전율을 느꼈다. 내가 미스 김의 망령을 위하여 향을 피우고 있다는 짐이 비로소 가슴에 부딪혀온 것이나. 악의 없이 웃던 그네의 얼굴이 선하게 떠올랐다. 향 내음이 이토록 매울 만큼 진하게 느껴지기는 전에 없던 일이었다.

방 안은 경리 장부처럼 말끔하게 정돈되어 있었다. 방문에서 왼쪽으로 옷장이 놓여 있고, 조그만 책상은 오른쪽에 자리 잡고 있었다. 그 책상에는 그네가 손수 수를 놓은 듯싶은 책상보가 덮였는데 열서너 권의 책과 거울, 목각 인형이 사이좋게 놀고 있었다.

나는 회사로 전화를 걸기 위해 그 집을 나섰다. 내 마음은 축축하게 젖어 있었다. 막연한 죄스러움과 미안함이 그네의 여러 가지 모습과 엉키며 커져갔다.

"어떻게, 원인을 좀 알아냈나?"

과장이 대뜸 한 말이었다.

"미스 김이 주인 남자와 더 가까울 리 없잖습니까."

나는 얼결에 버르장머리 없는 말투를 내뱉고 말았다. 나는 집 위치를 냅다 지껄이고 전화를 끊었다.

과장 일행은 약속한 시간을 어기지 않고 도착했다.

절은 한 사람씩 차례로 했다. 과장이 물러나고 계장이 향에 불을 당기고…….

방 안에는 매운 향 내음이 가득 찼고 그 속을 슬픈 망령의 승천이나처럼 향연(香煙)이 파란 꼬리를 이으며 피어올라선 그대로 침묵으로 응결되고 있었다.

모두는 말없이 차례로 밖으로 나왔다.

"자넨 미스터 허와 오늘 밤 수고 좀 해야겠네."

"수고는요, 염려 마세요."

나는 재빨리 대꾸했다.

미스터 허와 나는 소주를 찔끔찔끔 부어대며 깊어가는 밤을 지키고 있었다. 자정이 지났고 일과의 피로가 서서히 우리를 침식해 오고 있었다.

"피곤한데 교대로 눈을 붙이도록 하는 게 어때요?"

"그럴까?"

미스터 허가 반가운 동의를 해왔다.

미스터 허는 벽에 몸을 부리자마자 이내 잠속으로 빠져들어갔다. 혼자 남게 되자 나는 미스 김의 유품들을 뒤져보고 싶은 유혹에 이끌렸다. 혹시 유서를 발견하게 될지도 모른다는 기대 때문이었다. 그래서 처음부터 시선을 끌던 책을 조심스레 넘기기 시작했다. 그러나 어느 책에서도 그런 것은 발견되지 않았다. 나는 갑자기 감당하기 어려운 피곤에 휩싸였다.

눈을 떴을 때는 날이 훤히 밝아 있었다.

회사로 두어 차례 전화 연락을 했고 오후 4시가 조금 지나 미스터 최와 박이 한 시골 노인네를 모시고 나타났다. 빈소를 알려주자 노인네는 허겁지겁 방으로 들어가더니 곧 통곡을 터뜨렸다.

"아버님이신가요?"

미스터 허가 물었고,

"아아니, 이모부라더군."

"부모님은요?"

나는 미스 김이 고아라는 사실을 두려워하며 빠르게 물었다.

"두 분 다 돌아가셨대."

우리는 더 이상 말을 하지 않았다. 한참을 더 곡을 하고 나서 그네의 이모부는 방을 나왔다. 이모부는 눈을 훔치고 코를 들이마셔가며 우리들에게 사인을 따져물었다. 구구한 질문을 했지만 끝내 속시원한 답을 얻어내지 못하자 이모부는 벌컥 화를 냈다.

"원 매정한 사람들 같으니라구. 그럼 우리 경자에 대해서 아는 건 도대체 뭐야. 이런 순 몰인정한……."

우리는 아무 말도 할 수가 없었다. 이모부의 말에 따라 장례는 화장으로 치르기로 했다.

장의차는 다음날 아침 10시쯤 움직였다. 우리들은 모두 힘을 나눠 관을 장의차로 옮겼고, 그러면서 미스 김에게 미안한 죄의식을 가졌고, 장의차에 올라선 관 양쪽으로 마련된 가족석에 무릎을 맞대고 앉았다.

화장터에 이르러 다시 힘을 나누어 관을 내렸고, 예불을 올리며 두 손을 모았고, 화구(火口) 앞까지 다시 관을 옮겨 긴 시간을 기다렸고, 마침내 차례가 왔을 때 전신이 오그라드는 긴장에 떨며 관을 들어 흉측한 철판 위에 놓았고, 삽시간에 철판이 굴러가 흔적도 없이 사라져버렸을 때 매운 눈물을 씹었다.

줄담배를 태우며 시간을 죽였고, 김경자를 외치는 소리를 쫓아 화부 앞에 모였고, 거침없이 굴러나온 철판 위에 아아……, 무참한 허무의 회오리바람에 휩쓸리며 우리는 굳어져 있었다.

한줌 재로 변한 미스 김을 데리고 우리가 화장터를 등진 것은 오후 3시가 가까워서였다.

광화문께서 택시를 내렸다.

"어떻게 맥주나 한잔씩 할까?"

과장이 드디어 침묵을 깼다. 집에서 관을 옮길 때부터 지금까지 계속되어 온 침묵이었다. 누구도 과장의 말에 동의를 표하지 않았다. 정작 과장도 술을 입에 대고 싶어하는 기색은 별로 없었다. 우리는 아무 말없이 뿔뿔이 헤어졌다.

나는 휘청휘청 걷다가 문득 지금 시간이 그저께 미스 김 집으로 가던 시간임을 깨달았다. 만 이틀……, 끝내 사인을 밝혀내지 못한 것을 안타까워하지 말자고 나는 나를 타일렀다. 과장과 계장과 미스터 최·박·허에게 내 나름의 감사를 보내고 싶었다.

나는 하숙방에 눕자마자 잠이 들었고, 아주머니의 성화에 못 이겨 늦은 저녁을 맛없이 먹었다. 그리고 이내 또 질긴 잠에 묶여버렸고, 아주머니의 기상 나팔 소리가 성급해지자 일어나 아침을 먹는 둥 마는 둥하고 어느 날 아침이나 마찬가지로 허둥지둥 택시 합승으로 지각을 모면했다.

"미스 강을 소개합니다. 오늘부터 우리 과에서 일하게 되었으며, 이름은 강미혜라고 합니다."

과장이 예쁘장한 아가씨를 소개했고 누군가가 짝짝짝 손뼉을 치자 모두들 따라서 손바닥을 맞때렸다. 나도 엉성하게 손바닥을 맞때리면서 자꾸 웃어야 한다고 나를 일깨우고 있었다.

"이 사람아, 박수 그만 쳐도 돼."

미스터 최가 어깨를 툭 치며 이렇게 말했을 때에야 비로소 나는 나 혼자 계속 손뼉을 치고 있음을 알았다.

"전임자는 시집을 갔나요?"

어느새 옆자리에 앉은 미스 강이 생긋 웃으며 물었다.

"시, 시집요? 그래요, 시집을 갔어요. 아주 부잣집으로 시집을 갔어요."

나는 턱없이 큰 손짓을 해보이며 웃으려고 애쓰고 있었다.

〈1977년〉

진화론

1

동호는 울음을 추스르며 일어섰다. 할머니는 굳어진 아버지의 팔에 매달려, 터져나오는 기침으로 숨이 잦아들고 있었다. 할머니는 통곡을 하다가 기침이 터지면 숨을 제대로 가누지 못해 하얗게 죽어갔다. 그러다가 가까스로 기침을 잡고는 다시 언 땅을 치며 통곡을 하곤 했다. 얼음을 뒤집어쓴 생선처럼 얼어버린 두 동생은 이제 울지도 못하고 와들와들 떨기만 했다.

주저앉은 하늘은 쉴새없이 기침을 했다. 그건 할머니의

기침처럼 볼품없는 게 아니었다. 화난 선생님의 싸리 회초리만큼 매섭게 살갗을 파헤집었다. 기침을 하면서 하늘은 눈까지 토해냈다.

동호는 손등으로 눈물을 닦아냈다. 그리고 고개를 들어 눈발로 뒤덮인 하늘을 올려다보았다. 하늘아, 기침 그만 해라, 불쌍한 우리 아부지 춥겠다. 눈도 그만 오게 하고. 불쌍한 우리 아부지, 우리 아부지…… 다시 목이 메었다. 동호는 더 울지 않기로 마음을 나무랐다.

언젠가 술에 취해 마당에서 잠이 들어버린 때처럼 지금도 아버지는 땅바닥에 누워 있었다. 아버지의 몸에 눈이 내려 쌓인다. 할머니의 헤풀어진 희끗희끗한 머리칼에도, 동생들의 떨리는 어깨에도 눈은 쌓였다. 그런데 이상하다. 피가 맺힌 아버지의 상처 난 얼굴이 없어졌다. ……아, 아버지의 얼굴에도 눈이 쌓여서 그렇다. 그런데……? 할머니의 얼굴이나 동생들의 얼굴, 그리고 내 얼굴에는…… 동호는 빠르게 얼굴을 훔쳤다. ……! 아버지의 얼굴은 눈을 녹일 수가 없는 것이다. 비로소 동호는 아버지가 죽은 것임을 가슴 저리게 깨달았다.

동호는 재빨리 아버지 옆으로 다가가 앉았다. 그리고 옷깃을 들어 아버지 얼굴에 쌓인 눈을 닦아냈다. 네 개의 손가락은 아버지의 이마가 돌덩이라고 말했다. 코를 스치던 옷깃은 아버지의 코가 한겨울에 뚫린 창호지 문구멍이라며 뒷걸음질을 쳤다. 동호는 눈에 덮여 누워 있는 아버지가, 머리칼 쭈뼛하게 하는 밤중의 당산나무처럼 느껴졌다. 순간적으로 몰려드는 무섬증을 떼치기라도 하듯 동호는 소리를 질렀다.

"할머니, 울기만 하면 어떡해요?"

"이 자석아, 나보고 어쩌란 말이냐?"

"아부지 얼어 죽는단 말예요."

"이런 멍청아, 아부지는 진작 죽었어. 이 늙은 걸 놓고……."

"그걸 누가 몰라요? 날이 어두워진단 말예요."

동호는 흑 울음을 터뜨리며 일어섰다.

"다 그년 탓이다. 그년이 내 집안을 요 모양으로 폭삭 망쳐놓았어. 아이고, 아이고……."

할머니는 다시 통곡을 시작했다.

동호는 두 동생들의 머리며 옷에 쌓인 눈을 털었다. 그리고 양쪽에 꼭 끌어안았다. 할머니가 욕하는 그년은 엄마다. 엄마, 생각하기 싫은 사람이다. 소식이 없는 채 반년이 다 차간다. 동호는 눈을 질끈 감으며 머리를 마구 흔들었다. 엄마의 모습이 떠오르는 것조차 징그러웠다.

엄마 엄마 무사히 돌아와줘요
어느 장터 어느 동네 잘못 가셔서

길을 잃고 이 밤도 못 오시어요?

엄마 엄마 무사히 돌아와줘요
밤마다 내 방에 불 켜놓으니
그 불빛 따라서 어서 돌아와줘요.

동호는 아무도 몰래 지은 이 글짓기를 한밤중에 박박 찢어버린 다음부터 엄마를 기다리는 대신 미워하게 되었다. 그날 밤 크레파스로 그린 세 장의 엄마 얼굴도 찢겨져 헛간의 잿더미 속에 파묻혔다.

왼쪽 겨드랑에 목발을 짚고 다녀야 하는 아버지가 눈이 허옇게 뒤집히도록 술을 마시고 마당에 나뒹굴어진 것은 장사를 나간 엄마가 나흘째 소식이 없던 밤이었다.

"잡아죽여. 잡히기만 하면 아주 찢어 죽이고 말 거야."

아버지는 이렇게 악다구니를 쓰며 정말 잡아죽일 게 눈앞에 있는 것처럼 마당을 헤엄치는 몸짓으로 기었다. 겁에 떠는 두 동생의 손을 나눠 잡은 동호는 마루 구석에 바짝 붙어서 있었다. 아버지는 무척 속이 타거나 누구에게 참을 수 없는 창피를 당한 모양이라고 생각했다. 할머니는 아버지의 뒤를 앉은걸음으로 쫓으며 애가 탔다.

"애비야, 왜 이러냐. 정신 차려라, 제발 정신 차려."

"내가 다리 하나 없는 병신이지만 제까짓 것 때려잡기는 식은죽 먹기야. 잡아죽인다, 죽여."

"애비야, 소문대로던? 소문이 맞지?"

"내 왕년엔…… 내가 두 다리 성성했을 땐……."

아버지는 큰 짐승이 우는 것 같은 괴상한 소리로 울기 시작했다. 그러다가 폭 고꾸라졌다. 동호는 흠칫 물러섰다.

"왜 그리 넋을 빼고 서 있냐. 얼렁 내려와 아부지 방으로 옮겨 눕혀야지."

할머니의 노기에 찬 말을 듣고서야 동호는 아버지가 그대로 잠이 든 것을 알았다.

글짓기와 그림을 찢으며 동호는 그날 왜 아버지가 그렇게 취했는지를 알았다. 그 욕설이 누구를 두고 했던 것인지, 그리고 그날부터 거의 매일 술에 취해 돌아와서는 내, 왕년엔…… 해놓고는 짐승처럼 울어버리는 이유도 알게 되었다.

엄마는 장사를 했다. 엄마가 머리에 이고 다니는 라면 상자에는 별 희한한 것들이 다 들어 있었다. 그런데 그것들은 모두 여자들에게 소용되는 물건이었다. 여자 중에서도 학철이 누나처럼 가수가 되겠다고 꺼들먹대는, 헛바람든 처녀들이 보면 환장할 것들이었다. 엄마의 돈벌이는 괜찮은 눈치였다. 엄마의 치맛속 배꼽께에 달린 커다란 주머니에는 언제나 돈이 그득했다. 동호로서는 글짓기 할 공책이나 크레파스 같은 것을 아무때나 장만할 수 있는 것이 그렇게 좋을 수가 없었다. 같은 반에서 그럴 수 있는 아이들은 서너 명에 지나지 않았다. 엄마는 장이 서는 여러 읍내는 물론 이곳저곳 동네를 찾아다니며 장사를 했다.

숙제도 제대로 못하게 팔다리를 주무르라고 성화를 하던 할머니가 앓아눕고 말았다. 할머니가 병이 난 것은 당연한 일이었다. 한 달이 가까워지도록 엄마는 소식이 없었고 아버지는 매일 술을 마셨던 것이다. 할머니는 하루에도 몇 차례씩 소가 코를 부는 것 같은 깊은 한숨을 내쉬었다. 집안일도 혼자의 힘으로 다 해내야 했다.

허리끈으로 머리를 동여맨 할머니는 간신히 일어나 앉으며 아침밥 안칠 물을 길어오라고 일렀다. 물통을 들고 우물로 가면서 동호는 자꾸만 슬퍼지는 마음을 가누느라고 콧날이 매웠다. 할머니까지 아파버리면 큰일이다. 아버지는 순 엉터리다. 경찰 아저씨는 어디에 쓰는 것인가. 이런 때 도움을 주는 것이 경찰 아저씨라고 사회생활 시간에 배웠다. 견디다 못해 경찰 아저씨들에게 부탁을 하자고 했더니 "아가리 닥쳐, 요런 쥐새끼 같은 놈아." 아버지는 이런 험악한 욕을 퍼부었던 것이다. 다시는 찍소리 한번 해보지 못했지만 아버지가 미워서 환장을 하겠다. 학교를 오가는 길에 지서

앞에서 몇 번이나 망설였는지 모른다. 아버지는 뭐야, 시시하게. 지서에 알리지 않으려면 혼자서라도 열심히 찾아야지. 한 달이 다 되도록 매일 술만 마시다가 결국 할머니까지 아프게 만들었지 뭐야. 엄마는 교통 사고를 당한 게 아닐까. 혹시 도둑놈들에게 돈을 빼앗기고…… 아냐, 그럴 리가 없어. 그럼 왜 한 달이 다 되도록……. 그동안 수십 번 되풀이해 온 생각에 몰리자 머리가 어지러워진 동호는 잠시 주춤했다. 아버진 정말 병신이야. 다리만 병신이 아니라 하는 일도 병신이야. 동호는 그만 울화가 치밀어 팽 코를 풀어 던졌다.

"아니, 할머니는 뭘 하고 네가 물을 뜨러 왔냐?"

우물가에 둘러섰던 세 아주머니 중의 한 사람이 물었다.

"아파요."

"저런, 쯧쯧쯧…… 어디가?"

"온몸이 쑤시고……."

"당연하지. 그꼴 당하고 안 아플 사람이 어디 있나."

"그래도 오래 견딘 셈이지."

"누가 아니래. 나 같으면 진작 미쳤을 게야."

"하여간에 독한 여자야. 어찌 그럴 수가 있을꼬?"

"돈푼이나 번다고 꼬릴 칠 때 벌써 위태위태하더라니."

"어떤 놈인지 횡재했지 뭐야. 돈 있겠다, 그만하면 반반하겠다."

"그러나저러나 맘이 편할까? 자식들 생각이 안 나?"

"눈에 한 꺼풀이 씌었는데 무슨 소리야?"

"그러게, 서방질도 아무나 하는 줄 알아?"

"쉬이, 큰일날 소릴……."

한 두레박밖에 안 담긴 물통을 들고 동호는 벌써 뛰고 있었다.

동호는 집을 나서긴 했지만 학교에는 가지 않았다. 봉학산 골짜기에서 하루 종일 울었다. 날이 저물어 집에 돌아온 동호는 글짓기와 그림을 갈기갈기 찢었던 것이다.

아버지는 삼륜차까지 굴리는, 알아주는 쌀가게를 하고 있었다. 아버지는 삼륜차를 타고 시골로 들어가 쌀을 모아가지고, 큰 도시에서 온 사람들에게 넘기거나 손수 가지고 나가기도 했다. 일이 한가할 때면, 아버지가 앉는 자리에 버티고 앉아 삼륜차를 타는 재미는 말타기 놀이에 댈 것이 아니었다. 아이들은 서로 태워달라고 소리소리 질렀다. 헤헤 꼬숩다, 번데기 맛이다. 이때처럼 아버지가 장하게 느껴질 때도 없었다. 4학년 때까지 아버지는 농사를 지었다. 그런데 외국으로 수출하는 방직 공장이 세워지게 되어 아버지는 논을 전부 팔아넘겼다. 그때 할머니는 꼭 어린애처럼 며칠을 징징 울며 반대를 했다. 조상이 물려준 땅을 팔아먹는 것은 집안 망치는 짓이라며 법석을 피운 것이다. 그러나 아버지의 사업이 잘되어 돈을 벌어들이게 되자 할머니는 논을 팔기 전보다 더 신명이 나보였다.

아버지가 삼륜차에 쌀 가마니를 가득 싣고 떠난 다음날 동호는 미쳐버린 듯싶은 엄마와 잠이 덜 깬 것 같은 할머니 손에 이끌려 병원을 찾아갔다. 들어선 병실의 침대에는 사람 대신 커다란 붕대 뭉치가 놓여 있었다.

아버지는 도청이 있는 큰 병원으로 옮겨졌다. 1년 가까이 아버지는 집에 돌아오지 못했다. 동호는 설날 아버지를 병원에서 만날 수 있었다. 반년이 넘어서 만난 아버지는 다행히 붕대 뭉치가 아니었다. 아버지는 그동안 신사로 변해 있었다. 언제나 거무튀튀하던 얼굴이, 영화에 나오는 멋쟁이처럼 희어져 있었다. 그러나 그 흰 얼굴에는 웃음이 없었다.

아버지는 왼쪽 다리 절반을 어디다 둔 채 목발을 겨드랑이에 끼고 집으로 돌아왔다. 아마 아버지의 다리 반쪽은 삼륜차가 낭떠러지에서 굴러떨어지며 집어삼켜 버린 모양이었다.

동호는 학교 다닐 맛을 잃어버렸다. 길을 가다가 맨주먹을 꽁꽁 말아쥐거나 공부 시간에 창 밖을 멍하니 내다보다간 이빨을 갈아붙이는 버릇이 생겼다. 서방질을 해서 도망을 가버린 엄마, 여태까지 혼자만 모르고 있었던 일이다. 길거리에서 뒤로 듣는 어른들의 혀 차는 소리는 뒤통수에 불덩이로 박혔다.

그리고 친구들의 비껴나가는 눈길은 탱자나무 가시가 되어 양쪽 볼을 찔렀다. 견뎌내기 어려운 창피스러움이었다. 다만 술 취한 아버지가 휘두르는 목발의 공포에 떠밀려 마지못해 다니는 학교였다.

술에 취한 아버지는 난간이 없는 다리에서 떨어졌고 날씨까지 추워 돌아가시게 된 것이다. 눈이 퍼붓는 날 꽁꽁 언 땅에 눈과 함께 아버지가 묻히는 것을 보면서 동호는 울지 않았다.

"요즘 세상에 어디 여자만 나쁘다고 할 수 있나? 애를 셋씩이나 난 여자가 생과부로 2년을 견뎠으니 오죽했을라고. 그꼴로 평생 살 작정을 해보니 눈앞이 캄캄해진 거지 뭐."

"이 사람, 천벌받을 소리 하는구먼. 멀쩡한 여편네 두고 병신 노릇 해야 하는 사내 심사도 생각해야지. 달면 삼키고 쓰면 뱉어내는 그런 게 부분가? 처음부터 병신이었다면 말도 안 해. 날벼락을 맞은 생고자라구, 생고자."

"고자면 고자지 생고자는 또 뭐야?"

"히히히히……."

"큭큭큭큭……."

부엌에 모여앉은 여자들은 한참 간드러지고 있었다. 고

자…… 고자? 동호는 무언가 가슴에 가득 고였던 것이 주르륵 흘러빠지는 것 같은 느낌에 부딪혔다. 통에 가득 담겼던 물이, 밑에 달린 마개를 빼자 쑥쑥 줄어드는 꼭 그런 생생함이었다. 슬픔은 그렇게 가슴을 빠져나가 버린 다음 다시 찾아오지 않았다. 이틀 후 장례 날까지 동호는, 병풍으로 가려놓은 아버지 시체 앞에서 건성으로 마른 울음을 울었다.

동호는 차츰 높아져가는 봉분을 바라보며 그 아주머니들의 말을 씹고 있었다. 고자…… 사금파리로 돼지 불알을 까면 그것이 된다고 들었다. 아부지가…… 그렇다면 아부지의 그걸…… 그럼 누가 아부지의 그걸…… 의사가……? 왜 아부지의 그걸…… 아냐, 아냐, 이번 여름 개울에서 목욕을 하며 보니까 아버지의 그것도, 그것도 둘 다 멀쩡하던걸. 모두 거짓말이다. 공갈이다. 하지만…… 엄마가 서방질을 해서 도망간 것을 나만 모르지 않았던가. 가분수(假分數) 나눗셈보다 어려운 숙제였다.

배고프고 추운 겨울 방학이었다. 매일 점심을 굶고 저녁은 죽으로 때웠다. 할머니가 동네 품을 팔았다. 아버지가 마신 외상 술값을 받으러 온 사람들이 한바탕씩 난리를 꾸몄다. 그때마다 할머니는 울었다. 다른 겨울 방학처럼 고구마를 구워먹거나 썰매를 지칠 수가 없었다. 산지기의 눈을 피해 나무를 해날라야 했다. 가시에 손등이 긁혀 피가 흐르고 배가 고파 우는 동생들을 달래고 하며 동호의 가슴에는 차츰 물이 차오르기 시작했다. 엄마에 대한 미움이었다.

어느 때 없이 지루한 겨울 방학이 끝났다. 동호는 숙제들을 챙겨넣고 있었다.

"자지 않고 뭘 하냐."

"내일 개학해요, 할머니."

"그래, 학교 갈 채비 한단 말이냐? 속차려라, 속차려. 당장 굶어죽을 판인데 학굔 무슨 놈에 학교냐. 끝까지 못 배울 팔자라면 당장 치우는 게 상책이다. 얼빠진 생각 말고 날 풀리는 대로 읍내 철공장에 들어가 기술을 배우든가 상점 점원 노릇을 해서 장사 수완을 익히든가 해야 돼. 이 할미가 언제까지 살아 있을 것도 아니고, 저 두 계집애들은 어쩔 것이냐. 옛날 열네 살이면 애아부지 될 나이다."

동호는 밤이 깊도록 울었다. 4학년 여름 저수지에 빠져 죽을 뻔했던 때와 너무나 똑같은 기분이었다. 저수지 가운데서 갑자기 왼쪽 다리가 뻣뻣해졌다. 기를 쓰며 오른쪽 다리를 버둥거렸지만 걸리는 것이 없었다. 죽어라고 두 팔을 휘저었지만 잡히는 것이 없었다. 목이 찢어져라 소리를 질렀지만 아무도 듣는 것 같지 않았다. 그 다급함, 그 답답함, 그 외로움…… 그런 것들을 쥐어박으며 콧구멍으로 목구멍으로 넘쳐들던 맵디매운 물, 물…… 그 다음은 모른다. 할머니의 말은 그때의 그 맵던 물이었다. 동호는 밤이 깊도록 그 매운 물을 진저리쳐 들이켜며 울었다.

동호는 학교를 가지 않았다. 나무도 하지 않았다. 사흘째 되는 날 아이들이 찾아왔다. 동호는 사정을 대강 이야기했다. 자세한 내용을 알아야 되겠으니 학교에 나오라는 선생님의 말씀을 가지고 다음날 아이들이 다시 찾아왔다. 동호는 어두워지기를 기다려 선생님 집으로 갔다. 학교로 가고 싶지는 않았다.

몇 달 남지 않았으니 졸업장을 받도록 하라고 선생님은 같은 말을 되풀이했다. 그때마다 동호는, 끝까지 못 배울 팔자라면 당장 치우는 게 상책이다, 이런 매운 물을 들이켰다.

"동호는 공부도 잘했지만 글짓기나 그림 솜씨가 보통이 아니었는데…… 참 그 재주가 아깝구나."

선생님의 이 말은 목을 메이게 했다.

"동호야, 이럴수록 용기를 잃지 말아야 해. 너 발명왕 에디슨 알지? 그 사람은 2학년까지도 제대로 못 다녔단다. 마음만 굳게 먹으면 공부는 언제든지 계속할 수 있다. 그리고 얼마든지 훌륭한 사람도 될 수 있어."

동호는 선생님의 이 마지막 말씀이 감사했다. 그러나 그 말을 믿지는 않았다.

어둠 속을 걸어 집으로 돌아오면서 동호는 여태껏 엄두도 못 냈던 결심을 하고 있었다. 어떤 고생을 하게 되더라도 엄마를 찾아내고야 말겠다는 다짐이었다. 이렇게 마음을 다잡고 나자 엄마에 대한 미움이 그전보다 몇 갑절 더 큰 눈사람으로 변했다.

동호는 술에 취한 아버지의 짐승 같은 울음 소리를 되새기며 하루에 세 짐씩 나무를 해내렸다. 그리고 그만큼 열심히 엄마의 소식을 수소문했다. 아껴 쓰고 남은 나무는 장에 내다 팔았다. 이런 저런 말도 있었지만 소문의 큰 줄기로 보아 엄마는 서울에 사는 게 분명했다. 나무를 지고 장에 나갈 때나 장터에서 아이들을 만나게 되면 동호는 자신의 몸이 금방 개미만큼 작아지는 느낌에 시달렸다. 아이들뿐만 아니라 아는 얼굴들은 다 싫었다. 들판에서 만난 소나기를 어쩔 수 없는 것처럼 그 바늘 끝 같은 눈길들은 피하려야 피할 도리가 없었다. 그럴수록 더 부지런히 나무를 해모았다. 신식 세상에 기술을 익혀야 그나마 편하게 살지 전답 한 뙈기도 없는 판에 노동을 해먹고 살 작정이냐고 할머니는 성화였다.

동호는 두 달이 지나, 예정한 액수의 돈을 모을 수 있었다. 같은 반 아이들 중에 돈 많은 몇몇이 인근 ㅂ시로 중학 입시를 보러 갈 즈음에 동호는 서울행 열차를 탔다. 모두 뱀대가리만 같은 얼굴들을 다시 보지 않게 되었다는 시원함과 엄마를 찾아낼 수 있게 되었다는 설렘으로 동호는 잠이 오지 않는 밤을 기차 속에서 보냈다.

2

동호는 몇 번이고 소매 끝으로 눈을 씻었다. 그러나 틀림이 없었다. 서너 차례 발을 들어 땅을 차보았다. 역시 틀림이 없었다. 헛것을 보는 것이 아니었고 발이 공중에 떠 있는 것도 아니었다. 제아무리 크대야 읍내의 열 배밖에 더 되랴. 그게 잘못 생각이었다. 집집마다 샅샅이 뒤져도 열흘이면 되겠지. 엉터리없는 계산이었다. 어디로 가야 하며 어느 집부터 뒤져야 될 것인지 종잡을 수 없는 채로 주눅은 풀리지 않았다. 동호는 마른침을 삼켰다. 목을 뒤로 끌어당기고 아랫배에 힘을 주었다. 그리고 눈앞에 보이는, 넓고 넓은 길을 향하여 발을 떼어놓으며 서울을 걷기 시작했다.

한정도 없이 뻗어나간 길은 한나절 가까이 걸어서야 끝이 났다. 아니, 끝이 난 것이 아니라 자동차의 수효가 줄어들고 큰 건물들이 별로 많지 않은 것뿐이었다.

동호는 배가 고팠다. 그리고 어깨가 옥죄이도록 추웠다. 어떻게 해야 될지 도무지 알 수 없는 두려움과 어디로 가야 좋을지 모를 막막함이 더 배고프고 춥게 만드는 것 같았다. 우선 뜨거운 국물에 만 국수라도 한 그릇 먹고 싶었다. 두리번거리며 얼마를 더 걸었다. 특별 봉사 50원 균일이라고 써 붙인 음식점 앞에서 걸음을 멈추었다.

국물 한 방울 남기지 않고 우동을 먹어치웠다. 아무래도 양이 차지 않았다. 그렇다고 한 그릇을 더 시켜먹을 수도 없었다. 그 따끈한 국물이라도 더 마셨으면……. 어느새 동호의 눈길은 음식을 나르는 처녀를 쫓고 있었다. 두 번 세 번 처녀가 옆을 지나쳤지만 말이 나오질 않았다. 처녀가 다시 옆으로 지나갔나 했는데 앞에 놓인 그릇이 번쩍 들렸다. 동호는 엉겁결에 그릇을 움켜잡았다.

"아니, 왜 이러니?"

고개를 든 동호의 눈앞에는 신경질이 흐르는 처녀의 얼굴이 확대되었다.

"나 국물 좀 더 줘요."

동호는 여태껏 망설였던 말을 너무나 쉽게 해버렸다. 그건 자신도 모르게 그것을 움켜잡고 만 면구스러움과 의외로 싸늘한 처녀의 태도에 당황한 때문이었는지도 모른다.

"애가 정신이 있어 없어? 50원짜리 우동 한 그릇 먹고 뻔뻔스럽게 국물은 무슨 국물이야!"

처녀는 그릇을 낚아채며 이렇게 대질렀다.

"한 그릇 더 시켜먹지 않을램 썩 나가!"

그러잖아도 반쯤 일어서는 참인데 처녀는 어깨를 잡아 일으키더니 거칠게 등을 떠밀었다. 문을 밀치고 나온 동호는 발길 닿는 대로 무작정 뛰었다. 숨이 차서 더 이상 뛸 수 없게 되어 동호는 발길을 멈추었다. 가로수를 붙들고 숨을 헉헉대며 동호는 자신이 뛰어왔던 길을 바라보았다. 이제 음식점은 보이지 않았다.

"안 주면 그만이지 누굴 거지 취급이야."

동호는 눈을 내리깔며 힘없이 중얼거렸다. 음식점에 들어가기 전보다 더 기운이 없고 추웠다. 남자도 아닌 여자가…… 또 그렇게 면박은 줄 게 뭐람. 처녀가 그리 독살스러우면…… 원래 성질이 고약해서 그럴 테지. 서울 인심이 사납다더니만…… 어떻게 하지, 내려가버릴까? 아냐, 시골 인심은 뭐 좋았나. 뒤에서 수군대고 손가락질해 가며 업신여긴, 뱀 대가리 같은 것들뿐이었는데. 아는 얼굴들이면서 그 짓들을 한 인심이 더 더럽지. 서울에서는 그 일로 구경거리는 안 된다. 그것만으로도 시골보다 훨씬 낫다. 동호는 자칫 흩어지려는 마음을 꽁꽁 동여맸다.

무궁화 무늬가 박힌 풀빵 20원 어치를 사서 저녁을 때웠다. 무슨 공장인 듯싶은 커다란 건물의 귀퉁이를 잠자리로 골랐다. 잔뜩 웅크려박고 앉아서 눈을 감았다. 잠은 오지 않고, 지나간 일들이 질정 없이 기차 놀이를 했다. 쌀 가마를 가득 실은 삼륜차에 버티고 앉은 아버지의 당당한 모습, 5학년 때 전교 1등 글짓기상을 탄 일, 붕대 뭉치였던 아버지, 집을 나가기 전의 엄마, 술 취한 아버지가 휘두르는 목발, 돌아오지 않던 엄마, 꽁꽁 얼어버린 아버지의 시체, 방정환 선생님같이 훌륭한 사람이 되고 싶었던 꿈, 두 동생, 할머니…… 이런 생각들을 안 하려고 애를 쓰며 추워서 몸을 더 웅크리고, 오늘처럼 살면 앞으로 11일간 쓸 돈이 남았다는 계산을 하고, 그동안 어떻게 해서든 엄마를 찾아내야 된다는 결심을 다시 하고…… 그러다가 잠이 들었다.

종잡을 수 없는 무서운 꿈에 시달리다가 잠을 깼을 때는 여전히 사방은 두꺼운 어둠으로 덮여 있었다. 날이 밝으려면 얼마나 남았는지 모른다. 추워서 견딜 수가 없다. 낮에도 시골보다 춥기는 했지만 밤에는 몇 갑절 더 추워지는 것이 서울이라 싶었다. 더 자지 못하고 계속 떨면서 날이 밝기를 기다렸다.

엄마가 지금도 화장품 장사를 하고 다닌다면 한결 찾기가 쉬울 것이다. 어느 길목에서 재수 좋게 딱 마주치게 될지도 모른다. 날이 부옇게 트이자 추위를 잊기 위해, 낯선 새벽길을 걸으며 동호는 엄마가 지금도 화장품 장사를 하기를 바라고 있었다.

어제처럼 50원짜리 우동이나 10원에 두 개짜리 풀빵을 찾았지만 길이 달라진 탓인지 헛수고만 했다. 중국집을 만날 때마다 몇 번씩 망설이다가 지나쳤다. 해가 중천에 걸리도록 물 한 모금 마시지 못했다. 이제 다가오는 여자들의 얼굴을 살필 기력이 없었다. 아무 데나 들어가 배를 채워야 살 것 같았다. 음식점을 찾아 걷다 보니 넓은 공터가 나타났다. 거기에는 학교 운동장에나 있는 미끄럼틀, 그네 등 갖가지 놀이 기구가 설치되어 있었다. 가장자리로 놓인 의자에는 어른들도 더러 있었지만 대개가 아이들이었다. 여기서 잠시 쉬어갈까 싶어 출입문 쪽으로 다가가 안을 둘러보던 동호의 눈이 한곳에 박혔다. 수도였다. 동호는 수도를 향해 있는 힘을 다하여 뛰었다. 구역질이 오르도록 빈 배를 채웠다. 그리고 세수도 했다. 한결 기운이 났다. 빈 의자를 찾아 두리번거리던 동호는 의외의 것을 발견했다. 고구마 장수였다. 주먹만 한 고구마는 10원씩이었다. 30원 어치를 사서 풀이 되도록 오래오래 씹어서 먹었다. 그리고 다시 수도로 가서 목까지 차도록 물을 마셨다. 햇볕이 잘 드는 의자를 골라 자리를 잡고 나니 온몸이 늘어지면서 자꾸만 눈이 감겼다.

잠을 깨어보니 나무 그림자가 무릎에 올라앉아 있었다. 해가 비스듬히 기울어졌다. 기지개를 켜면서 일어서던 동호는 아이들이 웅성거리는 저쪽 의자에 눈길을 돌렸다. 그냥 돌아설까 하다가 무슨 신나는 구경거리인지도 모른다 싶어 그쪽으로 걸어갔다. 아이들 틈을 비집고 들어가 보았다. 뺑뺑이 놀음판이었다. 운동회 날이나 장터에서 가끔 본 일이 있었다.

"애, 애, 천천히 찍어."

"손을 따라서 돌리다가 콱 찍어야 돼."

옆 아이들의 응원을 받아가며 한 아이가 기세 좋게 팔을 휘둘렀다. 거무튀튀하게 생긴 남자가, 돌고 있는 뺑뺑이판을 붙들었다.

"히야, 3번이다."

"님에게 초콜렛이 두 개야."

"와아, 배를 벌었구나."

판을 찍던 아이가 3번에 놓인 초콜릿 두 개를 냉큼 집어들었다. 그리고 서너 아이가 뒤따라 춤을 추듯 하며 뛰어갔다.

"야, 야, 임마! 더 안 찍어?"

남자는 벌떡 일어나서 아이들을 향해 소리를 지르다 말고 "지미럴 재수 옴 붙네" 투덜거렸다.

"자아, 오다가다 심심풀이로 한 번씩 찍어봐유. 산에 가야 범을 잡고 물에 가야 고기 잡고…… 자아, 50원 내고 찍었다 하면 최하가 백 원. 용꿈 꾼 사람은 50원의 열 배, 5백 원. 돈이면 돈, 물건이면 물건, 찍는 사람 맘대로 골라를 잡아…….”

모자를 푹 눌러쓴 남자는 뺑뺑이판을 돌렸다 멈췄다 해가며 염불 외우듯 하고 있었다. 동호는 판이 잠깐씩 멈춰질 때마다, 빨간색이 칠해진 부분의 수를 확인했다. 모두 다섯. 공치게 되는 파란색과 노란색은 두 칸을 사이에 두고 빨간색은 번호를 달고 있었다.

한 아이가 50원을 내고, 털이 달린 찍을 것을 집어들었다. 뺑뺑이판이 팽그르르 돌아갔다. 다시 아이들이 참견을 시작했고 동호의 가슴도 두근거렸다.

“헤헤, 꽝이로구나.”

“찍 쌌구나, 찍 쌌어.”

“새끼들아, 시끄러. 누굴 약 올리는 거야?”

동호는 이런 아이들 들뜨는 소리가 들리지 않았다. 두 번, 아니 세 번째에 맞아도 350원이 벌린다. 열 번째에 맞아도 본전이다. 어디서부터 어디까지가 끝인지 모르게 넓은 서울에서 열흘 안에 엄마를 찾기란 힘든 일이다. 아무리 아껴 써도 돈은 열흘을 더 넘기기가 어렵다. 눈 똑바로 뜨고 찍는 것인데 뭘. 이미 가슴은 뜨겁게 달아오르며 콩콩 뛰고 있었다. 어떻게 할까, 다 잃어버리면…… 그럴 리는 없다. 엄마는 죽어도 찾아야 한다.

“……용꿈 꾼 사람은 50원의 열 배, 5백 원. 돈이면 돈,

물건이면 물건…….”

불쑥 앞으로 나선 동호의 손에는 백 원짜리가 들려 있었다.

동호는 숨을 들이켰다. 눈을 질끈 감으며 내리찍었다.

“화아, 아슬아슬하다.”

“20번 아니니?”

“그렇대두. 3백 원 놓친 거야.”

동호는 주먹을 말아쥐며 떨었다. 바늘 끝은 3백 원짜리인 20번 옆에 아슬아슬하게 꽂혀 있었다.

“더 할 테냐?”

동호는 대답 대신 다시 찍을 것을 집어들었다. 숨을 들이마시며 힘껏 팔을 뿌렸다. 어림없이 빗나가고 말았다. 눈 깜짝할 사이에 백 원이 달아났다. 그만둘까, 하루 반을 살 돈인데……. 동호는 다시 백 원을 걸었다. 사뭇 숨결이 거칠어졌다. 세 번째도 헛맞았다. 네 번 찍고 나서는 아이들의 함성에 눈을 떴다. 바늘은 빨간 바탕의 중앙에 보기 좋게 꽂혀 있었다. 그러나 그 번호는 5백 원짜리 99번이 아니라 백 원짜리 3번이었다. 돈으로 백 원을 받았다. 그래도 아직 백 원이 남아 있다. 다섯 번, 여섯 번째도 허탕이었다. 2백 원이 날아갔다. 다시 백 원을 걸었다. 찍을 것을 잡은 동호의 손이 부르르 떨렸다. 일곱, 여덟 번째도 빈 주먹이었다. 얼굴이 뻘겋게 달아오른 동호는 입술을 깨물고 있었다. 앤 무슨 돈이 이렇게 많니? 가난해 뵈는데, 그치? 어디서 훔친 거 아냐? 아이들의 이런 말이 들리지 않았다. 팔을 휘두르고 있는 동호는 제정신이 아니었다. 두 번 다 헛수고였다. 또 백 원을 꺼내는 동호의 얼굴은 하얗게 바래 있었다. 팔을 치켜든 순간이었다.

"순찰이다!"

이런 외침과 동시에 뺑뺑이판이 휙 자취를 감추었다. 그리고 판을 돌리던 남자가 벌떡 일어섰다.

"어! 내 돈, 내 돈……."

정신을 차린 동호가 아이들을 떠다밀다시피 하고 앞으로 나섰을 때 보퉁이를 든 그 남자는 다른 한 사내와 놀이터 문을 뛰어나가고 있었다.

"내 돈, 내 돈……."

동호는 울부짖으며 죽어라 그 뒤를 쫓았다. 큰길까지 나왔지만 두 남자의 모습은 간 곳이 없었다.

동호는 날이 어두워질 때까지 내 돈, 내 돈을 헛소리처럼 뇌며 놀이터의 양쪽 길을 오르내리고 있었다. 얼굴은 눈물로 얼룩이 졌고, 그때까지 오른쪽 손에는 털이 달린 찍을 것이 꼭 들려 있었다.

5백 원을 허망하게 잃어버린 동호에겐 210원이 남아 있었다. 하루에 떡 10원 어치, 막국수 한 그릇 식으로 배를 속여가며 살았지만 돈은 5일 만에 바닥이 났다. 그동안 큰길, 작은 길, 수없이 많은 골목을 헤매고 다녔지만 엄마를 만날 수는 없었다. 엄마 비슷한 여자들 때문에 여러 번 놀라기도 했지만 그때마다 맥만 더 빠졌다.

네 끼째를 굶은 동호는 일어설 기력조차 차리지 못하고 어느 집 담벼락에 기대앉아 있었다. 자꾸 눈이 내려감기다간 언뜻 헛것이 보여 소스라치곤 했다. 팔이나 다리가 헛짚이고 헛디뎌지는 것이 제 것 같지가 않았다. 일어서기만 하면 땅이 출렁거리고 건물들이 무너지고 하늘이 내려앉아 걸을 수가 없었다. 가만히 앉아 있어도 머리는 견딜 수가 없도록 아팠다. 그 아픔은 찢는 것도 쑤시는 것도 아니면서 김이 오르는 것 같은 기묘한 냄새까지 풍기며 이쪽저쪽으로 맴돌이질을 시키고 있었다. 그리고 양쪽 귀에서는 줄창 매미가 울었다.

자꾸 어디론가 빠져 들어가는 어렴풋한 어지러움에 시달리다가 동호는 눈을 번쩍 떴다. 희부연 눈앞에는 수없이 많은 별똥들이 오락가락하고 있었다. 눈을 쓸었지만 그 별똥들은 없어지기는커녕 서로 부딪쳐 더 많아졌다. 한정도 없이 어디로 빠져 들어갔을까. 저수지! 그때 그 저수지였다. 발을 버둥거려도 걸리는 것이라곤 없고, 소리를 질러도 들어주는 사람이 없던 그때, 그 다급함, 그 답답함, 그 외로

움…… 그런 것들을 쥐어박으며 콧구멍으로 목구멍으로 넘쳐들던 맵디매운 물, 물…… 그 다음은 모른다. 이러다가 영락없이 죽어버릴지도 모른다. 갑자기 몰려든 무서움이었다. 자신은 지금 그때처럼 저수지에 빠져 있는 것이다. 끝을 알 수 없는 서울, 그때 그 저수지다. 이대로 죽어선 안 된다. 엄마를 찾아야…….

눈앞이 아찔해지는가 하면 머리가 핑그르르 돌면서 다리가 휘청 꺾이고 헛구역질이 솟았다. 이빨을 앙다물며 몇 번이나 쓰러질 고비를 넘겼다. 그렇게 얼마를 걸어서 동호는 어느 철제소 앞에 서 있었다.

"이런 양아치 새끼가 대낮부터 어딜 기웃거려? 썩 꺼지지 못해?"

한 청년이 다가오며 소리를 질렀다.

"주인 아저씨 좀 만나게 해줘요."

동호의 목소리는 표나게 떨리고 있었다.

"누군데? 어떤 사이야?"

"주인 아저씨를…… 나, 나…… 취, 취……."

동호는 비틀비틀하다가 푹 쓰러져버렸다.

서너 개의 얼굴이 흐릿하게 가물거렸다.

"깨났어요. 정신이 드는 모양입니다."

"이놈 며칠 굶은 거 아냐?"

이런 말을 멀리 들으며 다시 눈을 떴을 때는 한결 얼굴들이 선명하게 보였다.

"주인 아저씨 좀 만나게 해줘요."

동호는 같은 말을 되풀이했다.

"주인은 왜? 내다."

"아저씨, 나 좀 살려줘요. 취직 좀 시켜주세요. 나 죽으면, 죽으면……."

동호는 주인의 소매 끝을 틀어잡은 채 또 정신을 잃었다.

"야, 뭣들 하는 거야. 이러다 송장 치르겠다. 빨리 냉수 떠오고, 넌 곰탕 한 그릇 시켜와."

주인은 허둥대며 소리를 질렀다.

동호는 주인에게 숨김없이 사정 이야기를 다 했다.

"네 놈 팔자도 참 더럽구나. 허나 너야 무슨 죄가 있겠니. 좋아, 날도 풀려가고 하니 마침 잘됐다."

다음날부터 동호는 철제소 잡일을 시작했다. 기술을 가르쳐주는 일이니까 월급은 없다고 했다. 동호로선 끼니때마다 그릇이 넘치도록 담아주는 밥만으로 흡족했다. 잠은 철제소 구석에 놓인 철침대에서 잤다. 하는 일이란 망치나 쇠못을 집어다 주거나 다 만들어진 철창이나 철문에 페인트를 칠하는 것이었다. 하나같이 성질이 거친 세 형들의 비위를 상하지 않게 눈치껏 움직였고 부지런하게 일을 했다. 철창이나 철문의 틀을 짤 수 있게 되면 용접 기술을 익히게 된다고 했다. 그렇게 되면 2만 원 정도를 받는 어엿한 기술자라는 것이다. 그때까지 참고 기다리기로 했다.

일거리 분주한 봄이 지나고 7월이 되면서부터 동호는 큰 망치를 제대로 다룰 수 있게 되었다. 큰 망치는 철근을 끊거나 구멍을 뚫을 때 사용했다. 그 망치를 다루는 일도 마음처럼 쉽게 기운만으로 되지 않았다. 한 번 내리쳐서 철근을 끊을 수 있도록 숙달되는 것은 그만두더라도 자칫 잘못 내리쳤다간 밑에 댄 망치를 빗맞혀 튀게 하거나 철근이 휘도록 만들기가 십상이었다. 그렇게 되면 험악한 욕을 뒤집어써야 하고, 재수 더러운 날은 정강이를 걷어차이기도 했다. 못이 자석에 달라붙듯 언제나 큰 망치의 엉덩이를, 밑에 댄 망치의 대가리에 정통으로 맞혀야 된다. 그 다음 순서가 단 한 번 내리쳐서 철근을 끊거나 구멍을 뚫는 일이었다. 어깨와 허리 힘을 따로 나눠 망치를 공중에서 한 번 꺾은 다음 두 힘을 모아 꽝이다. 이건 도대체 말로 되는 일이 아니었다. 엉덩이를 차이고 머리통을 예배당 종처럼 내맡긴 세금을 물어가며 몸으로 익혀야 했다.

월급이 없는 대신 계절이 바뀌면 옷을 사주었다. 추석이 되었다. 사흘씩 휴가가 주어졌다. 동호는 옷 한 벌과 고향에 내려갈 수 있는 차비를 받았다. 그러고 보니 집을 떠나온 지도 7개월이 되어 있었다. 진종일 쇠를 만지고 일에 시달리다가 저녁을 먹기가 바쁘게 잠에 곯아떨어지곤 했던 나날이었다. 당장 세 끼 밥을 먹기 위해 엄마 찾는 일까지 미루어야 했던 동호로선 어느 때 한번 차분하게 집 생각을 해볼 여유조차 없었다. 막상 차비를 받아쥔 동호는 어찌해야 좋을지를 모르고 있었다. 그 손가락질과 그 눈초리들, 그리고 할머니와 동생들, 가보고 싶은 마음과 가서는 안 된다는 생각이 팽팽하게 줄다리기를 했다. 망설이던 끝에 사흘 동안 다시 엄마를 찾아나서기로 작정했다.

가을로 접어들어 집 짓기가 활기를 띠자 철제소 일손도 바빠졌다. 일거리에 맞춰 철판과 철근을 삼륜차로 가득 들여왔다. 이런 날은 주인 아저씨는 물론 다른 사람들도 기분이 들뜨게 마련이었다. 일거리가 많아 밤일까지 하는 달에는 월급 외에도 돈을 더 받기 때문이었다. 그날 밤도 9시까지 일을 했다. 저녁밥을 먹고는 졸음에 못 견뎌 낯도 씻지 못하고 쓰러졌다.

"야 동호야, 이 새꺄, 빨랑 일어나지 못해?"

이런 고함과 함께 동호는 엉덩이를 차여서 잠이 깼다.

"암마, 물건 다 어디 갔니?"

"왜 이래요, 아침부터. 물건은 무슨 물건요?"

동호는 눈을 비비며 하품을 했다.

"이 새끼, 정신 차려. 어제 들인 물건 다 어디 갔느냔 말야!"

기술공 학규는 사정없이 따귀를 갈기며 소리를 질렀다.

"예? 물건이……?"

동호는 찬물을 뒤집어쓴 것처럼 정신이 바짝 들었다. 침대에서 뛰어내렸다. 어제 삼륜차로 들여왔던 물건은 하나도 없었다.

"형, 이게, 이게……."

"이 병신 같은 새끼야, 몽땅 털린 거야. 잠을 잔 게 아니라 뒈졌었던? 넌 인제 죽었다."

학규는 담배꽁초를 팽개치며 뛰어나갔다.

살려달라고 몸부림을 치며 빌었지만 소용이 없었다. 눈이 뒤집힌 주인은 어떤 놈들과 짜고 한 것인지 대라며 매질을 늦추지 않았다. 두들겨맞는 아픔도 견디기 어려웠지만 도둑 누명을 벗어날 수 없는 안타까움이 미칠 것만 같았다. 걷어차여 쓰러져선 일어나 빌었다. 철근으로 등줄기고 어깻죽지고 매질을 당하면서도 빌었다. 보다 못한 세 직공이 달려들어 주인을 붙들었다.

"저 새끼 당장 내쫓아. 내 1년 벌이를 몽땅 얹어먹었어."

직공들에게 등을 떠밀려 나가며 주인은 소리소리 질렀다.

피를 닦고, 학규가 사온 약을 발랐다.

"이따위 기술 배워봤자 평생 거지꼴 못 면한다. 차라리 잘됐어. 하다못해 자동차 기술 정도는 돼야 기술이지. 재수 없었다 생각하고 다 잊어버려라."

제일 나이 든 학규의 위로였다. 셋은 5백 원씩 거둬서 쥐어주었다. 동호는 손등으로 눈을 훔쳐가며 철제소를 뒤로 했다.

3

—배달원 급구함.

장난 삼아 써갈긴 것 같은 글씨를 동호는 몇 번이고 읽어 내렸다. 흔들이문에 붙은 그 글씨는 사람들이 드나들 때마다 춤을 추었다. 동호의 빛 바랜 눈동자는 그 글씨를 쫓아 앞으로 달려나가다가는 황급히 뒤로 물러서곤 했다. 그러면서 동호는 군침을 삼키고 있었다. 중국 음식점이었다. 마음 같아서는 당장 뛰어 들어가, 나를 배달원으로 써달라고 주인에게 매달리고 싶었다. 그러나 설레발치는 마음과는 달리 썩 문을 밀치고 들어갈 수가 없었다. 이빨을 쑤시거나 트림을 하며 나오는 사람이나, 왁자하게 떠들며 들어가는 사람들 때문이었다. 괜히 사람들이 북적대는 때에 들어갔다가 제대로 말도 붙여보지 못하고 쫓겨날 것 같은 겁이 앞섰다. 그러나 이러고 있다가 다른 애한테 자리를 빼앗겨버리면 어쩌나 하는 조바심도 끓었다.

동호는 아까부터 주머니에 찌른 오른손으로 동전을 다 몰아잡아서는 하나하나 떨어뜨리고 있었다. 동전끼리 부딪치는 소리는 열여섯 번에서 끝이 났다. 다시 손아귀에 움켜쥐고 하나씩 떨어뜨렸다. 한 가지로 쇳소리는 열여섯 번째에서 끝이었다. 170원이 총재산이었다. 반은 굶고 산다 해도 간신히 사흘밖에 버틸 수 없는 돈이었다.

그 다음에야 철제소에 들어가기 직전처럼 그렇게 비실비실 허물어지도록 굶게 되는 것이다. 굶어야 하는 무서움— 동호는 부르르 진저리를 쳤다. 갑자기, '배달원 급구함'이란 글씨가 몇 배로 크게 느껴졌다. 배달원 급하게 구합니다로 말을 만들어 뇌어본 동호는 발길을 떼어놓았다.

"어서 옵쇼. 저어쪽 자리로 앉으쇼오."

문을 밀치고 들어서자마자 터져나오는 목소리였다. 순간 동호는 몸이 바짝 오그라드는 것 같았다. 그러나 정신을 가다듬고, 상대방이 묻기 전에 먼저 말을 꺼냈다.

"주인 아저씨 좀 만나게 해줘요."

"주인 아저씨? 왜, 어디서 왔어?"

이마에 여드름이 더덕더덕 붙은 사내가 주걱턱도 아닌 턱을 일부러 뽑아내며 물었다.

"저 문에 배달원 급……."

"으냐, 순대를 채우셔야겠다 그 말씀이지?"

"저어 그게 아니라……."

"알아잡수셨으니까 식구통 닥쳐. 너 같은 젖비린내가 이 몸의 말씀을 알아들을 리 있어? 그렇지?"

동호는 대답도 못하고 고개만 끄덕였다. 사내의 팍 구기는 인상도 인상이었지만 싸움에 이골난 장닭의 성난 날갯죽지같이 갑자기 치올라붙는 두 어깨가 오금을 못 펴게 으스스했다.

"꼼짝 말고 서 있어, 주인 아저씨 면회시켜 줄 테니까."

동호는 역시 고개만 끄덕였다. 사내는 돈을 받고 있는 남자에게로 다가가 손짓을 해가며 말을 했다. 동호는 손을 앞으로 모아잡고 서서, 주머니에 든 열일곱 개의 동전을 열심히 세고 있었다.

"야 꼬마, 빨랑 요리!"

사내는 엄지손가락을 세워 그쪽으로 오라는 신호를 신바람나게 해보였다.

"우리 집에서 일하고 싶으냐?"

주인은 돈을 세면서 물었다.

"네."

"전에 이런 일 해본 적 있었냐?"

"없었어요. 그치만 열심히 할게요, 아저씨."

"그래애?"

주인은 그때서야 고개를 들고 동호를 쳐다보았다.

"몇 살이나 먹었냐?"

"열다섯예요."

"열다섯이라. 기운은 세? 팔 힘 말이다."

"네에, 그건 자신 있어요. 며칠 전까지 철제소에서 일했거든요."

동호는 얼굴이 밝아져서 말했다.

"철제소에? 근데 왜 거길 관뒀지? 쫓겨났니? 무슨 잘못을 저질렀어?"

주인은 금방 잡친 표정이 되었다. 동호는 묻지 않은 말까지 한 것을 후회했다. 마음이 조급해졌다.

"아저씨, 그게 아니구요, 거짓말 안 하고 다 얘기할게요."

동호는 집을 나오게 된 것부터 차근차근 시작했다. 이야기를 하다가 주인이 손님한테 돈을 받게 되면 잠시 멈췄다가 다시 계속했다. 주인은 싫다 않고 이야기를 다 들어주었다.

"됐다. 보증인이 없어서 께름칙하지만 다른 방법이 있으니 그건 상관없고. 그래, 여기서 잠자고 먹고 월급은 5천 원이다. 일하겠니?"

5천 원의 월급까지……. 동호는 너무나 뜻밖이었다.

"왜 대답을 안 하니, 월급이 적어서 그래?"

"아녜요, 아저씨. 열심히 일할게요."

동호는 꾸벅 절까지 했다.

"그래, 잘해 봐라. 너, 점심은 먹었니?"

"괜찮아요, 아저씨."

"못 먹은 게로구나. 짜장면이나 한 그릇 말아 먹어라."

주인 아저씨의 말에 석류알을 깨물었을 때처럼 이빨 사이 사이에서 신침이 솟았다. 동호는 금방 입 안에 고이는 침을 꿀떡 삼켰다. 어젯밤에 호빵 하나를 먹었을 뿐이다.

"암마, 저쪽 구석에 가서 후딱 씹어돌려."

여드름의 사내는 짜장면 그릇을 건네며 턱으로 구석 자리를 가리켰다. 동호는 얼른 그릇을 받아들고 그의 앞을 비켜섰다. 언뜻하면 걷어찰 것만 같고 자칫하면 쥐어갈길 것 같은 사내가 여간 가슴 조이지 않았다. 중국집에서 매양 시꺼먼 짜장면만 먹고 살아서 그런지 입이 벌어질 때마다 욕이 쏟아졌다. 철제소의 형들도 꽤나 거칠기는 했지만 이 사내처럼 험악하게 굴지는 않았다

동호는 목이 끅끅 막히도록 짜장면을 끌어넣었다. 천 5백 원을 가지고 8일을 견딘 것이다. 일해 주고 밥 먹을 수 있는 자리를 찾아 헤매다녔다. 구두닦이 패거리도 만났고 신문팔

이 아이들도 보았다. 구두닦이들을 먼발치에서 지켜보았다. 어디선가 연상 구두를 모아오고 닦아내고 하면서 분주하게 돌아다녔다. 하나하나를 닦을 때마다 돈이 벌리는 것이리라. 나도 거기에 끼일 수 있었으면. 퇴짜를 맞더라도 그만이니까 끼어달라고 용기를 내볼까. 그러나 그들의 기세가 어찌나 팔팔한지 가까이 갈 엄두를 내지 못했다. 괜한 말을 꺼냈다가 몰매라도 맞을 것 같은 두려움이 친친 감겨들었다. 소리소리 지르며 이리 뛰고 저리 뛰는 신문팔이들도 부러운 상대들이었다. 그러나 그들도 구경거리에 지나지 않았다. 신문을 어디서 구해 파는 것인지, 한 장에 얼마에 사서 얼마에 파는 것인지 백지였다. 그렇다고 누구 하나 그런 것을 산수 문제 풀듯 차근차근하게 가르쳐줄 만한 느낌의 아이는 없었다. 얼뜨게 말을 걸었다가 배도 부르지 않은 욕이나 실컷 먹거나 병신 취급만 당할 것 같은 생각이 들었다. 헤매다가 해가 빠지면 방범대원이나 순찰순경의 눈길이 닿지 않을 만한 곳을 골라 웅크리고 앉았다.

"다 조졌지? 순대가 팽팽해졌으면 지금부터 일을 시작해. 오늘은 첫날이니까 여기서 손님이나 받어. 어떻게 하는지 알지? 손님이 쓰윽 문을 열고 들어서면, 어서 오옵쇼 하고 빼개고, 순대를 채우고 꺼지면, 안녕히 가얍쇼, 또 오십쇼로 곡조를 뽑는 거야. 할 수 있지?"

"예에."

"이 새끼, 좆까네. 짜장 한 그릇 처박은 아가리에서 그렇게밖에 대답이 안 나와? 너 와지끈 부러지는 맛 좀 봐야 알겠어?"

"알았어요, 크게 할게요."

동호는 빈 짜장면 그릇을 든 채 겁 질린 목소리로 크게 대답했다. 여드름의 사내는 서부의 쌍권총 악한 같은 포즈를 취하고 있었다.

"어서 오옵쇼, 어서 옵쇼. 저어쪽 빈자리 있습니다!"

사내는 열리는 문을 향하여 이렇게 소리 지르며 금방 굽실거리는 몸짓을 지었다. 손님이 자리를 잡고 나자 사내는 다시 눈꼬리에 힘을 주며 말했다.

"너 귓구멍 빵구 뚫리지 않았지? 내가 방금 뽑은 곡조 자알 들었겠지? 그대로 뽑아. 빌빌 싸면 이 주먹이 턱쪼가릴 와장창 빼개고 말 테니까."

동호는 정신이 번쩍 들었다. 밥을 주고 재워주고 월급까지 주는 집에서 쫓겨나지 않으려면 무엇이든 시키는 대로 해야 할 일이었다. 다시 한정도 없이 길기만 한 길바닥으로 내쫓겨서는 안 되는 것이다. 거기에는 배고픔만 겹겹이 쌓여 있었다. 그런데 이 여드름쟁이한테 맞기까지 할 수는 없었다. 공갈이 아니라 비위가 상하면 여드름쟁이는 턱이 으깨지도록 갈겨버릴지도 모른다. 동호는 싸움을 하거나 맞는 것은 딱 질색이었다. 학교에 다닐 때도 아이들하고 놀이를 하다 다툼이 벌어지면 동호는 대부분 양보를 했다. 운동회 때 응원을 하던 기분으로, 어서 옵쇼, 안녕히 갑쇼를 외치자고 작정하며 동호는 허리끈을 추슬러올렸다.

저녁 8시가 넘어서야 손님이 뜸해졌다. 목에 먼지가 잔뜩 낀 것 같기도 하고 무언가 조그만 것이 기어다니는 것처럼 간질거리기도 해서 동호는 연거푸 물을 마셨다.

"요 새끼, 길만 제대로 들이면 쓸 만하겠어. 내 똘만이 자격이 있단 말씀이야."

여드름은 콧등에 주름을 잡으며 원숭이 새끼 같은 웃음을 캬들캬들 웃었다. 그 웃음 소리가 어찌나 징그러운지 동호는 오줌이 마렵지도 않으면서 변소엘 가는 체하며 자리를 피했다.

밤 10시에 문을 닫았다.

"널 보증 설 사람이 없으니까 세 달 치 월급을 보증금조로 내가 맡도록 하겠다. 널 못 믿어서가 아니라 돈을 만져야 되는 일이니까 어쩔 방도가 없어. 네가 아무 사고 없이 잘 있다가 우리 집을 그만둘 때 그 돈은 까딱없이 내줄 테니까 말이야. 알아듣겠어?"

주인의 말이었다. 동호는 선생님 앞에서처럼 공손한 태도를 보였다. 알아듣지 못했다거나 싫다고 할 수가 없는 일이었다. 억지로라도 알아들어야 하는 말이었다.

의자를 식탁 위에 뒤집어 올려놓고 청소를 했다. 그동안 여드름은 담배를 빠끔빠끔 피워대며, 한창 유행하고 있는 노래를 접속곡으로 뽑아대고 있었다. 여드름은 노래 사이사이에, 지그자그작작 쟈가작작, 지가조지뱅뱅…… 등 괴상한 반주를 끼워넣었다. 홀과 다섯 개의 방까지 다 청소를 하고 나니 11시가 넘어 있었다.

주방에서 일하는 세 사람이 한 방을 쓰고 동호는 여드름과 같은 방을 쓰도록 되어 있었다. 여드름과 함께 자는 것이 달갑지 않았지만 몸이 허물어질 것처럼 덮쳐오는 피곤 때문에 그런 걸 개의할 겨를이 없었다. 방석을 베개 삼아 눕자마자 동호는 커다란 바위에 눌리는 것 같은 착각에 엉켜들며 깊은 잠에 곯아떨어졌다.

동호는 사타구니께가 영 불편한 것을 느끼고 있었다. 딱히 뭐라고 할 수는 없지만, 무거운 것에 눌리는 것 같기도 하고 아릿아릿한 아픔이 번져나가는가 하면 곧 오줌이 터질 것 같은 다급함이 들기도 했다. 이런 종잡을 수 없는 느낌들은 뿌연 잠결 속에서 들락날락했다. 한쪽 발을 빼면 다른 발이 빠지고, 빠진 발을 빼려면 뺐던 발이 되빠지는 수렁에 갇힌 꿈속을 허덕이고 있었다.

"쓰팔놈, 잠 한번 더럽게 자네."

동호는 어렴풋이 이런 말을 들었다. 그리고 엉덩이가 벌어지는 것 같은 아픔에 놀라 그 질기디질긴 잠의 수렁에서 빠져나올 수 있었다.

"누구야, 누구……!"

동호는 어릿거리는 것을 향해 소리쳤다. 그러나 곧 입을 틀어막혔다.

"쪼 까튼 새끼, 떠들지 말어. 누군 누구야, 느이 형님이지."

나지막하면서도 위협적인 목소리의 주인은 여드름쟁이 칠민이었다. 동호는 금방 정신이 번쩍 들었다.

입을 틀어막았던 칠민이의 손이 풀리자 동호는 반사적으로 발딱 일어나 앉았다.

"어……? 내 옷, 내 옷……."

당황한 동호는 더듬거렸다. 아랫도리가 알몸이었다.

"설치지 말고 자빠져 있어, 팍 뒈지기 전에."

칠민이는 누운 채로 발길질을 했다. 동호는 옆구리를 거머잡고 숨결이 곤두서며 소스라치게 놀라고 있었다. 칠민이의 아랫도리도 알몸이었다.

"뭘 그러고 앉았어, 요런 펴엉신 같은 새끼야. 쭈았어, 기왕 깼으니까 한탕 치고 자자. 너 이리 와."

칠민이는 동호의 팔을 우악스럽게 잡아끌었다.

"자아, 한탕 멋들어지게 돌려봐."

칠민이는 동호의 손에 무언가를 덥석 잡혀주었다. 아이구, 엄마야……. 동호는 썩은 쥐라도 잘못 만진 듯 손을 털어버렸다. 한 주먹 가득 잡힌 것은 칠민이의 잔뜩 성이 난 물건이었다.

"요런 쓰파알놈 노는 거 봐. 모가지 팍 부러져야 알겠어?"

칠민이가 후닥닥 일어나 앉았다. 동호는 주춤 뒤로 물러났다.

"왜 이래요. 잘못했어요, 잘못했어요."

"살고 싶으면 시키는 대로 해. 빨랑 푸레이를 쳐."

어렴풋한 어둠 속에서도 칠민이의 눈알은 험악하게 번뜩거렸다.

"그게…… 뭔데요?"

"요런 쪼오다 같은 새끼. 잡고 흔들기만 하면 돼. 자꾸 하다 보면 요령이 붙으니까."

칠민이가 벌렁 드러누웠고 동호는 이를 악물고 그것을 움켜잡았다. 나무토막도, 아직 덜 군은 떡가래도 아닌 그것을 붙들고 손을 위아래로 열심히 움직였다.

"쓰팔아, 쓰팔아, 좀더 쎄게, 더 쎄게……."

칠민이는 숨을 몰아잡고 몸을 비비 꼬며 이런 소리를 삐직삐직 내뱉었다.

"이 새끼, 침 좀 발러. 손바닥에 침을 듬뿍 발라서 조져."

명령대로 동호는 입 안의 침을 비질하듯 혓바닥으로 싹싹 쓸어 손바닥에 뱉어내선 다시 그것을 움켜잡았다.

"아으 쓰팔아, 아으, 아으, 쎄게, 더, 더, 우아, 우아……."

칠민이가 이런 괴상한 소리를 무수히 내뱉으며 몸을 더욱 비비 틀었고, 동호는 이 더러운 물건을 뽑아내고 말아야지 작정하며 더 거세게 흔들었다. 그런데 이건 또 어찌된 일인가. 뭔가 뭉클한 것이 손등을 적셨다. 동호는 아차 뜨거라 그걸 놓아버렸다. 그리고 눈알이 툭 튕겨져나가는 것 같은 충격을 볼에 맞고 방구석으로 나가떨어졌다. 동호는 쓰러진 채, 엉거주춤 선 칠민이가 제 놈의 그것을 붙들고 실랑이하는 꼬락서니를 멍멍한 정신으로 멀거니 올려다보고 있었다. 그러면서 동호는 저게 아마 말로만 들은 지랄병인 모양이라고 생각했다.

"똥물에 튀겨 죽일 새끼야, 하필 그때 놔버리면 어쩔 판이냐. 그때부터 더 열나게 기름을 치는 거야, 이 덜떨어진 새끼야. 너 이만큼 살아남은 것도 운수 대통이다."

옷을 주섬주섬 껴입으며 칠민이가 말했다. 그리고 그 누구한테도 이런 일 했다는 걸 나불대지 말라고 공갈을 때린 칠민이는 눕자마자 코를 골았다.

동호는 칠민이에게서 멀찌감치 떨어져 누웠지만 잠이 오

지 않았다. 칠민이 새끼가 그렇게 더럽고 징상스러울 수가 없었다. 자꾸 구역질이 솟고 얻어맞은 볼이 옥신거려 뒤척이기만 했다.

다음날부터 동호는 음식 배달을 나섰다. 칠민이가 앞장서서 사무실이나 가게의 위치를 손가락질했다. 한 번씩뿐이라는 칠민이의 으스대는 폼에 주눅이 든 동호는 사무실 이름이나 가게 주인의 성씨를 외우고 길목 익히기에 여념이 없었다. 수금은 칠민이가 하도록 되어 있었다. 배달이 없을 때는 손님 접대를 하느라 타령조로 목청을 뽑거나 그릇 나르는 일을 도왔다. 국수 가락을 우겨넣다시피 하는, 점심이나 저녁을 먹는 그 짧은 시간 외에는 거의 진종일 엉덩이를 붙일 짬이 없었다. 고달프기는 철제소와 다른 것이 없었다. 한 가지 나은 것이 있다면 사람이 많이 드나드는 것이었다. 그 많은 손님들 중에 혹시 엄마가 묻어 들어올지도 모른다는 은근한 기대가 움을 틔우고 있었다.

동호는 밤이 싫었다. 밤마다 칠민이의 발가벗은 사타구니를 코앞에 대해야 하는 징글맞은 고역을 치러야 했다. 칠민이는 끈덕지게도 한 차례씩 미친 발광을 하고 나서 잠속에 처박히는 것이었다. 주인 아저씨에게 꼬여바칠 수도 발설을 할 수도 없는 채로 동호는 역한 냄새로 더럽혀지는 밤을 견딜 수밖에 없었다. 그러나 그것도 차츰 어쩔 수 없는 일로 예사가 되어갔다. 처음엔 분해 죽겠던 칠민이의 욕지거리가 이젠 무신경하게 되어버린 것과 흡사한 일이었다.

한 달이 지나면서부터 동호는 우동 이삼 인 분 정도의 수금은 할 수 있게 되었다. 수금을 할 수 있는 자격을 갖게 되었다는 것은 정말이지 사람 웃기는 수작질에 지나지 않았다. 주인은 돈이 생긴다면 양잿물도 서너 사발은 들이켤 수 있는, 냄새 나는 악종이었다. 자신에게 그나마 수금을 시키는 것은 한 달 치 월급을 말아쥐고 있기 때문임을 동호는 잘 알고 있었다. 주인은 중국 사람 집에서 겨울에도 땀 삘삘 싸가며 밀가루떡을 10년이 넘도록 치다가 독립을 했다는 것이다. 주인의 등뒤에서 칠민이는 틈만 있으면 욕지거리를 내갈겼다. 월급을 올려주지 않는다는 것이었다. 그러나 동호는 주인이 꼭 그렇게 나쁘게만 여겨지지는 않았다. 돈을 모으려면 주인처럼 그렇게 독하게 쓰지 말아야 된다는 것을 동호는 배우고 있었던 것이다.

정기 휴일이면 칠민이는 빗에 물을 적셔 더벅머리를 다듬었다. 그리고 더위에 늘어진 개 혓바닥처럼 큰 칼라가 달린 기성 양복을 뽑아입고 외출을 했다. 그것도 월급을 타서 돈이 있을 때 쓰는 헛깡이었지 쇠푼이 가뭄이 들면 하루 종일 방에 틀어박혀 욕지거리였다. 동호는 그 해괴망측한 욕들을 노래 삼아, 칠민이의 이마에 풍년을 이룬 여드름을 짜야 했다. 칠민이는 동호의 그런 노고에 보답이라도 하는 것처럼 밥 때면 주방에다 으름장을 놓아 짜장면을 곱빼기로 얻어 주거나 월급을 받아 갚으라며 머리 깎을 돈을 빌려주기도 했다.

가을이 달음박질치며 쫓겨가는 어느 날이었다. 물건을 하러 나갔던 주인이 문을 박차고 들어오더니 다짜고짜 동호의 따귀를 후려갈겼다.

"요런 쌍놈의 새끼야, 귓구멍에 말뚝 박고 다녀? 뭣하고 자빠졌냔 말야."

볼을 감싼 동호는 영문을 모른 채 얼떨떨해 있었다.

"임마가 머 빵꾸 냈어요?"

칠민이가 예의 그 어깨를 치켜올린 폼으로 팔을 건들거리며 끼어들었다.

"저, 저 맹추 같은 새끼가 정말……. 거 중앙상사 아새끼들이 싹 이살 가버렸단 말야."

"중앙상사? 고런 싸앙눔에 새끼들이……. 거기 외상값 두껍게 깔렸잖아요."

동호는 주인과 칠민이의 말을 들으며 정신이 아뜩해지고 있었다. 주로 잡채밥이나 해삼탕을 시켜 먹던 사무실이었다.

"자그만치 3만 4천 원이야."

"그걸 어쩌죠? 찾아낼 수도 없고……."

"어쩌긴 뭘 어째? 저 새끼 월급에서 까버려. 그래도 2만 원이 날랐어."

며칠만 있으면 만 5천 원이 모아지는 줄 알았다. 동호는 무릎이 휘청 꺾였다.

"저런 얼빙이 새낄 뒀다간 장사 엎어먹기 얼음판이야. 당장 내쫓아, 당장."

"아저씨두 참, 월급 깠으면 그만이지 내쫓는 건 너무하잖아요."

칠민이의 이 말이 아니었어도 동호는 그대로 주저앉으려 했다.

"외상은 아저씨가 준 거잖아요. 난 시키는 대로 배달만 했구요."

동호는 또렷한 목소리로 말했다.

"뭣이 어쩌고 어째? 쥐불알만 한 새끼가 어디서 말대꾸야."

주인이 눈에 불을 켜며 내달았다.

"아저씨, 이거 왜 이래요. 손님들이 다 쳐다봐요. 창피하게."

칠민이가 주인을 막아섰다.

"저거 당장 내쫓아. 사람 분통 터지기 전에 당장 내쫓으라니까."

칠민이가 나가라는 눈짓을 했다. 순간 동호는 암담한 기분이 되었다. 그리고 누구에겐지도 모르게 벌컥 울화가 치밀었다.

"조또 내가 잘못한 게 뭐야. 쪼오다같이 외상 준 건 누군데?"

동호는 이렇게 내뱉으며 문을 떠밀고 나갔다.

"아니, 저, 저런……."

주인이 기가 막힌다는 표정으로 말을 더듬었다.

"너 달리 봐야겠더구나. 그 깡다구가 보통 쎄련된 게 아니란 말씀야. 이 형님 밑에서 아주 사람이 됐거든."

곧 뒤따라나온 칠민이가 키득키득 웃으며 동호의 머리를 쿡쿡 쥐어박았다. 동호는 어떻게 해서 그런 말을 할 수 있었는지 알 수가 없었고, 사람이 되었는지 버렸는지 신경 쓸 여유가 없었다. 그저 바짓가랑이 사이로 타고 오르는 바람결을 싸하게 느끼며 수중에 돈이라곤 한푼도 없다는 콱 막힌 절망감에 빠져 있었다.

"너 골목쟁이에 있는 염씨네 가게에 가 있어. 내가 순대 채울 자리 한군데 뚫어볼 테니까."

"혀엉, 증말?"

동호는 칠민이의 손을 덥석 잡았다. 여태껏 불러왔던 형은 강요에 의한 것이었지만 이번만은 정말 가슴이 온기로 데워진 것이었다.

염씨네 가게에서 칠민이를 기다리며 동호는 이런 저런 생각을 하고 있었다. 엄마를 찾아낼 가망은 갈수록 흐릿해지는 기분이었다. 철제소의 기술자가 되어 돈을 모으게 되면 신문 광고를 낼 참이었다. 광고를 아무리 크게 낸다고, 바람나서 자식을 버리고 도망간 여자가 눈썹 하나 까딱할 리 없다고 했다. 한때 미쳐서 그랬더라도 자식이 서울까지 올라와 광고를 냈는데 어머니 마음으로 찾지 않을 수 없는 노릇이라 했다. 철제소 형들은 두 패로 갈려 우김질이었다. 두 가지 다 맞는 말 같았지만 동호는 나중 말을 더 믿었다. 형들의 말로는 광고료가 무지막지하게 비싸다고 했다. 그런데 지금까지 돈은 한푼도 모으지 못했다. 괜히 서울로 올라왔나 하는 후회가 또 고개를 들었다. 그러나 이내 고개를 저었다. 어떻게 해서든 엄마는 찾아내야 했다. 두 동생들 때문에 엄마는 딴 남자와 살 수가 없다. 두 동생이 사무치게 보고 싶어진다. 어떻게 살고 있을까. 할머니가 힘이 들어 징징대며 어지간히 구박을 할 것이다. 할머니도 더럽게 복 쪼가리가 없다. 할머니가 불쌍하다. 서울에서 굴러먹은 지도 열 달이 되었다. 철제소에서 얻은 것이라곤 흉이 잡힌 거칠어진 손뿐이다. 어떻게 생긴 도둑놈들이 쇠를 소리도 안 나게 들어먹었는지 알 수가 없다. 잠이 곤하게 들긴 했겠지만 예사 도둑놈들은 아니었다. 칠민이가 개지랄을 하며 귀찮게 굴더라도 참았던 것은 돈을 모을 수 있었기 때문이다. 광고 낼 돈을 모으는데 칠민이의 더러운 수작이나 무릎이 시도록 배달을 다니는 것쯤은 그까짓 것이었다. 주인 새끼는 정말이지 날강도였다. 외상 먹은 놈들이 밤에 싹 날라버렸거나 아침 일찍 튀어버렸으면 용빼는 재주 없는 노릇 아닌가 말이다. 아무리 생각해도 억울해서 견딜 수가 없었다. 그러나 돈을 받아낼 뾰족한 방법이 떠오르지 않았다. 그래서 동호는 바작바작 화가 치밀어오르고 있었다.

밤 9시쯤에 나타난 칠민이가 버스를 타고 데려다 준 곳은 말끔하게 차린 식품점이었다.

"얌마, 열나게 일해야 돼."

칠민이가 식품점을 나서면서 말했다.

"정말 고마워, 형."

"야, 치사스런 소리 작작해. 이런 게 바로 사나이 대 사나이의 의리라는 거다."

이 말을 남기고 칠민이는 휘파람을 불며 어둠 속으로 사라졌다. 그런 칠민이가 그야말로 의리의 사나이, 황야의 무법자처럼 멋들어지고 믿음지스러워 동호는 오래도록 뒷모습을 지키고 서 있었다.

여기서는 자고 먹고 월급은 3천 원이었다. 중국집에서나 마찬가지로 보증인이 없으니 다섯 달 치 월급을 보증금으로 잡겠다고 했다. 칠민이가 보증인 아니냐고 따지려다가 동호는 그만두었다. 괜히 주둥아리 놀렸다가 찬바람이 으르렁대기 시작하는 길바닥으로 내쫓길 수는 없었다.

"아참, 내가 이 말을 까먹었구나. 다섯 달 치 월급이 만 3천 원인 것 알고 있지? 그때 가서 괜히 딴소리할까 봐 그런다."

이 아줌마가 구구법도 모르나. 3×5는 15 아냐. 동호는 정색을 했다.

"그게 아니잖아요."

"너 그럴 줄 알고 내가 미리 못 박아 두는 것 아니냐. 소개비 준 것 벌써 까먹어버렸니?"

"소개비요?"

"아, 아까 그 칠민이한테 2천 원 준 걸 월급에서 까야 것 아니냐."

"예에……?"

그래도 중국집은 음식점이라서 배 채우기에는 푸짐했다. 밀가루 음식이든 밥이든 힘겨운 일을 이겨내기에는 우선 배가 차야 했다. 그런데 식품점은 중국집에 비하면 말이 아니었다. 밥은 식모가 쪽문을 열고 내다 주었다. 다 찌그러진 양은 반침에 그릇 세 개가 가난하게 놓여져 있었다. 밥과 물과 김치였다. 반찬 없는 밥이지만 양이라도 많았으면 좋겠는데, 애써 기어 올라오다가 지쳐버린 것처럼 언제나 그릇을 채우지 못하고 있었다. 김치라는 것도 꼬라지가 말이 아니었다. 도마에 놓고 칼질을 한 포기 김치는 아예 바라지도 않았다. 그러나 이건 영락없이 먹다가 남긴 찌꺼기였다. 그거라도 좀 많이 줬으면 좋겠는데 겨우 보시기의 밑바닥만 덮는 정도였다. 항상 다 식어빠진 숭늉까지 몰아넣었지만 돌아서면 뱃속에선 거지가 손을 벌렸다.

식품점에서 하는 일도 주로 배달이었다. 손님을 맞아들이거나 물건값을 일러주는 정도까지는 했지만 돈을 만지는 일은 절대 할 수 없었다. 동호는 주인 여자가 시키기 전에는 물건 가까이 가지를 않았다. 과부인 주인은 노골적으로 감시를 했다. 어쩌다가 자리를 비울 때면 꼭 자기 애들을 불러내서 가게를 지키게 했다. 아이들이 없을 때는 허리가 굽어 제대로 걷지도 못하는 친정어머니를 끌어내다 앉혔다. 사실 빼빼 둘러 전부 먹을 것이고, 하나라도 축이 나면 돈을 도둑맞는 것이나 마찬가지였다. 동호는 치사스럽고 뒤틀려서 아예 구석지에 틀어박혀 있었다. 잠도 가게에 딸린 방에서는 잘 수가 없었다. 통금이 가까워 양철문을 밀어붙이고 나서 주인 여자보다 한 걸음 먼저 쪽문을 통해 가게를 나선다. 그럼 하룻동안 벌어들인 돈을 몰아가지고 뒤따라나온 주인 여자가 쪽문에 주먹만 한 자물통을 철컥 잠그는 것이다.

12월로 접어들면서부터 동호는 밤마다 미칠 지경이었다.

무릎이 턱에 닿도록 몸을 웅크려봐도 추위를 면할 길이 없었다. 변소 옆에 헛간처럼 이어붙인 방이라서 그런지 바깥바람이 제멋대로 들락거렸다. 거기다가 이부자리라는 것도 솜이 뭉친, 손바닥만 한 요와, 때가 전 담요가 고작이었다. 배도 제대로 채우지 못하면서 잠자리까지 그 지경이라서 도통 맥을 쓸 수가 없었다. 견디다 못한 동호는 주인 여자에게 어렵게 말을 꺼냈다.

"아주머니, 방이 추워서 통 잘 수가 없어요."

"너 지금 무슨 소리냐? 얼음도 안 얼었는데 벌써부터 불을 때란 말이냐? 너 연탄 한 장에 얼마씩인 줄이나 알고 있니?"

동호는 여지없이 면박을 당하고 말았다. 나발통 까고 자빠졌네, 그따위로 맘을 더럽게 쓰니까 과부 신세란 말이다. 동호는 욕을 질겅질겅 씹었다. 자기들은 벌써부터 연탄을 피워대고 있었다.

주인 여자의 말대로 얼음이 꽁꽁 얼어붙은 날 처음으로 연탄을 넣어주었다. 가게 앞에는 크리스마스 대목을 보겠다고 과일 궤짝이며 각종 선물 세트를 쌓아올리고 있을 때였다. 연탄을 피운다고는 했지만 시늉뿐이었다. 가뜩이나 외풍이 센 방이라서 하루 종일 연탄을 지핀다 해도 다리 펴고 잘까말까 했다. 그런데 새벽같이 연탄을 빼가서 저녁때에 다시 넣는 것이었다. 아궁이는 하루 종일 아가리를 떡 벌린 채 썰렁한 하품을 하고 있었다. 그래서 방은 언제나 얼음장이었고, 새벽녘이 되어서야 아랫목은 가까스로 미적지근해지는가 싶다가 이내 싸늘하게 인상을 바꾸곤 했다.

"불 좀 빼가지 말아요. 나 얼어 죽겠어요."

풍년 든 엉덩이를 가진 식모에게 동호는 비굴한 몸짓으로 말했다.

"누군 빼가고 싶어 그러나 머. 아줌마가 생판 야단인걸."

식모는 딱한 표정으로 심드렁하게 대꾸했다.

"아주머니도 너무해요. 이러다간 딱 얼어 죽기 좋겠어요."

"누가 아니래. 불 문이라도 확 터두면 한결 나을걸. 허긴 나라고 뜨시게 자는 신세도 아니잖아."

동호는 더 할말이 없었다.

그날 밤 살금살금 나가 보니 식모의 말대로 공기 구멍이 꽉 틀어막혀 있었다. 그래서 불길은 방고래로 빨려 들어가는 것이 아니라 저만큼 밑에 얌전하게 드러누워 있었다. 동호는 그만 화가 나서 공기 구멍을 틀어막고 있는 걸레쪽을 빼버렸다. 한결 방이 빨리 디워졌다. 그러나 그것도 며칠뿐이었다. 결국 주인 여자에게 들켜 눈물이 쑥 빠지도록 야단을 맞았다.

"도대체 니 까짓 게 뭐냐, 시건방진 자식 같으니라구. 남의집살이 하는 주제에 배부르게 뜨뜻하게 살려는 심뽀는 어디서 배워 처먹은 버리장머리야? 한 번만 더 그따위 짓거리 해봐라, 당장 쫓아내고 말 테니까."

동호는 얼음이 박힌 손을 앞으로 모아잡은 채 고개만 떨구고 서 있었다. 아무 욕이고 퍼대고 싶었지만 이상하게도 자꾸 목만 메어왔다. 중국집 주인에게 따귀를 맞을 때와는 또다른 감정이었다.

그런데 연탄을 지피게 되면서부터 동호는 알 수 없는 어지럼증에 시달렸다. 잠자리에서 일어나기만 하면 머리가 핑그르르 돌며 어질어질했다. 그 증세는 거의 매일 아침 일어났는데, 점심때가 가까워지면 가시곤 했다. 어느 날 아침에는 유독 심해서 머리가 벌어지는 것처럼 욱신거리거나 곧 토해질 것처럼 속이 울렁이며 메슥거렸다. 그러나 주인 여자에게는 전혀 내색을 하지 않았다. 솔직하게 말을 한대서 약을 사줄 사람이 아니었다. 오히려 그것을 트집잡아 내쫓을 위험이 더 컸다.

구정(舊正) 대목이 지나도 날씨는 풀릴 줄을 몰랐다. 그날도 어깨를 펼 수 없이 추운 데다가 하늘에는 희끄무레한 구름까지 뒤덮여 있었다.

"요샌 왜 이리 손님이 없니. 그만 문 닫자."

주인 여자는 돈을 간추렸다. 동호는 무겁게 일어섰다. 문을 닫기가 싫은 것이다. 네 개들이 연탄 난로가 있는 가게 안은 방보다 훨씬 따뜻했다.

"하늘에 구름 꼈니?"

"예, 많이 꼈어요."

문을 밀어붙이다가 동호는 하늘을 흘끗 올려다보고 진저리를 치며 대답했다.

동호는 언제나처럼 불기운이 돌 아랫목에 요를 접어서 깔고 바짝 웅크려 누웠다. 그리고 담요를 머리까지 뒤집어쓴 다음 두 손을 턱 밑에 붙였다. 아무리 팔에 힘을 넣어도 바들바들 떨리는 손이 쉴새없이 턱을 때렸다. 어서 잠이 들어야지. 그래야 추운 걸 모르지. 빨리 봄이 와야지. 동상이 심해지면 살이 썩는다던데. 동호는 이런 토막난 생각들을 하며 어서 잠에 묶이고 싶어했다.

4

"아, 아, 정신 차려. 나 보이니? 내가 보여?"

동호는 이런 말을 먼 산울림으로 들으며 눈을 뜨려고 애썼다. 무언가 형체를 알 수 없는 것이 어른거리는 느낌이었다.

"할머니, 인제 깨나나 봐. 눈을 떴잖아!"

동호는 좀더 가깝게 이런 말을 들었다. 그리고 눈앞에 어른거리던 것이 사람의 모습으로 윤곽이 잡혀갔다.

"야, 너 이름 뭐야?"

동호는 낯선 목소리임을 깨달았다. 애써서 치켜뜬 눈앞에 기억에 없는 두 얼굴이 웃고 있었다.

"누구요……?"

"히야, 살아났다. 할머니, 내 말이 어때?"

"그래그래, 용케 살아났구나."

동호는 시끄럽게 느껴지는 이런 말을 들으며, 내가 언제 죽었었나 생각했다. 그러자 덜컥 겁이 났다. 동호는 자리를 차고 일어났다. 그러나 마음뿐 몸이 말을 듣지 않았다.

"애, 가만 눠 있어. 내 이름은 진길이야. 넌 인제 살아났으니까 안심해도 괜찮아."

눈이 계집아이처럼 큰 사내애가 웃으면서 말했다.

"내가 어, 어떻게 됐었는데?"

동호는 입술에 침을 발라가며 힘들게 물었다.

"어떻게 되긴? 공터 쓰레기장에 쓰러져 있었어. 기억 안 나?"

모를 일이었다. 아니, 가당찮은 거짓말이었다.

"난, 난 방에서 잤는데, 쓰레기장이라니? 그 무슨 말이야?"

"너 아직도 정신이 덜 들었구나. 방은 무슨 방이야. 쓰레기장에 뻗어 있는 걸 내가 떠메고 왔단 말야."

"뭐라고? 날 네가……?"

동호는 방을 둘러보았다. 그렇구나, 내 방이 아니다. 이게 어떻게 된 일일까. 내가 왜 알지도 못하는 사람의 집에 와 있을까. 어떻게 해서 쓰레기장에 쓰러져 있었을까. 동호는 반쯤 일어났다가 도로 무너져내렸다. 그리고 여태껏 느끼지 못했던 두통과 구역질에 휘말렸다. 두통은 전신이 비비 틀리도록 견디기가 어려웠다. 머리가 한쪽으로 쏟아지는 것도, 쇠꼬챙이로 마구 찔러대는 것도, 자디잔 구멍이 빠끔빠끔 뚫리는 것도 아닌 형용할 수 없는 아픔이 살아서 꿈틀거렸다. 참으려고 했지만 신음 소리는 다스려지지 않았다.

"어디가 아픈지는 잘 모르지만 넌 환자가 틀림없어. 가만히 눠 있으란 말야. 할머니, 우선 물수건부터 좀 갖다 줘요. 머리가 아픈가 봐요."

동호는 진길이의 부축을 받아 바로 누웠다.

"지금 몇 시나 됐니?"

"곧 통행 금지야. 말하지 말고 눠 있어."

"통행 금지……."

동호는 머리를 감싼 손아귀에 더 힘을 주었다. 도무지 뭐가 뭔지 알 도리가 없었다. 지금 일어나고 있는 두통은 거의 매일 아침 시달렸던 그 어지럼증이 좀더 심해진 것일 뿐이다. 무슨 병인지는 모르지만 약을 쓰지 못했으니 날이 갈수록 심해질 것은 밥 굶으면 배고픈 것이나 마찬가지 이치였다. 그렇다면 지금 시간이 아침이거나 점심때쯤 되었어야 한다. 그런데 어째서 한밤중이란 말인가. 그리고 왜 쓰레기장에 쓰러져 있었을까. 동호는 새로 밀려드는 두통을 견디느라 얼굴을 찡그렸다.

미음을 한 사발 마신 동호는 잠속으로 허물어져 들어갔다. 눈을 떴을 때는 창호지문에 햇살이 그득 담겨 있었다.

"몸은 좀 어떠니?"

진길이가 이마를 짚어보며 물었다.

"으응, 다 나았어. 어젯밤엔 정말 죽는 줄 알았는데."

"그래? 참 다행이다. 나도 널 떠메고 오긴 했지만 정말이지 송장 치는 줄 알고 시끕했었다."

그 무섭던 두통은 거의 씻겨지고 없었다. 동호는 어젯밤을 돌이키며 천천히 일어나 앉았다. 두통이 가신 머리로도 풀 수 없는 수수께끼였다.

"내가 어떻게 여기까지 왔는지 차근차근 말 좀 해줄래?"

"차근차근이고 뭐고 있니? 어젯밤에 얘기한 대로 쓰레기장에 쓰러져 있길래 들쳐업고 온 것이 전부야. 너나 어디서 무엇을 했는지 얘기해 봐. 왜 거기 쓰러졌는질 모른다니 궁금해 죽겠다."

"왜 날 데려왔지?"

"그야 뻔할 뻔자 아니니. 눈은 오지, 날은 춥지, 거기다가 밤인데 내버려두면 죽고 말 것 아냐. 나처럼 한심하게 가난한 놈이 또 있구나 싶어 들쳐업었지. 굶어서 지쳐 쓰러진 줄 알고 말야. 근데 그게 아니라메? 그러니까 어서 얘길 해봐."

동호는 이렇게 말하는 진길이를 물끄러미 바라보았다. 비슷한 나이 같은데도 그가 무척 어른스럽게 느껴졌다. 동호는 지금까지 겪어온 이야기를 대충 하기 시작했다. 진길이는 턱을 괴고 앉아 무표정하게 들었다. 그러다가 어지럼병이 생겼다는 대목을 듣더니 갑자기 무릎을 치며 소리 질렀다.

"그거다, 바로 그거다. 그건 병이 아니라 연탄 가스야. 연탄 가스를 마신 거야. 중독이란 말야. 가만있어, 너 그 집에서 마지막 잔 날이 언제냐? 기억 나지? 그것만 알면 오케이다."

"그날이…… 2워얼 사아…… 그래, 2월 4일이다."

"오늘이 6일이니까 이틀 전이다. 맞았어, 그날 밤부터 눈이 퍼붓기 시작했거든. 그래서 연탄 가스가 더 많이 샜던 기야. 네가 그걸 곱빼기로 마시고 뻗어서 하루 내내 깨나지 못한 거야. 근데 그 깍쟁이들이 널 병원에 데려갔겠니? 그냥 깨나기만 기다렸겠지. 그러다가 너무 오래 깨나지 못하니까 겁이 난 거야. 그래 송장 치게 될까 봐 미리 내다 버린 거야. 어째, 내 말이 틀렸니?"

"무슨 소린지 난 하나도 모르겠다."

"요런 쪼오다야, 정신 바짝 챙겨. 아차 하면 골로 가는 세상야. 그 식품점 어느 동네에 있었다고?"

"신촌……."

"거 보라니까. 여긴 상계동 허허벌판 무허가촌이라구. 신촌하곤 정반대 쪽이야. 이래도 무슨 말인지 모르겠니? 어젯밤만 그대로 쓱싹 넘어갔음 넌 지금쯤 깨끗하게 송장이야. 얼어서 돌아가신 송장님이라구. 놀랬지?"

동호는 점점 어지러워질 뿐이었다.

"배고픈데 밥부터 먹어. 깡보리밥이지만 많이 먹어라. 우리 같은 것들은 배가 불러야 왔다다."

진길이는 윗목에 덮어둔 밥상을 들어왔다. 밥을 먹으면서 진길이가 다시 차근차근 설명하는 말을 듣고서야 동호는 가슴이 쿵 내려앉는 소리를 들었다. 설마 그랬을 리가 있느냐고 믿지 않으려 했지만 자신은 지금 분명 식품점이 아닌 낯선 집에 와 있는 것이다.

"뭘 그러고 앉았니? 살아났으니까 빨랑 밥이나 먹어치워."

이런 일을 몇 차례 당해본 것처럼 진길이는 태연한 표정으로 말했다.

"안 돼, 경찰에 알려야 해."

동호는 이빨을 앙다물며 숟가락을 소리가 나게 놓았다.

"캬아, 이거 사람 웃기는데. 너 폼 좀 그만 써라. 경찰이 뭐 파리 잡고 있는 줄 아니? 경찰은 사람들 일만 쫓아다니기에도 똥줄이 탄다 그런 말씀야. 알아들어?"

"그치만 이건……."

"운수에 번갯불 쳐서 경찰이 나섰다 치자. 그것들이 널 점원으로 쓴 일이 없다고 인상 싹 뒤집어까면 어쩔래? 증인이 있다고? 너하고 그것들하고 누가 더 쎄니? 너나 나나 양아치야. 넌 서울물 말짱 헛먹었어. 너 그렇게 빽 한번 빼근하다면 왜 철제소 주인한테 얻어터지고도 가만히 있었고, 중국집에서 당하고는 왜 또 죽치고 있었니? 넌 지금 또 두 달치 월급 생각이 간절하겠지? 싹 잊어버려. 재수 없는 놈은 비행기 타도 독사 물리는 법이야."

진길이는 모든 걸 훤히 알고 있는 것같이 당당했다. 동호는 더 이상 아무 말도 할 수가 없었다.

"너 갈 데 없으면 나하고 장사나 하자. 남 밑에서 빌빌 싸는 것보다 속 편하고 승부가 빨라."

진길이가 상을 치우면서 한 말이었다.

할머니하고 둘이 산다는 것, 국민학교 4학년까지 다녔고 열다섯이라는 것, 청량리나 동대문시장에서 닥치는 대로 장사를 한다는 것, 할머니는 보세품 일을 맡아다가 한다는 것, 이것이 진길이가 말한 전부였다. 더 물으려 했지만, 시시껄렁하게 과거는 묻지 마세요 하는 바람에 입을 닫아버렸다. 동호는 동갑인 진길이에게 묘한 위압감 같은 것을 느꼈다.

"난 돈이 한푼도 없는데 장산 어떻게 하니?"

"그건 염려 마, 내 물건을 나눠줄 테니까 많이만 팔아치워. 매상만 많이 올리면 일당을 줄 테니까."

그래서 동호는 진길이를 따라나섰다. 말만 들어온 동대문시장은 크기도 어마어마했지만 어디서 몰려들었는지 사람들이 바글바글 끓었다. 진길이는 어느 밥집으로 거침없이 들어갔다.

"안녕하셨어요, 어머니."

"그래, 인자 나오니? 근데 앤 누구냐?"

"예에, 고향 친군데 오늘부터 동업자가 됐어요, 동호라구요. 야, 인사드려. 우리 어머니다."

동호는 영문을 모른 채 꾸벅 절을 했다.

진길이는 저쪽 구석에서, 끈이 달린 나무판과 커다란 봉투 하나를 들고 나왔다. 수선스런 인사를 마치고 밥집을 나온 진길이는 사람들의 발길을 피해 나무판을 놓았다. 그리고 봉투를 거꾸로 들었다. 뭐가 와르르 쏟아져나왔다. 멸치와 됫박과 조그만 봉투들이 뒤섞여 있었다. 진길이는 그것들을 빠른 손놀림으로 간추리기 시작했다.

"왜 넌 엄마하고 떨어져 사니?"

"엄마? 으응, 난 또 무슨 소리라고. 엄만 무슨 놈의 얼어 죽을 엄마야. 이런 물건도 맡겨놓고 가끔 곰탕 국물도 공짜로 얻어먹는 재미로 따리붙이는 거지 뭐. 존 게 존 세상이니까 얼렁뚱땅 비비고 넘어가는 거야."

진길이는 멸치를 손가락으로 털어올리며 아무렇지도 않게 말하고 있었다.

"자아, 시작하자. 내가 시범 께임을 보일 테니까 오늘은 따라다니면서 구경이나 해. 이 됫박 하나에 백 원인데, 원가는 50원이야. 한 됫박 팔면 50원 먹고 땡이고, 하루에 열 됫박만 팔아치우면 일당 버는 거야."

진길이는 끈을 목에 걸어 목판을 척 배로 버티고 서서 자신만만하게 웃었다. 목판에는 멸치가 수북하게 쌓여 있고, 그 위에는 멸치가 넘치도록 담긴 됫박이 올라앉아 있었다.

"며루치요, 며루치이. 구수하고 맛 좋은 며루치가 고봉 한 되에 백 원, 단돈 백 원. 어이, 싸구랴 며루치이."

진길이는 잘두 주워섬기며 사람들을 헤치고 나갔다. 그리다가 어떤 여자 앞에서는 한사코 사라고 떼를 쓰기도 했다. 맛을 보고 사라고, 맛이 없으면 관두라며, 멸치를 굳이 여자 입에다가 쑤셔넣듯이 하기도 했다. 대개 멸치를 받아먹은 여자들은 사게 마련이었다. 멸치를 봉투에 쏟을 때는 유독 분주하게 떠드는 것 같았다. 싸구랴 며루치, 덤도 듬뿍 드려, 어허 맛 좋은 해남 며루치야. 뭐 이런 식으로 떠벌리는데, 됫박이 봉투 아가리로 숙여졌나 하면 어느새 바로 놓인 됫박에는 멸치가 약간 담겨져 있었고, 덤은 그 다음 순서로 봉투에 들어갔다. 매번 같은 순서였다. 그리고 해남 며루치가 목포, 부산, 군산, 남해 등 제멋대로 둔갑을 했다.

여섯 됫박째를 팔고 나서 진길이는 잠깐 쉬자고 했다. 양복감을 파는 골목에서 목판을 내렸다.

“야, 이거나 까먹어.”

진길이가 쪼그리고 앉으며 불쑥 내미는 게 있었다.

“아니, 이거 귤 아냐? 이 비싼 걸 뭣하러 샀니?”

동호는 고맙고도 미안한 마음이 엇갈려 말했다. 식품점에서 눈으로만 실컷 먹었던, 사과보다 비싼 귤이었다.

“미쳤다고 이따위 걸 돈 주고 사서 먹니?”

“그럼 과일 장수 엄마도 하나 됬니?”

“야, 야, 웃기지 마라. 이까짓 걸 얻어먹자고 치사하게 엄말 삼아? 그런 복잡한 수속 밟지 않고 쓱싹 수입 잡는 거야.”

“너 이걸 그럼……?”

“그래, 훔쳤다. 왜, 양심이 찔린다 그 말이니? 좋아하지 말어. 들키지만 않으면 장땡이야. 하느님이고 나발이고 다

돼지고 없어. 우리 같은 놈이라고 귤 못 먹으란 법 있어?"

진길이는 귤을 우물거리며 태연하게 말하고 있었다. 그 커다란 눈이, 능청스러운 태도와는 영 어울리지 않는 것 같았다. 동호는 귤을 까며 진길이의 솜씨에 그저 기가 꺾이고 있었다.

"앗쭈, 제법 잘 봤는데? 모든 장사는 다 사기 치기야. 며루치 장사도 마찬가지지. 우선 됫박을 속이고 그 다음이 며루치를 기술적으로 담는 거야. 됫박 반을 판자로 채웠으니까 들키지 말아야 하고, 며루치는 될 수 있는 대로 엉성하게 세워서 담아야지."

곰탕 국물을 후룩후룩 마셔가며 진길이가 대답했다. 동호는 정신이 팽팽 도는 기분이었다.

다음날부터 동호는 장사를 시작했다. 진길이가 품목을 정하는 것에 따라 함께하기도 했고 나눠서 하기도 했다. 진길이는 될 수 있는 대로 함께할 수 있는 품목을 고르느라 신경을 썼다. 그날의 수입에 따라 50원을 받기도 하고 백 원을 받기도 했다. 고등어 장사 같은 것은 재미가 있었다. 한 짝을 떼다가 앞뒤에서 들고 다니며 팔았다. 한 마리당 30원찌리를 백 원씩 받고 팔았다. 점심때가 지나면서부터는 70원씩 팔았고, 저녁때가 가까워지자 50원을 받았고, 해가 떨어지자 댓 마리쯤 남은 것을 20원에 떨이해 버렸다.

"동호야, 새끼야, 기똥찬 기회다!"

진길이가 갑자기 걸음을 멈추며 귓속말로 외쳤다.

"이 새낀…… 뭐가 기똥차?"

"저기 저 여자 있잖니, 시장 바구니에 든 지갑 말야, 저건 내 거야."

진길이가 눈짓으로 가리키는 곳에는 한 여자가 물건을 흥정하고 있었다. 그 여자가 들고 있는 묵직한 느낌의 시장 바구니 물건 위에 지갑이 놓여 있었다.

"이 새끼, 겁도 없이. 그러다가 떼들어가면 어쩔래?"

"요런 빙신 같은 새끼, 통수까지 말고 내가 해치우는 것 구경이나 해. 저건 내다 버린 밥이야. 먼저 먹어치는 놈이 장땡이야. 내가 안 먹어도 딴 새끼가 난짝 들어먹게 돼 있어. 극장 뒤에서 만나."

진길이는 눈을 찡긋해 보이고 사람들 속에 섞여들었다. 동호는 가슴이 벌떡거려 제대로 서 있을 수가 없었다. 진길이는 그 여자 가까이 다가가고 있었다. 동호는 와들와들 떨었다. 그러면서 뒤꿈치를 들고 고개를 있는 대로 뺐다. 사람들에 가려 진길이가 보이다 말다 했다. 진길이는 이제 여자를 지나쳐 걷고 있었다. 동호는 속입술을 잘근잘근 씹었다. 진길이는 사람들 틈에 섞여 어물전 골목으로 도는 것 같았다. 동호는 휴우 한숨을 내뿜으며 돌아섰다. 허겁지겁 극장

뒤로 달려갔다.

"동호야, 이 얼빙아, 어르신 솜씨가 과연 어떠냐?"

진길이는 지갑을 왼쪽 손바닥에 탁탁 치며 있는 대로 빼겼다. 동호는 아직도 가슴이 두근거렸다.

"이거 순 지기미헐 년이로구나. 만 원 한 장은 돼야지 이게 뭐야. 2천 원, 쪼 카트네. 오늘 장사 이만 시마이 치고 가서 한잔 꺾자."

진길이는 돈을 주머니에 몰아넣고 지갑은 쓰레기통에 던져버렸다.

"이 새끼, 알고 봤더니 빙신 참피온이야 이거. 조 때가리 달고 소주 한잔 못 꺾을 바엔 싹뚝 잘라내 버려. 발랑 한잔 쭈우욱 비워. 기분이 알딸딸한 게 살맛 난다."

진길이는 벌써 술기운이 퍼지는 모양이었다. 에라 니 놈이 하는 짓 나라고 못할 것 같으냐, 니 놈만 통뼈고 난 새뼈라는 법 어딨냐. 동호는 괜히 화가 나서, 잔에 가득 찬 소주를 한입에 들어붓고 눈을 질끈 감은 채 꿀떡 삼켜버렸다.

"쭈우았어, 쭈아. 그 깡다구 한번 맘에 들었다. 아줌마, 여기 까치담배 두 개"

하늘도 흔들리고 땅도 흔들리고 집이며 자동차, 눈에 보이는 것은 모두 흔들렸다. 동호는 진길이와 어깨동무를 하고 비틀걸음을 걸었다.

"기분을 푸는 거라구. 우리 같은 종자도 이렇게 기분을 풀면서 살아야 한다구. 니미럴, 안 그래?"

진길이는 유행가를 뽑아대다가 이렇게 소리를 질렀고, 다시 노래를 불러대곤 했다.

진길이와의 생활도 4개월로 접어들고 있었다. 저금 통장에는 8천 2백 원이 모아져 있었다. 진길이의 5만 원이 넘는 액수에 비하면 새발의 피였지만 그렇게 기분이 뻐근할 수가 없었다.

"아이고, 아이고, 나 죽네. 사람 살려어. 아이고, 나 죽어."

동호는 놀라서 잠이 깼다. 진길이 할머니가 배를 움켜잡고 몸부림을 치고 있었다.

"왜 이러시나? 빨리 병원엘 가야지."

"상관없어. 가끔 이러다가 괜찮아져. 걱정 말고 잠이나 자."

진길이는 예사롭게 말했다. 그러나 동호는 마음이 놓이지 않았다. 할머니가 너무 아파하고 있었다. 진길이 말로는 진통제를 잡수셨으니 괜찮을 거라고 했다. 그리고 새벽 2시라서 병원에도 갈 수가 없다는 것이었다. 시간이 흘러도 할머니의 증세는 잦아드는 것 같지가 않았다. 진길이도 표정이 굳어져서 고개를 갸웃거렸다. 하나 남은 사리돈을 마저 드렸다. 그러나 소용이 없었다. 할머니의 얼굴에 핏기가 가시며 손발이 떨리기 시작했다. 날이 번하게 트이자마자 할머니를 업었다.

의사는 제대로 진찰도 해보지 않고 큰 병원으로 가라고 했다. 택시를 잡아 대학병원으로 달렸다.

응급실에 할머니를 옮겨놓고 진찰권을 끊고 나니 돈은 바닥이 났다.

“무슨 병인진 모르지만 치료비를 내얄 테니까 만 원만 찾아다 줄래?”

진길이가 저금 통장과 나무 도장을 내밀었다. 진길이의 얼굴에는 여태껏 볼 수 없었던 그늘이 덮여 있었다.

동호가 돈을 찾아가지고 병원으로 돌아왔을 때 진길이는 현관에 나와 있었다.

“무슨 병이래니?”

“잡쳤어.”

“잡치다니? 어떻게 된 거야?”

“밥통에 빵꾸가 뚫렸댄다.”

“뭐, 밥통? 그래서?”

“배를 갈라서 빵꾸를 때워야 된다는 거야.”

“수술을 한단 말이지? 난리났구나, 돈이 무지하게 들 텐데.”

“좆 털었어. 20만 원이래.”

“이십…….”

“보증금을 내야 한다니까 나머지도 몽땅 찾아와.”

"그 다음은 어쩔 거니?"

"내가 알 게 뭐냐. 우선 째고 보는 거지."

동호는 자꾸 발이 헛디뎌졌다. 언젠가 진길이가 했던, 재수 없는 놈은 비행기 타도 독사 물린다는 말이 떠올랐다. 동호는 진길이의 돈을 다 찾고 나서 자기의 돈도 마저 찾았다.

"적지만 보태서 써."

동호의 말에,

"이 새끼, 너 의리 한번 쎄멘트못이구나."

진길이는 눈물이 핑 돌며 동호의 손을 움켜잡았다.

둘이는 수술실이 먼발치로 보이는 복도 의자에 앉아 있었다. 동호는 진길이에게 할말이 없었다. 지금 필요한 것은 돈이었다. 위로한답시고 실속 없는 말 지껄이는 것은 괜히 주접떠는 짓이라 싶었다. 그리고 이런 판국에 말로 위로를 받고 어쩌고 할 진길이가 아니었다. 쓰레기장에서 자신을 들쳐업고 집으로 들어온 진길이도 진길이었지만 싫은 얼굴 한번 하지 않고 밥을 먹여주고 옷을 빨아주고 한 할머니도 예사 어른은 아니었다.

"나 좀 나갔다 올게."

"……어딜?"

"금방 돌아올게. 그동안 수술 끝나거든 할머니 옆에 꼭 붙어 있어."

동호는 긴 복도를 걸어 현관으로 나섰다.

동호는 담이 드높은 주택가를 서성이고 있었다. 골목이라고 하기엔 너무 넓은 길에는 사람들의 발길이 드문드문했다. 동호는 사람이 저쪽 골목에서 나타날 때마다 마른침을 삼켰다. 벌써 열서너 사람째 빗나가고 있었다. 땅에 박힌 돌을 발끝으로 차고 있던 동호는 고개를 들었다. 순간 눈에 빛이 돋쳤다. 여자가 혼자서 골목 가운데쯤을 걸어가고 있었다. 여자의 오른쪽 팔에는 분명 핸드백이 매달려 있었다. 동호는 빠르게 골목 좌우를 살폈다. 사람의 그림자는 없었다. 이때다. 동호는 여자를 향해 내달았다.

"어마!"

여자의 외침이었고, 핸드백을 낚아챈 동호는 그대로 내닫고 있었다.

"도둑이야, 도둑이야……."

여자의 고함이 터져나왔다. 이 골목만 벗어나라……. 죽을힘을 다해 뛰던 동호는 우뚝 멈춰섰다. 몇 걸음 남지 않은 골목 어귀에서 사람이 불쑥 나타난 것이다.

"도둑이야, 도둑이야!"

눈길이 마주친 순간 남자는 주춤 비켜섰다. 동호는 다시 뛰기 시작했다.

동호가 뒤쫓아온 남자에게 발을 걷어차여 나둥그러진 것

은 다음 골목을 거의 벗어나려는 지점에서였다. 핸드백을 놓치고 거꾸러지며 동호는 눈알이 발갛게 물들었던 진길이의 얼굴을 보았다.

5

무덥고 긴 여름이었다.

"힘을 내. 며칠 안 남았어. 하나 쭉 그어내려."

상구가 부러진 못을 건네주며 말했다. 동호는 벽 구석에다 또 하나의 짧은 금을 그어내렸다. 일흔아홉 번째의 금이었다. 3개월 형(刑). 이 징글징글한 소년원 생활도 앞으로 열흘 남짓 남은 것이다.

왜 그런 못된 짓을 했느냐고 물었을 때, 배가 고파서 그랬다고 했다. 누가 시킨 짓이냐고 따졌을 때, 그저 고개만 저었다. 왕초가 있을 것 아니냐고 윽박질렀을 때도 그저 고개만 저었다. 3개월 판결을 받고 나서 동호는 마음을 닫아버렸다. 진길이가 원망을 하거나 앙심을 품어도 어쩔 수 없는 노릇이었다. 할머니가 수술을 잘 받아 살아났기만을 바랐다. 의사들도 용빼는 재주 없었을 것이다. 진길이의 깡다구를 믿었다. 날 잡아 잡수쇼 하고 내뻗는 판에 설마 죽이기야 했으랴 싶었다. 이렇게 좋은 쪽으로만 생각을 돌리는데도 꿈자리는 험했다. 꿈에 나타난 할머니는 언제나 죽어 있었다. 축 늘어진 할머니를 진길이가 업고 낑낑대는 꿈이 제일 많았다. 꿈은 반대라니까……. 동호는 또 이런 식으로 체념을 할 수밖에 없었다.

"저 새끼들 또 시껍게 노네. 배알 뒤틀려서 증말……."

상구가 미간을 찌푸리며 나지막하게 중얼거렸다.

"시꺼운 게 하루 이틀 일이냐? 부모 덕 보기 일찌감치 날샌 놈들은 구경만 실컷 하다 죽는 거야."

동호가 박박 깎은 머리를 짜증스럽게 긁어댔다.

"동호야, 그러니까 우리 나가서 멋지게 해치우잔 말이다. 너나 나나 우리밖에 믿을 게 더 있니?"

"알았으니까 그놈의 소리도 작작 해둬."

동호는 면회실 쪽에서 시선을 거두며 퉁명스럽게 쏘아붙였다.

상구는 스리를 하다가 쇠고랑을 찬 놈이었다. 서로 가깝게 된 것은 같은 날 신고식을 했다거나 형기가 같은 때문만은 아니었다.

이 방에서 둘이는 어쩔 수 없는 외톨이였다. 오늘처럼 정해진 면회 날에 둘이는 꼬박 방을 지키고 앉아 있었다. 면회 오는 사람이 없었다. 그래서 사식(私食) 맛을 볼 수 없는 것은 물론 나날의 생활이 표나지 않게 고달팠다. 조(組)별로 사역을 할 때면 똥 푸기나 하수도 치기는 맡아놓고 둘의 차지였다. 둘이는 이런 궂은일을 해내면서도 약속이나 한 것처럼 부당하다는 불평 같은 것은 입 밖에 내지 않았다. 왜 그렇게 되어야 하는지를 알고 있어서가 아니라 그런 사역을 피하지 못하는 것은 오로지 병신이었기 때문이다. 둘이는 같은 종류의 병신으로서 마음이 얽히게 되었던 것이다.

동호는 날을 지루하지 않게 보내려고 한동안은 책을 가까이해 보기로 했다. 그러나 곧 집어치우고 말았다. 읽어서 내용을 알 수 있거나 재미를 느낄 수 있는 책은 거의 없었다. 성경이라는 것부터가 무슨 개소리를 쓴 것인지 아무리 읽어도 이해가 되지 않았다. 도둑놈, 깡패, 건달 등 오만 잡동사니들을 몰아다가 사람을 만든다는 곳에 이따위 어려운 책이 왜 필요할까 싶었다. 동호가 확인한 최고 학벌은 중 3 중퇴가 고작이었다. 그런데도 교양 시간에는 책을 읽으라고 성화였다. 모두 책을 펴들고 앉아 있기는 했지만 시간이 끝날 때까지 거의가 다 처음에 펴든 그 페이지였다. 덕분에 할머니와 동생들 생각은 신물이 나도록 할 수 있었다. 그에 못지않게 엄마 욕도 입술이 부르트도록 했다. 그러나 다 말짱 헛것이라 싶었다. 갇혀앉아서 걱정하면 무슨 소용이 있고 욕을 해댄다고 풀리는 일은 없었다. 공짜로 밥 먹여주고 재워

주는 것도 고마운 일이지만 어서 풀어주는 것이 더 고마운 일이었다. 그래서 동호는 밉보이지 않으려고 풀려날 날만을 기다리며 시키는 대로 병신 노릇을 했던 것이다.

일곱 명은 차렷을 하고 서서, 바른 양심을 가진 사람이 되라는 소장의 일장 훈시를 듣고 일렬로 줄을 맞춰 정문 수위실까지 나왔다. 거기서 한 명씩 작은 문을 통해서 밖으로 나갔다. 동호는 다섯 번째로 작은 문을 통과했다. 밖으로 나온 동호는 차가 오가는 거리를 물끄러미 바라보고 있었다.

"좆이나 요거나 먹어라, 요거나 먹어라."

상구가 철대문을 맞바라보고 서서 연신 감자를 먹여대고 있었다.

"야이 새끼야, 집어치고 후딱 꺼지자."

동호가 상구 어깨를 쳤다.

"섭섭해서 그냥 갈 수 있니? 작별 인사를 해야지. 야, 가만가만. 우린 저거 안 먹니?"

상구가 가리키는 곳에는 빡빡대가리 셋이서 가족들에게 둘러싸여 두부를 먹고 있었다. 한 친구는 너무 급하게 몰아넣다가 걸렸는지 여자가 등을 펑펑 두들기고 있었다.

"웃기지 마라. 저것들이나 많이 처먹고 두부똥 싸라고 해. 가자."

동호는 코웃음을 치며 돌아섰다.

"지금 어디로 가는 거냐?"

"닥치고 따라오기나 해. 오기 싫으면 관두고."

동호는 상구의 입을 막기 위해 좀 지나치다 싶을 정도로 쏴대 버렸다.

동호는 집터를 어림해 가며 허탈한 마음으로 서 있었다. 50여 채가 넘던 집들은 한 채도 남김없이 흔적을 찾을 수가 없었다. 무허가촌……. 동호는 무거운 발길을 돌렸다. 버스 종점에 다다라 가게에서 물어보니 헐린 지 한 달 반쯤 된다고 했다. 동호는 서둘러 동대문시장으로 방향을 잡았다.

정겨운 냄새가 풍기는 동대문시장을 서너 바퀴 헤집고 다녔지만 진길이는 찾을 수 없었다. 뒤미처 생각이 나서 밥집으로 달려갔다. 여전히 살붙는 웃음을 푸짐하게 지닌 아주머니는 동호를 반갑게 맞아주었다.

"글쎄, 내가 궁금했던 참이었는데. 두 달 가까이 영 깜깜무소식이지 뭐냐. 차암, 할머니가 돌아가셨다고 한 다음부터 볼 수가 없게 됐구나. 오랜만인데 국밥이나 한 그릇 먹어라. 어서 절루 앉아."

"아녜요, 아주머니. 저 바빠서 그냥 갈래요. 안녕히 계세요."

동호는 황급히 밥집을 나왔다. 사람들에게 부딪히고 밀려서 걷고 있는 동호는 자꾸 코를 들이마시며 고개를 하늘로 치켜들곤 했다.

상구의 장담처럼 일은 왕창 되어주질 않았다. 그저 밥 걱정하지 않을 정도의 수입을 올리고 있었다. 사실 두둑하게 한밑천 잡지 못한 것이 불만일 뿐 지금까지의 생활 중에서 가장 고급인 것만은 틀림없었다. 우선 몸이 편해서 그만이었다. 아니꼽고 더러운 꼴 당해 가며 빼빠지게 일을 해야 세 끼 밥을 먹을 수 있었던 때에 비하면 포마이커 칠한 신세였다. 하루에 한 탕만 제대로 걸리면 비록 무허가 여인숙 방이지만 섰다판도 벌일 수 있고, 연속 상영 극장에서 까이도 낚을 수 있는 요지경이 얼마든지 있었다. 그러나 한 가지, 아차 실수하는 날에는 또 번호 붙은 푸른 옷을 입어야 하는 불안이 도사리고 있었다. 그래서 왕창 붙어주기를 동호는 간절히 바라는 것이었다. 한밑천 뽑아내게 되면 싹 손씻기를 상구와 단단히 약속을 했다.

동호는 상구의 권유에 따라 합기도장을 나갔다. 언제 닥칠지 모르는 위험을 쳐내기 위해 매일 일정한 시간에 땀을 뺐다. 둘이는 왕초를 모시고 있지 않았기 때문에 독점 구역이 없었다. 버스고 시장이고 극장이고 닥치는 대로 쑤셨다. 그러다 보면 자칫 디꾸데김들과 부딪칠 위험이 있었다. 그런 때는 엇차 선수를 한 방 놓고 뛰는 것이 장땡이었다. 그리고 형사에게 덜미를 잡히게 되는 경우도 일격에 그물을 찢어버릴 수 있는 실력을 갖추고 있어야 했다.

"일격에 부자지를 걷어차는 거야. 거기 맞고 케오 안 될 통뼈는 이 세상에 없어."

상구는 다리를 쭉쭉 내뻗으며 이 말을 버릇처럼 뇌까렸다. 동호는 상구를 따라 발차기를 하루에 실히 백 번쯤은 숙달시켜 나갔다.

상구는 속이 좋지 않다며 잠자리를 빠져나오려 하지 않았다. 일요일이라서 버스에서 한 탕을 칠 수가 없으니 늦잠을 자도 그만이었다. 동호는 아침 겸 점심을 먹으려고 혼자 여인숙을 나왔다.

단골 식당으로 걸어가던 동호는 걸음을 늦추었다. 그리고 미간을 찡그려 시선을 모았다. 맞은편에서 걸어오고 있는 남자는 고향 사람이었다. 동호는 두어 번 눈을 껌벅였다. 틀림없이 과수원집 아저씨, 아니 한 반이었던 병현이의 아버지였다.

"아저씨, 병현이 아버지시죠?"

동호는 남자의 앞을 가로막으며 성급하게 물었다.

"응, 응, 그런데 자넨 누구야?"

"놀라시게 해서 죄송합니다. 너무 반가워서 그만……."

동호는 사과부터 했다.

"아냐, 괜찮아. 병현이 친군 모양인데, 누구지?"

"저어 강동호라구요, 제 아버지가……."

"옳아, 옳아, 네 아버지가 강봉섭 씨 아니냐?"

"네, 맞아요."

"어허, 그렇구나. 이렇게 변했으니 내가 알아볼 수가 있나 원."

"아저씨, 혹시 우리 집 소식 아세요?"

"너희 집? 그래, 넌 아무것도 모르고 있겠구나. 쯧쯧쯧…… 참 고이약하게 된 일이다."

병현이 아버지는 금방 난색이 돼 목소리에 맥이 빠졌다.

"아저씨, 무슨 일이 생겼어요? 예? 시원하게 말씀 좀 해주세요."

"그래, 이렇게 만났으니 거짓말을 할 수야 없지 않겠니. 사실대로 알려줄 테니까 너무 상심하진 말아라."

"……."

"그러니까 금년 2월일 게다, 아마. 할머니가 돌아가셨다."

"할머니가……."

"장례야 동네서 치렀지만 두 동생들은 어쩌겠니. 남의집살이로 흩어진 모양이더라."

"혹시 누구누구네 집에 있는지 아세요?"

"글쎄, 내가 워낙 바빠서 그만……."

"아저씨, 고맙습니다."

"오랜만에 만났는데 어디 가서 요기나 할까?"

"아녜요, 전 지금 바빠서 그럴 시간이 없어요. 아저씨도 바쁘실 텐데 어서 볼일 보세요."

병현이 아버지와 헤어진 동호는 빠른 걸음으로 한참을 걷다가 멈춰섰다. 지금 내가 어디로 가고 있는 것인가. 고향엔 기차를 타고 가야 한다. 동호는 주머니를 더듬었다. 7백 원뿐이었다. 상구에게도 돈이 없었다. 어제 공쳤기 때문에 돈은 바닥이 났다. 주인에게 좀 돌려달랠까. 어림없는 일이다. 내 손으로 벌자. 그동안 익힌 솜씨로 아무 주머니나 핸드백을 털면 된다. 동호는 정거장으로 뛰어가 막 떠나려는 버스를 올라탔다. 두 좌석이 비어 있을 정도로 버스에는 사람이 없었다. 다음 정거장에서 버스를 갈아탔다. 사람이 통로에까지 들어차 있었지만 착 감겨드는 먹이가 없었다. 탐색전만 벌이다가 내려버렸다. 다시 버스를 골라잡았다. 역시 냄새가 맞아떨어지는 마땅한 반찬이 없었다. 신경만 잔뜩 곤두세우다가 버스를 내리고 말았다.

"니미랄 것, 사람 환장하겠네."

동호는 가래침을 내뱉었다. 그리고 다시 버스를 타려던 동호는 주춤했다. 눈에 익은 동네였다. 신촌이었다. 순간적으로 동호의 머리를 스쳐가는 것이 있었다. 식품점이었다. 그렇다, 두 달 반 치 월급을 받아내자. 이렇게 기분 팍 잡쳤을 때 덤비다가는 덫에 걸리기 십상이다. 더욱이 혼자서 말이다. 두 달 반 치면 7천 5백 원. 그 칠민이 새끼가 먹고 떨어진 소개비 2천 원을 빼도 5천 5백 원이다. 그러면 충분한 액수다. 동호는 식품점으로 뛰다시피 걷고 있었다.

"아주머니, 안녕하셨어요?"

"아니, 이게……."

파리를 잡고 있던 주인 여자는 소스라치게 놀라 물러섰다.

"그렇게 놀랄 것 없어요. 귀신은 아니니까요."

"아니, 학생은 누구지?"

주인 여자는 금방 태도가 획 달라졌다. 그렇게 태연스러울 수가 없었다.

"어어, 사람 엿먹이네. 내가 바로 당신이 내다 버린 강동호요, 강동호!"

"무슨 미친 소리야. 썩 나가!"

주인 여자는 맞받아서 소리를 질렀다. 동호는 거칠어지려는 숨결을 억눌러 잡으려 애썼다.

"다 좋으니까 두 달 반 치 월급이나 내노쇼."

"뭐 이런 깡패 같은 자식이 다 있어. 나하고 무슨 상관이 있다고 돈을 줘? 당장 나가지 않으면 경찰을 부를 테야."

"씨이팔, 정 이러기야?"

"이놈이 어디다 대고 욕이야, 욕이. 나가, 당장 나가."

여자가 동호의 가슴팍을 떠다밀었다.

"요런 개썅년 같으니라구."

동호가 여자의 배를 걷어찼다. 여자는 배를 움켜잡고 쓰러지면서 고함을 질렀다.

"도, 도둑이야, 도둑이야!"

얼굴이 일그러진 동호는 빠르게 주위를 두리번거렸다. 동호의 눈길이 냉장고 위에 박히는가 싶더니 거기에 놓인 과도를 잽싸게 집어들었다.

"요런 개썅년아, 뒈져라, 뒈져!"

여자의 비명이 길게 길게 퍼져나갔다.

손과 옷에 피범벅이 된 동호는 현장에서 체포되었다. 쇠고랑을 찬 동호는 질질 끌려가며 울부짖고 있었다.

"난 아무 죄도 없어, 아무 죄도 없단 말야. 이거 놔, 이거."

"아직 숨이 끊어지진 않았어. 빨리 병원으로 옮겨, 빨리."

"구급차를 불러."

"아냐, 택시를 붙들어, 택시를."

동호의 되풀이되는 울부짖음은 이런 소란과 뒤섞이며 차츰 멀어지고 있었다.

〈1977년〉

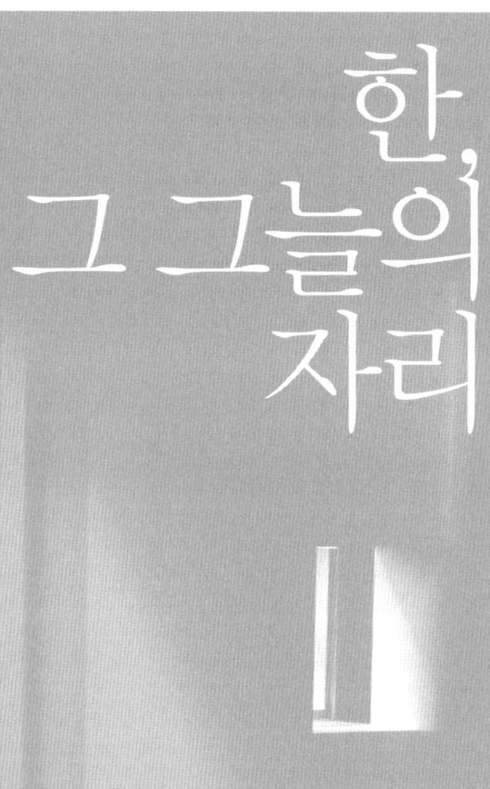
한,
그 그늘의
자리

임신 6개월의 경희는 첩이었다.

태섭은 그네의 그런 헝클어진 생활 조건에 놀라진 않았다. 그네의 대담한 실토를 듣기 전에 이미 태섭에게는 그런 불행을 탐지해 내는 촉각이 마련되어 있었는지도 모른다. 그러나 결코 그런 것은 아니었다. 그네를 대하는 순간 임신인 것을 알아차렸고, 행복해야 할 텐데 하는 엉뚱하고도 방정맞은 생각이 잇따랐던 것이다. 그건 순전히 피해 의식의 발동이었다. 그 어떤 비누로도 씻어낼 수 없는, 검은 때로 살갗 깊숙이 끼어 있는 그 흉측한 것이 고개를 든 것이다.

그네가 점박이 경희인 것을 알아본 순간 태섭은 병원의

복도가 핑그르르 도는 현기증에 몰렸던 것이다. 그리고 발가숭이가 된 자신을 발견했다. 굶주림과 천대에 지쳐빠진 걸레쪽 같은 자신을 보고 있었다. 그런 태섭의 눈에 그네도 갈 데 없이 고아인 점박이 경희일 뿐이었다.

아아, 그 시절……. 어느 때나 이렇게밖에는 더 감당할 기력이 없는 기억의 소용돌이에 휘말려들며 태섭은 그네의 임신이 행복한 것이기를 소원했던 것이다. 그러나 그네는 당연한 배신을 감행한 뒤였다. 출옥을 기다려 다시 범행을 저지르는 전과자처럼 그런 당연한 배신 앞에서 태섭은 오히려 안도감을 느끼고 있었다.

내다 버려진 한 여자의 목숨과 첩이라는 엄연한 사실은 더할 수 없이 잘 어울리는 조화였는지도 모른다. 태섭이 의아해 한 것은 그네가 흔해빠진 어떤 사장의 두 번째가 아니라 제법 이름깨나 있는 모 교수의 애를 배고 있다는 점이었다. 여기서 태섭의 통속적 예상은 혼란을 일으켰다.

"강 교수는 생각보다 끈질겼고 나는 그 올가미를 벗어날 수가 없었어요. 분명히 비뚤어지는 걸 알면서도, 분명히 찢어지고 구겨진다는 걸 알면서도 도망칠 수가 없었어요. 어쩌면 그렇게 되는 것이 당연한 것 같은, 그렇게 될 수밖에 없다는 생각이 날 묶고 놓아주지 않았어요. 나로서는 어쩔 수 없는 일이었어요."

그네의 담담한 솔직 앞에서 태섭은 그만 말을 잃어버렸다. 그네를 와락 끌어안고 울고 싶은 충동에 떨며 태섭은 안타깝게 그네를 건너다보고 있었다. 그네의 얼굴은 체념의 바다였다. 그 바다에는 시리도록 슬픈 운명의 빛깔이 쪽빛으로 뒤덮여 있었다. 그 빛깔이 퇴색해 검정이나 회색이 될 때까지 그네는 '어쩔 수 없게' 살아가리라는 사실을 발견하고 태섭은 안타까운 아픔에 시달렸던 것이다.

20여 년 만에 대뜸 그네를 알아보게 해주었고, 어쩌면 그네의 운명을 좌우하는 마력을 지녔을지도 모른다는 막연한 생각을 불러일으키는 그네의 귀밑 볼에 찍힌 손톱만 한 검은 점을 응시하며 태섭은 그 기억을 떼치려고 애썼다. 흉측하고 몹쓸 기억이었다. 그러나 오늘의 그네를 만든 것은 바로 그 사건이라고 태섭은 못 박고 있었다. 이런 속단이, 더구나 임신까지 한 그네를 앞에 두고 그 기억을 되살린다는 것이 얼마나 큰 죄악인지를 잘 알고 있었다. 그러나 그네는 멍청하고 답답하게도 불행의 구렁텅이로 걸어 들어간 것이다. 빠져나올 방법을 알면서도 말이다.

"그 때문에 죽는 한이 있어도 대학엔 가야 된다고 결심했어요. 몸을 팔아서까지라도 말예요. 순전히 오기였었죠. 다행히 몸을 파는 일까지 하지 않았어도 학교는 다닐 수 있었어요. 그런데 그만……, 나도 모르겠어요."

바로 이것이었다. 그네의 말마따나 몸을 팔아서까지 대학을 나와야겠다는 오기가 고아 신세로 자란 그들의 정상적인 사고 방식인 것이다. 그네는 지극히 정상이다가 어느 순간 스스로도 알 수 없는 비정상으로 둔갑을 했다. 그네 자신도 해명할 수 없는 모순, 그네의 이성을 허깨비로 만드는 그 귀신 같은 것의 정체는 무엇일까. 이런 태섭의 의문에 그 사건은 여지없이 모습을 드러낸 것이다.

고아원에는 그만그만한 애들이 50여 명 있었다. 모두 엉성한 머리칼에 툭 불거진 눈알을 필요 이상 잽싸게 굴리는 말라비틀어진 아이들이었다. 그 아이들은 하나같이 자나깨나 먹을 것을 쫓아 허둥댔다. 그러나 그들 앞에는 정해진 끼니의 항시 감질나는 밥뿐 아무리 눈을 까뒤집어도 먹을 것이라곤 없었다. 그런 그들에게 어쩌다가 기분 내키면 불쑥 찾아오곤 하는 지프는 끼니때마다 기도 속에서 건성으로 부르던 하느님 바로 그 사람이었다. 지프가 나타나는 날이면 아이들은 모두 회가 깔기는 시큼시큼한 오줌을 삼켜대며 환호성을 질러댔다. 지프에서 내려진 밀가루나 버터는 원장 아버지의 차지가 되고 초콜릿이나 사탕, 껌 등은 이국 병사들에 의해 고루 그들의 차지가 되었다. 한사코 따라가고 싶은 그 꼬부랑말을 하는 사람들은 별로 오래 머무르는 일이 없었다. 그러나 어쩌다가는 한나절이 넘도록 있을 때도 있었다. 아이들은 그런 때를 손꼽아 기다렸다. 그런 경우 그 사람들은 노래도 가르쳐주었고 놀이도 함께했다. 아이들이 그런 날을 기다리는 것은 노래를 배우거나 기이한 놀이 때문이 아니었다. 백번 들어도 알아들을 수 없는 노래나 몸에 익지 않은 어설픈 놀이가 흥미를 당길 리 만무했다. 그러면서도 아이들이 그런 날을 기다리는 것은 그 긴 시간 동안 배급 받은 초콜릿이나 사탕을 다 먹어치울 수 있기 때문이었다. 그렇지 않고 그들이 금방 돌아가고 말면 원장 아버지는 야속하게도 그것들을 다 거둬가고 말았다. 돼지처럼 한꺼번에 먹어치우지 말고 아껴 먹으라는 것이었지만 한번 거둬간 것들은 다시 그들의 손으로 돌아오지 않았다. 노래를 배우거나 놀이를 하는 때도 원장 아버지는 이쪽저쪽에 눈을 부라려가며 볼을 씰룩였지만 아이들은 한사코 눈길을 피해가며 억척스레 먹어치우기에 바빴다. 그런 다음 불벼락이 떨어지게 마련이지만 그 버릇을 고치는 아이는 한 명도 없었다.

그날은 하루 종일 비가 칙칙하게 내리고 있었다. 좍좍 쏟아지다가 그치면 물장난이라도 하련만 딱 옷 적시기 좋을 만큼 비는 비실거리며 한정도 없이 내렸다. 이런 날은 영락없이 방에 갇히게 마련이었다. 아이들은 제각기 방구석에 틀어박혀 지루하고도 긴 여름날을 보내기에 몸살이 나고 있었다. 원장 아버지의 눈길 때문에 얌전을 피울 수밖에 없는 아이들은 하나같이 비비 꼬이는 배고픔에 시달려야 했다. 아이들은 손가락 마디만 한 과거를 풀어놓고 제각기 침이 마르도록 먹을 것에 대해 입씨름을 벌였다. 그러나 배고픔이 가시기는커녕 더 큰 허기에 시달려야 했고 거기다가 엄마, 아빠에 대한 그리움마저 겹쳐져 아이들은 눈물만 담뿍 가눈 채 서로 돌아앉고 말았다. 그러다가 웅크리고 앉은 채 깜빡 잠이 들었다가 깨어나도록 저녁밥 때는 여전히 멀리 있었다. 그런데 그 지프가 나타난 것은 힘없는 빗줄기 사이로 어스름이 내릴 즈음이었다. 아이들은 어느 때 없이 큰소리로 '헬로'를 수없이 외쳐댔다. 그런 그들의 소원을 풀어주기라도 하려는 듯이 그 장대같이 큰 사람들은 긴 팔을 휘둘러가며 노래를 가르치기 시작한 것이다. 아이들은 다른 때보다 유독 신명나게 노래를 흉내내고 있었다.

초콜릿이며 사탕이 반쯤 남은 것을 확인한 태섭은 원장의 눈치를 살피기 시작했다. 원장은 한 헬로와 무언가를 열심히 떠들고 있었다. 이때다. 태섭은 잽싸게 기어 문을 빠져나왔다. 그리고 처마 밑을 타고 돌아 헛간으로 달렸다. 거기 짚단과 나무가 쌓인 한쪽 구석에는 자기만이 아는 조그만 굴이 있었다. 그건 굴이라기보다는 흙벽에 뚫은 구멍이었다. 그 구멍은 거기에 맞는 돌로 가리워져 있어서 누구의 눈에도 띄지 않았다. 그 돌은 흙벽에 박힌 다른 많은 돌들에 감쪽같이 섞여 있었다. 태섭은 먹을 것을 배급 받을 때마다 반쯤은 남겨서 이 구멍 속에다 감추어두곤 했었다. 그리고 아무도 몰래 하나씩 꺼내다 먹는 맛이란 이루 형용할 수가 없었다.

태섭은 헛간 앞에 이르러 빠르게 좌우를 살폈다. 그리고 판자문을 밀치려다가 그만 질겁을 하고 물러섰다. 헛간에서 사람 소리가 들렸던 것이다. 몸이 바짝 오그라붙은 태섭은 잠시 어쩔 바를 모르고 있었다. 그런데 헛간에서 새어나오는 사람 소리가 괴상했다. 우는 것도 웃는 것도 아닌 소리가 이어지고 있었다. 어쩌면 어디가 잔뜩 아파서 내는 소리 같다가도 자세히 들어보면 꼭 그런 소리만은 아니었다. 한 가지 분명한 것은 그게 남자의 소리라는 것이었다.

태섭은 오싹 무섬증에 휩싸였다. 더 꼼짝을 할 수가 없었다. 귀신은 여자지 남자가 아냐. 태섭은 스스로에게 일깨우고 있었다. 그러면서 판자문으로 다가서고 있었다. 엉성하게 얽어진 판자쪽 틈새에 눈을 갖다 댔다. 헛간의 어슴푸레한 어둠 속에 틀림없이 한 남자가 앉아 있었다. 짚단에 비스듬히 기대앉은 그 남자가 지프를 타고 온 사람들과 같은 종류의 사람임을 확인하고 태섭은 또다시 질겁을 했다. 그러나 아까 같은 무섬증 대신 호기심이 발동했다. 남자의 두 다리는 벌려졌고 그 사이에 한 아이가 엎드려 있었다. 머리칼로 그게 계집애인 것을 금방 알아차렸다. 그런데 어둡기도 했지만 그 계집애는 얼굴을 처박고 있었기 때문에 누구인지 알아볼 수가 없었다. 계집애는 처박은 머리를 연신 위아래로 끄떡거리고 있었고 그에 따라 남자는 그 괴상망측한 소리를 토해내는 것이었다. 태섭으로서는 그게 무엇을 하는 짓인지 딱히 잡히지 않았지만 돼먹지 못한 짓인 것만은 분명히 알 수 있었다. 어찌된 영문인지 그 자리를 떠나고 싶지가 않았다. 저 계집애가 누군지 알아내야 되겠다는 생각 때문만은 아니었다.

한참 만에 그 괴상한 소리를 끝낸 남자가 짚단에 기댔던 몸을 일으켰다. 태섭은 재빨리 돌아서서 빗발 속으로 뛰어들었다. 그리고 가까운 풀숲에 몸을 숨겼다. 먼저 껑충한 키의 남자가 나왔고 뒤따라 계집애가 나왔다.

"저 점백이년이……."

계집애의 얼굴을 알아본 태섭이 낮게 부르짖듯 한 말이었다.

남자가 계집애의 머리를 쓰다듬었고, 계집애는 빠르게 뛰어서 어둠 속으로 멀어져갔다.

남자까지 사라진 다음에야 태섭은 풀숲에서 나와 헛간으로 들어갔다. 과자를 다 감추고 날 때까지 생각해 보았지만 그럴싸한 방법이 떠오르지 않았다. 점박이를 놀림감으로 삼아 소문을 퍼뜨려버릴까. 아니면 그게 무슨 짓이냐고 먼저 캐물어볼까. 으슬으슬 떨면서 강당까지 되돌아오는 동안 궁리해 보았지만 결정을 내리지 못했다.

불을 켜야 할 만큼 어두워져서 지프는 떠났다. 그리고 곧 저녁밥을 먹었다. 빈 그릇을 부엌으로 가져가면서 태섭은 일부러 경희 가까이 다가갔다.

"야, 점백이!"

엉덩이를 돌려 툭 치며 불렀다. 경희는 눈을 희게 흘겼다. 점박이란 별명을 영 싫어하는 탓이었다.

"너 무슨 짓 했는지 솔직히 불어."

"뭐라구!"

경희는 금방 눈을 똑바로 뜨고 앙칼지게 쏴댔다. 어이, 내가 잘못 본 게 아닌데. 태섭은 순간 어리둥절해졌다.

"너 정말 이럴래? 내가 다 봤어!"

"보긴 뭘 봐! 뭘? 뭘?"

경희는 곧 할퀴기라도 할 것 같은 기세로 덤벼들었다. '어어, 틀림없이 이 점백이였는데.' 태섭은 다시 기억을 확인했다.

"좋아, 쫘악 소문내고 말 테니까 알아서 해. 두고 보자."

태섭은 이런 식으로 물러서면서도 아리송하기만 했다.

다음날 아침 개울에서 세수를 하고 있는데 경희가 찾아왔다.

"태섭아, 소문만 내지 말어. 내가 맛있는 것 원하는 대로 줄 테니까 소문만 내지 말어. 아버지가 알면 난 동생하고 어떡하니. 여길 쫓겨나면 난 동생하고 어떡하니."

경희는 어제와는 딴판으로 눈물을 글썽거리며 사정을 했다. 태섭은 아무 말도 할 수가 없었다. 그 소문 때문에 경희가 쫓겨난다는 것은 말도 안 될 일이었다. 경희뿐만 아니라 세 살 아래인 여섯 살짜리 경수까지 쫓겨난다는 것이다. 아무리 배가 고픈 이곳이지만 아이들은 누구나 여기서 쫓겨난다는 것을 제일 무서워하고 있었다.

"알았어. 나 비밀 지킬 테니까."

태섭은 이 말을 하고 돌아섰다.

"고마워, 태섭아. 이따가 만나. 내가 맛있는 것 줄 테니까."

경희의 말을 뒤로 들으며, 얼마나 못된 짓이길래 여길 쫓겨나게 되는 것일까, 태섭의 궁금증은 갑자기 깊어지고 있었다.

경희가 동생 경수와 함께 태섭을 데리고 간 곳은 뒷산 바위틈이었다. 애들이나 겨우 들어갈 수 있는 바위틈을 지나자 세 사람 정도 쪼그리고 앉을 수 있는 공간이 나타났다. 바위 위에 바위가 얹히면서 생겨난 그럴듯한 굴이었다. 경희는 구석의 마른풀을 헤치더니 커다란 상자를 꺼냈다. 열어젖힌 상자 안에는 각양각색의 과자들과 깡통, 버터까지 들어 있었다.

"맘대로 먹어, 태섭아."

경희가 말했고,

"너 이거 다 어디서 났니?"

태섭이 숨 가쁘게 물었다.

"어서 먹으라니까."

경희는 재촉했다.

"누나, 왜 태섭이 형을 주는 거야. 이건 우리 둘이만 먹는 거잖아."

경수가 울상이 되었다.

"태섭이 형은 우리 편이야. 누나가 힘이 모자라 경수 네가 맞게 되면 태섭이 형이 편을 들어줄 거야. 알지?"

"씨이, 그치만 이 맛있는 것을……."

"욕심부리면 뿔 나. 우리 함께 맛있게 먹자."

경희는 익숙한 솜씨로 깡통을 따기 시작했다.

태섭은 그 후로 그게 무슨 짓이냐고 네댓 번 물었고, 그때마다 경희는 "우리 깡통 먹으러 갈래?" 하는 엉뚱한 말을 하곤 했던 것이다.

그렇게 몇 달 허기를 채우다가 태섭은 양자로 찍혀 바다를 건너가게 되면서 점박이 경희와 떨어졌던 것이다.

처음에 경희는 전혀 알아보지 못하는 눈치였다. 20여 년이란 세월의 간격도 간격이었지만 자신은 수술복 차림이었다. 더구나 그네의 기억 속에 남아 있을 자신은 바다 건너 딴 나라 사람이었을 것이다.

"제가 바로 깍두기 박태섭입니다."

"아아……."

그네는 입을 딱 벌린 채 굳어졌고, 다음 순간 머리를 감싸 잡으며 비틀거렸다. 태섭은 그네를 부축하며 자신의 경솔을 나무랐다. 그러나 원시적인 반가움을 주체할 수 없었던 상태에서 다른 현명한 방법은 없었다.

"어떻게 된 건가요?"

그네는 입술에 침을 바르며 힘들게 이렇게 물었다. 태섭은 그네의 콧등에 잡힌 땀방울을 보았다. 그 물음과 땀방울에서는 도주하고 싶어하는 그네의 절박한 심정이 강한 전류처럼 퍼지고 있었다.

"아직 많이 기다려야 되나요? 잠깐 기다리세요, 내가 들어가볼 테니."

태섭은 이 말밖에는 할 수가 없었고 그네는 무슨 의미인지 모르게 고개를 보일 듯 말 듯 가로젓고 있었다.

태섭은 카드 순서를 바꿔 그네를 곧 진찰 받게 했다. 카드

체크에는 임신 6개월, 산모 태아 정상이라고 기록되어 있었다. 창백함이 회복되지 않은 얼굴의 그네는 진찰을 마치고 나올 때까지 아무런 말이 없었다.

"누구? 친구 부인?"

산부인과 과장이 손을 닦으며 태섭에게 물었다.

"예, 친척예요. 다른 이상은 없지요?"

"있지. 참 곤란한 산모야."

"무슨……?"

태섭은 과장을 향해 정색을 했다.

"난 또 닥터 박이 산모의 증상을 알고 상의를 하러 온 줄 알았구먼. 이게 문제야, 이게."

과장은 손가락으로 자신의 머리를 가리켰다.

"그럼 정신 질환……."

태섭은 말끝을 맺지 못했다.

"무슨 이유인지 모르나 자기 애가 태어나기 전에 죽거나, 낳게 되더라도 병신일 거라는 생각에 사로잡혀 있단 말야."

"심한가요?"

"무척."

"원인 규명은요?"

"피해망상증이 분명한데, 아무리 노력을 해도 헛수고야. 입을 열어야 말이지. 과거가 문젠데, 닥터 박은 어느 정도 알고 있겠구먼."

"말씀 감사합니다. 다시 들르죠."

태섭은 다급하게 복도로 나왔다. 그네는 창 밖을 내다보고 서 있었다.

"바쁘지 않으면 내 방에 잠깐 들렀다 가실까요?"

그네는 피할 수 없는 일이라고 작정이라도 한 것처럼 말없이 발길을 옮겼다.

태섭은 외과 병동으로 가면서 줄곧 질퍽거리는 생각의 진창을 걷고 있었다. 어느 임산부에게나 공포증은 있게 마련이었다. 그러나 그 정도가 문제였다. 무엇이 그네를 괴롭히고 있을까. 그네는 무엇에 속박당하고 있을까. 태섭의 머리를 온통 어지럽히고 있는 것은 그네가 고아, 고아, 고아라는 사실뿐 더 이상의 실마리는 풀리지 않았다.

자리를 잡고 앉자 태섭은 그네가 제일 궁금해 할 자신의 이야기부터 꺼냈다.

"너무 놀라게 해서 죄송합니다. 2년 전에 돌아왔습니다. 믿을지 모르겠습니다만 거기선 더 이상 견딜 수가 없었어요. 물론 이 땅에 와도 혼자지요. 그런데도 오지 않고는 못 살 것 같더군요. 나 혼자 팽개쳐진 것 같은, 자꾸만 내가 졸아드는 것 같은, 그래서 결국은 누구의 발 밑에 개미 새끼처럼 짓밟혀 죽고 말 것 같은 두려움을 떼칠 수가 없었지요.

양부모는 물론 그 누구도 날 이해하는 사람은 없더군요. 결국 양어머니마저 돌아가시게 되자 얼씨구나 짐 싸들고 돌아온 겁니다. 이젠 제대로 사는 것 같은 기분입니다. 이해가 됩니까, 경희 씨는?"

태섭은 의식적으로 그네의 이름을 불렀다. 그네는 순간적으로 얼굴을 붉혔다. 그리고 보일 듯 말 듯 고개를 끄덕였다. 그 끄덕거림은 꽤 오래 계속되었다. 태섭은 그 끄덕거림마다에서 물살져오는 온기를 가슴으로 느끼고 있었다.

"참, 경수는 잘 있습니까?"

태섭의 음성은 조금 들떠 있는 듯싶었다. 그네는 약간 숙이고 있던 고개를 들었고, 눈길이 마주치자 시선을 옮겼다. 그러면서 고개를 저었다.

"죽었어요……."

"아니, 무슨 일로……."

"어줍잖게 죽어버린 거지요. 연탄 가스 중독이었으니까요. 어쩌면 오히려 그게……."

벽을 향해 하염없는 눈길을 보내고 있는 그네의 얼굴은 웃고 있었다. 그런 탈색되어 버린 냉랭한 웃음을 태섭은 일찍이 보지 못했다.

태섭은 두려워졌다. 생활의 비참한 잔인성은 언제나 상상을 비웃게 마련이었다. 오늘은 더 이상 그네를 괴롭히지 말기로 했다. 자신의 무질서한 궁금증의 충족 욕구는 그네에게 보상 없는 고통을 강요하는 결과가 될 뿐이었다.

"너무 반가워 자꾸 누구에겐가 감사함을 표하고 싶은 심정입니다. 앞으로 생활에 방해가 안 되는 범위 내에서 자주 연락 주십시오."

가슴에서 들끓고 있는 노골적이고 적극적인 말들을 애써 간추려 이렇게 말하며 태섭은 명함을 내밀었다. 그네는 그걸 다소곳이 받아 한참을 내려다보더니 핸드백에 넣었다. 의학박사 박태섭과 전화 번호가 적혔을 뿐인 명함을 읽기에는 지나치게 긴 시간이었다.

1주일, 열흘이 지나도 그네에게서는 연락이 없었다. 태섭은 더 견디지 못하고 산부인과를 찾아갔다. 일련 번호도 모르는 카드를 찾느라고 수선을 피웠다. 카드에는 주소뿐 전화 번호가 없었다. 병원에는 한 달에 한 차례씩 정기 진단을 받으러 온 것으로 기록되어 있었다.

주소를 적어가지고 온 태섭은 집을 찾아나설까말까를 놓고 망설이기 시작했다. 괜히 찾아갔다가 가정 생활에 흠집이나 만들어주는 것은 아닐까 하는 염려에 가로막혀 끙끙대기만 했다. 태섭은 조바심을 치면서 새로운 적막에 에워싸이고 있었다.

그런데 나흘째 되는 날 오후에 그네가 전화를 걸어온 것이다. 장소와 시간을 약속한 다음 그네는 "제가 저녁을 대접하겠어요" 이 말을 또렷하게 하고는 전화를 끊었다.

태섭은 기뻤다. 이제 된 것이었다. 저녁이야 대접을 받건, 대접을 하건 무슨 상관이랴. 드디어 그네를 살리게 된 것이다. 그네는 태섭 자신을 기피하지 않고 맞아들여준 것이다. 태섭은 그네가 그렇게 고마울 수가 없었다. 태섭은 그네와 헤어진 후로 줄곧 그네가 출산을 하기 전에 자살을 해버릴지도 모른다는 초조감에 시달려왔던 것이다. 배가 불러감에 따라 커져갈 그네의 강박 관념은 그런 사고를 유발시킬 위험을 얼마든지 지니고 있었다.

그날과는 달리 그네를 임산부로 느끼기는 어려웠다. 꽤 짙은 화장에 밝은 빛깔의 옷을 입은 그네는 아직도 건강한 젊음을 간직한 윤기 나는 여자였다. 그네를 대하는 순간 태섭은 어둠을 가르는 서치라이트 불빛 같은 한 줄기 빛을 보았다. 그건 의심할 여지없는 가능성이었다. 그건 남자 앞에 나서는 여자의 단순한 본능적 행위로 볼 수도 있었다. 그러나 담당 의사도 남자였다. 그 남자는 의사일 뿐이라는 점이 강조되어도 좋다. 의사와는 다르게 태섭 자신이 그네에게 그네의 치장을 필요로 하는 남자로 인식되었다는 것만으로도 일단 마음은 놓을 수 있는 것이었다. 여자가 남자 앞에서 여자이고 싶어하는 것. 그것 이상 여자의 삶을 지탱하는 힘이 또 어디 있는가. 이런 감정에서가 아니고, 자신의 굴욕스럽거나 수치스러운 면을 감추기 위한 여자의 계산된 앙큼성의 노출이라고 볼 수도 있었다. 그건 어쩌면 더욱 진한 가능성일지 모른다. 여자라는 생명의 극치는 질투요, 치장된 자기 과시욕은 질투의 산물이며, 질투는 오로지 삶의 욕구지 죽음에 인접해 있지는 않았다. 그러나 이것도 저것도 아니고 그저 옛날에 인연했던 사람을 만나는 데 예의를 갖춘 것뿐이라는 평범한 감정일 수도 있었다. 그것만이라도 좋았다. 그네가 만남을 허락한 이상 자신은 지치지 않고 그네를 지킬 것이었다.

약속대로 그네가 저녁을 샀고 태섭은 그네에게 나이트클럽 쇼 구경을 제안했다.

"집안에 별일이 없으시면 시간을 내주시지요. 부담 없는 구경이더군요."

"아무 일도 없어요. 시간도 늘어지게 많구요."

그네는 경박하게 느껴질 정도의 어조로 빠르게 말했다. 그러고는 피식 웃었다. 그 웃음은 무척 자조적이었다. 이때 태섭은 큰 실수를 저지를 뻔했다. 하마터면 '부군께서는……' 어쩌고 하는 주책없는 말이 나오려고 했던 것이다. 그네를 만나기 전에 이미 그네의 생활 형편을 먼저 묻지 않기로 단단히 마음먹었다. 좋은 일보다는 궂은일이 더 많았을 확률

이 큰 생활을 헤집어본대야 얻어질 것은 별로 없을 것이었다. 가장 쉽게 얻을 것이 있다면 그네가 자신을 기피해 버리는 것이리라 싶었다. 부담을 주지 말고 자꾸 만나고, 그러는 사이 그네가 건강한 정신을 회복할 수 있도록 부축해야 하는 것이었다. 임신을 했을망정 초산(初産)인 그네는 아직 여자일 뿐이었다. 약한 여자인 데다가 혈혈단신인 것이다. 어떻게 해서 그네를 출산까지 무사히 이끌어가느냐가 문제였다. 출산만 하면 그네는 누구보다 강한 엄마가 될 것이었다. 혼자 살아온 여자가 자기의 분신을 갖게 되었을 때 일으키는 삶에 대한 의지의 강도는 새삼스럽게 따질 필요가 없을 것이다.

태섭은 저녁을 먹으면서 자기 이야기만 늘어놓았다. 미리 생각해 온 재미나는 이야기들이었다. 그네는 조용히 웃어가며 이야기를 흥미있게 듣고 있었다.

그네는 화려한 쇼 무대에 별로 눈길을 보내지 않았다. 그렇다고 지루해 하는 느낌을 찾을 수는 없었다. 태섭은 식당에서처럼 미국에서의 실수담을 중심으로 이야기를 엮어나갔다.

태섭이 화장실을 다녀오면서 시계를 보니까 9시 반이 넘어 있었다.

"시간이 꽤 오래됐군요."

태섭이 앉으면서 말했다. 그네는 아이스크림을 담아온 과자를 부스러뜨리고 있었다.

"이 나라로 다시 돌아오신 이유를 고아였기 때문이라고 생각해도 좋을까요?"

그네가 불쑥 한 말이었다. 눈이 마주쳤지만 그네는 전날처럼 피하지 않고 있었다.

"……."

태섭은 그네의 눈을 응시한 채 아무 말도 하지 못했다. 그저 고개만 끄덕이고 있었다.

그네는 눈길을 떨어뜨렸고 그리고 핸드백을 들고 일어섰다.

밖으로 나와 택시를 잡을 때까지 태섭은 왜 그네가 그런 말을 물었는지 종잡지 못했다. 그리고 그 물음에 왜 자신의 가슴이 아프도록 뭉클했는지도 알 수가 없었다.

"조심해 가십시오."

태섭은 택시 문을 열었다.

"끝까지 아무것도 묻지 않으시는군요."

그네는 이 말을 남기고 택시 문을 닫았다. 곧 택시는 떠났고 태섭은 그 자리에 멍하니 서 있었다. 많은 생활의 아픔을 간직한 누이동생을 먼 길로 떠나보내는 것 같은 서러움이 태섭의 가슴을 먹먹하게 채워오고 있었다.

그네 경희의 말을 곱씹으며 닷새가 지났다. 그네는 이쪽의 심중을 훤히 들여다보고 있음이 분명했다. 예의가 지나치면 비굴이나 위선이 되기 쉽듯이 어쩌면 자신의 행동을 그네는 그렇게 받아들였는지 모른다는 답답함을 떼칠 수가 없었다. 만약 그렇다면 그네는 다시 연락을 하지 않을 것이다. 오히려 역효과였다. 솔직했어야 하는 건데, 20여 년 동안의 상식적인 궁금증을 풀려고 했어야 하는데……. 태섭은 자신의 우회 작전을 후회했다.

그런데 경희는 엿새째 되는 날 전화를 걸어왔던 것이다. 그리고 자신의 생활을 발가벗기는 대담한 실토를 담담하게 해나갔다.

"지난번에는 듣기만 했으니까 오늘은 제가 말하겠어요. 허지만 의무감 때문은 아녜요."

그네는 이렇게 전제를 하면서 가만히 웃었다. 태섭은 그 웃음 속에서 자신에 대한 신뢰감 같은 것을 발견했다. 그리고 전날 귀국의 이유를 따져물었던 의미를 비로소 깨닫게 되었다.

그네는 첩이라는 말을 서슴없이 했다. 교수는 자식을 넷이나 거느린 본처와 이혼을 하려고 급급해 있고 그의 아내는 이혼을 당하지 않으려고 벌버둥을 친다고 했다.

"동생이 어이없게 죽었을 때도 슬픔보다는 당연하다는

어처구니 없는 생각이 들더군요. 명색이 처녀로 이런 꼴이 되었는데 또 그때처럼 당연하다는 생각뿐예요. 나도 잘 모르겠어요. 사소한 일에는 영악스러운 것 같으면서도 막상 큰일에 부딪히면 영 엉망이 되곤 해요."

그래서 그네는 또 하나의 큰일인 임신을 놓고도 사산(死産)을 하지 않으면 불구를 낳게 되리라고, 그래야만 당연한 결과라고 믿고 있는 것인가. 그네를 이다지 끈질기게 괴롭혀오고 있는 것이 무엇인지를 찾아내기 위해 태섭의 모든 신경은 곤두섰다. 그런데 뜻밖에도 헛간의 사건이 생생한 기억으로 확대되었던 것이다.

그러나 태섭은 난감했다. 거의 직감에 의해 연결지어진 그 사건이 정말 그네를 괴롭혀온 것이라 하더라도 실마리를 풀어갈 방법이 묘연했다. 그게 무엇을 한 짓이었는지 깨달은 것은 중학교 2학년 때였다. 그리고 그네로서는 맨 정신으로 떠올리기에는 너무 몸서리쳐지는 기억일 것이었다. 태섭은 서두르지 말자고 자신을 타일렀다.

계단을 내려오다가 그네가 물었다.

"저어…… 꿈을 많이 꾸시나요?"

"네에?"

예기치 않은 물음이라 태섭은 당황했다. 그러나 무언가 부딪쳐오는 것이 있어 전 신경을 모았다.

"꿈 많이 꾸죠. 야망이 큰 사람일수록 꿈을 많이 꾼다고 하는데, 나는 그렇지도 않은데 꿈 부자죠."

"그렇죠? 제 경우도 그래요."

그네는 반색을 하며 동의를 구했고, 곧 미간이 찌푸려질 만큼 음울한 표정이 되었다.

무슨 꿈을 그렇게 많이 꾸느냐는 말이 입술에 매달렸지만 태섭은 그 말을 삼켜버렸다. 그네의 표정으로 보아 그 꿈은 흉측한 것일 게 분명했다.

"내 생각으론 꿈이란 야망하고 가까운 것이 아니라 상처하고 친구예요. 아픈 과거의 되풀이가 꿈인 것 같아요."

태섭이 말했고, 그네는 열서너 개의 계단을 걸어 내려갈 때까지 고개를 끄덕이고 있었다.

태섭은 그네에게 위로의 말 같은 것은 하지 않았다. 택시 정류장이 가까워지자 태섭은 입을 열었다.

"경희 씨, 기억하십니까?"

그네는 뭐냐고 눈으로 묻고 있었다.

"아버지는 전쟁터에 나가고 나는 엄마와 여동생 셋이서 피난을 가다가 폭격을 당해 나만 살아남았다는 거."

그네는 고개만 끄덕였다.

"아버지, 어머니보다는 그 여동생이 더 그립곤 합니다. 경희 씨처럼 살아 있어서 좋든 궂든 살아가는 이야길 나누며 서로 의지하면 이렇게 춥지는 않을 거라는 헛된 소망을 갖곤 합니다."

그네는 태섭을 응시했다. 그리고 고개를 떨구며 나직하게 물었다.

"많이 추우세요?"

태섭은 그네의 목소리가 떨린다고 느꼈다.

"경희 씨가 추워하는 만큼……."

그네는 더 말이 없었다. 고개를 들어 하늘을 향하더니 가늘게 한숨을 쉬었다. 태섭은 담배를 빼물었다. 담배 연기가 목에서 막혔다.

기다리는 사람에 비해 택시는 더디게 왔다. 태섭은 그네가 오래 서 있는 것이 신경이 쓰였다.

"서 있기 힘들죠?"

"아녜요, 전 하루 종일 쉬었는걸요."

그네는 제법 밝게 웃어 보였다.

택시가 두 대만 더 오면 타게 되어 있었다.

"오늘 지루하셨죠. 너무 갈팡질팡 수다를 떨었어요."

"오히려 감사하게 생각하고 있습니다. 그런 괴로운 형편을 털어놓고 얘기해 오는 사람조차 나에겐 없지 않습니까."

그네는 다시 입을 다물었다.

택시가 한 대 멈췄다 떠나고 그네가 탈 차례가 되었다. 마음 같아서는 집에까지 바래다주고 싶었지만 태섭은 그런 무리를 피했다.

택시는 의외로 빨리 왔다. 태섭은 택시 문을 재빨리 열었다.

"다시 연락드릴게요. 너무 추워하지 마시구요."

태섭이 대꾸할 사이도 없이 문이 닫혔고 택시는 떠나갔다.

"경희……."

택시가 사라진 쪽을 향해 울먹해진 표정으로 서 있는 태섭은 방금 그네가 점박이 경희 때처럼 밝게 웃었다는 사실에 가슴 저리고 있었다.

〈1977년〉

마술의
손

설마설마 했던 소문은 설마가 아니었다. 참말로 전기가 들어오게 된 것이다. 밤골의 밤이 대낮처럼 밝아질 날이 현실로 다가온 것이다.

집 한 채는 거뜬히 싣고 달릴 수 있을 만큼 큰 '도라꾸'가 마을로 밀려들 때까지만 해도 사람들은 그 차에 별다른 관심을 보이지 않았다. 그 차가 꼬마들의 눈길이나마 끌 수 있었던 것은 그 큰 몸집에 온통 홍시감 색깔을 칠한 때문이었다.

그 차는 돌이 울퉁불퉁한 길을 힘겨운 듯 느릿느릿 움직이다가 멈추곤 했다. 멈추었을 땐 둥글고 긴 기둥 같은 것을 하나씩 내려놓았다. 그런데 그 기둥 같은 것은 꼭 그만한 간격에 내려져선 길게 눕는 것이었다.

꼬마들은 하아 이상해서 차로 몰려들기 시작했다. 꼬마들은 그 흰빛의 기둥 같은 것이 돌덩어리라는 것을 알았다. 그리고 차에 올라탄 아저씨들이 그것을 내리면서 왜 낑낑 매는지도 알았다.

"응냐, 응냐 응냐, 응냐……."

두 패로 갈라진 아저씨들은 그 돌덩어리 기둥 양쪽에 매달려 짐을 잔뜩 싣고 고갯마루를 오르는 소처럼 숨을 씩씩 불면서도 연신 이런 소리들을 번갈아가며 내고 있었다.

꼬마들의 궁금증은 뭉게구름처럼 피었다. 저리 무거운 돌덩어리 기둥을 어디에 쓰려는 것일까. 저 기둥에 드문드문 뚫린 조그만 구멍들은 무엇을 하는 걸까. 두 주먹이 다 들어가고 남을 만큼 기둥 밑에 뚫린 동그란 구멍은 또 뭘까.

꼬마들은 잔뜩 긴장한 채 눈알만 잽싸게 굴릴 뿐 누구도 입을 열지 않았다. 이런 때 누가 한마디만 벙긋하면 왁자한 우김질이 시작되련만 워낙 처음 보는 것이라 그것이 어디에 쓰이는 것인지 꼬마들은 도통 실마리를 풀어낼 수가 없었다. 그래서 꼬마들은 차가 움직이면 쪼르륵 그 꽁무니를 쫓았고, 아저씨들이 낑낑대며 돌기둥을 내릴 때면 멀찌감치 서서 넋 놓고 구경을 되풀이했다.

아저씨들이 땀을 훔치며 제각기 담배에 불을 붙였다. 어떤 아저씨는 방금 내려놓은 긴 돌기둥에 걸터앉았다. 꼬마들은 조그맣게 쪼그리고 앉아 그 아저씨들을 말끔히 쳐다보고 있었다.

"니들 이 동네 사니?"

한 아저씨가 담배 연기를 푸우 뿜어내며 꼬마들에게 물었다. 꼬마들은 주춤 일어서다 말고 하나같이 고개를 끄덕였다.

"니들 이게 뭐하는 건지 알아?"

아저씨가 빙긋 웃으며 물었고, 꼬마들은 금방 밝은 얼굴이 되며 모두 크게 고개를 가로저었다.

"뭐하는 건지 가르쳐줄까?"

꼬마들은 더 크게 고개를 끄덕였다. 그러면서 앞으로 조금씩 다가서고 있었다.

"이 사람 또 시작이다. 애들만 보면 그저 싱글벙글이지."

다른 아저씨가 말했고,

"애들아. 이게 뭐냐면 말야, 전봇대다, 전봇대."

아저씨가 신나는 목소리로 말했다.

"에키, 이 사람아, 재들이 전봇대를 어떻게 알아."

다른 아저씨가 나무라듯 말했다.

"그런가……? 니들 전봇대 모르니?"

아저씨의 말에 꼬마들 모두는 함께 고개를 끄덕였다.

"이것 참…… 그럼 전기는 아니? 등잔이나 호롱불 대신 쓰는 대낮처럼 밝은 전기 말야."

아저씨의 말에 꼬마들의 얼굴은 금방 붉게 상기되었고 눈들은 반짝이는 물기를 머금었다. 엄마, 아빠들이 하는 말을 들어 꼬마들은 이미 전기가 무엇인지는 알고 있었다.

"알아요!"

누군가가 큰소리로 외쳤다.

"나도 알아요!"

"전기 다마. 나도 알아요!"

"무지하게 밝은 것, 나도 알아요!"

꼬마들은 제각기 소리쳤다.

"그래, 그래. 그 전기가 니들 동네에 들어오게 됐다. 신나지?"

"야아아."

"와아아."

꼬마들은 외치며 마구 뛰기 시작했다.

전기 가설 공사 소식은 삽시간에 온 동네에 퍼져나갔다. 누구나 처음엔 설마 했고, 나무가 아닌 시멘트 전신주가 길가에 번듯번듯 누워 있는 것을 보고서야 비로소 감격 어린 안도의 숨을 내쉬게 되었다.

밤골 사람들이 전기가 들어온다는 사실에 하나같이 설마를 앞세웠던 것은 그만큼 여러 차례에 걸쳐 속아왔기 때문이다. 시꺼먼 그을음이 오르는 석유 등잔 신세를 이제야 면하는가 보다고 잔뜩 벼르다 보면 공염불이 되곤 했었다. 그런 때의 허탈감이란 단순히 기대에 대한 실망이 아니라 그런 약속을 찰떡 먹듯이 한 상대를 향해 내뿜다 지친 원성의 산물이었다. 그들이 전기가 들어오기를 목이 늘어지게 고대했던 것은 그저 밤을 밝게 살고 싶어했던 얕은 소견머리에서가 아니었다. 어둠침침한 등잔 불빛 아래서 그래도 공부를 하겠다고 코를 들이미는 자식들에게 한시라도 빨리 전등의 그 말끔한 밝음을 주고 싶어했었다. 그 간절한 소망이 공염불이 되고 말면 자식들에 대한 미안함과 안쓰러움이 무력한 부모라는 죄책감과 함께 뒤범벅이 되어 원성으로 바뀌는 것이었다.

밤골 저 앞산 중턱쯤에 쇠막대로 얼기설기 짜서 만든 무지막지하게 크고 높은 전신주가 선 것은 일정 시대의 일이었다. 아슴한 높이로 이어져나간 전깃줄에는 사람이고 짐승이고 붙기만 하면 시꺼멓게 타죽을 만큼 센 전기가 흐른다고 했다. 그래서 사람들은 감히 접근을 못한 채 그 축 늘어진 전깃줄을 빤히 건너다보면서 어두운 밤을 지내야 했다. 그때 사람들은 아무도 밤골에 전기가 들어오지 않는다는 사실에 신경을 쓰지 않았다. 앞산의 전기는 큰 도회지로 간다는 것이었고, 신작로에서도 산 하나를 넘어야 하는 밤골은 당연히 전기 같은 것은 지나쳐가는 곳으로 생각해 버렸다.

그런데 해방이라는 것이 되었다. 밤골 사람들에게 해방의 기쁨은 공출을 안 해도 되는 것으로 확인되었다. 그리고 얼마가 지나서 선거라는 이상야릇한 바람이 불어왔다. 그 선거 바람은 손가락이 일하는 데만 쓰이는 것이 아님을 일깨워줌과 동시에 사람값을 턱없이 올려놓는 일을 했다. 그러나 정작 밤골 사람들을 들뜨게 만든 것은 따로 있었다. 손가락을 세워 암기한 기호 밑에 붓대롱으로 꾸욱 눌러만 주면 전기를 끌어들여준다는 것이었다. 이 얼마나 가슴 설레고 기분 들뜨고 황감한 이야기인가. 그래서 밤골 사람들은 이장(里長)이 시키는 대로 줄줄이 서서 똑같은 기호 밑에다 정성스레 붓대롱을 눌렀다. 그러면서 또다른 느낌으로 역시 해방이 좋다는 것을 실감했고, 그 밝은 전등 불빛 아래 온 식구가 오순도순 모여앉은 광경을 연상하며 기분이 달떴다.

그들이 붓대롱으로 누른 바로 그 사람이 국회의원인가 대감인가로 뽑혀 서울로 행차하게 되었다는 소식이 들렸다. 그들은 자신들의 일이나처럼 기뻐했고, 머잖아 그 신명나는 전등불의 밝음이 마을의 어둠을 걷어가리라 굳게 믿었다. 그러나 달이 몇 겹인가 겹쳐지나도 소식은 감감하기만 했다. 남자들은 진작, 아낙네들까지도 기대에 부푼 이런저런 이야기들에 시들해지고 지쳐갔다.

"이거 어찌된 일일까요? 혹시 우리가 속은 건 아닌가요?"

"허허, 거 뭔 소리, 점잖은 양반한테. 나라일 보는 양반이 얼마나 눈코 뜰 새가 없겠어. 틀림없으니까 조금만 더 기다리도록 하세나."

이런 이장의 당당한 태도를 믿고 또 몇 달이 지나갔다. 그러나 소식은 꿩 구워먹은 자리였다.

"아직도 더 기다려야 할까요? 우리가 홀딱 속은 것이지요?"

"글쎄 말이야…… 점잖은 체면에 그럴 양반이 아닐 것인디……."

이장이 난색을 표하며 말을 어물거리게 되자 모두는 발끈 화가 솟았다. 그래서 모여앉으면 이장을 떡판 위의 떡살을 만들었다. 그러면서도 한 가닥 희망을 버리지 못한 채 한 해를 넘기고 몇 개월이 지났다.

"되면 된다, 안 되면 안 된다 속 시원하게 좀 알아버립시다. 이거야 원 똥 누고 밑 안 닦은 것처럼 이게 뭡니까."

이런 말까지 나오게 되자 이장도 더는 참을 수가 없었던 모양이다.

"고거 순 후레아들놈이야. 어디다 대고 고런 싸가지 없는 거짓말을 해 그래."

이장이 험상궂은 표정으로 욕을 쏴지르고 말았을 때 사람들은 그만 완전히 맥이 풀려버렸다. 한 가닥 희망마저 자취를 감추어버린 것이다. 그렇다고 잔뜩 화가 치밀어 있는 이장을 전처럼 욕해대거나 원망할 수도 없었다. 이장도 밤골에 전기가 들어오기를 바라고 그런 일을 했다가 자신들과 함께 속은 것뿐 저지른 죄라곤 없었던 것이다.

사람들이 전기에 대한 일을 까맣게 잊어버리고 있던 어느 해 다시 그 선거 바람이라는 게 불어왔다. 이번에도 전기를 끌어들인다는 것이었다. 물론 지난번에 왜 성사가 안 되었는지에 대해 청산유수 같은 설명이 곁들여진 건 말할 것도 없었다. 듣고 보니 그럴듯도 했다. 그래서 이장을 위시한 동네 사람들은 지난번처럼 한 기호 밑에 붓대롱을 눌렀다. 그러나 결과는 마찬가지였다.

이번에야 설마, 이번에야 설마 하며 똑같은 방법으로 속기를 얼마나 했는지 사람들은 기억조차 하지 못했다. 그건 기억을 하지 못해서가 아니라 불신감 때문에 기억을 하려 들지 않았다.

그런데 느닷없이 전기가 들어온다는 소문이 나돌았다. 그건 정말 느닷없는 소문이었다. 선거 바람도 안 타고 불어온 소문이었던 것이다. 그래서 그 누구도 믿으려 하지 않고 콧방귀만 뀌었다. 설마 전기가 들어올라고……. 언제부턴가 설마는 처음과는 반대의 의미로 쓰여지고 있었다.

그런데 읍내 장터 거리에서나 볼 수 있었던 그 돌덩이 같은 전신주가 길가에 즐비하게 누워 있는 것이 아닌가. 앞산 중턱에 철근 전신주가 서고 나서 실로 50여 년 만의 일이었다.

어린애고 어른이고 할 것 없이 모두 기쁨에 들떠 있었지만, 특히 감격해 마지않는 사람은 몇몇 노인들이었다. 그들은 모두 칠순이 넘어 있었다.

"사람은 참 오래 살고 볼 일이야."

"누가 아니래나. 결국 이런 날이 오긴 오는구먼."

"저기 저 전보상대가 박힐 때 내 나이 스물셋이었지 아마……."

"허허, 기억 한번 총총하네그랴. 내가 스물둘이었으니 틀림없구먼."

노인들은 이런 말을 나누며 앞산을 감개무량한 얼굴로 건너다보고 있었다.

전기 공사는 예정보다 훨씬 앞당겨 진행되어 나갔다. 그도 그럴 것이 120여 호의 마을 사람들이 거의 동원되다시피 하고 있었다. 누가 시켜서 하는 일이 아니었다. 하루라도 빨리 전기를 켜고 싶은 바람으로 너나없이 일손의 틈을 내어 공사에 힘을 합쳤다. 아낙네들은 돌아가며 먹을 것을 장만해 기술자들을 대접하기에 바빴다.

이렇게 되고 보니 기술자들의 일손에 신명이 붙지 않을 수가 없었다. 책임자는 연신 벙글거리며 이리 뛰고 저리 뛰고 했다.

공사 기간을 한 달 이상 단축시켜 온 동네에 전깃불이 들어오게 된 날 밤 돼지를 세 마리나 잡는 잔치가 벌어졌다. 이렇게 밤골 전체가 흥겨움에 넘친 잔치는 보기 드문 일이었다. 공사 기술자들이 상좌에 앉혀진 건 물론이었고, 그들은 코가 비뚤어지도록 술을 마셔야 했으며, 배꼽이 요강 꼭지가 되도록 음식을 먹어야 했다.

양복을 미끈하게 뽑아입은 청년들이 밤골에 나타난 건 잔치가 끝난 바로 그 다음날이었다. 그들은 큼직큼직한 상자를 경운기만 한 자동차에 가득 싣고 왔다.

회관 마당에 차를 세운 그들은 부지런히 손을 놀려 차 옆구리에 높은 쇠막대를 묶어 세웠다. 그 쇠막대 끝에는 잠자리 날개 모양으로 굽어진 또다른 쇠들이 여러 개 달려 있었다. 그 흰빛의 쇠막대들은 햇빛을 받아 반짝반짝 빛을 냈다.

몇몇 꼬마들은 청년들의 손놀림을 하나도 빼놓지 않고 살피고 있었다. 전기 공사가 시작됐을 때처럼 또 집에 신나는 소식을 가져갈 수 있었으면 하고 꼬마들은 제각기 생각했다.

청년들은 한 상자 안에서 물건을 꺼냈다. 그 물건은 생전 처음 보는 것인데, 네모가 반듯했다. 무슨 기계인 건 분명한데 무엇을 하는 데 쓰는 것인지는 꼬마들로서는 알 수가 없었다.

청년들은 그 예쁘장하게 생긴 기계를 운전대를 덮은 차 지붕 위에 달랑 올려놓았다. 그리고 높은 쇠막대 꼭대기로 이어진 까만 줄 끝을 기계에다 연결시켰다. 청년들의 일은 그것으로 끝났다. 그들은 손바닥을 털고 벗어놓은 양복을 입었다.

"저게 뭐예요, 아저씨?"

누군가가 더 못 견디겠다는 듯 쨍한 목소리로 물었다.

"하아 요놈들, 오래 참았구나."

한 청년이 그럴 줄 알았다는 듯 씨익 웃으며 꼬마들 앞으로 다가섰다.

"너희들 텔레비전이라는 말 들어봤니? 저게 바로 텔레비전이라는 거야."

"테에레에……."

꼬마들은 전혀 귀에 익지 않은 말을 어물어물 흉내냈다.

"저게 머어 하는 기곈데요?"

어느 꼬마가 힘들게 물었다.

"응, 저기에 이쁜 여자가 나와서 노래도 부르고, 군인 아저씨가 나와 총싸움도 하고, 아주 신나는 기계다."

"예에?"

꼬마들은 하나같이 놀라는 표정이 되었고 다음 순간, '피이, 아저씨 거짓말!' 하는 표정으로 바뀌었다. 그런 눈치를 놓치지 않은 청년은 잠시 난감한 얼굴이 되었다.

"그래, 너희들 트랜지스터, 아니 라디오는 알지?"

청년이 반색을 하며 물었고, 꼬마들은 고개를 끄덕였다.

"바로 라디오하고 비슷해. 한 가지 다른 것은 라디오에서 노래하고 말하는 사람의 얼굴이 저기 저 네모난 데에 그대로 나오는 거야. 그러니까 사진이 나오는 라디오가 바로 저 텔레비전이라는 거다."

꼬마들은 수긍이 가는 것 같은 표정들이었고, 청년은 그런 꼬마들을 내려다보며 만족스런 웃음을 흘리고 있었다.

"어딜 그럼 보여줘 봐요."

"그래, 그러잖아도 이 아저씨들이 보여주려고 저렇게 차려놓은 거다. 그런데 방송국에서 낮엔 안 하고 저녁에만 한단다. 너희들 이따 저녁밥 먹고 꼭 나오너라, 신나게 구경시켜 줄 테니까. 얘들아, 너희들은 구경하고 나서 말이지, 엄마 아빠한테 저 텔레비전을 사달라고 조르란 말야. 알겠지? 저걸 너희들 안방에 갖다 놓고 매일 신나게 봐얄 것 아니냐. 그치?"

청년은 꼬마들의 눈동자를 들여다보며 진득진득한 음성으로 속삭이고 있었고, 꼬마들은 무슨 말인지 아는지 모르는지 구분이 안 가는 끄덕임을 계속했다.

청년 하나만 차에 남았고 나머지 셋은 골목을 타고 흩어져갔다.

그들은 한 집도 빼놓지 않고 샅샅이 뒤지고 다녔다.

"안녕하십니까, 아주머니. 전기가 들어오니 얼마나 후련하십니까 그래."

"전기는 잘 들어오나요? 어디 불편한 점은 없으신가요?"

서슴없이 마당으로 들어선 그들은 그지없이 사람 좋은 웃음을 지어 보이며 이런 식으로 너스레를 떨었다.

"말도 말아요. 뱃속까지 다 환해진 기분이라오."

"불편하긴요. 등잔 밑에서 어떻게 살았나 싶은 게 다신 그런 세상 못 살아낼 것 같은 붕붕 뜨는 기분이라우."

여인네들은 아무런 경계의 빛도 보이지 않고 이렇게 마음들을 풀어놓았다. 낯선 외지의 남자들을 모두 전기를 끌어다 준 고마운 사람들로 싸잡아보는 여인네들의 착각의 탓도 있었지만 생전 처음 전등불을 밝히고 보낸 지난밤의 감회가 그네들의 마음을 그렇듯 헤프게 만들어놓고 있었다.

"아주머니 이제 전기도 처억 들어왔겠다, 안방에다 극장 하나 멋들어지게 차리시는 게 어떨까요?"

청년은 나긋나긋 말하며 울긋불긋한 카탈로그를 여인네 눈앞에 기세 좋게 펼쳐 보이는 것이었다.

"안방에 극장을 차리다니……?"

여인은 여기서 말을 멈추고 눈앞에 펼쳐진 요란한 색깔의 종이에 눈을 박게 마련이었다. 그리고 여인의 얼굴은 언뜻 긴장했다.

"이거 텔레비전이라는 거 아네요?"

여인은 읍내에서 눈여겨보았던 기억을 다잡으며 자신도 모르게 소리쳤다. 발목을 틀어잡은 것처럼 발길을 돌리지 못하게 하던 그 희한한 기계 텔레비전이라는 것. 그것을 맘 놓고 볼 수 있는 사람들의 신세가 얼마나 부러웠던가. 그런데 지금 바로 눈앞에 와 있는 것이 아닌가.

"그렇습니다. 이게 바로 안방 극장 텔레비전입니다."

"하지만 우리 형편에 어디……."

여인은 금방 시무룩한 얼굴이 되었다.

"아주머니 그까짓 값은 염려 마십시오. 밤골에 전기가 들어온 걸 축하하기 위해 우리 회사에서 특별히 싹 반값으로 깎아드리기로 했습니다. 아무 염려 마시고 오늘 저녁 회관 마당으로 나오세요. 거기서 텔레비전을 한바탕 틀 테니 구경부터 해보세요. 자아, 이만 물러갑니다."

청년이 양복 깃을 펄럭이며 사립 밖으로 사라져버린 다음에도 여인은 텔레비전이 그려진 울긋불긋한 종이를 든 채 무엇에 홀리기라도 한 것처럼 멍하니 서 있었다.

세 청년이 동네를 한바탕 휘젓고 나자 여인네들은 끼리끼리 모여 텔레비전에 대한 길지 못한 상식들에 제각기 적당한 거짓말까지 반죽해 가며 수다를 떨기에 침이 말랐다. 그네들의 수다는 하나같이 텔레비전 예찬론이었고, 전기가 들어온 바에야 사람같이 살아보려면 텔레비전은 꼭 있어야 한다는 필연적 명분론에 귀착했고, 그게 값이 수월찮을 것이라는 경제의 허약성에 부딪혔다가는 반으로 싹 깎아준다는 청년의 말을 상기하며 다시 기운을 회복했고, 어쨌거나 공짜 구경이니 저녁밥 일찍 해먹고 회관 마당으로 나가자고 의견 일치를 보았다.

어느 때 없이 이른 저녁을 먹은 사람들이 회관 마당으로 꾸역꾸역 몰려들었다. 누구보다 세상을 만난 것이 어린것들이었다. 청년들은 곡마단 문지기들처럼 신바람을 내며 자리를 정리하기에 바빴다. 차를 맞바라보고 아이들은 앞에, 어른들은 뒤에 자리를 잡았다.

텔레비전에 어릿어릿 흔들리는 불이 들어오고, 한 청년의 손짓에 따라 긴 쇠막대를 이리저리 움직이자 과연 기계에는 사람들의 모습이 나타났다.

"와아아!"

함성을 지른 건 앞에 앉은 꼬마들이었다. 꼬마들이 더 좋아한 건 프로가 어린이 시간이었기 때문이다.

텔레비전이 찰칵 꺼진 것은 어린이 시간이 끝나면서였다.

"어떻습니까, 여러분. 모두 잘 보셨지요? 이게 바로 텔레비전이라는 겁니다. 여러분들이 직접 보셨으니까 긴 설명은 안 드리겠습니다. 이제 여러분들도 이 텔레비전으로 안방에 극장을 꾸며 온 식구가 오순도순 더욱 행복한 가정을 꾸밀 수 있게 되었다는 것입니다. 그럼 이거 값이 얼마냐! ×××원입니다. 아 아, 놀라지 마십시오. 잠깐 조용히 하십시오. 그럼 그 돈을 한꺼번에 다 받느냐, 그게 아닙니다. 다른 사람들에겐 최고로 길어야 6개월, 여섯 달 동안 쪼개서 내게 하는데 우리 밤골 여러분들에겐 특별히 전기가 들어온 걸 축하하는 의미로 여섯 달을 더 늘려 1년, 열두 달, 자그만치 열두 달로 쪼개서 내도록 했습니다. 그럼 열두 달 동안의 5부 이자만 계산해 보십시오. 여러분들은 반값에 텔레비전을 사게 되는 겁니다. 그리고 열두 달로 쪼개서 냈을 경우 한 달에 낼 돈이 얼마냐! 단돈 ×××원. 이까짓 돈이면 아저씨들이 술 한잔 안 마시면 거뜬히 해결될 것이고, 아주머니들이 돼지 한 마리 더 치면 깨끗이 끝날 돈 아닙니까."

청년은 여기서 잠시 말을 멈추었다. 어른들은 끼리끼리 뭐라고 숙덕이고 있었고 더러 고개를 끄덕이기도 했다.

"자아, 희망자는 말씀하세요. 당장 댁에다 달아드립니다. 돈은 염려 마세요, 다음달부터 내면 됩니다. 선착순으로 지금 당장 달아드려요. 여기선 더 이상 안 들어요. 우리도 갈 길이 바쁘니까 더 이상 못 들어요. 네에 저기 손드신 분, 어서 앞으로 나오세요. 네에, 그쪽 분도……."

이렇게 해서 열일곱 집이 신청을 했다. 청년들이 열다섯 대밖에 가져오지 않았기 때문에 두 집은 다음날 달기로 할 수밖에 없었다.

"예에, 아직도 기회는 있습니다. 밤새 생각해 보시고 내일 다시 신청해도 좋습니다. 전기 들어오는 집에 텔레비전 한 대 없는 건 상투 틀고 갓 안 쓴 격이고, 비단 치마저고리 입고 버선 안 신은 것이나 마찬가집니다."

청년은 이렇게 말을 맺었다.

열다섯 집엔 당장 텔레비전이 설치되었다. 사람들은 제각기 가까운 집으로 떼지어 몰려들었다. 4월이긴 했지만 아직 밤공기는 찬데도 사람들은 마당에 진을 치고 앉았다. 열다섯 집은 하나같이 텔레비전을 마루에 내놓아야 했다. 그날 밤 태극기가 펄럭이고 애국가가 나올 때까지 자리를 뜬 사람은 하나도 없었다.

"억시게 좋긴 존 세상이야."

"소리야 공중으로 날아다닌다고 허지만 어찌 온갖 사진이 공중으로 날아다닐 수 있을까."

"참 귀신이 곡을 할 노릇이지. 우리 나라 사람들은 또 그렇다 치더라도 코쟁이들이 또박또박 우리말을 하는 건 어찌된 일이야, 글쎄."

어른들이 이런 감상 소감을 피력하는 데까지는 좋았다. 그들은 곧 자식들 앞에서 곤궁한 입장에 놓이게 되었다.

"아빠, 우리도 텔레비전 사요."

"그래요, 영길이네는 낼 신청한댔어요. 우리도 낼 신청해요, 아빠."

애들의 성화는 아무리 많은 물을 끼얹어도 꺼지지 않을 불길이었다.

"밤이 늦었다. 어서 잠이나 자거라."

이 말을 들을 아이들이 아니었다.

"싫어, 낼 산다고 약속해야지 뭐."

"텔레비전 안 사면 잠 안 잘 거야."

애들은 몸까지 훼훼 저었다.

"영길이네 걸 구경하면 될 거 아니냐."

"싫어, 싫어. 창피하게 그게 뭐야."

"아빤 쩨쩨하게 그게 뭐야. 아빤 창피하지도 않아?"

이건 애비로서 체면이 말이 아니다. 애새끼들이 요 모양인테 어쩌자고 저놈의 여편네는 또 입 꼭 다물고 있는 건가.

슬그머니 부아가 치밀어올랐다.

"시끄러, 요런 소갈머리 없는 새끼들아. 썩 가서 잠이나 자!"

드디어 꽤액 소리를 질러버렸다. 그 서슬에 애들이 미적미적 물러갔다. 그때서야 아내가 발딱 일어서며 쏴질렀다.

"흥, 소리만 지르면 장땡인 줄 알지!"

내일 당장 텔레비전을 사겠노라고 당당하게 외치지 못한 가장(家長)들은 거의 이런 궁색한 꼴을 면할 수가 없었다.

청년들은 다음날 아침 햇살이 다 퍼지기도 전에 들이닥쳤다. 그들에게 새로 신청한 수는 어제의 곱이 넘는 서른여섯 집이나 되었다. 그러니까 밤골에서 텔레비전을 살 만한 집은 거의 다 산 셈이었다. 청년들은 하루 종일 동네 골목골목을 부리나케 갈고 다녔고, 해질녘이 되자 밤골에는 쉰세 개의 긴 장대가 여기저기 삐쭉삐쭉 솟게 되었다.

텔레비전을 가진 집들이 반 가까이 되어버리자 형편이 어젯밤과는 영 딴판으로 변했다. 어젯밤처럼 그걸 마루에 내놓지도 않았고, 구경꾼들도 확 줄어버려 구경하는 입장도 만만치가 못했다. 전혀 눈치를 하는 건 아니었지만 어젯밤처럼 태극기가 펄럭일 때까지 죽치고 앉아 있을 수가 없었다.

텔레비전 시비는 아이들한테서부터 일어나기 시작했다.

무슨 놀이를 하다가 말다툼이 벌어지면 느닷없이 텔레비전이 사이에 끼어드는 것이었다.

"너 이 새끼, 까불면 텔레비전 안 보여줄 거야."

한 녀석이 눈꼬리를 세우며 이렇게 대지르면 상대편 녀석은 지금까지의 기세가 푹 꺾이며 어물거리는 것이었다.

"알았어. 네 맘대로 해. 내가 잘못했어."

텔레비전 구경을 담보로 말타기 놀이의 말 노릇이나 숨바꼭질의 술래 노릇을 떠맡는 일이 예사로 벌어졌다.

그러나 며칠이 못 가 어른들 사이에서도 난처한 문제가 생기기 시작했다. 매일 밤 안방에서 딴 집 사람들과 북적거릴 수는 없는 일이었다. 그래서 차츰 꺼리는 눈치가 노골화되어 갔다.

"애들아, 텔레비전 그만 보고 어서 공부해라."

처음엔 이런 정도였고,

"아이, 노곤해. 우리 그만 잡시다."

며칠이 지나자 이렇게 변했고,

"아유, 이놈의 텔레비전 다시 팔아치우든지 해야지 귀찮아서 못살겠네."

이런 지경에까지 다다르게 되면서 서로의 사이가 고약하게 일그러졌다.

홧김에 소 잡아먹는다고, 이와 비슷한 꼴을 당한 어떤 집에서는 다음날로 제까닥 안테나를 드높이 올리기도 했다. 그러나 아무리 껄끄러운 꼴 당했다 하더라도 오기만으로 닭 모가지 비틀 수 없는 집은 있게 마련이었다. 어느 사이엔가 그런 집들은 그런 집들끼리 모여 입을 삐쭉거리고 눈을 흘기고 했지만 겉돌기는 매일반이었다. 예전과는 달리 마을의 화제는 거의가 텔레비전과 연관되어 있었던 것이다. 그런 현상은 어린애들과 아낙네들에게서 특히 두드러졌다.

"여기는 본부, 여기는 본부, 빼꾸기 나오라, 빼꾸기 나오라, 오바."

"여기는 빼꾸기, 여기는 빼꾸기, 본부 말하라, 오바."

"지금 간첩 일당이 강 쪽으로 도망가고 있다. 계속 쫓아라, 오바."

"알겠다. 계속 강 쪽으로 쫓아가서 간첩들을 잡겠다, 오바."

이런 놀이를 하는가 하면,

"에잇, 받아라. 마린 보이다!"

"좋다, 덤벼라. 나는 아톰이다!"

애들은 제각기 만화영화의 주인공이 되어 나무에서 뛰어내리고 바위를 건너뛰고 하는 것이었다. 애들은 옛날의 숨바꼭질이나 땅따먹기 같은 놀이는 아예 집어치워버렸다. 씨름 대신 레슬링 흉내를 냈고, 아무 때나 "주고 싶은 마음, 먹고 싶은 마음……", "12시에 만나요" 어쩌고 흥얼거렸다.

아낙네들도 애들 못지않았다. 얼굴을 맞대면 그저 지난밤에 본 연속극 이야기에 바빴다.

"그 여자가 불쌍해서 어떡하지 그래?"

"그러게 말야. 어쩌면 그리도 눈치가 없는지 몰라."

"모를 수밖에. 남자가 그렇게 감쪽같이 속여버리는데 어떻게 알아?"

"어쩜 그 남잔 그리도 흉물스럽지? 낯짝만 봐도 정나미가 떨어져."

"그것도 다 그 여우 같은 미스 홍 때문이야. 홀딱 홀려버린 거라니까."

"그렇다니까. 고 여우 떠는 꼴 좀 봐. 금방 간을 홀딱 빼먹을 것처럼 눈웃음 살살 치는 것하고……."

"그런 남편 믿고 어찌 살지?"

"이 세상 남자가 어디 다 그럴라고."

"얼래, 남자처럼 믿을 수 없는 것도 세상에 또 없어. 계집이 살살 꼬리치는데 싫어할 남자 어딨어."

"그렇담 우리 애아범들도 그럴까?"

"아따, 걱정도 팔자다. 요런 흉악한 촌구석에 미스 홍이 어딨어서."

"아녀, 그런 것은 아녀. 읍내에 미스 홍 같은 계집들이 한둘인 줄 알아? 그런 짓 백날 하고 다녀도 우린 캄캄 밤중이지 별수 있어?"

"그도 그렇구먼."

"혹시 우리가 여태 까맣게 속아온 건 아닐까?"

"그럴지도 모르지."

"안 되겠네, 오늘 저녁 당장 따져봐야지."

"나도 그래야겠어."

"나도 몸살나 죽겠네, 언제 저녁까지 기다려 그래."

이처럼 화제는 비비 틀려서 엉뚱한 방향으로 불이 붙곤 했다. 그래서 가당찮은 부부 싸움을 터뜨리기도 했다.

"당신도 저 남자처럼 날 속이고 있는 건 아니우?"

"아이고, 나도 저런 팔자나 한번 돼봤음 좋겠네."

남자는 심드렁하게 대꾸했고, 여자는 남편의 그런 미지근함이 마음에 걸렸다.

"아니, 무슨 말이 그 모양이오? 저런 꼴이 부럽다니, 지금도 날 속이고 있는지 누가 알아."

남자는 아내의 말에서 섬뜩함을 느꼈다. 농담이 아니라 가시가 돋쳐 있는 것이다. 괜히 어물거리다간 그대로 뒤집어쓸 판이었다. 그렇다고 벌컥 화를 내기도 민망한 일이었다.

"누가 정말 그렇대나, 그냥 농담이지."

"누가 알아요, 사람 속을. 아무래도 당신 좀 이상해요. 어물어물하는 게."

아내는 정색을 하고 덤비고 있었고, 남편은 급기야 화가 치밀어올랐다.

"아니, 요런 싸가지 없는 여편네 좀 보소. 저놈의 텔레빌 당장 팍 부숴버려야지, 어디다 대고 지랄이야, 지랄이."

남편이 벌떡 일어나며 텔레비전을 곧 걷어찰 기세였고, 아내는 황급히 남편을 붙들며 만족스런 웃음을 머금고 있었다.

"그만했기 망정이지 텔레빌 깨버렸음 어쩔 판이었어 그래."

"우리 애아범은 그래도 텔레비전은 아까웠던 모양이지. 재떨이를 벽에다 내던지더라니까."

"지랄하고 나만 젤 손해 봤네. 눈 깜짝할 새에 팍 쥐어박고 말잖아."

"히히히…… 창수 아범이 본래 몸이 날래잖은가베. 성질은 좀 칼칼허구."

"어쨌거나 속 시원하지 뭐야. 우리 애아범들은 아무 탈 없으니까."

이러면서 아낙네들은 키들거리고 신바람이 나는 것이었다.

아낙네들은 이제 퀴퀴하고 질척질척한 느낌의 생활 속의 이야기들을 거의 잊어버리고 있었다. 누가 누구보다 미남 탤런트고, 어느 가수가 누구보다 더 노래를 잘 부른다고 우김질하는 것이 한결 재미가 고소했던 것이다.

텔레비전 바람은 좀체로 잠잘 줄을 모른 채 더러 가정 불화까지 일으키며 꾸역꾸역 밤골을 먹어가더니만 3개월쯤 지난 7월이 되어서는 백 개가 넘는 안테나가 서게 되었다.

지난해와는 달리 무더운 밤인데도 당산나무 밑에는 모깃불이 지펴지지 않았다. 어둠 속에서 담뱃불이 빠알갛게 타고, 어른들이 나누는 이야기 소리가 개구리 울음 소리에 섞여 두런두런 들리던 밤이 없어졌다.

그뿐만 아니라 앞개울의 어둠 속에서 물창을 튀기는 소리와 함께 여자들의 간지러운 웃음 소리도 들을 수가 없었다. 반딧불을 쫓는 애들의 왁자한 외침도 자취를 감추었고, 감자나 옥수수 추렴을 하는 아낙네들의 마실도 씻은 듯이 없어졌다. 집집마다 텔레비전 앞에 매달려 있는 탓이었다.

청년들은 매달 같은 날짜에 나타나 또박또박 돈을 받아갔다. 처음 팔아먹을 때와는 달리 하루만 늦어도 이자를 가산하겠다고 으름장을 놓았고, 한 달이 늦으면 그동안 낸 돈은 무효로 하고 물건을 가져가겠다고 큰소리를 쳤다. 그런데 이 말에 꼼짝을 못할 것이, 읽어보지도 않고 도장을 찍어주고 받은 월부 계약서란 것에 그 조항들이 똑똑히 적혀 있었다. 그래서 거의 매일이다시피 돈을 빌리러 골목을 헤집고 다니는 사람들이 끊이질 않았다.

8월로 접어들면서 청년들과 다툼이 자주 벌어졌다. 처음

한두 달은 어찌어찌 날짜를 맞췄는데 달이 갈수록 돈 물기가 힘에 부치기 시작한 것이다. 그런 사람들은 대개 나중에 구입한 사람들로, 에라 외상인데 그까짓 돈쯤 어떻게 변통이 되겠지 하는 배짱을 부린 것이었다.

"담달에 한목 내면 될 거 아뇨."

"글쎄, 안 된다니까요."

"아, 이잘 붙여준다는데도 안 돼?"

"똑같은 말 자꾸 해봤자 입만 아파요. 텔레비전이 없어서 못 팔아먹는 판에 다 소용없는 소리요. 비키시오, 떼갈테니."

청년이 마루로 올라서려 했고, 주인이 청년을 낚아챘다.

"정 이러기야, 이거?"

주인이 곧 쥐어갈길 듯이 대들었고,

"기운 좀 쓰시나 본데 어디 쳐보시지. 요새 사람 치는 놈들 잡아들이느라고 경찰서 유치장 문 활짝 열어놨는데 어서 쳐보시라니까."

주인과는 달리 청년은 유들유들한 태도로 비웃고 있었다.

주인은 그만 미칠 것 같은 심정이 되고 말았다. 텔레비전을 빼앗기고, 두 달 낸 돈까지 꼼짝없이 떼일 형편이었던 것이다. 돈도 돈이지만 텔레비전이 있다가 없어지면 이게 무슨 꼴인가. 마누라한테, 애들한테 체면이 말이 아닌 것이다.

그리고 동네 망신은 또 얼마나 큰가. 그냥 기분 같아서는 저 놈의 뺀질뺀질한 낯짝을 후려갈겨 버리면 속이 시원하련만 그러지도 못하고…….

청년은 이미 싹수가 노란 걸 알고 있었다. 남들이 산다니까 기죽기 싫어서 덥석 일 저질러놓고 똥줄이 타는 것이다. 지금 기분으로는 다음달에 한목 낼 것 같지만, 아서라 안 속는다, 안 속아. 돈이 거짓말시키지 어디 사람이 거짓말시키더냐. 이런 가난뱅이들일수록 더욱 애지중지하게 마련이니까 3개월쯤 썼다고 한들 신품이나 마찬가지야. 새로 사는 것들도 숙맥이긴 매일반이니 더 속 썩이지 말고 물건 가져가는 거다.

청년의 이런 배짱 앞에서 텔레비전을 지킬 재간은 없었다. 그래서 열서너 집이 고스란히 수난을 당했다. 텔레비전이 실려나갈 때는 일대 소란이 벌어졌다. 애들이 발을 동동 구르며 울부짖었고, 화가 솟을 대로 솟은 주인은 애들을 마구 때리며 소리 질렀고, 안주인은 그런 남편에게 대들며 악다구니를 썼다.

한편에서 이런 소동이 벌어지는 것과는 아랑곳없이 살림살이가 넉넉한 열서너 집에서는 전기 용품 들여놓기 시합을 벌이고 있었다. 그들이 시샘을 하듯 다투어 장만하고 있는 것은 밥통이었다. 그들은 이미 여름이 되면서 선풍기를 들여놓느라고 서로 신경을 곤두세운 일이 있었다. 그 선풍기라는 것도 참 희한한 기계였다. 부채로는 도저히 맛볼 수 없는 기막힌 시원함을 주었던 것이다. 땡볕 속에서 농약을 뿌리거나, 채전(菜田)에 엎드렸다 들어오면 전신은 땀으로 미역을 감고 더위는 헉헉 목을 치받고 올랐다. 그런 때면 으레 옷을 훌러덩 벗어젖히고 찬물을 끼얹게 마련이었다. 그리고 손목이 아프도록 부채질을 해보지만 땀은 가슴으로 등줄기로 줄줄 흘러내리는 것이었다. 그런데 선풍기는 그게 아니었다. 스위치를 돌리기만 하면 금방 쏴아 쏟아져나오는 바람이 찬물을 끼얹었을 때의 그 시원함을 되살려주며 땀을 말끔히 걷어가는 것이다. 그뿐만이 아니었다. 선풍기를 틀어놓으면 모기의 극성이 한결 누그러졌다. 그 신통한 선풍기바람이 모기란 놈을 제멋대로 날게 내버려두지 않았다. 선풍기를 가진 사람들은 이런 알톨 같은 맛도 맛이었지만 한편으론 자기들도 대처 사람들과 마찬가지로 이렇듯 편리하고 근사한 전기 용품을 사용하고 있다는 사실을 더 고소한 맛으로 즐기고 있었다.

그런데 이젠 전기 밥통이 여자들을 환장하게 만들고 있었다. 쪼그리고 앉아 먼지 뒤집어써가며 짚단을 풀어 땔 필요가 없었다. 뜸을 들이자고 몇 번씩 솥뚜껑을 열어 뜨거운 김 속에 손을 처넣어 밥알을 집어내는 고역을 치르지 않아도 되었다. 전기를 꽂으면 빨간 불이 반짝 들어와서는 제대로 보글보글 끓었고, 불빛이 바뀌면서 딱 먹기 좋게 뜸까지 들이는 게 아닌가. 밥국물이 넘치길 하나, 밥이 설기를 하나, 여인네들은 그저 감탄에 감탄을 거듭하는 것이었다.

"이리 존 세상을 몰랐으니 여태 헛살았지 뭐야."

"누가 아니래. 나도 당장 사야지, 이러고 있을 때가 아냐."

"편하긴 참말로 편해서 존데, 그게 값이 좀……."

"아유, 무슨 걱정야. 월부 아냐, 월부."

"월부가 아니래도 그렇지. 마누라가 모처럼 고생을 좀 덜게 되었는데 까짓 돈 땜에 벌벌 떠는 남자라면 알아볼 쪼지 뭐야."

"그렇구말구. 그런 남자하고 살 섞고 살아봤자 뻔해. 그건 부부가 아니라 종 노릇인 셈이라구."

"허지만 그런 게 자꾸 늘어나면 전기값도 더 물어얄 것 아냐."

"아이고 저런 궁상스런 여편네, 구더기 무서워 장 못 담글라. 죽기 전에 신간 한번 편해지는데 까짓 전기값 더 무는 게 무슨 대수야 그래."

이렇게 해서 전기 밥솥은 텔레비전 옆에 의젓하게 자리를 잡아갔다.

가을로 접어들면서 잔칫집이 생겼지만 일손이 예전과 같

지 않았다. 누구도 예전과 같이 밤늦게까지 일을 도와주려 들지 않았다. 날이 어둑어둑해지자부터 이런저런 이유를 대며 슬슬 자리를 뜨기 시작한 것이다. 주인의 입장에서는 품삯을 주는 것도 아닌데 붙들어 앉힐 수 없는 노릇이었다. 주인은 전에 없던 이 야릇한 변괴를 얼핏 알아차리지 못했고 평소에 앙큼한 짓 잘해서 미워지던 딸년이 텔레비전 때문이라고 일깨워서야 그렇구나 싶었고, 텔레비전 없는 집만 골라 일손을 모았고, 잔치 준비를 하는 데 생전 처음 품삯을 지불하기로 한 주인은 마당 감나무 잎에 내려앉기 시작한 가을의 썰렁함이 그대로 가슴에 옮겨지는 것을 느끼고 있다.

월전댁은 손을 재게 놀렸다. 빨리 설거지를 마쳐야 했다. 조금만 있으면 주말 연속극을 시작할 참이었다. 그 연속극은 어쩌면 그리도 아슬아슬한 게 오금을 저리게 하는지 몰랐다. 남편이 들으면 골통 박살날 얘기지만 그 훤하게 잘생긴 미남 배우는 거의 밤마다 월전댁의 잠자리를 어지럽히고 있었다. 어찌된 영문인지 그 미남 배우와 한 이불 속에 들어 있는 꿈을 꾸는 것이다.

"이 미친년이 왜 이래. 지까짓 촌년이 어짜자고 이래."

월전댁은 소리 내어 자신을 꾸짖기도 했다. 그러나 그 배우의 웃는 얼굴이 언뜻언뜻 떠올랐고, 그 연속극 시간만 다가오면 마음이 설렁거려 일손이 헛돌기 일쑤였다. 다른 여자들과 모여앉은 자리에서 그 배우를 놓고 이러쿵저러쿵 말이 나올 때도 월전댁은 한마디도 하지 않았다. 마음과는 달리 도무지 말을 꺼낼 수가 없었다.

월전댁은 그릇들을 대충 건져내 놓고는 부엌을 나왔다. 설거지물은 이따가 버리거나 내일 아침에 쏟아버려도 그만일 것이었다.

선전이 끝나고 곧 극이 시작되었다. 월전댁은 아랫목에 엉덩이를 찰싹 붙이고 앉아 텔레비전 화면을 응시하며 침을 꿀떡 삼켰다. 지난 주일의 마지막 장면이 키스를 하려다가 부잣집 딸인 애인한테 덜컥 들킨 데까지였다.

그 잘생긴 남자는 두 여자 사이에서 이러지도 못하고 저러지도 못하며 괴로워하고 고민하고 있었다. 한 여자는 가난하고 다른 한 여자는 부잣집 딸이었다. 두 여자는 누가 더 낫다고 할 수 없을 만큼 예쁜 얼굴이었고, 똑같이 그 남자를 사랑하고 있었다. 그런데 그 남자가 부잣집의 회사에서 일을 하고 있었다.

월전댁은 언제부턴가 자기가 꼭 가난한 여자처럼 느껴지기 시작했고, 그 남자가 부잣집 딸에게 조금만 잘해 주게 되면 파르르 화가 나기도 했고, 좀더 심하면 욕을 쏴대기도 했다. 틀림없이 자신이 당하는 것 같은 서운함과 분함이 가슴에서 엇갈리고 있었다.

키스를 하려다 들켜 엉거주춤 서 있는 두 남녀 앞에서 부잣집 딸이, 비겁해요, 더러워요, 이럴 줄 몰랐어요, 정말 몰랐어요 외치며 뒤돌아서 뛰어가고 남자는 이름을 부르며 쫓아가려다 말고 엉거주춤 섰는데 가난한 애인과 눈이 마주쳤다. 그와 동시에 여자가 울음을 터뜨리며, 가세요, 어서 가보세요, 난 상관없어요 하며 부잣집 딸과는 반대 방향으로 뛰어간다. 남자는 이쪽저쪽을 두리번거리며 울상이 되고…… 월전댁은 입술을 잘근잘근 깨물며 넋을 빼고 앉아 있었다.

월전댁은 장면이 바뀔 때마다 얼굴을 찡그리기도 했고, 혀를 끌끌 차기도 했고, 흡족하게 웃기도 했고, 엉덩이를 들썩 올리기도 했다.

"엄마, 나 목말라."

국민학교 3학년인 아들이 화면에 눈을 둔 채 말했다.

"……."

"엄마, 나 목마르다니까!"

아들의 목소리가 좀더 커졌다.

"……."

"아, 엄마! 나 목 마르단 말야!"

아들이 꽤액 소리를 질렀다. 그때서야 월전댁의 고개가 아들 쪽으로 획 돌려졌다. 그런 그네의 눈길이 매서웠다.

"아 니 놈이 목 타면 니 놈 손으로 떠다 처먹지, 어디다 대고 악을 써!"

월전댁의 외침과 동시에 주먹이 아들의 머리통을 쥐어갈겼다. 그 서슬에 아들이 발딱 일어섰다.

"엄만 텔레비전이라면 미치고 환장이야."

아들이 투덜거리며 방문을 차고 나갔다. 그리고 아들의 황급한 외침이 들린 것은 잠시 후였다.

"엄마, 불이야! 불났어!"

"……?"

월전댁은 어리둥절했다. 어디서 들리는 소린지 잠시 분간이 안 갔다.

"엄마! 불이야, 불!"

아들이 문을 박차고 뛰어들었다.

"부울? 어디냐, 어디!"

월전댁이 방을 뛰쳐나갔다.

불길은 부엌을 다 채우고 넘쳐나 처마 밑을 핥고 있었다.

"달수 아부지, 달수 아부지, 불이오, 불! 불이 났소."

월전댁은 펄쩍펄쩍 뛰며 남편을 찾았다. 아직 돌아올 시간이 아니었다.

"달수야, 달수야!"

방으로 뛰어들면서 외쳤다.

"엄마, 나 여깄어, 여기."

아들이 여동생 손을 잡고 마당 가에서 와들와들 떨며 소리쳤다.

"아, 얼렁 사람들 불러. 불 끄라고 사람들 불러!"

되돌아나온 월전댁이 뒤집혀진 눈으로 울부짖었다.

"불이야! 불이야!"

"사람 살려! 불이야!"

월전댁의 째지는 부르짖음과 아들의 울먹이는 외침이 어두운 골목으로 퍼져나가기 시작했다.

어쩐 일인지 사람들의 기척은 들리지 않았고, 월전댁이 사립을 떠다밀고 마당으로 뛰어들어 외쳐서야 비로소 방문이 열리는 것이었다.

사람들이 손에 손에 물통을 들고 월전댁의 집에 당도했을 때는 이미 불길은 처마 밑을 빙그르르 돌아 지붕으로 번진 뒤였다.

"살림살이라도 좀 꺼내봐야지!"

"틀렸어. 저 불길 좀 봐!"

"딴 데로 번지지나 못하게 해."

"아니, 이꼴이 되도록 뭘 한 거야."

불길은 절망적이었다. 사람들은 가져온 물을 열심히 끼얹기는 했지만 푸시식푸시식 순간적으로 연기만 일으킬 뿐 불길은 점점 거세어갔다. 사람들은 더 물을 길어오려 하지 않았다. 이 눈치를 챈 월전댁이 갑자기 소리를 질렀다.

"내 년이 미친년이여, 내 년이 미쳤어. 나 같은 년은 죽어야 돼."

월전댁은 불길을 향해 내달렸다.

"잡아!"

"저런, 저런……."

남자들이 쫓아가서 간신히 월전댁을 붙들었다.

"놔요. 놔! 난 죽어야 돼. 죽어야 돼. 그까짓 게 뭐라고, 난 죽어야 돼애!"

눈을 허옇게 뒤집은 월전댁은 무서운 기운으로 발버둥질치며 한사코 불길을 향해 내달을 기세였다.

〈1978년〉

외면하는 벽

"저게 무슨 소리야?"

"사람이 죽은 거 아냐?"

"아니, 어느 집이야, 어느 집?"

더위를 쫓기 위해 화단 가에 걸터앉아 부채를 할랑거리고 있던 여자들이 더위가 싹 달아난 표정들로 서로에게 물었다. 그사이 통곡은 점점 크게 퍼져나오고 있었다.

"저 앞 동(棟)인데!"

한 여자가 큰 발견이라도 한 것처럼 자신 있게 말하며 벌떡 일어섰고,

"저 가운데짬이야!"

다른 여자가 따라 일어서며 맞은편 동의 가운데쯤을 손가락질했고,

"그게 누구 집일까?"

이미 일어서 있던 마지막 여자가 어느새 놀라움보다는 호기심이 내비치는 어조로 말했다.

더위는 어둠과 서서히 섞이고 있었다. 그 속을 곡성은 칙칙하고 음산하게 퍼져나가고 있었다.

"우리 어느 집인지 알아봅시다."

"난 싫은데, 무서워서."

"뭔지도 모르고 무섭기부터 먼저 하우?"

"모르긴요, 사람이 죽지 않고서야 저리 슬프게 울 리가 없잖겠수."

세 여자는 누가 먼저랄 것도 없이 맞은편 동을 향하여 조심스런 걸음을 옮겨놓고 있었다.

그네들이 거의 맞은편 동에 접근했을 즈음이었다. 한 여자가 다급하게 계단을 뛰어 내려와선 그 힘을 그대로 연장시켜 거칠게 현관문을 떠밀고 나왔다.

"몇 날 며칠을 어떻게 시첼 머리에 이고 사나 그래. 사람 환장하겠는데 이 양반은 왜 여태 안 오고 이래."

여자는 발을 구르며 짜증을 부렸다. 이 여자의 말에 세 여자의 귀는 동시에 활짝 열렸다.

"아주먼네 윗집에서 초상이 난 모양이죠?"

한 여자가 참을 수 없다는 듯 불쑥 물었고,

"그렇다니까요, 글쎄. 요런 쥐콧구멍만 한 아파트에서 사람이 죽은 것도 죽은 거지만, 아무래도 사흘장(葬)은 치를 것 아녜요. 이 삼복더위에 시체가 좀 잘……."

여자는 여기서 말을 뚝 끊으며 부르르 몸서리를 쳤다. 그다음의 말인 '……썩겠어요'를 입 밖에 내기는 끔찍한 모양이었다.

"죽은 사람은 누구래요?"

또 한 여자가 노골적인 호기심을 드러내며 물었다.

"이거 참 큰 야단났네. 시체를 이고 어떻게 잠을 자고 어떻게 밥을 먹나 그래. 재수가 없을래니까 별일이 다 생기네."

금방 시체에서 썩은 물이라도 뚝뚝 떨어지는 듯이 여자는 계속 진저리를 치며 아예 말대꾸에는 신경을 쓰지 않고 있었다.

옆에 서 있던 세 여자는 비로소 자기들 바로 위층에 시체가 누워 있다는 가정을 제각기 실감하게 되었다. 과연 어떻게 잠을 자고, 어떻게 밥을 먹을 수 있을 것인가. 생각만 해도 소름이 끼칠 일인 것이다.

"어머, 듣고 보니 예삿일이 아니네."

"그러게 말야. 천장에 시첼 뉘어논 거나 뭐가 달라."

"아이 끔찍해라. 귀신 붙겠네."

여자들은 빠르게 입을 놀렸고, 다음 순간 자기네들은 그런 위험으로부터 멀리 떨어져 있다는 잔인한 안도감과 여유가 그네들의 얼굴에 흘러넘치고 있었다.

"영주 엄마, 여기 나와 계셨구려?"

한 여자가 현관문을 떼밀고 나오며 소리치듯 했다. 그 여자의 얼굴은 두려움과 반가움이 뒤섞인 기묘한 표정을 하고 있었다.

"아유, 준수 엄마!"

먼저 현관을 뛰쳐나왔던 영주 엄마가 준수 엄마의 손을 잡았다.

"이 일을 어쩜 좋우?"

준수 엄마가 지칠 줄 모르고 곡성이 흘러나오고 있는 쪽을 두려운 눈길로 흘끔 보며 말했고,

"준수네는 위층이니까 우리보담은 낫지 뭐요. 우린 시첼 머리에 이고 당장 오늘 밤을 어떻게 지내요 글쎄."

영주 엄마가 울상이 되었다.

"우리라고 나을 게 뭐 있어요. 영주네가 시첼 이고 있다면 우린 시첼 깔고 있는 거 아네요. 시첼 등 밑에 깔고 잔다고 생각해 봐요. 더 징그럽지."

"도무지 이 일을 어째야 좋지요? 이런 식으로 사흘을 보

낼 순 없잖아요."

"글쎄 말예요. 어째야 좋지요?"

준수 엄마와 영주 엄마는 서로 얼굴만 맞바라본 채 말이 막혔다. 질주해 오는 자동차 앞에서 몸이 굳어져버리듯 두 사람은 마음만 다급할 뿐 신통한 해결 방안이 전혀 떠오르질 않았다.

"이 양반은 어디서 여태 꾸물거리고 있을까. 들어오기만 해봐라, 그냥……."

준수 엄마가 남편만이 해결의 열쇠를 쥐고 있다는 듯 빠드득 이를 갈아붙였다.

"누가 아니래요. 개똥도 약에 쓸래문 귀하더라고 이런 날 좀 일찍 들어오면 어디 덧나나 몰라."

영주 엄마도 눈꼬리에 잔뜩 심술을 박고 남편을 힐난했다.

"죽은 사람은 누구래요?"

아까 질문을 묵살당한 여자가 똑같은 물음을 던졌다.

"왜 거 있잖아요. 둘이 꼭 붙어다니던 노인네 부부. 그중에 영감님이 돌아가셨대지 뭐예요."

준수 엄마가 신경질적으로 대꾸했다.

"아, 그 지팡이 짚고 다니던 깡마른 노인네 말이군요?"

세 여자는 거의 동시에 고개를 끄덕였다.

"부엌에서 내다보면 아침마다 베란다에 나와 체조를 하더니만, 쯧쯧쯧……."

"뼈만 남아 있더니만 결국 여름을 못 넘기고 말았네."

"더위가 잡아간 거야. 노인네들이 사이가 퍽 좋아 보이더니만."

세 여자는 비로소 한 사람의 목숨이 남기고 떠난 허전한 공간을 느끼는 것이었다.

가까운 주변 몇 개의 동에서는 그 노인네 내외를 거의 다 알고 있었다. 내외는 꼭 그림자처럼 나란히 걸으며 아침 저녁으로 산보를 했다. 남자 노인은 지팡이를 짚는데도 걸음걸이가 불안정해 보였다. 내외가 나란히 걷는 것은 사이가 좋아서라기보다는 안노인이 남편을 부축하기 위해서였는지도 모른다. 내외는 시끌덤벙한 어린이 놀이터의 구석 자리에 조용히 앉아 있을 때도 있었고, 산이 맞바라보이는 계단에 하염없이 앉아 있을 때도 있었다. 그들 내외가 유독 눈에 띈 것은 지극히 당연한 사실이었는지도 모른다.

여기 13평짜리 아파트촌에는 그 평수에 걸맞게 애들 한둘을 거느린 젊은 부부가 대부분이었던 것이다. 그들 내외를 알고 있는 거의 모든 사람들은 그들의 모습만 눈에 익혔을 뿐 아파트 생활자들답게 노인네 부부에 대해선 아무것도 아는 게 없었다.

"노인네가 기운도 좋지. 언제까지 저렇게 울어댈 거야,

그래."

영주 엄마가 못 견디겠다는 듯 머리를 흔들었다.

"저리 울지만 않아도 한숨 돌리지 않겠어요? 집에 들어앉아 있자니까 꼭 귀신 나오는 소리지 뭐요."

준수 엄마가 파르르 신경질을 돋우었다.

사실 여름 밤의 무더위 속으로 퍼지고 있는 곡성은 그다지 달가운 것이 못 되었다. 한층 칙칙한 더위와 끈적거리는 감촉과 음산한 분위기를 자아내고 있었다. 초저녁이니까 망정이지 이런 기세로 한밤중까지 계속된다면 곡성은 필경 괴기스러운 소리로 변하게 될 것이었다.

"어떻게 좀 못 울게 할 순 없을까요?"

준수 엄마가 조바심을 쳤고,

"글쎄, 무슨 수가 있어야죠. 어쨌건 남자들이 빨랑 들어와 얀다구요."

영주 엄마가 입술을 잘근잘근 깨물었다.

"곡을 하는 건 법에 걸려요."

세 여자 중 누군가가 불쑥 말했다.

"법에 걸리다뇨?"

준수 엄마가 알 수 없는 소리라는 듯 되물었고,

"그게 무슨 법인데요? 그런 신통한 법도 있어요?"

영주 엄마는 반색을 하며 여자에게로 바싹 다가들었다.

"거 있잖아요, 가정…… 가정…… 거 왜 있잖아요, 가정 뭐라는 법 말예요."

여자는 애가 타는 표정으로 더듬거리며 둘러선 여자들을 불안한 눈길로 두리번거렸다.

"가정의례준칙 말인가요?"

한 여자가 어눌한 목소리로 말했고,

"맞았어요, 바로 그거예요!"

여자는 환성을 올리듯 목소리를 높였다.

"그 법이 어찌 됐게요?"

준수 엄마가 침을 꿀꺽 삼키며 물었다.

"그 법에 바로 곡을 하지 말라, 상복을 입지 말라 하는 것들이 들어 있댔잖아요."

"그래요? 그런 좋은 법이 있는 줄 왜 몰랐을까."

영주 엄마가 눈을 반짝이며 말했고,

"그럼, 그 법을 어떻게 써먹어야 되나? 파출솔 찾아가나?"

준수 엄마가 화색이 돌며 서둘렀다.

"힘들게 파출소까진 뭐하러 가요?"

가정의례준칙이란 법이 있음을 일깨웠던 여자가 거드름을 피우며 말했다.

"어떻게, 더 손쉬운 방법이 있나요?"

"그럼요. 반장, 통장은 뭐하러 뒀는데요."

"반장, 통장이 그럴 권리가 있나요?"

"있지요. 통·반장이 나서서, 이러이러한 법이 있으니 법을 지켜 울지 말라 하고 딱 한마디하는 거죠. 그래도 안 들으면 그땐 파출소에 알려버리는 거죠 뭐."

"어머머, 어쩜 그리 법을 잘 알우, 그래."

준수 엄마가 탄복해 마지않으며 여자의 어깨를 어루만지듯 하며 툭 쳤다.

"누가 아니래요. 우릴 거뜬히 살려줬지 뭐요."

영주 엄마도 더없이 나긋나긋한 음성으로 맞장구를 쳤다.

"어서 반장을 찾아갑시다."

준수 엄마가 서둘렀고,

"가만있자, 울음만 그치면 뭘 하나. 시첸 그대로 머리에 이고 있는데……."

영주 엄마의 표정이 다시 어두워졌다.

"그렇네. 이리 날씨가 푹푹 찌는데 사흘씩이나, 그걸 눕혀두면 어찌 될까. 파리가 이렇게 들끓는데 예삿일이 아니라구요."

준수 엄마가 설레설레 머리를 저었다.

"그게 뭘 그리 큰일이에요?"

다시 가정의례준칙을 끌어낸 여자의 당당한 목소리가 그네들을 휘어잡았다.

"무슨 희한한 방법이 또 있수?"

"한턱 쓸 테니 어서 말해 봐요."

영주 엄마와 준수 엄마는 그 여자에게 어린애 같은 아양기까지 보이고 있었다.

"간단하잖아요. 그 법을 이용해서 장례를 빨리 치르도록 밀어붙이는 거예요."

여자는 교활하게 느껴질 만큼 자신만만한 웃음을 입가에 담고 있었다.

"반장이나 통장이 그런 일까지 맡아줄까요?"

영주 엄마가 고개를 갸웃거렸다.

"참 아주머니두, 애아빠 뒀다가 어디다 쓰려우? 통·반장 찾아가는 것도 남자들이 나서야 한다구요."

"맞았어요. 이런 일에 여자들이 나서면 다 콧방귀만 뀌고, 돌려세워 놓곤 욕이나 해요."

"이 양반이 미쳤나, 왜 이리 늦을까."

영주 엄마와 준수 엄마는 다시 남편들 기다리기에 몸이 달아오르기 시작하고 있었다.

그때 헤드라이트로 수은등이 남겨둔 어둠을 가르며 차가 이쪽으로 달려왔다. 차는 그네들이 피한 자리에 멈춰섰다. 장의사에서 나온 차였다. 차에서는 병풍과 상가를 알리는 등이 내려졌다. 여자들은 그것들이 몸에 닿기라도 하는 듯이 주춤주춤 뒤로 물러섰다.

물건들이 올라가고 얼마 지나지 않아 3층에서는 더욱 서럽고 큰 곡성이 물굽이처럼 어둠을 헤쳐나왔다. 여자들은 등줄기가 섬뜩해 오는 새로운 무서움을 느끼며 서로서로 좁혀 섰다.

잠시 후에 거무칙칙한 불빛을 발산하는 등이 베란다에 내걸렸다. 그 등은 기묘한 마력을 지니고 있었다. 순식간에 분위기를 괴기스러운 공포와 두려움으로 바꾸어놓았다. 여태껏 들려오던 애절하고 슬픈 곡성은 등의 거무칙칙한 불빛과 어울리면서 갑자기 소름끼치는 괴성으로 변하고 말았다. 여자들은 완연한 한기를 느꼈고, 그 누구도 입을 열려고 하지 않았다.

"여기 더 계시겠수? 난 그만 들어가 봐야겠어요."

한 여자가 비실비실 뒷걸음질을 했다.

"나도 그만 들어가야지."

"나두 너무 오래 나와 있었네."

다른 두 여자도 슬금슬금 자리를 피하고 있었다.

305호에서 불의의 방문객을 맞은 것은 10시 반쯤이었다. 의외로 많은 조객에 305호 식구들은 당황했고, 그들이 계단을 오르내리며 낯이 익은 사람들인 것을 알아보고는 가슴 뭉클한 고마움을 느꼈다.

"어머님, 그만 고정하세요. 손님들이 이렇게 오셨잖아요."

며느리가 시어머니를 부축해 일으켰다. 노인네는 애써서 울음을 추슬렀다.

"밤중에 이렇게 어려운 걸음들을……."

노인네는 손수건을 입으로 가져가며 말끝을 맺지 못했다.

"누추하지만 마루로 좀 올라오시지요."

광대뼈가 유난히 두드러져 보이는 피곤한 모습의 집주인인 아들이 자리를 권했다.

현관에 빠듯하게 들어서 있던 네 남자가 마루로 올라갔고 뒤에 서 있던 세 여자가 현관으로 들어섰다.

"복중에 상을 당하셔서 애로가 많으시겠습니다. 저는 통장 되는 사람입니다."

한 남자가 앞으로 나서며 주인에게 조의를 표했다.

방문객은 모두 일곱 사람이었다. 통장을 제외한 나머지 여섯은 아래층 205호, 위층 405호, 그리고 옆집인 306호의 부부들이었다.

"제가 찾아온 건 다름이 아니라 가정의례준칙에 의하면……."

통장은 또박또박 말을 시작했다. 사람으로 가득 찬 것과는 반대로 실내에는 무거운 침묵이 감돌았다.

"그러니까 큰소리로 우는 건 삼가해 주셔야 되겠습니다."

매몰차다 싶은 통장의 말에 즉각적인 반응을 보인 건 아들이 아니라 계속 느껴울고 있던 노인네였다.

"거 무슨 흉한 말씀이오!"

노인네는 가당찮다는 듯 버럭 소리를 질렀다.

아들은 노인네의 서슬과는 반대로 멍한 눈길을 건너편 벽에다 보내고 있었다.

"곡이 없으면 망자가 가는 험한 길을 닦을 수가 없는 게요."

노인네는 언제 울었느냐 싶게 눈을 똑바로 뜨고 완강한 태도를 보였다.

"어머닌 좀 가만 계세요."

아들은 만사가 귀찮다는 몸짓으로 노인네를 제지했다.

"이 말을 하려고 이렇게들 오셨나요?"

아들이 서운한 빛을 역연히 드러내며 물었다.

"예, 여기가 뚝뚝 떨어져 사는 단독 주택이 아니고 서로 위아래, 양옆으로 붙어 살아야 하는 아파트 아닙니까. 그래서 하는 말인데……."

통장은 내친걸음이라 싶었던지 장례일 단축에 대한 말을 꺼내고 있었다.

"안 돼, 그 무슨 벼락맞을 소리야! 그건 안 돼!"

통장의 말을 가로막으며 노인네가 소리쳤다.

"글쎄, 어머닌 좀 가만히 계시란 말예요."

아들이 역정을 냈다.

"여긴 아파틉니다. 넓지도 않은 13평짜리예요. 거기다가 여름이고, 모두 가난한 사람만 모여 사는 곳이라 그런지 쓰레기도 제대로 안 쳐가 파리가 얼마나 들끓습니까. 내 말을 야속하다고 생각진 마십시오. 벽 하나를 사이에 놓고 위아래, 양옆으로 사람들이 사는 아파틉니다."

아들은 고개를 들었다. 그리고 이내 다시 떨구어버렸다. 자신에게로 쏟아지고 있는 남녀 열네 개의 눈동자를 이겨낼 수가 없다는 듯한 몸짓이었다.

한동안 침묵이 계속되었다.

노인네는 마구 구겨 쥔 손수건으로 입을 막은 채 느껴울고 있었다.

안 돼, 그건 안 돼. 사흘도 짧은데 그 무슨 흉악한 소리냐. 안 되고말고, 그건 안 돼. 노인네는 새롭게 복받쳐오르는 서러움을 억누르며 부르짖고 있었다.

"……알겠습니다. 피곤하실 텐데 돌아들 가시지요."

아들은 무표정하게 말하면서 먼저 일어섰다. 사람들도 따라 일어설 수밖에 없었다.

"너무 서운하게 생각진 마십시오. 여긴 단독 주택이 아니라 아파틉니다."

통장이 재차 말했고, 아들은 아무런 대꾸도 없었다.

"너, 너, 저 얼빠진 사람들이 하라는 대로 할 작정이냐? 피도 눈물도 없는 순……."

노인네가 벌떡 일어서며 소리쳤다.

"글쎄, 어머닌 가만히 있으라니까요."

아들이 노인네를 가로막아 섰다.

그들 일행은 305호를 나왔다.

"일이 생각보다 훨씬 수월하게 끝났군요."

어느 남자가 성냥을 칙 그어대며 말했다.

"어째 그 남자 태도가 영 수상해요."

어느 여자가 불안한 어조로 말했다.

"이쯤 됐으니 어디 오늘 밤이나 지내놓고 봅시다."

통장이 휴우 한숨을 내쉬었다.

무뚝뚝하게 한마디를 내던지듯 하고는 아들이 휭하니 밖으로 나가버리자 노인네는 주체할 수 없는 서러움이 봇물처럼 터져 마구 몸부림치며 울었다. 울면서 손수건으로 입을 틀어막는 일은 잊지 않았다. 맘 놓고 울다간 순사한테 잡혀간다지 않는가.

모진 고생을 겪으며 살아나온 칠십 평생이었다. 평생을 남편의 노동 일로 벌어오는 돈에 의지해서 네 자식을 낳고 기르고 했다. 그러자니 좋은 일보다 궂은일이 더 많았고, 웃는 날보다 찡그린 날이 더 많았다. 그래서 그러는 것일까. 그다지 오래 살지 못할 것을 예견하고 지켜온 허약한 남편이었는데도 막상 숨을 거두고 나니 그렇게도 서러울 수가 없었다.

남편을 만나 살아온 50년의 기억이 꼭 어제 일처럼 눈앞에 차례차례 펼쳐지면서 매듭매듭 서러움을 매달고 있었다. 그나마 마음 따스했던 일보다는 가슴 시렵게 했던 일들이 더 쉽게 되살아오는 까닭은 무엇일까.

한 가지 기억을 달래며 울고 나면 또다른 기억이 밀려와 울게 되고……, 열흘이고 한 달을 울어도 끝이 나지 않을 후회와 안타까움과 아쉬움이 범벅이 되어 가슴을 쥐어짜고 있었다.

허리뼈 휘도록 노동을 해 먹여키운 큰아들과 작은아들을 송두리째 난리 통에 잃어버리고 남편은 흡사 정신 나간 사람이 아니었던가. 몸뚱이가 술독이나 진배없이 술을 마셔대며 2년인가를 허송했다. 얼마나 허망하고 기가 막혔으면 그리도 오래 몸둘 바를 몰라 했었을까. 두 자식을 굶겨 죽일 수가 없어 광주리 행상을 시작했고 끝내는 병을 얻어 쓰러지게 되자 남편은 겨우 제정신을 찾았다. 항상 고생스럽고 쪼들리는 살림살이였지만 그때 2년이 유독 심했던 게 아닌가. 남편은 죽어버린 두 아들에 빼앗겼던 마음을 셋째인 딸을 지나쳐 막내아들에게 심었다.

그래서 한사코 가르치려 들었다. 막내가 기술고등학교를 마치게 되었을 때 남편은 더 이상 노동을 할 수 없을 지경으로 나이 들고 쇠약해져 있었다. 막내가 학교를 졸업하던 날, 취직이 되어 첫 출근을 하던 날, 첫 번째 월급 봉투를 내놓던 날, 남편은 반은 울고 반은 웃었다.

남편이 평생을 통해 제일 흐드러지게 웃으며 즐거워한 것은 막내가 바로 이 아파트를 장만했을 때였다. 당신이 평생 동안 가져보지 못했던 집을 막내가 장만했으니 그렇게 흡족해 할 만도 한 일이었다.

그런데 남편은 그리도 아끼고 소중하게 여기던 이 집 때문에 결국 마지막 가는 길을 편안히 갈 수 없는 야박한 꼴을 당하게 된 것이다.

"어쩔 수 없잖느냔 말예요. 고집이나 배짱만으로 될 일이 아니라니까요. 어머니도 그 사람들 눈 똑똑히 봤죠? 말을 안 들었다간 요절나게 생겼잖아요. 별수 없어요. 산 사람부터 살고 봐야죠. 다녀오겠어요."

아들은 이 말을 남기고 휑하니 밖으로 나간 것이다.

아들이 좀더 강하게 맞서주기를 바랐다. 아들이 그들을 거침없이 물리치리라고 생각했다. 그런데 너무 쉽게, 너무 허망하게 아들은 그들에게 지고 말았다. 남편이면 그랬을까. 어림없는 일이다. 막판에 어떻게 되든 간에 남편은 버티는 데까지 버티었을 것이다. 남편은 몸집에 어울리지 않을 만큼 고집도 배짱도 있었다.

이런 생각을 할수록 더욱 남편이 그리워지고, 그럴수록 외로움과 서러움이 가슴 저 밑바닥으로부터 새롭게 솟구쳐 오르곤 했다.

제각기 집으로 흩어진 그 부부들은 하나같이 방에 쪼그리고 앉아 305호에 온 신경을 집중시키고 있었다. 자신들이 다녀나온 다음부터 뚝 끊어진 곡성에 우선 마음들을 놓았다. 이렇게 직효가 나타난 걸 보면 장례도 서둘러 치를 가망이 보였기 때문이다.

그들은 아무리 시체를 이고 깔고 있는 기분이라 하더라도 뜬눈으로 밤을 밝힐 수는 없는 노릇이었다. 특히 남자들의 경우가 그랬다. 하루 진종일 직장에서 얻은 피곤을 푸는 데는 잠을 자는 것이 최선의 처방인 것이다.

영주 엄마는 벽에 기댄 채 꾸벅꾸벅 졸고 있는 남편을 맵게 쏘아보고 있었다. 목을 쭉 늘어뜨리고 꾸벅거리고 있는 몰골이 그렇게 빙충맞아 보이고 한심스러울 수가 없었다. 어떻게 저런 남자를 믿고…… 하는 생각이 떠오름과 동시에 만약 연애할 때 저런 꼴을 보였더라면 죽어도 결혼을 하지 않았을 거라는 꽤는 엉뚱한 앙탈을 하고 있었다.

그래서 그네는 이부자리를 깔 생각은 추호도 없었다. 자리를 깔고 나면 남편은 영 깊은 잠에 곯아떨어져버릴 것이고 그럼 자신은 갈 데 없이 혼자가 되어버릴 것이다. 혼자서 이 등골 서늘한 적막을 이겨낼 자신은 아예 없었다.

준수 엄마도 형편은 마찬가지였다. 그네는 좀 정도가 지나쳐 병든 병아리꼴을 하고 졸고 있는 남편을 꼬집어 깨우기를 그치지 않고 있었다. 팔을 꼬집힌 남편은 화닥닥 놀라 깨어나선 "어, 어……" 짐승 같은 소리를 내며 사방을 두리번거리다간 이내 또 졸기 시작하는 것이었다.

따악— 딱.

"여보, 여보, 저게 무슨 소리예요!"

파랗게 질린 영주 엄마는 다급하게 소리치며 졸고 있는 남편의 가슴으로 뛰어들듯 했다.

"어? 어? 뭐냐? 어떤 새끼야! 어떤 새끼가 지랄이야!"

놀란 남편이 잠이 덜 깬 눈을 질정 없이 굴리며 맥이 안 닿는 소리를 지껄여댔다.

따악— 딱, 딱, 딱.

"저 소리, 저 소리 말예요."

영주 엄마가 남편의 가슴을 파고들며 와들와들 떨고 있었다.

"어, 저게 무슨 소리야!"

남편의 음성에는 잠이 싹 달아나 있었다.

쨍쨍하게 울려오는 그 소리는 분명히 천장에서, 아니 305호에서 만들어지고 있는 소리였다.

딱, 따악— 딱.

"여보오……."

영주 엄마는 잦아드는 신음을 물며 남편의 허리를 있는 힘껏 끌어안았다.

"……."

남편은 꿀꺽 마른침을 삼켰다. 저 소름 끼치는 소리는 도대체 무슨 소릴까. 지금 무슨 짓들을 하고 있는 것일까. 남편은 여태껏 느끼지 못했던 농도 짙은 두려움에 휩싸였다. 간신히 고개를 들어 시계를 보았다. 11시 35분이었다.

꽁꽁 얼어붙은 시간이 꽤 오래되었는데도 그 섬뜩한 소리는 더 이상 들려오지 않았다.

그로부터 날이 밝을 때까지 영주네는 한잠도 자지 못했다. 그렇다고 문을 열고 밖으로 나가볼 엄두도 내지 못했다.

날이 훤히 밝아오고, 6시쯤이 되었을까. 몸집이 크게 느껴지는 찻소리가 붕붕 울려오고, 계단에 부산스러운 발자국 소리가 퍼지고 있었다.

준수네, 영주네, 그리고 옆집 사람들이 몰려나왔다.

현관 가까이에 영구차가 관이 들어갈 뒷문을 아가리처럼 벌린 채 발동을 걸고 있었고, 관을 옮기느라고 힘을 모으고 있는 장의사 사람들의 힘쓰는 소리가 계단을 타내리고 있었다.

광목으로 감싼 관이 현관에 불쑥 나타나더니만 이내 차로 밀려 들어갔다. 그리고 하룻밤 사이에 몰라보게 변해버린 노인네가 아들의 부축을 받으며 차에 올랐다. 쇠잔한 어깨가 들먹이는 것으로 보아 우는 것이 분명한데 소리는 들리지 않았다. 노인네는 수건으로 입을 틀어막듯 하고 있었던 것이다.

장의차가 가솔린 냄새를 남긴 채 아파트를 떠나갔다.

"어젯밤 그 소리가 관에 못 치는 소리였었군."

누군가가 말했고, 모두는 허망한 안도의 숨을 내쉬며 흩어져갔다.

차가 아파트촌을 벗어나자 노인네는 입에서 수건을 떼고 통곡을 하기 시작했다.

"여보, 여보, 날 버리고 혼자만 가면 어떡해요. 이런 세상에 날 버리고 가면 난 누굴 믿고 살아요. 나를 데리고 가요, 여보. 나도 함께 가요, 여보오……."

〈1978년〉

미운 오리 새끼

1

동수는 휘파람으로 〈콰이 마치〉를 부르며 다방 아리조나로 들어섰다. 아직 이른 시간인데도 다방 안은 담배 연기로 우중충하게 흐려 있었다.

"안녕하세요, 아주머니."

동수는 바지 주머니에 찔러넣었던 손을 얼른 빼고는 주인 아주머니한테 굽실 인사를 했다.

"어서 와. 저기들 모였네."

주인 아주머니는 언제나처럼 밝게 웃으며 뮤직 박스 쪽을 눈으로 가리켰다.

"네에, 아주머니."

이 말은 고맙다는 뜻을 대신하고 있었다. 주인 아주머니는 그들에게 참으로 고마운 사람이었다. 하루도 거르는 일 없이 테이블을 두세 개씩 차지하고 앉아 노닥거려도 언제 한번 싫은 얼굴을 하지 않았다. 뿐만 아니라 하루에 한 잔씩의 커피까지 마시게 해주었다.

주인 아주머니는 자신이 서슴없이 하는 말대로 양공주 출신이었다. '애니 박'이라면 이 지방에선 개도 그 이름을 알 지경이었다. 순전히 밑천만 팔아 모은 돈으로 이런 엄청난 사업을 일으킨 여자로 그 이름은 뜨르르 했다.

"이 망할 년들아, × 팔아먹는 신세도 서러운데 술은 무슨 지랄이고 담배는 용쳤다고 빼끔대?"

신세 한탄을 늘어놓는 젊은 축들한테 그네는 거침없이 이렇게 쏴대 버리곤 하는 것이었다.

"이년들아, 짱꼴라들이 왜 돈방석에 앉는 줄이나 아니? 하루 수입을 딱 정해놓고 매상이 그만큼 오르지 않으면 싹 굶어버리는 거야. 나라고 공치지 말란 법 있니? 공치는 날이 바로 굶는 날이었다."

"어머 언니, 거짓말! 언니 그건 하도 좋아서 양코배기들이 줄나라비를 섰다던데?"

"이년아, 모략허지 말어. 공치는 날이 굶는 날이었으니 그 꼴 당하지 않으려고 내 깐엔 을마나 연굴 했겠니. 내 꺼라고 날 때부터 무슨 금테 둘렀다더냐."

"아닌데…… 언니 건 틀림없이 쫄깃쫄깃한 그거라던데."

"글쎄 헛소리라니까!"

"어머 언니, 그럼 그게 연구하고 훈련해서 되는 거유? 수업료 낼 테니 우리도 좀 가르쳐주."

"시끄럽다, 요 미친 것들아."

이렇듯 야멸차게 돈을 모은 그네이면서도 그들이 테이블을 차지해서 장사에 직접적인 손해를 끼치는데도 아랑곳하지 않았고 더군다나 커피까지 공짜로 주는 것이었다.

그네에겐 그럴 만한 사연이 있었다. 난리 통에 휩쓸리다가 외톨이가 되었고, 돌덩어리가 고깃덩어리로 헛보이는 굶주림 앞에서 몸을 파는 행위에 그 어떤 번거로운 망설임이 따를 겨를이 없었다. 털투성이거나 검은 몸뚱이의 낯선 사내들 밑에 깔려 겁 질리는 고통만을 당했는데 그것도 남녀관계라고 덜컥 임신이 되고 말았다. 당황하고 어물어물하다 보니 배가 불러왔고 긁어내는 기술도 어설픈 때였는 데다가 긁어내기도 이미 늦어 있었다. 물론 애비가 누구인지도 모를 애였지만 낳을 도리밖에 없었다. 다행인지 불행인지(다들 다행이라고 했지만) 낳고 보니 흰둥이 사내애였다. 주인 아주머니가 장난스럽게 킥킥대고 웃으며 붙인 이름이 존이었다. 존은 커갈수록 눈이 파란 색깔로 깊어갔으며 코가 오뚝하게 솟아올랐다. 어느 곳 한군데 그네 자신을 닮은 데라곤 없었다. 그네의 안쓰러운 마음은 아랑곳없이 존은 구박 속에서 커야 했다. 손님들에게 애가 있다는 표시를 내서는 안 됐고, 긴 밤을 자고 가는 손님을 받게 될 때면 존은 밤새껏 배를 곯아야 했다. 그런 속에서도 존은 질경이풀처럼 끈질기게 자라갔다. 존이 세 살이 된 어느 날 주인 아주머니는 존과의 이별 날짜를 정해 가지고 왔다. 존을 미국인 양자로 떠나보내는 것이었다. 이건 이미 오래전부터 약속된 일이었고, 그네들 처지로서는 가장 바람직한 결과이기도 했다.

그네는 싫다는 말 한마디 못해 보고 존을 떠나보내야 했다. 토실토실 살이 오른 존은 그 파란 눈이 감기도록 웃으며 "엄마 안녕, 안녕" 연상 신나는 고갯짓까지 남기고 아주머니한테 안겨 멀어져갔다. 존은 할머니와 나들이 가는 안녕을 했을 테지만 그 길로 영영 생이별이 되고 말았다. 그네는 방바닥에 머리를 박은 채 가슴을 쥐어짜며 느껴울었다.

"얘, 얘, 그만 울어라. 이게 갈보 신세 십팔번 아니냐."

"잘됐지 뭐냐. 끼고 살아봤자 그놈 팔자 쪽박 팔잘걸 뭐."

동료들도 눈시울을 적시며 위로했다. 그래서 모두들 임신을 안 하려고 급급했고, 재수 옴 붙어 임신을 하게 되더라도 흰둥이 낳기를 바랐다. 그래야 입양인지 양자인지가 빨리 이루어지기 때문이었다. 그러니까 그네들이 흑인보다는 백인을 더 윗자리 손님으로 꼽는 것은 행동이 신사적이라거나 외모가 사람답다는 이유만이 있는 게 아니었다. 만약 검둥이 아이를 낳게 되면 머리부터 똥통에 처박혀버린 신세로 취급들 했다. 그 어린 생명이 곧 온갖 재앙을 불러들이는 흉물로 여겨졌다. 그래서 검은 빛깔의 아이들은 곧장 경찰서나 고아원 가까이에 내다 버려졌다.

존은 금년으로 스물넷이 됐을 것이다. 그네는 불현듯 존이 보고 싶어 가슴이 찌르르 저려오는 때가 있었다. 그럴 때면 엉뚱한 후회가 고개를 들었다. 힘겨웠더라도 조금만 참을 것을……. 부질없는 생각이었다. 이미 21년 전에 끝난 일이었다. 존에 대한 그리움은 다방을 차리고 나서부터 부쩍 심해졌다. 생활이 안정되면서 마음에 여유가 생긴 탓도 있을 것이고 주위가 허전한 것을 느낄 만큼 이제 나이도 들어 있었다.

그러나 다방 구석 자리에 허구 많은 날들을 쭈그려앉아 보내고 있는 저 젊은것들을 보노라면 역시 존을 잘 떠나보낸 것이라 싶기도 했다. 존을 옆에 두었더라면 지금쯤 저 젊은것들과 별다를 게 뭐가 있었을까 생각하면 그만 가슴이 섬뜩해지는 것이었다.

저것들은 한창 기운 펄펄하고 기세 등등할 나이에 비루먹은 말들처럼 기가 꺾이고 맥이 빠져 실실 남의 눈치나 살피며 옆걸음질을 치고 있었다. 저것들이 죄가 있다면 이 세상에 짬뽕으로 태어났다는 것밖에 없었다. 그런데 저것들은 갈 곳이 없다. 아무도 오라는 사람이 없다. 그래서 저희들끼리 다방 구석 자리에 모여앉는 것이다. 그네는 저것들이 존이거니 여기며 받아들이고 있다. 존이 만약 검둥이였고, 자신이 명이 짧아 일찍 죽고 말았다면 존은 영락없이 저것들처럼 서러운 신세가 되어 있을 것이 뻔한 노릇인 것이다.

"쟤들 커피 좀 갖다 줘라."

그네는 언짢은 마음을 털기라도 하듯 레지에게 일렀다.

동수는 계속 휘파람을 불며 친구들 옆자리에 주저앉았다.

"얌마, 휘파람 집어쳐. 아줌마 장사 김샌다."

머리칼이 곱슬거리다 못해 뿌리로 되파고 들어갈 것 같은 느낌을 주는 검은 얼굴의 보비가 쏴붙였다.

"김새긴, 뭐가?"

검고 펑퍼짐하게 큰 코를 벌름이며 동수가 되물었다.

"장사하는 집에 휘파람 까바시면 재수가 옴 붙는 것 너 몰라?"

보비가 눈살을 찌푸리며 말했고,

"난 또 무슨 연설인가 했지. 그따위 건 순 웃기는 미신이다, 임마."

동수가 가당찮다는 듯 코웃음을 쳤다.

"미신? 암마, 너 아줌마가 한 달에 한 번씩 고사 지내는 것 몰라서 그래? 그런 아줌마가 휘파람 까바시는 것 좋아할 것 같으냐? 그래, 할 테면 네 맘대로 해봐. 당장 쫓겨나고 말 테니까."

보비의 다부진 말에 동수는 그만 멀쑥한 표정이 되면서 손바닥으로 검고 두툼한 입술을 쓸었다.

"담뱃갑 좀 치워줘요."

레지가 커피잔들이 놓인 쟁반을 받쳐들고 서 있었다.

그들은 빠른 손놀림으로 담뱃갑이며 재떨이를 한쪽으로 치웠다. 레지가 커피잔을 하나씩 그들의 앞에다가 놓아갔다. 모두 네 잔이었다. 레지가 커피잔을 차례로 놓아가는 동안 그네의 긴 머리카락 일부는 어깨에 머물러 있지 못하고 미끄러져 내려 양쪽 옆얼굴을 가리고 있었다. 머리카락은 진한 갈색이었다. 그 머리카락은 망사 커튼처럼 올의 사이사이로 그네의 얼굴 윤곽을 어렴풋이 드러내고 있었다. 그네의 얼굴 중에서 콧등의 선이 유난히 곧게 돋아 보였다.

"고마워, 애리샤……."

그네가 커피잔을 다 놓고 허리를 펴자 창규가 말했다. 그는 줄곧 레지 애리샤의 머리칼로 가려진 옆얼굴을 바라보고 있던 눈길을 이제 자기 앞에 놓인 커피잔으로 옮겨놓고 있었다.

"감사는 아줌마한테 해요."

레지는 나지막하게 말하고 돌아서 걸어갔다. 그때서야 창규는 고개를 들어 그네의 뒷모습을 쫓고 있었다. 그런 그의 푸른 눈동자가 얼핏 우수에 싸인 것 같았다.

"작작 쳐다봐라, 애리샤 엉덩이 닳아빠지겠다."

옆에 앉은 커피빛 얼굴의 조지가 설탕을 뜨며 핀잔을 했다.

"응? 으응……."

창규는 당황한 얼굴로 자리를 고쳐앉았다.

"너 애리샤가 그렇게 좋으면 빨랑 점 콱 찍어버려."

동수가 커피잔을 입으로 가져가며 느물느물한 표정으로 말했다.

"괜히 오해하지 말어."

창규가 언짢은 기색을 내비쳤다.

"우리 사이에 숨길 거 없잖아. 나 같은 먹통하고 애리샤라면 또 몰라도 너하고 애리샤는 흰둥이끼리니까 아주 제대로 어울리는 짝이거든."

동수는 제법 진지한 태도로 말했다.

"글쎄, 더 말하고 싶지 않아. 내가 애리샬 연애 상대로 생각하지 않는 건 분명하니까."

더 이상 잔소리하지 말라는 듯 창규는 커피를 단숨에 들이켜버렸다.

"커피 맛은 한여름 꿀맛이고…… 니기미 이놈의 신세는 콱 조져버린 물개똥 신세니……."

보비가 다 마신 커피잔을 놓으며 깊은 한숨을 내쉬었다.

"이런 신세가 뭐 하루 이틀이냐."

동수가 재떨이에서 꽁초를 골라내며 심드렁하게 말했다.

"이 새끼 아침부터 휘파람 날려대길래 무슨 빼근한 일이라도 있는 줄 알았더니 고작 꽁초 뒤지는 양아치 짓이냐? 이거 피워."

조지가 아까 집어넣었던 답뱃갑을 꺼내 동수 앞으로 던졌다.

"어차피 구겨진 신세 우거지상 하고 다님 더 나을 게 뭐 있어?"

동수가 담배를 빼들며 히멀건하게 웃었다.

"너 숙희 언제 만났니?"

보비가 조심스럽게 물었다.

"한 1주일 됐나? 왜?"

동수가 빠르게 보비의 표정을 살피며 되물었다.

"그때 만났을 때 아무 소리 안 하던?"

"아아니……."

"아무 눈치도 못 챘고?"

"아니, 왜 무슨 일 생겼니?"

동수의 검은 얼굴이 흉측하리만큼 일그러졌다.

"숙희 그게 정말……."

보비가 고개를 설레설레 저었고,

"얌마, 무슨 일인지 빨랑 말해!"

동수가 보비 쪽으로 돌아앉으며 눈을 부라렸다. 그의 펑퍼짐한 코가 심하게 씰룩였다.

"너 개판 치지 않겠다고 약속해. 그래야 말할 테니까."

"이 벼엉신 같은 새끼, 무슨 일인지도 모르고 약속부터 해?"

동수가 버럭 언성을 높였다.

"야 새꺄, 조용히 해."

조지가 카운터 쪽을 잽싸게 살피며 주먹을 쥐어 보였다.

동수는 담배를 깊이 빨아들였다. 숙희가 무슨 일을 저지른 게 분명하고, 이들은 그 내용을 다 알고 있는 게 틀림없었다. 동수의 머릿속에서는 불길한 생각들이 마구 뒤엉키고 있었다.

"알았어, 약속할 테니까 어서 말해 봐."

동수는 숨을 몰아쉬며 어금니를 꾹 물었다.

"숙희가 그렇게 된 건 어쩔 수 없는 일이니까 넌 흥분해선 안 돼."

창규가 파란 눈으로 쏘아보며 말의 마디마디에 힘을 주어 말했다.

"글쎄 어서 말을 하라니까."

동수는 부르르 떨었다. 치솟는 성질 같아서는 당장 테이블을 엎어버리고 싶은 심정이었다.

"그건 숙희의 죄도, 동수 네 죄도 아니야. 우리로선 어쩔 수 없는 일일 뿐이야."

사람 환장하게도 창규는 푹푹 뜸을 들이고 있었다. 이런 경우의 저놈은 갑자기 다섯 살이나 열 살이 더 들어 보이는 기묘한 모습으로 둔갑하는 것이었다.

"글쎄 알았다니까. 개판도 안 치고 흥분도 안 한다니까. 왜, 숙희가 딴 놈씨하고 놀아났니? 아니면 어떤 양키라도 한 마리 꿰찼단 말이냐?"

동수는 어처구니없다는 표정으로 대지르고 있었다.

"참 말하기 곤란하지만 말야…… 숙희가 개업을 하겠다는 모양이야."

보비가 침울하게 말했다.

"개업……?"

"그래, 개업."

"무슨 개업?"

"이런 짜식, 손님을 받겠다는 거야."

조지가 신경질적으로 내쏘았다.

"머야! 그 쌍년이……."

동수가 소리치며 벌떡 일어섰다. 다방 안이 쩡 울렸다. 옆에 앉아 있던 보비가 얼른 동수의 팔을 붙들었다. 그리고 맞은편의 창규와 조지도 일어섰다.

다방 안 손님들의 시선이 일제히 그들에게로 쏠려 있었다.

"너 왜 이래!"

창규가 싸늘하게 동수를 쏘아보고 있었다.

"임마, 몰라서 물어?"

동수의 두꺼운 입술이 푸들푸들 떨리고 있었다.

"그래, 쫓아가서 죽일 작정이냐?"

"상관 말어!"

"너 이러려고 약속했니? 자아, 우선 앉아서 얘기하자."

보비가 동수를 다시 앉히려고 했지만 동수는 완강하게 버티었다. 그때 주인 아주머니가 그들 옆으로 걸어왔다.

"왜, 싸우나?"

"아아뇨. 그럴 일이 좀 있어요. 우리가 어린앤가요, 싸우게."

조지가 씨익 웃어 보이며 능청을 떨었다.

"근데 동수는 왜 이리 화가 나 있어. 괜히 울근불근하지들 말고 어서 앉어. 어디, 내가 알아도 되는 일이냐?"

주인 아주머니가 의자를 끌어다가 앉자 모두들 따라서 앉았다. 동수가 의자를 박차고 뛰어나간 것은 바로 그때였다.

"이 쌍년을 그냥……."

이렇게 욕을 내쏘며 뛰어나가는 동수를 아무도 제지할 수가 없었다.

"저놈이 왜 저러냐?"

주인 아주머니가 그들 셋을 옴짝달싹 못하도록 매서운 눈초리로 훑으며 묻고 있었다. 셋은 멀쑥해져서 서로들 눈치만 살폈다.

"날 따돌릴 작정이냐?"

주인 아주머니는 동수가 앉았던 자리로 옮겨앉았다. 무슨 일인지 내막을 알아내고야 말겠다는 태도였다.

그들을 대하는 그네의 태도는 언제나 이랬다. 서로 다투거나 기분 나쁜 일이 벌어지는 것을 원하지 않았다. 저희들끼리만이라도 화목하고 살갑게 지내기를 그네는 바랐다. 어느 곳에서나 천덕꾸러기일 뿐인 것들이 저희들끼리도 아옹다옹한다면 그 꼬락서니들은 볼 것도 없었다. 그래서 다른 손님들이 그다지 달가워하지 않는다는 걸 알면서도 자리를 내주고 있는 것이 아닌가.

"정말 못하겠니?"

그네의 계속적인 다그침에 어쩔 수 없다는 듯 조지가 입을 열었다.

"숙희라고, 아주머니도 아시죠?"

"그래."

"개가 동수하고 좋아 지내는 사이거든요."

"그런데……."

"개업을 한대잖아요."

"개업? 무슨 장산데?"

그네는 퍼뜩 스쳐가는 불길한 생각의 꼬리를 잡았으면서도 모르는 체 물었다.

"손님을 받겠다나 봐요."

"……."

그네는 너무 놀랐다. 그러나 전혀 내색은 하지 않았다. 검둥이 튀기치고는 썩 빼어난 인물의 숙희였다. 피부 색깔만 그렇지 않다면 백인 튀기로도 뒤지지 않을 만큼 숙희의 이목구비는 흑인을 닮은 데가 없었다. 아마 백인의 피가 많이 섞인 흑인을 아버지로 두었던 모양이었다. 그 숙희가 누워서 돈을 벌겠다고 나섰다는 것이다.

"언제부터 그 짓을 시작했대?"

그네의 목소리는 착 가라앉아 있었다.

"확실히는 모르겠는데 이삼 일밖엔 안 됐을 거예요. 동수가 만난 게 1주일쯤 됐다는데 내가 그 소식을 들은 게 어제 저녁이거든요."

"어느 집인 줄 아나?"

"그건 잘 모르겠어요."

"답답한 기집애 같으니라구……."

그네는 더디게 일어섰다. 전신의 힘이 어디론지 다 빠져나가 버렸는지 몸이 가눌 수가 없게 무거웠다.

"아주머니……."

그네는 이 부름을 못 들은 체하고 걸음을 옮겨놓았다. 이 일을 어쩌면 좋으냐는 물음을 담고 있는 게 분명했다. 그네는 굳이 숙희가 왜 그런 일을 시작한다더냐고 묻지 않았다. 일부러 그 물음을 피했다. 그건 답이 나올 물음이 아니었고, 굳이 묻는다면 그들이 묻고 자신이 대답을 했어야 할 것이다. 그러나 뭐라고 대답을 할 수 있을까. 마찬가지로 그네는 이 일을 어찌해야 좋을지도 알 수가 없는 것이다.

20여 년이 넘게 치러온 그 지긋지긋한 생활의 역겨움이 다시 속을 뒤집고 올랐다. 어찌 죽어버리지 못하고 그 생활을 견뎌냈을까를 생각하면 스스로가 새삼스럽게 징그러워졌다. 그건 사람이 아니라 짐승이었다. 잠자리에서 벌거벗고 요동치는 남녀가 그렇지 않은 사람의 눈으로 볼 때 짐승 아닌 것이 하나도 없겠지만 그 생활은 유독 천한 짐승일밖에 없었다. 돈으로 거래된 몸뚱어리라서 천했고, 돈이 없을 때는 참았던 성욕이라 추했다. 기운 센 수캐의 꽁무니에 매달려 질질 끌리며 비명을 지르는 나약한 암캐처럼 꼭 그렇게 밟히면서 보낸 세월이었다. 그러면서도 살아남으려 이빨 앙다물었던 것은 그 생활을 청산하고도 이 기지촌을 떠나지 못한 채 다방을 벌인 그 어리석고도 막연한 기대 때문이었는지도 모른다. 지금도 기다리고 있는 것이다. 그 파란 눈이 감길 듯이 웃으며, "엄마 안녕, 안녕" 하고 떠난 존을. 일곱 살 때 부대 주변을 맴돌다가 바다를 건너간 전쟁 고아가 어엿한 미군이 되어 바로 이곳 부대로 배속되어 온 것을 본 일이 있었다. 튀기로 이 나라를 떠난 아이가 장정이 되어 어머니를 찾는 신문 기사를 더러 보았다. 그네는 존이 그렇게 오리라 믿으며 그 수렁을 벗어나려고 발버둥쳤고, 정작 몸을 씻고서도 끝없이 질퍽거리는 것만 같은 느낌의 이 땅을 등지지 못한 것이다.

그런데 그 답답하고 한심스런 계집애 숙희는 어쩌자고 이 길로 발을 디민 것일까. 그때 자신은 외톨이였고 세상은 난리 중이었다. 지금 숙희는 흑인 튀기고 세상은 날로 잘살게 되어가는 모양이다. 이 서로 다른 조건이 어쩌면 아무런 상관이 없는 것 같기도 하고 어떻게 생각하면 밀접한 관계가 있는 것 같기도 한 것이다.

그네는 구석 자리를 향해 손짓을 했다. 곧 조지가 달려오듯 했다.

"숙희 거처를 아니?"

"전 집은 아는데 이번 일을 시작하면서 옮겼대나 봐요. 거긴 아직 모르죠."

"동수는?"

"마찬가지죠 뭐."

"그럼 어디로 달려나간 거지?"

"아무 데나 들쑤시고 다니겠죠."

"이러고 있지들 말고 어서 동수부터 찾도록 해. 무슨 일 저지를지 모르잖겠어."

"예, 알겠어요."

"그리고 숙희 거처도 빨리 찾아내고."

"그러죠."

그들 셋이 다방을 서둘러 나가는 것을 바라보면서 그네는 암담한 서러움이 차오르는 것을 느끼고 있었다.

2

"조금 더 옆으로 밀어요. 조금만 더, 그래요, 거기 됐어요."

"원 비싸기만 한 줄 알았더니 무겁기도 욱씰하게 무겁네."

인부가 허리를 펴면서 투덜거렸다.

"됐어요, 가보세요."

"헤헤…… 아가씨, 막걸리값이라도 생각해 주셔야죠."

"돈은 가게에서 받잖아요."

"허지만서두…… 아 이렇게 좋은 전축을 들여놓으시면서까짓 막걸리값 좀……."

인부는 느물느물한 인상인 게 빈손으로는 물러설 것 같지가 않았다.

"누군 들여놓고 싶어 이따위 것들 들여놓는지 알아요? 차라리 벼룩의 간을 빼먹어요. 여깄어요."

숙희는 핸드백에서 5백 원짜리 한 장을 꺼내 인부 앞으로 짜증스럽게 내밀었다.

"고맙습니다요, 아가씨. 복 많이 받으쇼."

인부가 꾸벅꾸벅 절을 하고는 문을 닫고 나갔다.

복 많이 받아? 그래 복 많이 받아서 요런 꼴새다. 앞으로나 보자, 복 많이 받게 되나. 숙희는 인부의 말이 신경에 거슬려 눈알이 빙그르르 돌아가도록 문 쪽에다 눈을 흘겼다.

화장대 옆에 전축이 들어앉는 것으로 손님을 받을 만한 방 치장은 일단 끝난 셈이다. 전기 스탠드가 딸린 더블 베드, 그 옆으로 화장대와 전축이 놓였고 14인치짜리 텔레비전은 침대 좌측 맞은편 벽으로 붙여놓았다.

침대에 누워서도 볼 수 있게 함이었다. 그 옆에는 흰 바탕에 고양이 두 마리가 사랑의 포즈를 취하고 있는 옷장이 세워졌다.

숙희는 침대에 주저앉았다. 방 안을 휘 둘러보았다. 제법 아담한 느낌이 들었다. 숙희는 두 손으로 얼굴을 감쌌다. 울컥 서러움이 솟구쳤던 것이다. 백번 아담하고 아늑하면 무슨 필요가 있는가. 이건 한갓 몸을 팔기 위한 치장에 지나지 않았다. 이 방이며 모든 물건들이 다 빚인 것이다. 방은 보증금 없는 월세를 내야 하고 물건들은 하나도 빼놓지 않고 월부로 까나가야 한다. 다음달부터 꼬박꼬박 밀려들 그 돈들은 바로 몸을 팔아서 막아내야 된다. 이제 몸을 판다는 일은 장난도 농담도 아니다. 빼려야 뺄 수 없도록 발이 묶여버린 것이다. 숙희는 다시 마음을 다잡았다. 앞으로 남은 일은 오로지 영업에 열중하는 것뿐이었다.

"안에 있나?"

주인 아주머니 목소리였다.

"네, 들어오세요."

숙희는 얼른 일어서며 표정을 명랑하게 바꾸었다.

"아이구 잘도 꾸며놨네. 아주 신방 같구먼 그랴. 첫 손님이 누가 될지 모르지만 꼭 장가드는 기분이겠는데 그래."

숙희는 아주머니의 수다에 얼굴이 뜨거워짐을 느꼈다. 그리고 언뜻 동수의 얼굴이 떠올랐다.

"좀 앉으세요, 아주머니."

숙희는 조금이라도 아픈 생각은 떼쳐버리고 싶어 손가락으로 머리칼을 빗질하며 쾌활한 목소리를 지어 말했다.

"아냐, 앉긴 머, 이거 붙여보라고 가져왔어."

아주머니는 등 뒤로 돌리고 있던 팔을 내밀었다. 그 손에는 돌돌 말린 종이가 들려 있었다.

"이게 뭐예요, 달력인가요?"

"달력은…… 사진이야, 누우우드라는 거 말야. 벌거벗고 있는 사진."

아주머니가 '누우우드'라고 할 때 동그랗게 모아진 입술이 흉측스럽게 앞으로 더욱 밀려나왔다.

"어머……!"

아주머니가 종이를 좍 펼치는 순간 숙희는 그만 자신도 모르게 소리쳤다.

"까짓 걸 보고 뭘 그리 놀래. 그래 가지고 어찌 손님 받겠누."

아주머니는 못마땅하게 눈을 흘겼다. 아주머니가 펼쳐들고 있는 세수 수건만 한 크기의 종이에는 발가벗은 여자의 모습이 천연색으로 담겨 있었다. 그런데 사진 속의 여자는 백인이 아니었고 흑인이었다. 흑인이긴 했지만 그 여자의 머리칼은 곱슬곱슬하게 엉켜드는 것이 아니라 길게 어깨에까지 늘어져 있었고, 얼굴도 흑인처럼 제멋대로 생긴 게 아니라 백인 여자의 얼굴에 검은 계통의 칠을 한 것 같았다. 그 여자는 발가벗은 채 두 팔을 머리 위로 올리고 서서 요염하게 웃고 있었는데, 곧 터질 것처럼 팽팽한 유방만이 언젠가 한번 보았던 흑인 여자의 것을 닮아 있었다. 사진은 그것 하나만이 아니라 또 하나가 더 있었다. 그것도 천연색의 흑인 여자였는데 그 여자의 생김도 먼젓번 여자와 비슷했다. 그 여자는 발가벗은 채 침대에 옆으로 누워 한쪽 다리를 꺾어세우고 있었다. 그런데 속이 훤히 들여다보이는 하얀 천이 배꼽 조금 밑에서부터 하체를 가리고 있었다. 두 여자 다 놀랄 만큼 아름다운 몸매를 지니고 있었다. 숙희는 그 누드 사진을 똑바로 쳐다보기가 민망하고 얼굴 뜨거우면서도 두 여자의 몸매에 슬그머니 질투가 일어났다. 청바지를 입고 나서면 사내들의 휘파람 소리를 심심찮게 듣는 자신이지만 사진 속의 두 여자와 맞서기는 어딘가 켕기는 기분이었다.

"방에 들어서면 눈에 잘 띄도록 저 벽에다 붙여둬."

아주머니가 벽을 가리키며 명령조로 말했다.

"머할려고 이런 걸……."

"애, 애, 철딱서니 없는 소리 허지 말어. 걔네들은 말이지, 거 무우드라는 거 있지, 그걸 억시게 좋아한다 이 말씀이야."

"……."

숙희는 등골에 오소소 소름이 돋는 것을 느꼈다. 자신이 지금 발가벗고 서 있는 것처럼 암울한 기분이었다. 이런 기분을 환히 알고 있다는 듯 아주머니가 냉정하게 말했다.

"괜히 어설프게 굴지 말어. 손님 악착같이 끌고 비위 착착 맞춰내야 돼. 경기가 예전만큼 어림없으니까. 모두 악착같이 나대는 판에 어물어물하다간 빚더미에 치어 죽어. 알겠어?"

"네에……."

숙희는 기어 들어가는 목소리로 대답하며 고개를 끄덕였다.

"처음이고 마지막으로 하는 말이지만 말야, 찬밥 더운밥 가려먹을려고 드는 눈꼴사나운 짓일랑 아예 말라구. 더구나 넌 깜상 튀기라서 흰둥이들은 어쩔지 모르겠어. 더 입맛을 돋울지 아예 인상을 싹 바꿀지 말야. 만약 깜상들만 몰린다 해도 기분 나빠하거나 속상해 하진 말란 말이다. 어차피 돈 만지자고 벗고 나선 것, 깜상 돈이라고 녹슬고 흰둥이 돈이라고 광나는 것 아니니까. 알아들어?"

"네에……."

"나도 너 같은 앤 첨인데 요령껏 수단껏 잘해 봐. 모두 네 혼자 꾸미는 요지경이니까."

숙희로선 이런 아주머니의 말이 고맙기도 하고 야속하기도 했다. 그러나 더 오래 마음에 두진 않았다. 막판이다 생각하고 작정한 길이었다. 흰둥이보다는 오히려 깜둥이들이 더 많이 몰려들기를 간절히 바라는 입장이었다. 단골도 깜둥이만 골라서 잡을 참이었다. 그래야 자신의 계획이 이루어지기가 쉬울 것이었다. 이런 주판알을 다 튀긴 그네한테 아주머니의 이야기는 한갓 철이 다 든 자식더러 비행기 조심하라는 것과 흡사한 충고였는지도 모른다.

숙희는 목욕 갈 준비를 서둘렀다. 목욕탕을 거쳐 미장원까지 들러 오려면 꽤 시간이 걸릴 것이었다.

"아, 총각하고 어떤 사이냐니까!"

밖에서 두런두런 말소리가 들리는 것 같더니 여자가 바락 소리를 질렀고,

"아는 사이라고 했잖아요."

여자의 목소리에 눌리지 않으려는 듯 남자의 목소리도 컸다.

"그럼, 까이라도 된단 말야."

"그럴 수도 있죠."

"뭐야!"

소리치고 있는 여자는 아주머니가 분명했고…… 저 남자는 혹시 ……? 심상찮은 예감에 숙희는 밖으로 신경을 세우

고 있었다.

"흥, 일 시작하기도 전에 진드기부터 붙어다니는구나. 니년 신세도 훤히 날샜다. 얘, 숙희야, 니 서방 왔다!"

'얘, 숙희야!'가 갑자기 찢어지듯 높아지면서 문이 활짝 열렸다.

"어머……!"

숙희는 그 자리에 굳어졌다. 마당 가운데 버티고 선 건 동수가 틀림없었다. 숙희는 금방 냉정을 되찾았다.

"아줌마, 염려 말고 들어가세요. 조용히 하고 싶어요."

숙희는 빠르게 속삭이듯 말했다.

"알아서 해라. 먹통 신세 똥통 될라."

아주머니가 싸늘하게 이 말을 남기고는 돌아섰다. 이상하게도 이 말 한마디 한마디가 차가운 얼음 파편이 되어 가슴에 박혀들었다. 어쩌면 자신의 마음을 여지없이 꼬집어 뜯는 말이기 때문이었는지도 모른다. 자신과 동수와 같은 두 먹통이 만나게 되면 그 신세가 똥통이 되어버린다는 사실이 다시금 가슴을 푸르르 떨리게 했다.

"그렇게 서 있지 말고 들어와."

그네가 말했고, 그네를 똑바로 쏘아보고 서 있던 동수는 그 시선을 그대로 그네의 눈에 박은 채 방으로 들어섰다.

"올 줄 알았어, 앉어."

그네가 동수의 눈길을 피하며 방바닥에 먼저 앉았다. 동수는 우뚝 선 채 방 안을 찬찬히 훑고 있었다. 그의 눈길은 차츰 사나워지고 있었고 두꺼운 입술은 푸들푸들 경련을 일으키기 시작했다. 방 안을 다 더듬은 그의 눈길이 숙희에게로 멎는 그 순간이었다.

"이 쌍년아!"

동수는 그네의 목덜미를 틀어쥐며 뿌드득 이빨을 갈았다. 이제 그의 눈에는 이글이글 불이 붙고 있었다.

"너, 너 죽이고 말 거야……."

진땀이 밴 얼굴로 동수가 뜨겁게 더듬거리며 말했고,

"이거 놓고 말해! 내가 네 마누라냐, 약혼자냐? 네까짓 게 무슨 자격으로 나한테 이래. 이거 놔!"

그네가 사정없이 동수의 팔을 뿌리쳤다. 그네의 태도는 순식간에 날카로운 발톱을 세운 표독스러운 고양이로 변했다.

"아니, 이게 이게……."

그네의 돌변한 태도에 동수는 어리둥절해져서 말도 제대로 못했다.

"내 말 똑똑히 들어. 우린 그저 친구 사이였을 뿐야. 아니 장래를 약속한 애인 사이였다고 쳐. 동수가 내 장랠 어떻게 책임지겠어. 우린 둘 다 깜둥이 튀기, 무슨 수로 이 세상을 살아가겠어. 우린 벌써 애들이 아냐. 고아원에서도 쫓겨난

나이야. 동수는 돈 한푼 못 버는 실업자로 빌빌대구, 뭘 어떻게 하겠다는 거야."

"그래 너 돈 벌려구 이 짓을…… 이 짓 해서 돈 번 여자를 몇이나 봤니……."

"흥분하지 말어. 난 돈 벌려고 이 짓 시작한 게 아냐. 미안하지만 노스웨스트 승객이 되려고 시작한 일야."

"노스웨스트 승객?"

"그래, 태평양을 넘어가야 되겠단 말야."

"미국엘 가겠단 말이지? 너 아주 완전히 돌았구나."

"왜 이래 이거. 깜둥이 튀기라고 고아원에서 따돌림당하던 때와는 다르다는 걸 알아둬. 그땐 아무 수단도 없이 뽑아가 주길 처량하게 바라고 있었지만 지금은 내 수단에 달렸단 말야."

"너 그럼 미국으로 날으려고 이 짓을 시작했단 말야?"

"물론이지."

"그걸 누가 장담해!"

"소리 지르지 말어. 깜둥이놈 하나쯤 꼬시는 건 자신 있어. 미국에 가서 이혼하는 조건으로라도 난 하날 꿰차고 말거야. 거기 가서 혼자 청소부를 하거나 식모살이를 한들 얼마나 행복하겠어. 난 거기선 최소한 구경거리는 아니란 말야. 섞여버리는 거야. 묻혀버리는 거야. 그것만으로 난 미치게 행복할 거야. 어렸을 때 받은 천대는 아무것도 아니었어. 이렇게 다 커가지고 손가락질당하는 외톨이로 죽을 때까지 여기서 살 수는 없어. 난 더 못 견뎌. 아무도 붙여주지 않고 아무 데도 몸 숨길 수 없는 여기선 더 못살아. 차라리 죽고 말 거야. 철이 들고 어른이 되면서는 무엇이든 참고 견디게 된다지만 이것만은 그 반대야. 난 꼭 가고 말 거야."

그네의 음성은 물기에 젖어 잘게 떨리고 있었다.

"그러니까 어떻게든 돈 벌어 나하고 함께 살면 되잖아."

이렇게 말하는 동수의 마음도 어느덧 착잡하게 물이 스미고 있었다.

"바보 같은 소리 하지도 말어. 무슨 짓을 해서라도 살아갈 수는 있다고 쳐. 우리 사이에 태어날 앨 생각해 본 적 있어? 어떻게 생겼겠어? 무슨 색깔이겠어? 그리고 그애도 우리같이……."

그네는 고개를 떨구어버렸다. 동수는 방바닥으로 떨어져 내리는 물방울을 보았다.

"숙희!"

동수는 그네를 와락 끌어안았다. 그네는 아무런 반항을 하지 않았다.

"숙희, 제발 내 말 좀 들어. 내가 무슨 수로든 숙희를……."

"백번 말해도 소용없어. 난 오늘부터 숙희가 아니라 마리

아야, 마리아……."

그네가 울먹이며 말했다.

"숙희, 우린 앨 낳지 않고 살 수도 있잖아. 숙흴 마누라로 데려갈 남자가 없는 것처럼 날 남편으로 삼을 여자도 없단 말야."

"그만, 그만 해……."

그네도 동수의 등을 한아름 끌어안았다.

동수는 욕심껏 그네를 감싸안으며 전신을 바늘로 찔리는 것 같은 강렬한 소유욕에 떨었다. 어느새 그네는 방바닥에 눕혀져 있었고 동수는 그네의 입술을 더듬었다. 동수는 그네의 입술에서 뜨거운 물기를 느끼며 고등어의 푸른 비늘 같은 욕정에 사로잡히고 있었다. 그네의 허리를 쓸어내린 동수의 손은 치맛자락을 헤집고 있었다. 그때 그네의 손이 동수의 팔목을 잡았고 다른 팔은 동수의 목을 꼭 끌어안아 서로의 입술이 떨어지게 했다.

"지금은 안 돼. 지금은 안 돼."

숙희의 뜨거운 음성이 그의 귓불을 스치고 있었다.

"숙희…… 난, 난……."

"어차피 올 줄 알았어. 오늘 잘 온 거야. 참 잘 온 거야."

중얼거리고 있는 그네의 눈에서 흐른 눈물은 관자놀이께를 타내리고 있었다.

"나 목욕 가려던 참이었어."

그네가 동수의 가슴팍을 무섭게 떠밀며 말했다. 동수는 그네가 미는 대로 천천히 몸을 일으켰다. 형용할 수 없는 슬픔과 서러움이 터진 핏줄에서 심장이 뛸 때마다 벌컥벌컥 피를 토해내듯이 전신에서 솟아올랐다.

"나 6시쯤이면 돌아올 거야."

그네가 골목에서 헤어지며 동수에게 말했다. 동수가 그네를 향해 웃었다. 그 웃음이 그렇게 적막할 수가 없었다.

그네는 서두르지 않고 한 가지씩 옷을 벗었다. 그때마다 자신의 갈색이 섞인 것 같은 쥐색 빛깔의 피부가 조금씩 드러났다. 나이가 드는 것과 비례해서 남들 앞에 내놓기를 꺼려 하고 수치스러워하던 피부였다. 그래서 목욕하는 것이 죽기보다 싫었다. 결코 흰 것이 아닌 피부이면서 그 자신과 나란히 앉으면 완연히 희어지고 마는 다른 여자들의 피부 앞에서 처절하게 씹어야 했던 잡종의 비애. 그렇다고 피부가 검은 대신 나는 너희들보다 육체미가 빼어나지 않았느냐고 자위하려 했지만 이것마저 잡종으로서의 비정상이 되고 말았다. 어깨에서 엉덩이까지의 길이보다 한결 길어 보이는 두 다리, 꼭 봉분처럼 뚜렷한 윤곽으로 솟아오른 젖가슴, 동그란 모양으로 공 같은 탄력을 지닌 채 허리 쪽으로 달라붙은 엉덩이, 이런 것들은 대체로 뭉뚝해 보이는 다리들과 가슴팍의 살인지 뭔지 밋밋한 채 꼭지가 붙은 젖가슴들과 평퍼짐하게 생겨 무거운 듯 아래로 붙은 엉덩이들 사이에서 역시 비정상인 구경거리일밖에 없었다.

그네는 팬티를 벗음으로써 완전히 드러난 자신의 알몸을 거울 속으로 찬찬히 살피고 있었다. 아까 본 사진 속의 두 여자 모습이 떠올랐다. 퍽도 닮은 모습이었다. 이 몸뚱어리는 이 세상에서 가장 저주스러우면서도 자신에게 유일한 재산이라는 사실을 그네는 새삼스럽게 깨닫고 있었다.

그네는 전과는 달리 마음이 차분하게 가라앉아 있음을 느꼈다. 그래서 주위의 눈길에도 별다른 신경이 쓰이지 않았다. 그건 참으로 놀라운 변화였다. 이제 당신네들과는 완전한 타인이란 생각이 이렇게 마음 편하고 당당하게 만들어줄 수가 없었다. 그러니까 전에는 관계를 가져야 하는 타인으로, 어쩔 수 없어 살아야 한다는 의식이 자신을 그다지 초조하고 후들거리게 괴롭혀왔다는 증거였다.

그네는 목이 잠기도록 탕 안에 몸을 담그며 그 일은 역시 잘한 결정이었다는 확인을 처음으로 하고 있었다. 그네는 눈을 지그시 내려감았다. 스무 살의 자신에게서 최초로 느껴보는 뿌듯한 만족감이 따끈한 물이 주는 상쾌함과 함께 전신으로 퍼지고 있었다.

어머니는 1년에 한 차례 생일이면 고아원으로 찾아왔다.

인절미를 조금 싸가지고 와선 내밀고 이내 떠나갔다. 말도 없고 웃지도 않는 어머니였다. 하룻밤만이라도 함께 자보고 싶었지만 그 말을 꺼낼 수가 없었다. 국민학교 5학년 때였던가 한 달이 가깝도록 학질을 앓고 일어났다. 그렇게 어머니가 보고 싶을 수가 없었다. 견디다 못해 고아원을 빠져나와 말로만 들은 어머니가 있는 곳을 찾아나섰다. 꼬박 하루가 걸려 그 기지촌에 도착했을 때는 온몸이 열로 들떠 있었고 눈에 보이는 것이라곤 모두 빙글빙글 돌았다. 아무도 어머니를 아는 사람은 없었고 쓰러지지 않으려고 안간힘을 다하며 어둠이 깔려오는 큰길을 정신없이 오르내렸다. 그러다가 뜻밖에도 알아볼 수 없을 지경으로 야하게 화장을 한 어머니를 만나게 되었다. "엄마아" 부르며 달리는 순간 어머니는 사정없이 따귀를 후려갈겼다. 눈에서 번쩍 불똥이 튀는 걸 느꼈고 그 다음은 기억이 없었다. 눈을 떠보니 낯선 방이었다.

"나한테 너 같은 깜둥이 딸년이 있는 걸 알면 어떻게 되는지 아니? 그나마 너하고 난 굶어 죽어. 또 여기 올 테냐? 그땐 관두지 않어."

생전 처음 어머니와 함께 자는 밤이지만 손톱만큼도 즐겁지가 않았다. 그리고 어머니의 그 말은 수백 명 아이들한테 놀림을 당하고 천대를 받는 것보다 몇 갑절 슬프게 오래오래 가슴에 남아 있었다. 그리고 어머니가 그 생활을 청산하게 될 때까지는 더 이상 함께 잔 일이 없었다.

그 생활을 청산한 어머니는 조금 모은 돈을 밑천으로 일수놀이를 했다. 주로 양공주들이 단골 손님이었다. 그러나 그 장사도 오래가지는 못했다. 어머니가 병에 걸린 것이다. 전신이 곪아 썩는 매독에 걸려 3개월 전 돌아가실 때까지 그 돈을 싹싹 긁어쓰고 눈을 감았다.

그네는 고개를 가볍게 흔들며 눈을 떴다. 결코 돌이키고 싶지 않은 기억들이었다. 깜둥이, 깜둥이, 깜둥이…… 무수하게 빗발쳐오는 이 경멸적 호칭을 돌팔매질처럼 맞으며 살아온 세월의 아픔들을 돌이켜봐야 다시 깜둥이라는 사실의 확인뿐이었다.

그네는 탕을 나왔다. 전신을 비누로 한번 씻어낸 다음 때를 벗기려고 타월을 말아쥐었다. 왼쪽 손을 무릎 위로 올린 그네는 문득 긴장하는 표정이 되었다. 그네는 왼쪽 손등을 가로지르고 있는 길고 가느다란 흉터를 물끄러미 내려다보았다. 그런 그네의 입 언저리에는 쓸쓸한 웃음이 엷게 머물렀다.

무심코 이 흉터를 볼 때마다 그네는 긴장했다. 뭉클 피 냄새가 코끝을 스치고 지나가기 때문이었다. 중학교 1학년 때의 일인데도 피 냄새는 조금도 엷어짐이 없이 바로 어제 일처럼 짙게 끼쳐오는 것이었다.

숙제로 내준 십자수를 검사 맞는 가정 시간이었다. 제각기 꽃을 수놓은 책상보를 꺼내놓고 자랑하고 비교하고 야단이었다. 숙희도 곱게 접어온 책상보를 꺼내 펼쳤다.

"어머, 너도 수를 다 놓니?"

옆의 아이가 대뜸 던진 말이었다.

"글쎄, 아주 잘 놨잖아? 너 누가 대신 해준 거지."

다른 아이가 꼬리를 달고 나섰다.

"어머 참 이상하다. 얘, 어떻게 깜둥이 눈에도 빨간색은 빨갛게, 초록색은 초록으로 보이니?"

"글쎄 말이야. 다 까맣게 보일 것 같은데. 얘, 너 안 그러니?"

그네는 뭐라고 대꾸할 말이 없었다. 한 올 한 올 온 정성을 바쳐 수놓은 장미 송이들이 갑자기 검게 변해가는 것 같은 착각을 일으켰다. 가슴은 곧 터질 것처럼 분노로 차 있었다. 그네는 필통의 칼을 집어들었다. 그리고 손등을 북북 긁었다. 두 아이가 외마디 비명을 지르며 물러섰고 손등에선 새빨간 피가 뚝뚝 떨어져 책상보의 흰 바탕으로, 장미의 초록빛 잎으로 번져나고 있었다. 애들이 에워쌌고 선생님이 쫓아왔다. 그때까지도 그네는 아이들 틈에서 하얗게 질려 있는 두 아이를 노려보며 뚝뚝 피를 흘리고 있었다.

"너 이게 무슨 짓이니? 너 미쳤니?"

당황한 여선생은 어쩔 줄 몰라 하며 이렇게 외쳤고,

"똑똑히 봐, 깜둥이 피도 빨개!"

그네가 두 아이를 노려보며 차갑게 내쏜 말이었다.

이 사건이 있은 후로 그 누구도 정면에서 놀리지를 못했다. 그러나 전보다 더 철저하게 외톨이가 되었고, 뒤에서 수군거리는 알아들을 수 없는 목소리들을 애써 못 들은 체해야 했다.

흉터를 어루만지던 그네는 때를 밀기 시작했다. 다른 기억들은 다 잊어버린다 해도 흉터가 없어지지 않는 한 잊혀지지 않을 그 기억마저도 이제는 잊어버리고 싶었다.

미장원까지 거쳐 집으로 돌아온 그네는 아주머니한테 말했다.

"나 내일 저녁부터 영업할 거예요."

"왜, 무슨 일 있어?"

"그럴 일이 있어요."

그네는 잘라 말하고 돌아섰다.

동수는 어둠이 제법 짙어진 7시쯤 되어 그네의 방문을 두들겼다. 그때 이미 그네는 새 잠옷으로 갈아입고 있었다. 방안으로 들어선 동수는 얇은 잠옷 차림의 그네를 보고 놀랐고, 잠옷 속으로 어릿어릿 비치는 그네의 몸매를 보자 금방 남성이 꿈틀거렸다.

"저녁은?"

그네가 동수 옆으로 다가서며 물었다.

"으응, 먹었어."

동수가 마른침을 꿀떡 삼키며 다급하게 대답했다. 그 목소리에는 벌써 열기가 묻어나고 있었다.

그네가 더 바싹 다가서자 동수가 끌어안으려고 했다. 그네는 재빨리 물러서며 동수의 팔을 잡았다.

"우리 약속부터 해."

그네가 동수의 눈을 들여다보며 정색을 하고 말했다.

"무, 무슨……."

"오늘 밤이 끝이야. 다신 날 찾아오지 않겠다고 약속해. 기분으로 해선 안 돼. 꼭 지켜야 돼. 약속을 못 하겠으면 지금 돌아가. 그럼 그대로 끝이 되는 거야. 날 아무도 못 막아. 날 죽이기 전에는 못 막아. 난 여기서 죽고 싶진 않아. 여태까지 살아온 게 억울해서 여기서 죽을 순 없어. 내가 이렇게 살고 싶어하는데 동수가 차마 날 죽이진 않겠지. 동수는 날 잊어버려야 해. 어떻게, 약속할 수 있어?"

"……."

동수는 눈길을 떨구었다. 몸은 싸늘히 식어 있었다. 숙희는 거짓말을 하고 있는 게 아니었다. 그네한테서는 평소에

느낄 수 없었던 이상야릇한 힘이 뻗어나오고 있는 것 같았다. 동수는 그 힘에 떠밀리는 자신을 느꼈다. 그런 자신이 너무 초라하고 한심스러웠다.

"약속 못 하겠는 모양이군. 그럼 돌아가."

그네가 동수의 팔을 놓았다. 동수는 반사적으로 그네를 와락 끌어안았다. 그리고 질정 없이 마구 고개를 끄덕이고 있었다.

"고마워, 이제 우린 어린애들이 아니잖아. 여기 좀 놔, 불 꺼야지."

그네가 축축한 목소리로 가만가만 말했다. 동수는 포옹을 풀었고 방 안엔 금방 어둠이 가득 밀려들었다.

동수는 슬프게 불붙어 오르는 남성을 이끌고 보복이라도 하듯 그네의 뜨겁게 익은 풍만한 육체에 덤벼들었다. 그네는 불덩이 같은 그의 몸뚱어리를 넓게 끌어안으며 가슴속 저 깊은 곳으로부터 울려나오는 행복한 울음 소리를 듣고 있었다.

나는 결국 전부 네 것이다. 오늘 밤 참 잘 왔어. 어쨌든 난 후회하지 않을 거야. 그네는 소리 없이 외치고 있었다.

동수는 그네의 양쪽 겨드랑이 밑으로 팔을 디밀어 그네와 밀착했다. 그리고 그네의 두 다리를 헤쳤다.

"어, 엄마……!"

그네는 그의 등을 힘주어 끌어잡고 매달리며 뜨거운 즙이 왈칵 쏟아지는 듯한 신음을 토했다.

3

"독한 여자구먼."

이야기를 다 듣고 난 창규가 무거운 얼굴로 중얼거렸다. 그리고 더 이상 아무 말이 없었다.

동수는 창규를 건너다보며 담배를 거푸 빨아댔다. 창규를 의논 상대로 택한 것은 그럴 만한 이유가 있었다. 창규는 그들 중에 제일 침착하고 생각이 깊었다.

고등학교를 우등으로 졸업했다는 사실과 함께 모 은행 채용 시험에 두 번째로 합격했지만 면접에서 떨어진 일은 너무 잘 알려져 있었다. 그런 일을 당해서 그런지 창규는 그들의 진로에 대해 누구보다도 고심하고 괴로워했다.

"막연하게나마 네 생각은 뭐 없니?"

창규가 동수를 어루만지듯 하는 눈길로 바라보며 물었다.

"글쎄, 내가 이런 꼴로 백날 씨 뿌려봤자 맘 돌려먹기는 글러먹은 일이고…… 어젯밤부터 계속 생각해 봤지만 후딱 돈을 버는 방법밖에 없다는 생각이 들어."

"돈을 벌어서는……?"

"거기서 빼내는 거지."

창규는 고개를 끄덕였다. 그러나 속으로는 고개를 젓고 있었다.

무슨 수로 그네를 빼낼 만큼의 돈을 벌 것이며, 돈을 벌었다 해도 이미 그네는 지금의 그네가 아닐 것이었다. 이런 말을 굳이 입 밖에 낼 필요는 없었다. 우선 동수가 돈을 벌어야 되겠다고 마음먹은 것만으로 다행이었다. 그 결심이 헤풀어지지 않도록 용기를 북돋워주는 것이 최선의 방법일 것 같았다. 이미 일은 끝나 있었다. 그네 숙희는 스스로가 선택한 방법으로 살아가보는 것이다. 뾰족한 해결 방법이 없는 한 그네를 방해해서는 안 된다. 지금 동수가 흥분해서 막무가내로 덤비지 않는 것만도 천만다행인 것이다. 괜히 흥분해서 가구를 부순다거나 그네를 때리는 행패를 부렸다가는 쇠고랑 신세를 못 면할 것이었다. 그럼 그네는 더 많은 빚더미에 짓눌리며 몸을 팔아야 할 것이고, 구경에 신짝을 붙이는 세상 사람들에게는 두 남녀 깜둥이 튀기의 사랑싸움을 한바탕 보여주게 된 뿐이었다.

"됐어, 아주 좋은 생각이야. 빨리 돈을 버는 거야."

창규는 밝은 표정을 지어 보이며 힘주어 말했다.

"너도 그렇게 생각하니? 돈만 벌면 될까?"

동수는 반문하고 있었지만 회의를 드러내는 기색은 조금도 없었다.

"그럼 되고말고, 숙희도 양팔 벌려 환영할 거야."

"좋았어. 당장 돈벌이를 시작하겠어."

동수는 주먹을 불끈 쥐어 보였다. 창규는 맞받아 웃어주고 있었지만 마음은 더없이 우울했다. 언제라고 돈벌이를 하기 싫어 안 한 그들이 아니었다. 돈벌이할 방법이 없었던 것이다. 굳이 무슨 일을 해서 돈을 벌겠느냐고 물을 필요가 없었다.

"너 돈을 버는 건 좋은데, 그때까진 숙희와 한 약속을 지키는 거겠지?"

창규는 다짐하듯 물었고,

"당연하지. 그래야 숙희가 더 기똥차 할 것 아니냐."

동수는 금방 일이 이뤄지기라도 한 것처럼 들떠 있었다.

"맞는 생각이야. 아마 숙희가 널 하늘처럼 떠받들게 될 거다."

"고마워."

동수가 손을 내밀었다. 창규는 그의 손을 잡았다.

"나 좀 갈 데가 있어. 미안해."

동수가 일어섰다. 창규는 이처럼 감정이 겉도는 악수를 해본 일이 없었다. 동수에게 너무나 미안하고 죄스러웠다.

"난 좀더 있다 갈 테니까 먼저 가봐."

창규는 동수의 신바람 나는 뒷모습을 바라보며 담배를 빼물었다.

그의 가슴에는 공허한 바람이 불고 있었다.

동수와 숙희의 일은 지극히 사소한 개인적인 사건일 뿐이다. 이 넓디나 넓은 세상은 언제나 무표정한 채 그렇게 깨우치고 있었다.

"이럴 줄 알았더라면 예전에 벌써 널 보냈을 거다. 이런 몹쓸 놈들 같으니라구, 원 세상에 이럴 수가 있나, 아휴 분해라. 이 에미가 죽일 년이지. 네 가슴에 이렇게 못을 치려고 열 번도 더 넘게 데려갈 사람이 나섰는데도 옆에 끼고 앉아 고생만 시켜오지 않았겠니."

어머니는 방바닥을 치며 서럽게 통곡했다. 그러나 울수록 어머니의 설움만 더 쌓일 뿐 아무도 귀 기울여주는 사람은 없었다. 그때도 일은 이미 끝나 있었다. 사소한 개인적인 사건으로 말이다.

"은행원의 주업무가 창구에서 고객을 상대로 서비스하는 일인데 외모가 ."

튀기라서 채용할 수 없다는 결정이었다. 이 이상 더 분명한 이유가 있을 수 없었다. 선택권은 어디까지나 저쪽의 것이었다.

어머니는 절망했고 그 충격은 병을 불러왔다. 자신의 감정은 간추리지도 못한 채 어머니를 위로하고 병간호를 해야 했다.

"이 일을 어쩌면 좋으니 그래. 이젠 떠나려야 떠날 수도 없잖니."

어머니는 줄줄이 눈물을 흘리며 실성한 것처럼 이 말을 되풀이했다.

"그만 잊어버리세요. 취직을 안 하고 다른 방법으로도 얼마든지 살 수 있잖아요. 상심하지 말고 기운을 내세요."

창규는 어머니의 손을 붙들고 애걸하다시피 했다. 한시라도 빨리 이 참담한 감정으로부터 해방되고 싶었다. 잊어버리려고 노력한다고 잊어질 사건이나 기억은 아니었다. 그러나 어머니의 그런 절망에 빠진 허약한 분노를 보면서 아픔을 되씹고 싶진 않았다. 태연하고 싶었다. 감정은 다시 기울 수 없도록 찢어졌다 해도 태연하고 싶었다. 비틀거리고 싶지 않았다. 내출혈이 계속되도록 상처가 심하다 해도 꿋꿋하게 서 있고 싶었다. 그래야 그 무자비하리만큼 장난스러운 일방적 공격에 맞서는 방법이 될 것 같았다.

말만 듣던 서울 구경을 떠나게 되었다. 창규는 새 운동화까지 얻어 신고 곧 날 것처럼 기분이 붕붕 떠 있었다. 그런데 사실은 구경만을 위해 서울로 가는 게 아니었다. 캡틴 윌리엄스가 떠나는 비행장까지 가는 것이었다. 그러니까 서울 구경은 윌리엄스를 전송하고 난 다음에 덤으로 하는 셈이었다. 윌리엄스는 엄마와 1년이 가깝도록 살다가 귀국하는 것이었다. 창규가 비행장엘 나가는 것도 순전히 윌리엄스 아저씨가 그러기를 바랐기 때문이다. 윌리엄스는 창규를 무척 귀여워해 주었고 창규는 윌리엄스를 "캡틴 아저씨"라 불렀다. 서울에 있는 비행장까지는 지프를 타고 갔다. 윌리엄스는 떠나기 직전 창규를 꼭 끌어안으며, "오우 마이 디어 선" 했다. 창규는 국민학교 3학년밖에 안 됐지만 그게 무슨 뜻인지는 잘 알고 있었다. 캡틴 아저씨가 올 때마다 한 말이었기 때문이다. 윌리엄스는 창규의 가슴이 답답할 정도로 끌어안으며 "굿 럭, 굿 럭"을 되풀이했다. 그때 옆에서 엄마가 "창규도 작별 인사해야지" 하고 말했다. 창규는 가슴이 찡하는 것을 느끼며 "캡틴 아저씨, 안녕히 가세요" 하고 인사했다. 초콜릿을 듬뿍듬뿍 사다 주던 캡틴 아저씨는 성큼성큼 걸어 떠나갔다. 창규는 자신이 왜 비행장까지 나와야 했는지 알고 있었다. 윌리엄스는 자기를 아들로 삼아 미국으로 데려가고 싶어했다. 그러나 엄마가 끝내 말은 듣지 않았기 때문에 윌리엄스는 결국 혼자 떠나면서 마지막으로 비행장까지 나와주기를 바랐던 것이다.

비행장을 떠나 서울의 음식점에서 점심을 먹을 때까지도

창규는 캡틴 아저씨를 생각했다. 엄마도 거의 말이 없는 것으로 보아 자기와 마찬가지로 마음이 쓸쓸하고 서운한 모양이었다. 그러나 창경원 구경을 시작하면서 창규는 기분이 좋아졌고 엄마도 환하게 웃음 짓게 되었다. 원숭이를 보고 코끼리 쪽으로 걸어가고 있을 때였다.

"얘, 경자야, 너 경자 아니니?"

어떤 여자가 달려와 엄마를 붙들었다.

"아니, 너……."

엄마가 깜짝 놀라는 얼굴이 되었고,

"그래 나 민자다. 이게 어찌 된 일이니, 몇 년 만이야 그래. 난리 통에 헤어져서 인제 만나다니, 살아 있음 이렇게 만나게 되는구나 글쎄. 그래 너 지금 어디 사니?"

여자는 반가워 죽겠다는 듯 어린애처럼 발을 동동거리며 떠들었다.

"으응, 난……."

여자와는 달리 엄마는 별로 반가운 기색이 없이 머뭇거렸고,

"아니, 쟨 누구니? 아이노꼬 아냐?"

여자가 창규를 손가락질하며 놀란 목소리로 물었다.

"응, 얘 말야? 나 아는 사람 앤데 자기가 바쁘다고 대신 구경 좀 시켜달래길래 데려왔다."

"그래? 너 이게 무슨 정신 나간 짓이니? 얼마나 친한 사인진 모르지만 다신 그런 부탁 듣지 마라 얘. 남들이 보면 네 자식인 줄 안다."

"그럴 수도 있겠네."

여자는 자기의 두 아들을 인사시키는 둥 수선을 피우며 더 오래 이야기하길 바랐지만 엄마가 바쁘다는 이유로 서둘러 헤어졌다. 그리고 그 길로 창경원을 나오고 말았다. 그 여자를 만나기 전과는 달리 엄마는 혼자서 빨리 걸었고 창규는 엄마를 잃어버릴세라 그 뒤를 쫓아 뛰었던 것이다.

창규는 집으로 돌아오는 동안 한 번도 입을 열지 않았고 엄마의 얼굴을 쳐다보지도 않았다. 그리고 그 후로도 전처럼 웃지도 않았고 학교에서 일어난 일 같은 것도 얘기하지 않았다. 엄마도 자기를 손가락질하거나 구경거리로 삼는 다른 사람들과 똑같이 여겨졌기 때문이다. 그때의 엄마의 심정을 이해할 수 있었던 것은 고등학생이 된 다음이었다. 그러나 엄마의 그런 행위를 용서할 수는 없었다. 엄마의 그 한마디가 준 충격과 서러움은 끝없이 넓은 외로움의 바다에 자신을 던져버렸던 것이다. 그래서 전과는 달리 코로 입으로 맵게 물을 들이켜야 했다. 헤엄칠 힘을 이미 잃어버렸던 것이다.

창규는 양공주인 어머니 옆에서 자랄 수 있는 드문 혼혈아 중의 하나였다. 창규가 고아원 신세를 면했거나 그네가 엄마 노릇을 할 수 있었던 것은 어쨌거나 창규가 백인의 피를 받았기 때문일 것이다. 만약 창규가 흑인의 피를 받았더라면 엄마의 애정의 열도와는 상관없이 헤어질 수밖에 없었을지 모른다. 흑인계 혼혈아 자식을 데리고 양공주라는 직업을 계속하기란 거의 불가능한 일이었다. 백인 병사가 외면해 버린 상태에선 꼭 굶어 죽기 알맞은 노릇이었다.

"언닌 참 자식 샘이 어쩜 그러우? 그런 맘 가지고 이런 생활 해나가는 거 보면 또 묘해."

"그러게. 저리 공들여 키운다고 나중에 그 공 알기나 할까 뭐."

"잔소리들 말어. 자식 샘도 아니고 덕 볼려고 하는 짓도 아냐. 내가 뿌린 씨 내가 거두자는 것뿐이지."

창규는 엄마가 숙제를 보아주거나 목욕을 시켜주거나 할 때면 이런 비슷한 말들을 자주 들었다. 창규는 언제나 성적이 좋았다. 다 손가락질만 하기 때문에 놀기에 정신을 팔 친구도 없었지만 엄마의 빈틈없는 감독 아래서 공부를 소홀히 할 수가 없었다. 엄마는 숙제를 보아주지 않는 날이 하루도 없었다. 엄마는 아는 것이 많았다. 영어도 다른 아줌마들이 침 흘리며 부러워하도록 아주 잘했다. 그래서 아줌마들에게 무슨 일이 일어나면 엄마가 나서서 거침없이 영어로 해결

짓곤 했다. 많은 아줌마들이 엄마 앞에서 꼼짝을 못하는 것이 예삿일은 아니었다.

어머니는 상업고등학교에 진학하기를 바랐고 창규는 아무 불평 없이 그대로 따랐다. 어머니가 그 생활에서 발을 씻은 건 자신이 고등학생이 된 그해였다.

어머니가 새로 시작한 일은 미제 물건 장사였다. 좀 불안한 장사이긴 했지만 그런대로 잘되는 편이었다. 전부터 인연을 맺어온 여자들이 물건을 끊일 때가 없이 대주기 때문이었다.

고등학교 3년 공부가 그대로 사회 생활의 밑천이 될 것이라서 창규는 더욱 공부에 열중했다. 그리고 막연하게나마 필요할 것 같아서 유도를 시작했다. 어딘가로 자꾸 바람이 새어드는 것 같던 허전함을 다소라도 메울 수 있게 된 것은 큰 수확이었다.

상고를 졸업하고 은행으로 진출하는 것은 오랜 전통이었고 바른 정석이었다. 창규는 아무런 주저 없이 은행 응시 원서를 냈고 학교에서는 당연한 것처럼 추천서를 써주었다. 여기까지가 행복한 선이었다. 아니 조금 더 연장을 한다면 1차 합격자 발표를 볼 때까지로 잡을 수 있었다.

"창규야, 너도 인제 어른이다."

합격자 명단을 확인한 어머니는 눈물을 글썽이며 감격해

마지않았다. 그러나 어머니는 자축을 위한 식단을 미처 다 짜기도 전인 이틀 만에 절망의 늪으로 빠져야 했다.

"은행원의 주업무가 창구에서 고객을 상대로 서비스하는 일인데 외모가……."

중벌을 선고하는 판사처럼 자못 엄숙한 표정으로 말했을 때 창규는 아이들 손아귀에 걸려든 한 마리 개구리나 지렁이를 퍼뜩 생각했다. 심심풀이 장난 삼아 애들이 아무 생각 없이 내리친 회초리를 맞고 다리를 쭉 내뻗은 채 경련을 일으키고 있는 개구리. 아이들이 그 개구리의 아픔을 어찌 알까.

"섭섭하게 생각진 마세요."

개구리더러 아파하지 말라는 것이었다. 창규는 태연하려고 했다. 꿋꿋하려고 했다. 꼭 그럴 필요를 느꼈다.

"섭섭할 리가 있나요."

창규는 분명히 이렇게 말했다. 그리고 똑바로 걸어서 면접실을 나왔다. 나온 다음에 수천 수만 장의 벽돌이 한꺼번에 부딪쳐 쏟아져 내리는 굉음을 들으며 창규는 머리를 감싸잡았다.

며칠 만에 자리에서 일어난 어머니는 무슨 장사를 시작해보는 것이 어떠냐고 서둘렀다. 창규 자신이 비굴해지거나 비틀거리려 하지 않았던 것처럼 어머니의 행동도 보복 감정에서 비롯되고 있음을 알 수 있었다.

"까짓 취직 시장스럽다. 월급쟁이가 별거냐, 종놈살이지. 다들 월급쟁이 때려치고 독립을 못해 안달인데 마침 잘됐다. 돈벌이로 친다면야 무슨 장사든 까짓 월급쟁이한테 비하겠니."

어머니는 상기된 얼굴로 이런 말을 무슨 주문 외듯 하는 것이었다.

그러나 창규는 어머니의 의사를 따르지 않았다. 당분간 조용하게 지내고 싶었다. 장사를 시작할 만큼 머릿속이 개운치를 못했다. 무언가 정리를 하고 결정을 해야 될 것 같은 커다란 문제들에 짓눌리고 있었다. 그래서, 바늘 허리 묶어 쓸 수 없는 것 아니냐고 어머니를 설득했다. 실패가 없도록 철저한 준비를 한다는 이유로 장사를 뒤로 밀쳐놓을 수 있게 되었다. 어느 만큼 시간을 벌게 된 창규는 우선 영어 과외생을 모집했다. 용돈을 벌기 위해서였다. 얼마나 오래될지는 모르지만 빈둥빈둥 놀면서 어머니의 미제 물건 장사에서 나오는 이익금을 용돈으로 갉아먹고 싶지는 않았다. 그 장사라는 것도 전과는 달리 영 풀죽어 보였다. 기지촌이 시들해지는 것과 맞통하는 이유 때문이었다. 중학교 과외생들은 별로 어렵지 않게 구해졌다. 재학 시절부터 영어 지도의 청탁을 더러 받아왔었다. 그건 '영어 이야기 대회' 같은 데서 상을 받아온 때문일 것이었다. 어려서부터 어설프게나마 귀가 뚫려 그랬는지, 어머니의 유별난 영어 우선론 때문이었는지, 또는 음지 식물의 향일성(向日性)처럼 자신도 모르게 몸속에 퍼져 있던 미국으로의 잠재성 탓이었는지, 어쨌거나 모든 과목 중에서 영어 성적이 언제나 제일 좋았다. 이런 결과에 대해서 선생이나 애들이나 "역시 피는 못 속여" 하는 반응을 역연하게 보이곤 했다. 영어 성적이 나쁠 경우 "생김새는 영락없이 양놈인데 왜 이렇게 엉망진창이냐"는 식의 반응이 나올 것을 생각하면 어차피 주위에 무신경한 것이 약일 수밖에 없었다.

창규는 혼자 있는 거의 모든 시간을 이 땅에 흩어져 있는 혼혈아들의 운명에 대해 생각하며 보냈다. 그들이 당하는 문제가 사소한 개인적인 사건으로 묻혀버리거나 밟혀버리지 않고 어떻게 하면 종합적으로 구제되고 해결될 수 있을까를 고심하기 때문에 창규가 짊어져야 하는 고민의 무게는 날로 무거워져가고 있었다.

새로 태어나고 있는 혼혈아도 문제지만 더욱 문제인 것은 열세 살이 넘은 혼혈아들이었다. 그들은 외국으로 입양될 수 있는 법적 자격을 상실함으로써 죽으나 사나 이 땅에서 일생을 마치도록 되어 있었다. 그러므로 나이가 많으면 많을수록 한층 고통스러운 처지에 빠지게 마련이었다. 그들은 고아원에서 물러나야 하거나 원조 단체의 보조금을 받지 못하게 된다. 그리고 그들의 맨주먹에 쥐어지는 것은 자립이나 자활이라는 형체도 없는 말일 뿐이다. 그런데 세상은 그들에게 건널목의 빨간 불처럼 차갑게 손바닥만을 내보이는 것이었다.

어떻게 하면 그들이 이 땅에서 꺾이지 않고 더 휘청거리지 않으며 살아갈 수 있을까. 이 문제를 붙들고 창규는 몸살을 앓고 있었다. 그 해답은 없었다. 당장 해답이 나오리라고 기대한 것도 아니었다. 어떤 해답이 나올 때까지 고통을 당하리라고 창규는 마음을 다져먹는 것이었다.

저돌적으로 양공주 생활에 뛰어든 숙희의 소식을 듣기 전에 창규는 다방 아리조나에 레지로 있는 애리샤의 일에 신경을 써오고 있었다. 아직 애리샤에게 확인을 해보진 않았지만 그네는 요즘 아주 위험천만한 일을 벌이고 있는 눈치였다. 자신이 애리샤를 유심히 살피기 시작하면서부터 보비나 조지는 누가 눈칫밥 먹고 크지 않았다고 할까 봐서 맘에 있으면 콱 점을 찍으라느니 하며 한술 더 뜨며 덤비고 있었다. 아무리 생각해도 애리샤의 일은 혼자 힘으로 해결이 불가능할 것 같았다. 더 늦기 전에 애리샤의 어머니 격인 주인 아주머니에게 알리고 의논하는 것이 현명할 것이었다.

동수와 숙희의 일은 일단 접어두기로 했다. 그건 막이

하나 내려진 연극이었다. 그에 비하면 애리샤의 일은 이제 시작이 되고 있었다.

창규는 커피값을 치르고 서둘러 다방 아리조나로 향했다.

4

"애리샤가, 그럴 리가 없는데……."

"아주머니가 믿지 않으실 줄 알았어요. 저도 처음엔 제 눈을 의심했거든요."

"근데 그 남자가 총각이긴 한가?"

"젊긴 한데 잘 모르겠어요."

말은 일단 여기서 끊어졌다. 창규의 말을 듣고 난 아주머니는 예상했던 대로 꽤 놀라는 기색이었다.

애리샤는 연애를 시작하고 있었다. 상대는 서울에 사는 남자였다. 그는 아리조나에 가끔 나타나곤 했었는데 나중에 알고 보니 자기네 사료 공장을 살피러 와서 들르는 것이었다. 그는 사료 공장 사장의 아들이었다.

한 달이 조금 지난 일이었다. 진종일 비가 칙칙하게 내리고 있었다. 집에 들어앉아 책을 읽은 창규는 오후 서너 시쯤 외출을 했다. 아이들을 가르치기 위해서였다. 커피나 한잔

하고 가려고 아리조나로 들어갔다. 비가 오고 있는 탓인지 다방 안은 썰렁하게 비어 있었다. 카운터에는 아주머니도 보이지 않았다. 창규는 두리번거렸다. 네모난 어항이 놓인 저쪽 자리에 두 남녀가 등을 보이고 나란히 앉아 있는 게 눈에 띄었다. 두 사람의 어깨는 머리가 거의 닿을 만큼 밀착되어 있었다. 창규는 그만 숨이 멎는 것 같았다. 남녀의 그런 짙은 포즈 때문이 아니라 여자의 긴 머리칼이 익히 눈에 익은 갈색이었던 것이다. 창규는 어쩔 줄을 몰라 하고 있었다. 그대로 돌아설 수도 인기척을 낼 수도 없었다. 그때 어떤 느낌을 받았는지 여자가 이쪽으로 얼굴을 획 돌렸다. 그리고 감전이라도 된 듯 발딱 일어섰다.

"어서 오세요. 왜 그렇게 서 계세요? 커피 하시게요?"

애리샤는 놀라움이나 당황함을 감추려는 듯 빠르게 말하고 있었다.

"으응, 커피……."

창규는 엉거주춤 자리에 앉으며 어항 쪽을 보았다. 그때 이쪽으로 얼굴을 돌리고 있던 남자와 눈이 마주쳤다. 남자는 얼른 얼굴을 돌려버렸다 저 얼굴…… 저 얼굴 …… 그때까지만 해도 창규는 그 남자가 어디서 본 것 같다는 어렴풋한 기억뿐 누구인지 모르고 있었다.

커피를 날라다 준 애리샤는 남자한테로 가지 않았다. 못

마땅한 것 같기도 하고 짜증스러운 것 같기도 한 표정으로 카운터에 기대 서 있었다. 창규는 될 수 있는 대로 빨리 커피를 마셨다. 애리샤의 태도가 빨리 마시고 나가라는 것처럼 느껴졌기 때문이다.

하루 종일 비가 오는 날씨인데도 양복을 빼입은 남자. 손님이 아무도 없는 사이에 그 남자와 어깨를 밀착시키고 앉아 있던 애리샤. 왜 애리샤는 당당하게 저 남자 옆으로 다시 가서 앉지 못하는 것일까. 그 남자는 왜 또 그렇게 황망하게 얼굴을 돌려버렸을까. 창규는 거스름돈을 받을 필요가 없게 잔돈으로 커피값을 치르고 쫓기듯 다방을 나왔다. 애리샤는 그렇게 힘 하나 안 들이고 하던 "안녕히 가세요, 또 오세요"라는 인사를 하지 않았다.

창규는 쏟아지는 빗줄기를 멍하니 바라본 채 다방 문 앞에 서 있었다. 그런 그의 머릿속에는 애리샤가 불행하게 될 것이라는 예감이 가득 차 있었다. 그건 아무런 근거도 없는 황당하기 이를 데 없는 생각이었다. 다음날 알아보니 아주머니는 장사도 안 되고 해서 오후에는 목욕을 한 다음 집에서 잠을 잤다는 것이었다. 그 후로 창규는 무슨 탐정이나 되는 것처럼 애리샤를 감시하기 시작했다. 자기가 왜 그러는지 스스로도 알 수가 없는 일이었다.

애리샤가 자기를 무표정하게 대하는 것은 이해가 됐지만

그 남자의 모습은 더 이상 다방에서 볼 수가 없었다. 의식적으로 나타나지 않는 것이 분명했다. 그건 만나는 장소를 바꿨다는 증거이기도 했다. 그래서 창규는 애리샤의 뒤를 밟는 뻔뻔스러운 일을 저질렀다. 결국 다른 다방에서 만나는 그들을 목격했고 그 남자의 인상을 새겨두었다가 신원을 수소문하기에 이른 것이다.

"그게 벌써 스물하나 아닌가. 짝을 찾을 때도 되긴 했지. 헌데 왜 나한테 말 한마디 없었을까."

아주머니는 혼잣말을 하며 연상 고개를 갸웃거렸다.

"감정 상하지 않게 조용히 알아보세요."

"그래야겠지. 그런데, 자네가 보긴 그 남자가 진실해 보이질 않던가?"

아주머니가 갑자기 늙은 표정을 드러내며 물었다.

"아무 근거도 없이 그냥 애리샤가 불행해질 것 같은 예감이 든 겁니다. 왜 그런지 저도 잘 모르겠어요."

"그게 산통이란 말야. 어딘가 시원찮으니까 그런 느낌이 든 게 아닌가."

"글쎄요. 혹시 제가 오해를 하고 있는지도 모릅니다. 애리샤가 튀기라는 것 때문에 말입니다."

"그럴까. 그랬으면 우선 다행이겠는데. 하여튼 알려줘서 고맙네. 내가 더 자세히 알아보도록 하겠네."

이런 정도로 창규는 아주머니와의 이야기를 마쳤다.

창규를 보내놓고 그네는 한동안 시름에 차서 앉아 있었다.

“언니, 난 글렀어. 내 맘을 내 뜻대로 할 수가 없이 됐으니 망쪼지 뭐야. 우리 애리샤 위해서도 내가 이러면 안 되는데, 어쩌면 좋지.”

애리샤의 엄마였던 미자는 그네한테 이렇게 하소연하곤 했다. 이때까지만 해도 미자는 영 가망이 없지는 않았다.

“히히히…… × 팔아먹는 인생 이래도 한세상, 저래도 한세상, 빈손으로 왔다가 빈손으로 가기는 너나 나나 마찬가지야. 한시를 살아도 얼큰하게 사는 거야, 신바람 나게 말이다.”

실없는 웃음을 히히거리며 이렇게 횡설수설 늘어놓게 되었을 때 미자는 제정신이 아니었다. 그렇게 염려를 하던 딸 애리샤도 이미 안전에 없었다.

미자는 마약 중독이었다. 물론 손님도 받을 수가 없었다. 손님을 받을 수 없는 몸 파는 여자의 신세가 어떻게 되는지는 더 말할 필요가 없었다. 한마디로 코 풀어 던진 휴지꼴이었다. 날로 후줄근하고 칙칙하게 썩어가는 몸처럼 미자의 생활은 비참하게 허물어졌다. 당장 끼니를 거르게 되었다. 그 몹쓸 주사를 꽂게 해줄 수는 없었지만 굶는 것을 모른 체할 수는 없었다. 그네와 함께 몇몇 가까웠던 여자들은 눈에 띄는 대로 미자를 붙들어다가 밥을 먹이곤 했다. 그런데 미자는 완전히 미쳐 있었다. 기회만 생겼다 하면 그런 여자들의 값나가는 물건을 훔쳤다. 그게 미자의 소행인 것을 확실하게 알게 된 여자들은 다시는 방에 들이지를 않았다. 미자는 훔쳐낸 물건들을 헐값에 팔아치워 주사약을 구하는 데 썼다. 피해를 입은 여자들이 미자를 경찰에 넘기지 않고 경계를 하는 것으로 끝내는 것도 다 옛정을 생각해서였다.

"얘, 미자야 정신 차려라. 너 이러다간 곧 죽는다. 애리샬 생각해서라두 너 이럴 수 있니? 너 죽으면 애리샨 어떻게 되는지 알기나 해?"

그네는 안타깝게 미자를 붙들고 소리치곤 했지만 쇠귀에 경 읽기였다. 뼈만 앙상하게 남은 몸에 눈은 개개풀려 있었다. 미자는 이제 실없는 웃음을 흘리거나 헤픈 소리를 지껄이지도 않았다. 누구의 눈에나 얼마 남지 않은 목숨이었다.

"망할 것, 이꼴이 뭐냐, 그래."

그네는 냄새 나는 미자의 옷을 벗기며 목이 메었다. 그네들 사회에서 마약 중독은 더러 있는 일이었다. 대개 문 닫겨버린 신세라는 절망감 때문에 빠져드는 길이었다. 그네가 안타까운 것은 어쩌다가 미자가 그꼴이 되기 전에 좀더 일찍 눈치를 채지 못했을까 하는 점이었다. 미자와는 그 누구보다도 가까운 사이였다.

어쩌면 미자는 마약에 가까워질 위험이 그 누구보다 많았는지도 모른다. 미자는 눈물이 많았고 마음이 무척이나 여렸다. 누구와 다투는 일이 거의 없었지만 어쩌다 언쟁이 붙으면 이기는 경우라곤 없었다. 실컷 놀아대고는 외상이랍시고 오리발을 내미는 뻔뻔스런 새끼들을 다루는 데도 악착스럽지를 못했다. 그래서 결국 미자는 딸 애리샤를 미국으로 떠나보내지 못하고 말았다. 어떻게 된 영문인지 애리샤는 제 에미 곁을 떠나 미국으로 가는 것을 질겁을 하도록 싫어했다. 아마 애리샤 그것도 에미의 심성을 빼다 꽂아서 그런 모양이었다.

"이럴 줄 알았으면 더 어렸을 때 보냈어야 하는 건데."

까무러칠 지경으로 울고불고 소란을 피워 서너 번 떠날 기회를 놓치게 되었을 때 미자가 눈물을 담뿍 담고 중얼거린 말이었다.

미자는 애리샤가 여섯 살이 될 때까지는 데리고 살았다. 그동안 몇 번 보낼 기회가 있었지만 그때마다 미자는 도리질이었다.

"안쓰러워 이 어린 걸 어떻게 보내. 좀더 키워서 보내야지."

미자의 변명이었고,

"어차피 뗄 정 어렸을 때 떼야지, 커지면 점점 더 어려워진단 말이다."

이런 충고에 미자는 입을 다물어버렸다. 무슨 일에든 한 번 다물어진 미자의 입은 더 이상 열리는 일이 없었다. 마음이 여린 대신 남다른 고집이 한 가닥 있었다.

애리샤는 국민학교를 들어가면서 고아원으로 거처를 옮겼다.

아무한테도 말하진 않았지만 함께 사는 것이 교육상 나쁘다고 미자는 생각했던 모양이다. 애리샤는 순순히 고아원으로 들어가지 않았다. 엄마와 함께 살겠다고 발버둥을 치고 울어댔다.

"너 이렇게 말 안 들으면 아주 미국으로 싹 보내버릴 거야. 엄마를 영영 못 보게 말야!"

달래다 못한 미자가 소리쳤고, 그렇게 소란을 피우던 애리샤는 거짓말처럼 울음을 뚝 그쳤던 것이다. 이때 이미 애리샤는 제 엄마 곁을 떠날 수 없게 작정된 것이나 다름없었다. 한글을 다 깨친 애리샤는 엄마 품에 안겨 잠드는 것이 소원이라는 둥, 엄마 없는 밤마다 외로워 견딜 수가 없다는 둥 편지를 1주일이 멀다 하고 미납으로 써보냈고, 미자는 그런 딸년의 편지를 읽고 옷소매가 다 젖도록 울고는 했다. 그런 정경을 보고 사람들은 하늘이 내린 모녀라고 놀리며 뭉클해진 감정을 풀어내리곤 했다.

양키의 품에 안긴 온기가 오히려 다행으로 여겨질 만큼

춥던 날 밤 결국 미자는 얼어 죽었다.

관을 붙들고 몸부림치는 열세 살 난 애리샤의 모습은 차마 볼 수가 없었다.

"엄마, 나두 갈 테야, 나두 엄마 따라갈 테야."

울부짖는 애리샤를 보며 그네는 불현듯 미자를 잡아간 건 다름 아닌 바로 저 애리샤라는 생각이 머리에 와 박혔다.

"앞으로 저걸 어쩌누."

"딱하기도 해라. 저리 슬퍼할 딸을 두고 어찌 눈을 감았을꼬."

사람들의 이런 말을 들으며 그네는 앞으로 애리샤는 자신이 돌보겠다고 작정하고 있었다.

그네가 예상했던 대로 애리샤는 죽어도 엄마 곁을 떠나지 않겠다고 했다. 그래서 그네는 한 달에 한 번 꼴로 고아원을 찾아갔다. 생일이면 선물을 사다 주었고, 미자의 제삿날에는 음식을 싸가지고 함께 산소엘 갔다. 세월이란 참 신기하고도 허망한 것이어서 그런 되풀이 속에서 애리샤가 고등학교를 졸업하게 되었다. 마땅한 취직 자리가 없고 해서 다방일을 맡긴 것이다. 애리샤가 조금이라도 꺼려 했더라면 맡기지 않았을 텐데 의외로 먼저 대들었다. 그만큼 그네와는 깊은 정이 들어 있었고, 애리샤는 집안일을 돕는 것 같은 기분으로 흥겹게 일을 해나갔다.

그네로선 애리샤한테 애인이 생겼다는 사실은 그다지 놀라울 게 없었다. 신경에 거슬리는 것은 그 사실을 그네 자신에게 밝히지 않은 점이었다. 그걸 나쁘게 해석하면 속였다고 할 수가 있고, 좋게 받아들이자면 쑥스럽거나 아직 노출시킬 단계에 들어서지 않았기 때문이라고 할 수 있었다. 그네가 그 점에 신경을 쓰는 것은 섭섭하거나 기분이 언짢아서가 전혀 아니었다. 다만, 창규가 염려하는 바와 사실을 밝히지 않은 것과가 혹시 어떤 관련이 있는 게 아닌가 하는 방정맞은 생각을 떼칠 수가 없었던 것이다.

막상 애리샤한테 애인이 생겼다는 말을 듣고 나니 그네로선 미안한 생각이 앞섰다. 그동안 한 번도 애리샤의 결혼 문제에 대해서 진지하게 생각해 본 적이 없었던 것이다. 만약 엄마인 미자가 살았더라면 미자도 그랬을까. 아마 그러지 않았을 것이다. 혼혈아라는 것 때문에 다른 엄마들보다 몇 갑절 더 염려하고 고민했을 것이다.

같은 혼혈아끼리 맺어지는 게 좋을까. 아니면 일반인과 맺어지는 게 좋을까. 혼혈아끼리 결합하게 되면 그 자식들은 어떤 생김을 하게 될까. 일반인과 결합하면 또 어떤 모습일까.

결혼 후의 행·불행은 접어두더라도 이 문제 하나만으로도 살이 제대로 머물러 있지 못할 것이었다. 그네는 뒤늦게

나마 막상 이 문제를 골똘히 생각해 보니 어느 쪽을 선택해야 좋을지 알 수가 없었다. 이건 비록 애리샤만의 문제는 아니었다.

그네는 일단 애리샤의 이야기를 들어보기로 마음먹었다. 따지거나 간섭하는 것이 아니라 애리샤의 뜻을 최대한 받아들이는 입장에 서기로 했다. 젊은 축들의 주장을 꺾을 수 없을 정도로 세상이 달라져 있기도 했지만 애리샤는 어디까지나 그네 자신의 딸은 아니었다. 지나친 관심은 오히려 애리샤를 역겹게 만들고, 그에 따라 자신은 마음을 상할 염려가 있었던 것이다.

그네는 애리샤의 눈치를 살피다가 이틀 만에 그 일을 입에 올렸다.

"어떻게 아셨어요. 창규라는 사람이 일러바쳤군요?"

너 혹시 남자가 생겼느냐는 그네의 조심을 다한 물음에 애리샤는 대뜸 이렇게 응수하는 것이었다. 그네는 순간 완전한 남을 느꼈다. 그리고 자신의 의사는 털끝만치도 들어갈 자리가 없다는 것을 직감했다. 그렇다고 여기서 이야기를 중단할 수는 없었다.

"일러바치기는, 그 사람이 그냥 지나가는 소리로 하더구나."

그네는 애써 아무것도 아니라는 태도를 지어 보였다.

"무슨…… 다른 군소린 없었구요?"

애리샤는 무슨 음모라도 캐내려는 것처럼 그네를 경계의 눈빛으로 쳐다보며 물었다.

"군소리는…… 그냥 좋은 사람이 생긴 모양인데, 뭐하는 남자냐고 묻잖겠니. 행복하길 바란다면서 말이다."

"그래, 뭐라셨어요?"

"뭐라긴, 그냥 웃으며 아직 밝힐 단계가 아니라구 했다. 뜻밖에 듣는 소리니 내가 아는 게 있니. 그렇다도 내 입장에서 모른다고 할 수가 있겠니. 그래서 내가 또 그런 궁한 입장에 처할까 봐 이렇게 묻고 있는 거 아니냐."

그네는 말을 꾸며대느라고 애를 먹고 있었다.

"그게 정말이세요?"

아직도 애리샤는 눈꼬리에 힘을 잔뜩 넣고 있었다.

"너 참 이상하구나. 내가 거짓말만 하고 산 것처럼 왜 그러니?"

그네는 언짢은 표정을 지어 보였다.

"죄송해요. 진즉 말씀드려야 하는 건데…… 그치만 아까 말하신 것처럼 아직 밝힐 단계가 아니었어요."

애리샤는 고개를 푹 떨구었다.

"그래, 그 남자완 어떤 사이냐?"

"우리…… 결혼할 거예요."

그네는 또 한 번 완전한 남을 느꼈다. 그리고 행·불행을 따질 계제가 아님도 알았다. 애리샤의 어조에서 그네는 이미 잠자리까지 치른 여자의 냄새를 물큰 맡았다.

"뭘 하는 남자지?"

"사장 아들예요."

"몇 살이나 먹었는데?"

"스물여섯요."

그네는 여기서 묻기를 중단했다. 이야기가 나왔으면 애리샤 제 쪽에서 모든 걸 털어놔야 할 것이다. 그런데 묻는 것만을 마지못해 대답하고 있었다. 그네는 불쾌했다. 여태껏 기울인 정성에 대한 보답이 고작 이런 것인가 생각하니 허망하고 섭섭하기도 했다. 그러나 애리샤가 꺼려 하는데 자꾸 짐스럽게 굴 필요는 없었다.

"그래 알았다. 결혼이 구체적으로 이야기되면 다시 얘기하자. 이쪽에서두 최소한 준비해얄 게 있을 테니까."

그네는 모든 감정을 누르며 어른으로서의 체면을 지키려고 애써 부드럽게 말했다.

애리샤는 요즈음 고민이 말이 아니었다. 그 남자는 서울로 거처를 옮겨 결혼하기 전까지 동거 생활 하기를 원하고 있었다. 그는 이 기지촌을 끔찍이 싫어했다. 하루빨리 다방을 집어치우고 여기를 떠야 한다는 것이었다. 질퍽거리는 이곳은 사람 살 만한 곳이 못 된다는 것부터 시작해서 애리샤가 다방에서 일한다는 것까지 못마땅해 했다. 그 속에는 주인 아주머니도 포함되어 있었다.

"난 그 집 레지가 아녜요. 아줌만 엄마와 마찬가지구요."

"엄마와 마찬가지지, 엄만 아니잖아. 결국 딴 남은 남이란 말이야. 애리샬 이용하는 것뿐, 오래 붙어 있으면 붙어 있을수록 애리샤만 버리게 돼. 못된 물이 든단 말야."

이때 그의 따귀를 갈겼어야 한다. 그럴 수가 없었다면 최소한 아주머니를 변호하고 그의 무례한 발언에 항의했어야 한다. 그런데 애리샤는 아무 대꾸도 못했다. 할 수가 없었다. 허벅지를 꼬집어 비틀며 자신의 경솔을 후회했다. 그러나 이미 엎질러진 물이었다. 언제부턴가 자신은 그 남자의 손에 지배당하고 있었다. 그 남자의 의사를 거스르지 않으려고 눈치 보고 기를 꺾여가고 있었다.

정확히 말해서 서울에서 보낸 그 정기 휴일 이후부터 서서히 달라져온 현상이었다. 나이트클럽의 휘황찬란한 쇼와 그의 다디단 속삭임은 한 모금 두 모금 술을 마시게 했고, 자신도 모르게 전신을 적셔든 술기운은 시간 감각도 그에 대한 경계심도 허물어뜨리고 말았다. 정신을 차렸을 때는 쇼가 다 끝나 있었고 시간은 11시가 가까워 있었다. 어떤 방법으로도 집으로 돌아갈 수가 없게 되어 있었다. 9시까지만 머무르기로 했던 들어가면서의 약속을 지키지 않았다고 그를 탓할 수는 없었다. 그는 아무 죄도 진 것이 없었다.

방을 따로 쓰려고 했던 시도가 지극히 촌스러운 짓으로 묵살되어 버렸고, 그날 밤 탄생 이후 의식이 있기 시작하면서부터 줄곧 부끄러워하고 저주스러워해 오던 몸을 최초로 남자 앞에서 발가벗겼던 것이다. 남자는 뜨겁고 거친 숨결에다 사랑이라는 말을 무수하게 실어보냈다. 울면서 울면서 그 한마디 한마디가 영근 사과가 되기를 간절히 바랐고, 스스로를 감당할 수 없도록 뜨거운 회오리에 휩싸이며 정말 빨갛게 익은 사과가 주렁주렁 달린 사과나무를 보고 있었다.

그날 밤 후로 그는 자주 서울에서 내려왔고 그때마다 애리샤는 그의 것이 되었다. 남자는 차츰 확대되어 가면서 선뜻 응하기 어려운 요구를 해오기 시작했다. 애리샤는 이런저런 말로 몸을 사리고 꽁무니를 빼고 했지만 그의 집요한 요구는 늦춰지지 않았다.

"그건 정말 곤란해요. 남들 보기에도 창피하고, 더구나 부모님이 아시면 뭐라시겠어요."

애리샤는 동거 생활을 할 수 없음을 분명히 했다.

"남들이 무슨 상관야, 결혼했다면 그만이지. 그리고 우리 부모는 알 턱이 없어. 우리 둘이서 입을 열지 않을 테니까 말야. 문제는 애리샤 맘에 달렸어. 어때, 빨리 결정해."

"…… 내키지 않아요."

"왜, 이 바닥을 떠날 수가 없어서? 그렇게도 미련이 많아? 그게 아니라면 안 내킬 게 뭐야. 우리가 맺고 있는 혼전 관계는 동거하고 뭐가 다르지? 어떻게 다른지 어디 말 좀 해봐."

이렇게 다그치는 앞에서 애리샤는 말을 잃어버렸다.

"그래도 결혼을 할램 나도 뭔가 준빌 해야 되고……."

애리샤의 옹색한 변명을 그는 일언지하에 묵살해 버렸다.

"좋아, 얼마든지 준비해. 준비를 해도 물건 많은 서울에 가서 하라니까. 그 아주머닌가 주인인가가 도대체 얼마나 돈을 대줄지 모르겠는데, 결혼 선물로 나한테 뭘 해줄 작정이야? 미안하지만, 엄마도 아닌 그 여자 돈으로 해주는 거나 아무것도 안 받아. 내가 돈을 싸줄 테니까 서울에 살면서 애리샤 맘대로 아무거나 장만해. 뭘 망설일 게 있어? 어서 결정해."

그는 숨통을 조여오고 있었다. 애리샤는 그의 말에 울컥 굴욕감도 느꼈다. 그러나 그 굴욕감이 그를 미워하게 만들 만큼 강하지는 못했다. 그의 그런 언행도 모두 자신을 사랑하기 때문에 나오는 것이라는 이해가 고개를 들었고, 자신은 이미 그의 것이 되어버렸다는 사실이 한편으로 애리샤를 약하게 만들고 있었다.

그의 요구를 따르게 되면 천상 아주머니를 속일 수밖에 없었다. 사실대로 말을 할 수도 없었지만 말을 한다고 해서 허락할 아주머니가 아니었다. 마음만 결정되면 어느 날 갑자기 집을 떠나는 방법밖에 없었다.

어떻게 해야 좋을지 마음을 잡지 못하고 있는데 난데없이 아주머니가 그 이야길 꺼낸 것이다. 애리샤는 도둑질을 하다 들킨 것처럼 가슴이 울렁거려 아주머니와 마주 보고 앉아 있을 수가 없었다. 태연하려고 애를 썼지만 마음과는 달리 말이 제멋대로 튀어나왔다.

"연애하는 건 틀림이 없는데 별로 염려할 건 없어. 아주 근실한 남자고, 곧 그쪽 부모들과도 만나기로 했네."

그네는 다음날 창규에게 아주 유쾌한 음성으로 말했다.

"그래요? 그렇담 다행이군요."

창규도 안도의 표정으로 그네를 맞바라보며 고개를 끄덕였다.

"부모 복은 엎어먹었으니까 남편 복만은 타고난 모양이지. 잘된 일이야. 한데 요즘 동수가 왜 통 안 보이지?"

그네는 얼른 화제를 바꾸며 동수를 찾기라도 하려는 듯 다방 안을 두리번거렸다.

"……아마 돈벌일 떠났을 겁니다."

"돈벌이? 어디로?"

듣던 중 희한한 소리였다.

"확실히는 모르지만 아마 서울로 떠난 것 같아요."

"어째서 갑자기 돈벌이할 생각을 했을꼬?"

창규는 아주머니의 의심쩍은 눈길을 슬그머니 피했다.

"동수도 그런 생각 할 나이가 됐잖아요."

"어쨌든 다행이네. 많이 벌었음 좋겠구먼서두……."

아주머니는 말끝을 흐렸다.

동수는 창규 자신을 만난 다음날부터 아리조나에 나타나지 않았다. 보비나 조지 등 모두는 동수의 행방을 몹시 궁금해 하고 걱정했지만 창규는 일절 아는 체를 하지 않았다. 사실 창규로서도 동수가 그렇게 급히 종적을 감추어버린 데는 놀라지 않을 수 없었다. 돈을 벌어 숙희를 빼내겠다는 그의 생각은 괜한 객기가 아니었음을 말해 주고 있었다. 창규는 동수의 그 바람이 순조롭게 이루어지기를 진심으로 빌었다.

5

서울에 도착한 동수가 제일 먼저 찾아간 곳이 광화문 근방에 있는 하파클럽(HAPA, 한국혼혈인회)이었다. 제일 먼저라고 했지만 동수가 이곳 말고 서울에서 더 찾아갈 곳도 없었다.

하파클럽의 사무실에 들어선 동수는 두 번 놀랐다. 길 건너편에서 확인한 건물의 어마어마하게 큰 체구에 놀랐고, 3층 맨 구석에 자리 잡은 사무실이 너무나 비좁은 데 놀랐다.

혼혈인 클럽답게 사무실에는 열서너 명의 혼혈아들이 웅성거리고 있었다. 그들 중에 낯익은 얼굴이 하나도 없는데도 동수는 우선 친밀감을 느꼈다. 이만한 숫자의 일반인들이 모인 장소에서 느끼는 것과는 정반대의 기분이었다.

동수는 약간 더듬거리며 회장을 찾았다. 마침 회장은 자리에 있었다.

"제가 그 사람인데요. 어디서 오셨는지요?"

그들 사이에서 한 사내가 일어서며 말했다. 그는 백인 혼혈아였다.

"저어…… 시골에서 왔는데요. 뭘 좀 상의드릴 게 있어서……."

동수는 머리를 긁적이며 자신에게로 집중되고 있는 시선들이 따가운 듯 눈을 껌벅였다.

"네에, 그러세요. 이쪽으로 앉으시죠. 야, 느네들은 저쪽으로 좀 물러나거라."

회장이 눈치를 챘는지 동수에게 창문가 쪽의 자리를 권하며 나머지 사람들을 한쪽으로 몰아붙였다.

"어쩐 일로 오셨는지요?"

통성명이 끝나자 회장이 물었다.

"예, 다름이 아니라 취직 자릴 좀 부탁드리려구……."

동수는 아주 어렵게 말을 꺼냈다.

"취직을 하시려구요. 그게 참……."

회장은 금방 난색이 되었다.

"아무 일이든지 좋습니다."

동수는 회장의 얼굴에서 눈을 떼지 않은 채 빠르게 말했다. 한참이나 말이 없던 회장은 천천히 일어섰다. 그리고 책상으로 다가가 서랍에서 종이 한 장을 꺼내가지고 왔다.

"대단히 죄송합니다만, 제 힘으로는 취직 자리를 마련할 수가 없습니다."

회장은 조심스럽게 말하며 들고 있던 종이를 동수의 앞으로 밀어놓았다.

"이게 우리 회의 능력의 전붑니다."

읽어보라는 뜻이었다. 동수는 순간적으로 암담해진 마음으로 종이를 집어들었다.

"취지를 읽어보시면 될 겁니다."

회장이 말했다. 동수는 명령이라도 받은 듯 종이 위에 빽빽히 들어앉은 글자들 중에서 '취지'라는 것을 부산하게 찾았다. 그건 상단부에서 쉽게 찾을 수 있었다.

① 회원 각자의 적극적인 사회 참여의 자세를 고취시켜 주어진 환경을 개척하며
② 혼혈이라는 특수성과 각자의 재능을 개발시켜 현 사회에 빛이 될 수 있는 인간 형성을 기하며
③ 혼혈인의 사회 적응과 지위 향상을 위한 권익 보호와 의사 대변을 한다.

이것이 취지의 전부였다. 어디에서도 "혼혈인의 생활 안정을 위한 취업을 알선한다"는 문구는 없었다.

"그럼 여긴 뭘 하는 곳입니까?"

동수는 약간 화가 난 눈초리로 묻고 있었다.

"글쎄요, 이렇게 찾아오시는 분이 있을 때마다 저도 저 자신한테 똑같은 질문을 하곤 합니다. 참으로 면목이 없습니다. 쉽게 말해서 사방에 뿔뿔이 흩어져 사는 것보다 이런 것이나마 하나 있으면 좀 낫지 않을까 하는, 약하고 외로운 우리들 스스로의 마음을 담는 모임일 뿐이죠."

회장은 쓸쓸한 웃음을 입가에 담으며 말했다.

"결국 나 같은 사람한테 맹물만 들이켜게 하는 모임이군요?"

동수의 짙은 눈썹이 꿈틀하도록 미간이 찌푸려졌다.

"죄송합니다만, 지금으로선 그런 셈이죠."

"이거 차암……."

동수는 어깨를 부리며 꺼져라 한숨을 내쉬었다. 그런 동수를 회장이 딱한 표정으로 바라보다가 말없이 담배를 내밀었다. 동수는 설레설레 고개를 저었다. 그건 담배를 거절하는 몸짓이라기보다는 어떤 절망의 표현 같았다.

"앞으로 차츰차츰 힘 있고 능력 있는 모임이 되리라 믿고 있습니다. 또 그렇게 되도록 노력을 할 작정입니다."

"……."

동수는 무슨 김빠진 소리냐는 듯 회장을 바라보고 있었다.

"이삼 년 전부터 앞으로 몇 년 사이가 우리들의 최대 고비가 될 겁니다. 전쟁이 끝난 지 벌써 25년이 흘렀습니다. 그동안 외국으로 떠날 사람은 떠나고 죽을 사람은 죽고, 이제 남은 사람들이 바로 우리들입니다. 어디서 어떻게들 살아왔든 우리들은 이렇게 어른이 되어 있습니다. 우리는 다 같이 여러 가지 고통을 겪으며 여태껏 살아왔지만 어쩌면 앞으로 겪어야 될 고통이 더 큰지도 모릅니다. 취직 문제, 결혼 문제, 자식 문제…… 헤아릴 수가 없습니다. 그런데 세상은 의식적이든 무의식적이든 우리들을 외면하고 있습니다. 알고 계시겠지만 이 땅에 혼혈인은 4천 명이 넘습니다. 앞으로 동수 씨와 같은 고민에 빠질 사람들은 점점 늘어나게 될 것입니다. 물론 저도 예외는 아닙니다. 머잖아 대학을 졸업하게 되면 냉정한 세상 인심과 부딪혀야 합니다. 저는 최선을 다해 돈 벌 자리를 마련할 것입니다. 그리고 한 푼 한 푼 기금을 모을 작정입니다. 무엇보다도 급선무는 돈을 갖는 일입니다. 그러면 이 모임은 지금 같은 허수아비 노릇을 면하게 되고, 우리 혼혈인들의 고민과 고통도 덜게 될 것입니다. 지금 우리가 놓인 상태는 최악의 상탭니다. 그러나 우리 절망하거나 좌절하지 맙시다. 여태까지 설움받고 살아온 것을 생각해서라도 어느 틈바구니에 끼어서든 살아나갑시다. 그리고 힘을 합칩시다. 아무도 우리를 거들떠보지 않습니다. 우리 일은 우리가 해결할 수밖에 없습니다. 지금 저는 아무런 도움을 드리지 못하고 있지만 한 가지만은 분명히 믿고 있습니다. 굳은 결심으로 노력하면 우리는 살아남을 수 있고, 다 같이 힘을 합하면 우리의 고통은 절대로 오래 계속되지 않습니다. 아무것도 하지 못하는 주제에 말만 늘어놓아 죄송합니다."

동수는 넋 놓고 앉아 회장의 말을 들었다. 회장은 말을 잘하는 사람이 아니었다. 다만 열심히 할 뿐이었다. 그래 그런지 입빠른 소리로 들리지는 않았다. 동수는 기분이 한결 나아져 있었다. 그러나 암담하기는 아까와 마찬가지였다. 동수는 의자에서 일어섰다.

"아니 왜, 벌써 가시게요?"

"아무 데나 일자릴 알아봐야지요. 난 꼭 돈을 벌어야 합니다."

동수는 눈앞에 선하게 떠오른 그날 밤의 뜨겁게 타오르던 숙희의 알몸을 보며 부르짖듯 말했다.

"아무 도움을 못 드려 정말 죄송합니다. 절대로 절망하거나 좌절하지 마십시오. 저 사람들도 다 일자리를 못 잡아 저러고 있는 겁니다."

"……!"

동수는 저쪽에 웅성거리고 있는 한 무더기의 혼혈아들을 새삼스럽게 훑어보았다.

"아무 때라도 또 들러주십시오. 기다리고 있겠습니다."

회장은 계단 있는 데까지 따라나왔다.

건물을 나선 동수는 오가는 사람들에게 부딪히면서 망연히 서 있었다. 더 이상 갈 데가 없었다. 푸르른 하늘에 해는 유감없이 빛나고 있었고, 차들은 잇대어 질주하고, 사람들은 제각기 바쁜 걸음을 옮겨놓고 있는 거리에서 동수는 자꾸만 졸아들고 있는 자신을 지탱할 수가 없었다. 이 낯선 도시의 모든 것들은 자신을 거부하고 있었다. 당장 없어지라고 야유의 소리를 지르고 있었다. 그때 경기장에서와 똑같은 외침이 사방에서 빗발치고 있었다.

"깜둥이, 깜둥이, 깜둥이이— 꺼져. 깜둥이, 당장 꺼져, 깜둥이."

혼혈아학교 담임 선생님은 야구반을 만들기 위해 무척 애를 썼다. 기구를 얻어내기 위해 가까운 미군 부대를 몇 번씩 찾아갔고, 자기 월급을 축내가며 코치를 불러왔고, 언제나 야구반 애들과 함께 먹고 자고 했다.

"너희들은 공부도 모두 열심히 해야 한다. 너희들도 뭐든 잘할 수 있다는 걸 사람들한테 봬줘야 해. 그리고 야구를 잘하면 다음에 큰 도움이 될지도 모른다."

선생님은 입버릇처럼 말하곤 했다. 그러나 이 말뜻을 알게 되기까지는 그후 몇 년의 세월이 필요했다.

야구를 시작하고 8개월이 지나 처음 시합에 참가했다. 도내(道內) 국민학교 대항이었다. 전에 가까운 학교들과 몇 차례 연습 시합을 해보았을 뿐이었는데 성적은 의외로 좋았다. 싸운 학교마다 물리치고 결승전에까지 오르게 된 것이었다.

"봐라, 너희들은 바보도 병신도 아니다. 당당히 싸워 이겼잖니. 이번에도 죽을힘을 다해야 하는 거야."

새 시합에 나갈 때마다 선생님은 힘을 북돋아주었다.

결승전은 4 대 3으로 리드당하고 있었다. 8회 초 공격을 하고 있었다. 러너 2·3루. 투 아웃에서 타자는 동수 차례였다.

"동수야, 정신 바짝 차려. 모든 건 너한테 달렸다."

코치가 어깨를 꽉 잡으며 말했다. 동수는 가슴이 답답한 것을 느꼈다. 한 방만 잘 때리면 두 점을 뺏어 5 대 4로 판이 뒤바뀌게 되어 있었다. 동수는 선생님을 쳐다봤다. 눈이 마주치자 선생님은 입을 꾹 다물며 주먹을 불끈 쥐어 보였다.

동수는 배트를 힘껏 움켜쥐고 앞으로 뛰어나갔다.

"우우우—."

스탠드에서 터져나온 소리였다. 동수는 숨을 들이마시며 박스로 들어섰다. 그리고 배트를 치켜들었다.

"우우우— 깜둥이, 깜둥이, 깜둥이, 우우우."

그때 공이 날아들었다. 동수는 어쩔 줄 모르고 배트를 휘둘렀다. 그러나 몸이 돌아갈 지경으로 헛치고 말았다.

"우우우— 깜둥이, 빳다 베이비, 우와아— 깜둥이, 엉터리."

두 번째 공이 날아들고 있었다. 동수는 또 정신없이 휘둘렀다. 배트는 빗나갔다.

동수는 뿌드득 이빨을 갈았다.

야유가 계속되는 속에 세 번째 공이 날아들었고, 동수는 다시 배트를 휘둘렀지만 허공만 치고 말았다.

"야아— "

"이겼다아—."

아까와는 다른 기쁨의 함성이 터지는 걸 들으며 동수는 배트로 땅을 짚고 서 있었다. 땅이 출렁거리는 어지러움 속에서 동수는 이대로 죽어버리고 싶은 생각뿐이었다.

"동수야, 괜찮아. 자 어서 수빌 해야지."

선생님이 어깨를 두드리고 있었다.

"선생님!"

번쩍 고개를 든 동수의 이마에는 땀이 맺혀 있었다. 그리고 눈에는 눈물이 그렁그렁 고여 있었다.

"전 관둘래요, 선생님."

동수는 울먹였고,

"안 돼! 쟤들이 놀릴수록 더 악착같이 해야 돼. 그래야 이기는 거야. 선생님 말 알아들어?"

선생님은 갑자기 눈을 부라리며 소리쳤다.

동수는 선생님의 서슬에 눌려 수비를 나갔다. 어떻게 된 영문인지 애들은 공을 놓치는 실수를 연발했고, 결국 3점을 더 뺏겨 7 대 3으로 지고 말았다. 미군 버스에 실려 학교로 돌아오면서 애들은 내내 시무룩하게 기가 죽어 있었다. 선생님도 창 밖을 내다보고 있을 뿐 아무 말이 없었다.

"오늘 정말 잘 싸웠다. 오늘 시합은 우리가 이긴 거다. 모두 애들 썼다. 일찍들 자거라."

저녁을 먹고 나서 선생님은 짤막하게 한마디하고 말았다.

동수는 잠을 잘 수가 없었다.

눈을 감으면 낮에 들었던 그 야유가 생생하게 들려오는

것이었다.

—우우우— 깜둥이, 깜둥이, 깜둥이, 우우우.

다 잠이 든 것을 확인한 동수는 살금살금 잠자리를 빠져 나갔다. 운동장에는 어둠만 가득 차 있었다. 우물이 있는 쪽으로 걸어갔다. 우물에 다다라 옷을 벗었다. 알몸이 된 동수는 운동장의 모래를 긁어 모았다. 그 모래를 한 움큼 집어 팔뚝을 문지르기 시작했다. 이빨을 앙다물고 두 번 세 번 자꾸 문질렀다.

—우우우— 깜둥이, 빳다 베이비, 우와아— 깜둥이, 엉터리.

이빨 사이사이에 신음을 물며 동수는 허벅지를 문질러 대고 있었다.

"이 새끼들아, 이 껍질만 벗기면 나는 똑같은 사람이야. 두고 봐, 새끼들아."

동수는 징징 울어대면서 새로 모래를 한 움큼 쥐고 있었다.

그때 불빛이 확 퍼지며 동수의 몸을 에워쌌다.

"동수 너, 이게 무슨 짓이야!"

다가선 사람은 선생님이었다. 손전등 불빛에 드러난 동수의 검은 몸뚱어리는 모래로 범벅이 되어 있었다.

"선생님……."

볼을 씰룩이고 섰던 동수가 선생님 가슴으로 쓰러지듯

달려들었다.

"들어가자, 동수야. 그까짓 놀림쯤 참을 수 있어야지 훌륭한 남자가 된다."

선생님이 동수의 머리를 쓰다듬으며 말하고 있었다.

전등불 아래 누운 동수의 팔다리는 모래에 긁힌 자국으로 어지러웠다. 그 상처마다 서릿발처럼 피가 맺혀 있었다. 선생님은 솜에 머큐로크롬을 적셔 상처 부위를 가만가만 눌렀다. 그때마다 상처 부위의 근육이 가는 경련을 일으켰다.

그후로 동수는 다시 배트를 잡지 않았다. 다른 아이들도 전처럼 열을 내지 않고 시들해졌다.

"동수 너, 선생님 말 정말 안 듣겠니? 넌 야구를 계속하면 틀림없이 유명한 선수가 될 수 있다. 헌데 그까짓……."

"선생님, 전 커서까지 놀림감이 되고 싶지 않아요."

"바보 같은 소리 하지 말어. 철부지 애들이나 놀리지, 어른들도 놀려?"

선생님은 더 이상 동수의 마음을 돌이키지 못하고 말았다. 그래서 야구부는 흐지부지 없어지게 되었다.

이 홍청대는 넓은 도시에서 갈 곳이 없음은 그대로 절망이었다. 동수는 자신의 경솔을 후회했다. 하파클럽이 신문에 소개된 것만 보고 아주 규모가 큰 단체로 믿었었다. 혼혈아들의 고민이나 어려운 문제들을 해결해 주는 곳인 줄 알았었다. 그래서 언제 필요할지 모른다 싶어 주소를 적어두었던 것이다.

도저히 이대로 돌아갈 수는 없었다. 아직 수중에 몇 푼의 돈은 남아 있었다. 아껴 쓰면 며칠간은 지탱할 수 있을 것이었다. 그동안 어떤 곳이든 일자리를 구해보기로 작정했다.

방향도 없이 걸음을 옮겨놓기 시작했다. 맥이 빠져 보이거나 초라해 보이지 않으려고 걸음걸이에 신경을 썼다. 22년 동안 혼자였다. 아버지는 물론 어머니의 얼굴조차 본 일이 없었다. 아무도 찾아오는 사람이 없었다. 외로움은 익숙해지다 못해 살이 되어버렸다. 그런데 그 외로움이 이제 색다른 치장을 하고는 가슴에 음산한 우울을 뿌리고 있었다. 참으로 그전에 만나본 일이 없는 외로움이 가슴을 조여왔다.

동수는 언뜻 걸음을 멈추었다. 배고픈 개 눈에 띄는 건 뭣뿐이라고, 동수가 발견한 것은 다름 아닌 직업 소개소의 간판이었다. 망설일 필요가 없었다. 밑져봐야 본전, 재수가 좋으면 땡을 잡을지도 모를 일이었다.

"자릴 구하시려구요? 이거 미안해서 어쩐다? 우리 집은 전적으로 여자들 일만 맡고 있어서 남자분들을 도와드릴 방법이 없군요."

동수의 얼굴을 한번 흘끗 쳐다본 남자는 한달음에 주워섬겼다. 더 말을 붙여볼 필요조차 없었다.

동수는 걸으며 일삼아 직업 소개소를 찾았다. 얼마를 걷다 보니 쉽게 눈에 띄었다.

"취직을 하시게요?"

깡마른 사내가 볼펜 끝으로 책상을 톡톡 치면서 말했다.

"예에, 아무 데나 소개 좀 해주십시오."

"글쎄요, 좀 어려울 텐데……."

이때 눈치를 챘어야 했다. 그런데 미련하게도 뭐가 어려우냐고 물었던 것이다.

"듣기 거북하겠지만, 외모 때문이오."

동수는 더 이상 직업 소개소를 찾지 않았다. 첫 번째 남자의 말이 무슨 뜻인지도 비로소 알아차렸다.

동수는 짜장면으로 저녁을 때우고 여인숙을 찾아들었다. 잠들기가 어려웠고 잠결에서는 양키와 알몸으로 뒹굴고 있는 숙희를 만났다.

동수는 서울 시내를 꼬박 이틀간 쏘다녔지만 일자리를 구할 수는 없었다. 돈을 아끼느라 두 끼로 하루를 때우며 걸어다닌 탓에 동수는 어지간히 지쳐 있었다. 사흘째 되는 날 동수는 어느 중국 음식점 앞에 멈춰섰다. 문 유리창에 '종업원 구함'이란 종이 쪽지가 붙어 있었기 때문이다. 머뭇거려지긴 했지만 동수는 용기를 내어 문을 밀쳤다.

"주인 아저씨 계십니까?"

"내가 주인인데, 왜 그러오?"

허우대가 큰 남자가 카운터에 앉아 손가락으로 연상 자기 가슴을 가리키고 있었다.

"저어, 종업원을 구한다기에……."

동수는 겸손해 보이려고 허리를 굽실거렸다.

"종업원을 구하긴 구하는데, 자네가 취직을 하겠다는 게야?"

"형편이 급한데 잘 좀 부탁드리겠습니다."

동수는 또 허리를 굽혀 보였다.

"떼엑끼 순, 당장 나가! 그따위 시커먼 손으로 음식 그릇을 만지고 나르겠다는 게야? 어떤 손님이 입맛 나겠어. 내 장사 망쳐먹기 전에 당장 나가!"

주인이 주먹질을 하며 일어섰다.

"……!"

동수는 자신도 모르게 아드득 이빨을 깨물었다. 그리고 천천히 돌아서서 문을 밀쳤다.

"아이 거기 주방, 소금 한 주먹 내다가 문지방에 뿌려어."

주인의 껄껄한 외침이 동수의 등을 떠다밀었다.

"깜둥이, 깜둥이, 깜둥이……."

동수는 다리가 후들거리는 것을 느끼며 손바닥으로 귀를

막았다.

—깜둥이놈 하나쯤 꼬시는 건 자신 있어. 미국에 가서 이혼하는 조건으로라도 난 하날 꿰차고 말 거야. 거기 가서 혼자 청소부를 하거나 식모살이를 한들 얼마나 행복하겠어. 난 거기선 최소한 구경거리는 아니란 말야. 섞여버리는 거야. 묻혀버리는 거야. 그것만으로 난 미치게 행복할 거야. 어렸을 때 받은 천대는 아무것도 아니었어. 이렇게 다 커가지고 손가락질당하는 외톨이로 죽을 때까지 여기서 살 수는 없어. 난 더 못 견뎌. 아무도 붙여주지 않고 아무 데도 몸 숨길 수 없는 여기선 더 못살아. 차라리 죽고 말 거야. 철이 들고 어른이 되면서는 무엇이든 참고 견디게 된다지만 이것만은 그 반대야. 난 꼭 가고 말 거야.

숙희가 울먹이며 했던 말이 너무나 생생하게 들려왔다. 그 한마디 한마디는 그때와는 또다른 느낌으로 동수의 가슴을 적셔들고 있었다. 숙희는 결코 경솔하게 행동한 것이 아니었다. 나이보다 야무지게 철이 든 것인지도 모른다.

동수는 이다지 절망스러울 수가 없었다. 그러나 허물어져내리는 마음을 부축하려고 애썼다. 그건 어쩌면 숙희에 대한 집념 때문이었다. 그네를 포기할 수는 없었다.

그날 밤 동수는 서럽게 용솟음쳐오르는 본능에 대여섯 차례나 불을 붙였고, 그네는 그때마다 함께 불덩어리가 되어

주었다. 동수가 서서히 침몰해 가면 그네는 머리맡의 수건으로 동수의 등에 밴 땀을 꼭꼭 눌러 닦으며 축축한 안개 같은 음색으로 속삭이는 것이었다.

"난 인제 아무 후회도 없어."

그네는 그 이상의 말은 하지 않았다. 더 긴 말로 설명을 해야 될 것 같은데 그네는 더 말하지 않았다. 어쩌면 그네의 그 말이 동수로 하여금 그네를 포기할 수 없게 만드는지도 몰랐다.

동수는 이틀을 더 서울 바닥을 헤매고 다녔다. 그러나 아무 효과가 없었다. 동수는 점점 더 깊게 절망함과 동시에 자신을 새삼스럽게 들여다보게 되었다. 스스로가 놀랄 만큼 자신은 결점투성이였다. 깜둥이 튀기라는 것을 먼저 꼽기 시작해서 고등학교 2학년 중퇴라는 학력이 그랬고, 자전거를 탈 수 있는 것 외에는 그 어떤 하찮은 기술 하나 없음이 그랬다. 거기다가 신원을 보증해 줄 만한 사람 하나 없는 떠돌이 고아 신세였다.

이런 한심스런 꼴로 취직을 하겠다며 허덕거리고 다니는 스스로의 꼬락서니가 가당찮기도 했다. 갖추고 있는 건 딱 한 가지 몸뚱어리뿐이었다. 고작 일자리를 구한다고 해봤자 이런저런 조건 다 필요 없이 몸으로 때우는 일밖에 없을 것이었다. 여인숙의 벽을 바라보고 누워 이런 생각을 하고 있는 동수의 마음에는 먹구름이 끼고 있었다.

생각다 못한 동수는 공사장을 찾아가기로 작정했다. 막노동이라도 해야 할 판이었다. 수중의 돈은 거의 바닥이 드러나가고 있었다. 몇 명의 순경한테 물어서 찾아간 곳이 아파트 공사장이었다.

공사장은 활기차게 움직이고 있었다. 시멘트와 모래를 섞는 기계가 바삐 돌아가고, 층마다 매달린 사람들이 분주하게 일손을 놀리고 있었다. 왈칵 소외감이 몰려들었다. 동수는 어금니를 꾹 물었다. 이대로 돌아설 수는 없었다. 사방을 두리번거리다가 모래와 자갈을 쌓아둔 곳으로 발길을 옮겼다. 열 명 남짓한 사람들이 부지런히 모래와 자갈을 져나르고 있었다.

동수는 잠시 머뭇거리다가 모래를 퍼담아 주고 있는 사람의 일손이 뜸해진 틈을 타 옆으로 다가섰다.

"말씀 좀 묻겠는데요……."

"……."

고개를 돌린 사내가 뭐냐고 눈으로 묻고 있었다.

"여기 책임자 되시는 분이 어디 계신지……."

"책임자? 기살 말하는 거요, 십장을 말하는 거요?"

사내는 무뚝뚝하게 되물었다.

동수는 망설였다. 누구를 만나야 좋을지 선뜻 판단을 내릴 수가 없었다.

“헌데, 왜 그러슈?”

사내가 마땅찮은 눈길을 보내고 있었다.

“다른 게 아니라 일자릴 좀 구해볼까 해서…….”

“일자리? 누구, 당신이 하게?”

동수는 고개를 끄덕였다.

“무슨 기술을 가졌소?”

동수는 고개를 저었다.

“공사판에 와서 아무 기술도 없이 무슨 일자릴 구하려우?”

이때 한 남자가 소리를 빽 질렀다.

“아, 노닥거리지 말고 퍼뜩퍼뜩 퍼담어!”

“지랄 치지 말고 좀 기다려!”

사내가 맞받아 소리를 질렀다. 그리고 다시 동수에게로 시선을 돌렸다.

“무슨 일자릴 구하냐니까?”

“뭐 이런 등짐 같은 거라도…….”

“허, 만만한 게 홍어좆이라고, 이 등짐이 젠 우습게 비는 모양이지만 어서 맘 고쳐먹으슈. 등짐도 힘으로만 버팅기는 건 아니란 말요.”

“일손 놓고 무슨 놈에 구라를 풀고 계시는 거야, 이거.”

조금 전의 그 남자가 가까이 오며 동수를 위아래로 훑었다.

"이 친구 순대가 빈 모양인지, 등짐이라도 지겠다는 거야."

"머어? 거 참 웃기는 친굴세."

"누가 아니래나. 물정 모르고 덤벼드는 풋내기야."

"이거 보슈 젊은 양반, 이쯤에서 그냥 돌아가슈."

"아니 그런 게 아니라……."

남자는 거침없이 동수의 말을 반토막 치며 앞으로 나섰다.

"글쎄, 아니고 기고 다 집어쳐. 미안하지만 싹 꺼져줬음 좋겠어. 우리 일자릴 깜둥이한테 손톱만큼이라도 빼앗길 수는 없다 이 말씀이야, 알아잡수셨어?"

동수는 숨을 들이켰다. 그리고 어금니를 맞물며 느리게 돌아섰다.

6

"이 쪽지 하나 달랑 남겨놓고 가버렸지 뭔가."

아주머니는 눈물을 찔끔거리며 종이를 내밀었다. 창규는 그 종이를 집어들었다.

떠납니다. 찾지 말아주세요. 죄송해요, 아주머니.

이것이 애리샤가 남긴 편지의 전부였다.

"몹쓸 것 같으니라구. 도망은 왜 가. 미리 말했으면 옷가지라도 장만했을 거 아닌가. 내가 모질게 한 게 없는데……."

아주머니는 몹시 가슴이 아픈 모양이었다.

창규는 애리샤의 편지를 접어 아주머니 앞으로 밀어놓았다. 아무 할 말이 없었다. 숙희가 그 짓을 작정하고 나섰다는 말을 보비한테 들었던 때처럼 그저 암담한 느낌뿐이었다.

"그 남잘 따라간 게 분명한데 알아보는 게 어떨까. 창규 자네 생각엔 어떡하면 좋겠나?"

"글쎄요…… 그 남자와 관계가 있다는 게 더 문제 같군요. 아마 도망가야 할 어떤 피치 못할 사정이 있었을 겁니다. 그런데 찾아나섰다간 오히려 애리샤 입장만 난처하게 만들게 될 것 같군요."

"그 피치 못할 사정이란 게 뭘까, 그래."

"……."

"답답해서 이대로 있을 수가 없는데 어쩌나."

아주머니는 허둥거리는 몸짓을 했다. 얼굴도 많이 축이 나 있었다.

"걱정이 되더라도 참는 게 좋을 것 같습니다. 그 남자를 따라간 게 의심할 여지가 없는 이상 행복하기만을 바랄 수 밖에 다른 방법이 없잖습니까."

"글쎄 행복도 좋고 잘사는 것도 좋은데 남녀가 함께 살려면 치러야 될 순서 같은 건 치러얄 게 아냐. 애리샤는 더군다나 그렇지. 그런데 이 철딱서니 없는 게 글쎄……."

"아주머니, 전 그만 가보겠습니다."

창규는 일어섰다. 아무리 애타 하고 속상해 해봤자 될 일이 아니었다. 이미 일은 끝나 있었다.

애리샤는 빼어난 인물이었다. 육감적인 것이 흠이리만큼 그네의 몸 전체에서는 여자의 향내가 물씬거렸다. 그네를 보고 있노라면 혼혈아의 운명이 더욱 참담하게 느껴져오곤 했다.

"저거 참 삼삼하게 생겼는데, 차마 마누라 삼을 순 없고, 데리고 놀긴 아주 기막히겠어. 얼굴도 예쁘지만 저 몸 증말 늘씬한데."

다방에서 손님들이 지껄이는 이런 말을 들을 때는 그 느낌이 더욱 처절해지는 것이었다.

애리샤는 애인을 따라 도망을 쳤다. 창규는 그런 애리샤를 될 수 있는 대로 빨리 마음에서 지워버리고 싶었다.

동수는 보름이 넘도록 모습을 나타내지 않았다. 물론 편지도 없었다. 동수가 돈벌이를 위해 자취를 감추어버린 다음부터 창규는 그 문제에 골몰하기 시작했다.

앞으로 무얼 하고 살 것인가. 어떤 방법을 강구해야 스스로를 보호할 수 있을까. 이 문제는 결코 간단하지가 않았다. 창규는 매일 밤 늦게까지 종이를 펴놓고 고심했다. 자기 자신만으로 범위를 국한시켜 버리면 문제는 간단할 수도 있었다. 그러나 창규의 생각은 자꾸만 넓어지는 것이었고, 그러다 보니 해결책은 쉽사리 나타나지 않았다.

창규는 우선 어머니가 원하는 대로 돈벌이에 적극적으로 나서기로 했다. 막연하게나마 돈이 절대적인 힘을 발휘하게 되리라는 생각에서였다.

"아니, 네가 웬일이냐?"

장사를 해보겠다는 창규의 말에 어머니는 예상 밖의 반가움을 표시했다.

"이제 놀 만큼 놀았잖아요."

"그래야지, 나이 든 남자가 허송세월 하는 것만큼 딱한 노릇도 없다. 그래, 뭘 하고 싶으냐?"

"그걸 제가 아나요, 뭐. 어머니가 골라주셔야죠."

"그래? 그럼 우리 식당을 하는 게 어떠냐? 오래전부터 눈독 들여온 건데 여긴 쓸 만한 식당이 없잖니. 장사는 뭐니뭐니 해도 먹는 장사밖에 없다."

"식당을 해요?"

창규는 고개를 갸웃거렸다. 그건 너무나 뜻밖이었다.

"왜 맘에 안 드냐?"

"그게 아니라 너무 엄청나서 그래요."

"뭐가 말이냐?"

"우선 돈도 많이 들 거고 사람도 여럿 필요할 거 아닙니까? 그런데다 정작 제가 할 일은 마땅찮구요."

"그래, 돈도 어지간히 들고 사람도 네댓은 있어야 된다. 그런 건 내가 다 알아서 할 테니까 염려 마라. 네가 할 일도 보이게 안 보이게 수두룩하다. 우선 네가 마음을 단단히 먹고 나서줘야 내가 믿고 일을 추릴 수가 있다. 여자 혼자 힘으로는 그런 일 못해 낸다. 사람 다루고 돈 간수하는 것부터 할 일이 좀 많겠냐?"

어머니 말을 듣고 보니 그럴 듯도 싶었다. 어머니는 예사 여자가 아니었다. 과거가 험했던 것만큼 매사에 독한 데가 있었다. 좀처럼 흥분하지 않고, 어떤 일이든 서둘러 처리하는 법이 없었다. 은행에 불합격되고 나서 어머니가 보여준 반응은 어쩌면 너무나 인간적인 것이었는지도 모른다. 물론 비중의 차이에 따라 다르겠지만, 그전에 어머니가 그처럼 실망하고 절망에 빠진 일은 볼 수가 없었던 것이다. 창규는 음식 장사에 대해 어떤 이견(異見)도 없었다. 그것의 장사로서 성공 여부는 이미 어머니 손에서 충분한 검토를 끝낸 다음일 것이기 때문이었다.

"그럼 밥장사를 시작해 보죠, 뭐."

"그래, 고맙다. 네가 마음 돌려먹길 기다리느라 몸살이 날 지경이었다. 너도 마음 다 씻어내 버리고 돈 버는 일에나 발 벗고 나서라. 돈이 힘이고 법 아니냐. 어쨌든 돈부터 모아놓고 나서 보자."

어머니는 너무 기뻐하고 흡족해 했다. 그런 어머니를 창규는 물끄러미 바라보고 있었다. 벌써 눈가에는 잔주름이 도장을 파듯 자리를 잡아버린 얼굴이었다. 그 세월을 얼마나 야무지게 살아왔으면 식당을 차릴 만한 돈을 모아가지고 있을까. 창규의 콧날이 찡해져 어머니 얼굴에서 시선을 돌려버렸다.

다음날로 가게를 계약했다. 월세 계약이었다. 창규 이름으로 계약서를 작성했다. 창규는 반대를 했지만 어머니는 막무가내였다.

"자아, 넌 오늘부터 사장님이시다. 식당 주인이 아니라 사장님이셔. 어깨 펴고 당당하게 굴어."

어머니는 계약서를 창규의 손에 쥐어주며 말했다. 그런 어머니의 눈자위는 발갛게 물들어 있었다.

"사장은 어머니죠……."

창규는 어머니의 손을 잡으며 웅얼거리듯 말했다. 일이

눈코 뜰 사이 없이 바빠졌다. 창규는 실내 장식을 감독했고 어머니는 여러 가지 도구 장만과 일할 사람들을 구하느라 정신이 없었다. 탁자와 의자를 배치하는 것으로 실내 정리가 엿새 만에 다 끝났다. 그때는 이미 주방에 솥이 다 걸려 국거리를 끓이기만 기다리고 있었다.

창규의 이름으로 된 영업 허가증이 카운터 뒤 벽에 붙음으로써 식당은 비로소 문을 열 수 있게 되었다. 창규는 영업 허가증을 오래도록 쳐다보았다. 참 묘한 것이었다. 그 종이쪽지 한 장이 몰고 온 책임감과 자신감은 실로 놀랄 만한 것이었다. 계약서에 도장을 눌렀을 때와는 전혀 다른 감정이었다.

이 영업체는 내 것이라는 확인과 함께 가슴을 가득 채워 오는 자신감은 실로 생전 처음 느껴보는 삶의 의욕이고 힘의 긴장이었다. 링 위에 올라 글러브를 단단히 낀 권투 선수의 기분이 아마 이러리라 싶었다. 창규는 최선을 다하리라고 각오를 새롭게 했다.

문을 열기 전날 간단한 개업식을 했다. 가까운 사람들이 50여 명쯤 모인 저녁 식사였다. 대부분 어머니와 관계가 깊은 사람들이었고, 창규가 부른 사람은 보비와 조지뿐이었다.

"어머머, 아리조나 언니만 통뺀 줄 알았더니 왕통뺀 따로 있었지 뭐유."

"뭐, 왕통뼈?"

"헤헤헤헤……."

"호호호호……."

"하여튼지 기찬 양반들이라구. 죽으면 우리가 돈 모아 비석 세워드려야 할 거야."

"얘, 얘, 비석 세울 돈 있음 부지런히 매상이나 올려라."

"그렇기두 하겠다. 참 언니, 급할 땐 외상도 긁을 수 있는 거유?"

"초장부터 김새는 소리 마 얘. 넌 외상으로 밑천 내주는 일 있어?"

"그래, 저는 현찰 장사하면서 남의 집 건 외상으로 덤벼드니, 들길?"

"알았다, 취소다 취소."

"난 앞으로 비곗살 찌게 됐네. 화이트 그게 불고길 기똥차게 좋아하는데 먹을 데가 있어야지요."

"요샛것들은 이상하게 갈비탕, 설렁탕도 곧잘 처먹더라."

"그러게, 옛날하곤 달라."

"뻔할 뻔자지 뭐니. 부대에서 이젠 한국 음식 먹어도 괜찮다고 교육을 시키는 것 아니겠니?"

"옳지, 그런 모양이다."

“어쨌든 앞으로 짱골라 싹 외면하고 여기 매상 올리기 작전이다.”

여자들은 맘껏 떠들고 웃으며 시간 가는 줄 모르고 있었다.

창규는 보비, 조지와 함께 카운터 옆자리에 앉아 밥을 먹고 있었다. 보비와 조지는 약속이나 한 것처럼 시무룩한 얼굴로 밥만 퍼넣고 있었다. 성냥을 사들고 온 그들은 축하한다는 말밖에는 더 한 말이 없었다. 창규는 그들의 심정을 충분히 헤아리고 있었다. 그들은 자신을 부러워하고 있는 것이다. 그래서 그들은 평소보다 더 외로움을 느끼는 것이다. 자기들은 가망이 없다는 암담한 생각과 함께.

창규는 그들과의 자리가 이렇게 옹색하기는 처음이었다. 아까부터 그들의 기분을 풀어줄 말을 찾고 있었지만 마땅한 게 없었다. 기껏 말을 생각해 놓고 보면 배부른 놈이 지껄이는 헤픈 소리로 오해받을 것 같곤 했다.

“아니, 저게 누구야. 숙희 아냐?”

문을 향해 앉은 보비가 놀란 표정을 지었다.

“누구?”

창규는 반사적으로 고개를 돌렸다. 역시 문 앞에는 방금 들어선, 실내 분위기에 설익은 낯빛을 한 숙희가 서 있었다. 그네의 모습은 한눈으로 보아도 전과는 퍽 달라져 있었다.

창규는 얼른 일어나 그네에게로 다가갔다.

"개업 축하합니다."

그네는 먼저 말하며 들고 있던 꾸러미를 내밀었다.

"고맙습니다. 잠깐 절루 앉으시죠."

창규는 그들이 앉은 탁자를 가리켰다.

"아녜요, 이대로 가겠어요. 초대도 받지 않고 찾아온 걸 용서하세요. 하지만 알면서 그냥 모른 체 넘기고 싶진 않았어요. 생각보다 훨씬 좋네요. 어머니 덕 톡톡히 보셨군요. 부러워요, 솔직히 말해서."

그네는 조금 웃어 보였다. 회색빛 피부에 잠시 머물렀다 사라져버린 그 웃음은 비웃음 같기도 했고 자조적인 것 같기도 한, 참으로 애매모호한 웃음이었다.

"저어 그게……."

창규는 무슨 말인가를 하려고 했고,

"크게 번창하세요. 그만 가겠어요."

그네는 약간 고개를 숙여 보이고는 돌아서버렸다.

창규는 흔들거리는 문을 바라보며 멍하니 서 있었다. 자신은 그 말을 하려고 했다. 우선 여기서 돈을 벌고, 그 돈으로 우리들의 일을 해결할 수 있는 데 쓰려고 한다는 말을 하고 싶었다. 그러나 그 말은 너무나 길었고, 또 너무 많은 설명을 필요로 하는 말이었다. 보비나 조지에게도 자신의 그런 마음을 전하고 싶었다. 그런데 그게 말로 차근차근 엮어져나오질 않았다. 말은 진실을 전하는 데 전혀 적합하지 못하다는 사실을 창규는 처음으로 절감하고 있었다. 이런 경우에 말을 하면 할수록 오해만 커지게 될 뿐이었다. 숙희 그네가 한 말은 곧 보비나 조지가 한 말이나 다름이 없었다. 보비나 조지는 남자이기 때문에 침묵 속에 그 말을 묻고 있을 뿐이었다.

"저 병신 뭐하러 왔대?"

조지가 미간을 찌푸리며 물었다.

"어머니 덕 톡톡히 본 걸 축하한다는군."

창규는 둘을 똑바로 쳐다보며 이렇게 말했다.

"머라고?"

"저런 벼엉신."

둘은 각기 한마디씩 했지만 표정은 그네를 나무라는 쪽이 아니라 자신들의 마음을 꼬집힌 데 대한 당황의 빛을 여실히 드러내고 있었다.

"그 여자 말이 옳아. 틀림없는 사실이니까. 너희들 심정도 어떤지 다 짐작하고 있어. 그렇지만 너희들은 그 여자처럼 경솔하게 돌아서지 않았으면 하는 게 내 생각이야. 나한테 한 가지 계획이 있으니까."

창규는 이렇게밖에 말할 수가 없었고, 보비와 조지는 아무 대꾸도 하지 않았다.

창규는 다음날부터 음식점에 매달려 바쁘게 돌아갔다. 창규는 홀을 도맡았고 어머니는 주방을 전담했다. 홀의 청소와 손님 접대에서부터 돈을 받는 일까지 홀에서 일어나는 모든 일이 창규의 책임하에 있었다. 어머니는 재료 조달에서부터 음식 청결 문제까지 주방에서 일어나는 일체의 일을 살펴나갔다.

생각보다 고단한 일이었고, 잠시의 짬도 낼 수 없이 빨리 가는 하루였다. 문을 닫고 하루 수입을 계산하고 나면 자정이 다 되곤 했다. 며칠 동안의 수입은 대체로 고른 편이었고, 마음을 놓아도 될 만큼 손님은 들고 있었다.

"이대로만 가면 사업은 성공이다."

어머니가 한시름 놓았다는 듯 말했고,

"천할 건 없지만 별로 귀하지도 못한 장산데, 이 정도론 곤란해요."

창규는 불만스럽게 대꾸했다.

"어디 한술 밥에 배부르는 일 있겠니. 좀더 애를 쓰자."

식당문을 열고 20일쯤 되었는지 모른다. 점심때가 지나 손님이 뜸해졌는데 한 남자가 들어서더니 대뜸 창규를 찾았다.

"예, 제가 김창굽니다."

"아 그러쇼, 나 이런 사람입니다."

남자는 수첩을 꺼내 보였다. 형사였다.

"무슨 일이신지……."

창규는 순식간에 머리가 뒤죽박죽으로 헝클어지는 걸 느꼈다.

"김동수, 여기 나타났었죠?"

형사는 느닷없는 말을 내쏘듯 했다.

"동수요? 여기 온 일 없는데요."

창규는 눈이 휘둥그레지며 고개까지 저었다

"거짓말하면 안 돼요. 정말 안 왔어요?"

형사는 마음만 먹으면 어디서든지 곧 동수를 끄집어낼 수 있다는 투로 당당하게 몰이꾼 입장에 서 있었다.

"동수가 무슨 일을 저질렀는지 모르지만 여기 나타난 일은 없습니다."

창규는 형사의 태도가 못마땅해서 냉정하게 잘라 말했다.

"그 짜식, 강도질을 했소!"

흡사 형량을 선고하는 판사처럼 형사는 말에 감정을 삽입시키고 있었고, 창규는 아뜩한 현기증을 느끼며 눈을 꼭 감아버렸다.

"여기 어디 몸을 숨길 만큼 가까운 사람 없소?"

창규는 고개를 저었다.

"그럼 오늘이나 내일 중에 나타날지도 모르니까 눈에 띄는 대로 파출소로 연락해 주시오."

형사는 던지듯 말하고는 바삐 돌아섰다.

그러고 보니 동수와 헤어진 지도 두 달이 가까워오고 있었다. 식당에 매달리느라고 한참 동안 그를 잊고 있었던 것이다. 창규는 심한 배신감을 느꼈다. 오죽하면 강도질을 했을까 하는 동정심은 생기지 않았다. 강도질을 해야 할 만큼 형편이 다급했으면 되돌아왔어야 했다. 돈벌이를 할 수 없었으면 단념했어야 했다. 튀기에 강도의 전과. 동수의 흥분된 경솔이 싫었다.

형사는 두 번을 더 다녀갔지만 동수는 모습을 나타내지 않았다. 그 감추기 어려운 검은 얼굴을 가지고 어디로 도망을 다니고 있을까. 고통스럽게 도망을 다니다 잡히지 말고 차라리 자수를 하는 게 홀가분할 텐데. 창규는 동수 생각을 하느라고 일할 기분을 잊고 있었다.

열흘, 보름이 지나도 동수는 나타나지 않았다. 창규는 더 이상 동수를 기다리기를 포기했다. 일단 체포된 것으로 간주했다. 숙희한테 찾아가볼까 하다가 그것도 그만두었다. 동수가 그네를 찾아갔더라면 반드시 무슨 연락이 왔었을 것이다. 괜히 그네를 찾아가서 긁어 부스럼을 만들고 싶지 않았다.

창규는 일에 묻히면서 동수의 사건을 잊어버리려고 했다. 그 대신 자신의 계획을 추진할 수 있는 구체적인 방법을 찾아내기 위해 골몰했다. 그러던 어느 날 무심히 텔레비전을 보고 있다가 창규는 몸을 벌떡 일으켰다. 음성 나환자촌의 특집 방송이었다. 화면은 남녀의 흉하게 일그러진 얼굴들과 몽땅 손가락이 잘려나간 손이나 비틀린 발등으로 가득가득 채워지고 있었다. 그러다간 말끔하게 단장된 집들이 비춰지는가 하면 피둥피둥 살이 오른 돼지들이 우글거리는 돼지우리나 흰빛 날개를 퍼덕이는 건강미 넘치는 닭들이 요란스럽게 울어대는 긴 닭장이 보여지기도 했다. 창규는 무릎을 쳤다. 바로 저것이다 싶었다. 여태껏 찾아헤매던 구체적 방법이 눈앞에 펼쳐지고 있었다.

음성 나환자, 그들은 문둥병을 앓는 사람들일 뿐이었다. 그런데 문둥병은 워낙 고약한 병이어서 완치가 되어도 그 상처의 흔적을 모질게 남겨놓은 것이었다. 눈을 찌그러뜨려 버리거나, 코를 떼어가 버리거나, 입을 비틀어버리거나, 손가락을 떼먹어버리거나 했다. 그래서 그들은 폐를 잘라낸 사람이나 위를 잘라낸 사람들과는 다르게, 완치가 되었으면서도 영원한 문둥병 환자로 버림을 받고 말았다. 그래서 자기들끼리 모여 인적이 먼 땅을 찾아 자활촌을 만든 것이다.

"……그러나 아직 이들에게는 큰 시련이 남아 있다. 이렇게 돼지와 닭을 온 정성 다하여 길렀지만 시장을 제대로 얻지 못하고 있는 것이 그 점이다. 세상 사람들은 그들을 외면

하듯 그들이 기른 가축도 외면하고 있는 것이다. 이것이 과연 옳은 일인가……."

텔레비전에서 흘러나오고 있는 해설이었다.

우리는 음성 나환자들보다야 낫지 않은가. 우리가 키운 돼지와 닭을 사먹지 않을 세상 사람은 없지 않은가.

창규의 가슴은 벌떡거리고 있었다. 우선 땅을 사는 것이다. 평지가 아니라도 상관없다. 물만 가까우면 산이 더 좋다. 값이 쌀 테니까. 싼 땅을 될 수 있는 대로 많이 확보한다. 그리고 차근차근 개간을 해나간다. 이 땅에는 혼혈인이면 누구나 들어와 살 수 있는 권리를 준다. 땅을 최대한 이용해서 수익성 높은 사업을 정착시키고 서로 사랑하는 사람들끼리 가정을 이루도록 한다. 그럼 어엿한 혼혈인 자활촌이 된다. 애들이 커나면 독립된 학교를 짓는다. 보수만 많으면 선생 초빙쯤 문제가 아니다. 일반인과의 결혼은 권장할 필요도 없고 막을 필요도 없다. 혼혈아를 빨리 없애기 위해 남자 혼혈은 일반 여자에게, 여자 혼혈은 일반 남자에게 강제로 결혼시킨다 하더라도 백인과 흑인 혼혈이 표나지 않게 섞이자면 1대(代)가 걸릴지 15대가 걸릴지 알 수 없는 노릇이다. 백인이나 흑인 혼혈은 1대에서도 표가 나지 않는 중국이나 일본 혼혈과는 다르다. 사실 엄밀하게 따지고 보면 이 땅의 사람들치고 중국이나 일본 혼혈 아닌 사람이 단 한

명인들 있는가. 다만 표가 나지 않을 뿐인데 자기들은 무척 순종들처럼 뽐내는 것이다. 역사 시간에 두 눈 똑바로 뜨고 본 사실이지만 삼국 시대에 당나라가 부린 횡포, 고려 시대에 거란이나 몽골이 남긴 오물, 조선 시대에 일본이 만든 난장판 속에서 혼혈아가 얼마나 제멋대로 불거져나왔을 것인가. 그런데 역사 선생은 이런 걸 다 가르치고 나서도 연상이 민족은 이 지구상에서 유일한 단일 민족이라고 얼빠진 소리를 씨부려댔던 것이다.

그까짓 거 어쨌든 상관없고, 일단 땅을 확보하고 경제력이 든든하면 자식들이 어떤 색깔로 태어나든 상관할 필요가 없다. 차이나타운처럼, 유대인 마을처럼 독립 선언문만 없는 영원한 독립을 하는 것이다. 불구나 다름없는 음성 나환자들도 자활촌을 이룩했는데 건강한 몸으로 뭐는 못할까. 우리에게도 구슬을 꿰는 실 같은 무서운 힘이 있다. 놀림받고 버림받고 외면당한 서러움이 그것이다. 다들 아주 멋지게 해낼 것이다, 땅만 있으면. 땅을 갖는 것이다. 싼 땅을 아주 많이 많이…….

창규는 꼬리를 무는 생각 때문에 좀체로 잠을 이룰 수가 없었다. 우선 보비나 조지에게 속 후련하게 계획을 들려주고 싶었다. 뜬눈으로 새우다시피 한 창규는 어머니와 함께 시장을 다녀와서 심부름하는 아이를 불렀다. 보비와 조지를 데려오도록 시켰다.

"아침밥 여기 와서 먹으란다고 해."

"알겠어요, 사장님."

계집애는 팽하니 밖으로 뛰어나갔다. 어머니는 한사코 모든 종업원들에게 창규를 사장님으로 부르게 했다. 누구한테 소개를 할 때도 거침없이 사장이었다. 그래 놓고 어머니는 흡족하게 웃는 것이었다. 처음 한동안은 꼭 죽을 맛이더니만 자꾸 되풀이되다 보니까 언제부턴가 창규 자신도 스스로가 사장인 것처럼 행세하게 되고 말았다.

창규는 아침밥을 먹으면서 보비와 조지에게 자신의 계획을 자세하게 털어놓았다.

"어떠냐, 넌 생각이."

"그럼 땅은 네가 사겠단 말이냐?"

조지가 멍한 눈길로 물었다.

"그렇다니까."

"그만한 돈을 벌써 벌었어?"

보비도 믿어지지 않는다는 표정이었다.

"한꺼번에 다 사는 건 아니고…… 우선 너희들 생각이니 말해."

"야, 그렇게만 된다면 얼마나 좋겠니. 난 뼈가 부러지도록 일을 할 거다."

조지가 떨리는 목소리로 말했다.

"우리끼리 모여산다는 것, 그거 얼마나 기막힌 일이냐. 난 마 돼지새끼만 죽어라고 키울 작정이다."

보비가 환하게 웃고 있었다.

"됐어, 벌써 우리 셋은 모아진 거다."

창규가 힘주어 말했고,

"동수는 어디로 꺼져버렸을까. 그 자식이 있으면 정말 좋아할 건데."

보비가 우울한 얼굴이 되었고,

"그럼 숙희를 데려다가 마누라 삼을 수도 있잖아. 그렇게 되면 그 자식 더럽게 좋아할 텐데."

조지도 걱정스러운 모양이었다.

"아마 찾을 수 있게 될 거야."

창규는 어느 정도 자신을 가지고 말했다. 파출소에 가서 그 형사가 서울 어느 경찰서에 근무하는지를 확인하고, 서울로 찾아가 만나보면 의외로 쉽게 찾아낼 수 있는 일이었다.

창규는 식당 일을 보는 데 어느 때보다 신명이 났다. 보비나 조지도 어깨를 좌우로 턱없이 넓게 흔들어대며 식당을 드나들었다. 문을 닫을 때쯤이면 나타나서 홀 청소를 하느라고 둘은 한바탕 수선을 피우기도 했다. 아무 영문을 모르는 어머니는 그저 기분이 좋아서 소주를 한 병씩 까놓고는 했다.

창규는 다급한 여자 목소리에 잠을 깼다. 방문을 열어보니 어머니가 대문으로 걸어가고 있었다.

"누구요?"

"나요, 나. 아리조나야."

"아니, 아침부터 웬일이냐?"

어머니가 문을 따자마자 아리조나 아주머니는 마당으로 뛰어들었다.

"이거 난리 났어. 애리샤가 음독을 했지 뭐야."

"뭐요?"

창규는 소리치며 방을 뛰쳐나오고 있었다.

"어떻게 된 겁니까?"

"어쩜 자네 말이 그렇게 꼭 맞아떨어지나 그래. 서울에서 언제 내려왔는지 여관에서 약을 먹었지 뭔가."

아주머니는 눈물을 추스르느라고 말을 제대로 못했다.

"그래서 숨이 끊어져버렸다는 겐가?"

어머니가 다그치고 있었다.

"일하는 청년이 발견해서 병원으로 옮겨둔 걸 보고 오는 길이야."

"병원요? 그럼 아직 살았다는 겁니까?"

창규가 눈에 빛을 모으며 물었다.

"글쎄, 숨이 붙어 있긴 한데 의사도 자신할 수가 없대잖아."

"됐군요, 어서 가보시죠."

창규는 맨발인 채로 구두를 꿰신고 있었다.

"얘야, 양말이나 신고 가거라."

어머니가 말하며 돌아섰을 때 창규는 벌써 대문을 나가고 있었다.

애리샤는 혼수 상태였다. 의사의 말로는 오늘 하루가 고비라고 했다.

"이게 애리샤가 쓴 유서네."

아주머니가 연상 눈물을 찍어내며 창규에게 편지 봉투를 내밀었다. 창규는 봉투에서 종이를 꺼냈다. 집을 나갈 때 남긴 편지처럼 아주 짤막하게 적은 유서였다.

아주머니, 죽을 죄를 짓고 떠납니다. 모든 것 용서하세요. 그 사람한테 버림받고 아무 데도 갈 곳이 없어 다시 아주머니 곁으로 돌아왔습니다. 더 이상 살 수가 없습니다. 홑몸이 아닌걸요. 저를 태워주시고, 아주머니 건강하게 오래 사세요. 다시 한 번 용서를 빌겠어요.

"그놈을 어떻게 혼구멍을 내놓지? 무슨 방법이 없을까?"

창규는 아주머니의 말을 듣고 있지 않았다. 멀리 서로 업히고 업혀 아슴하게 뻗쳐나간 산줄기를 하염없이 바라보고 있었다. 산은 그저 커다란 자취만을 무겁게 드러내고 있었다. 거기에 분명히 있을 바위도 나무도 짐승도 아무것도 보이는 게 없었다. 그저 산은 자취일 뿐이었다.

창규는 끝없는 공허를 느꼈다. 사람이 산다는 것도 저럴 것이었다. 산속의 바위나 나무나 짐승처럼 조금만 멀리서 바라보면 형체도 없는 것. 그러면서도 가까이에서는 서로가 서로를 너무나 고달프게 회초리질하는 것이다.

"자네 무슨 생각을 그리하나?"

"아 네, 땅을 좀 살까 하구요."

"갑자기 땅은 무슨?"

"아닙니다, 아무것도 아녜요."

창규는 다급하게 담배를 꺼내물었다.

"쉬 깨날 것 같지 않은데 자넨 가보게. 식당이 바쁠 텐데."

"괜찮아요. 조금 더 있어보죠."

창규는 담배 연기를 길게 뿜어내며 아예 복도 의자에 주저앉았다. 두 시간 이상을 기다렸지만 애리샤는 깨어나지 못하고 있었다. 창규는 일단 식당으로 돌아가기로 했다.

"깨나는 대로 연락 주세요."

창규는 병원을 나섰다. 지금 그의 마음에는 애리샤가 빨리 깨어나길 바라는 것과 어서 땅을 장만해야 되겠다는 생각뿐이었다.

애리샤는 이틀 만인 다음날 오후에 의식을 회복했다. 그 소식을 듣고 병원으로 달려가고 있는 창규는 애리샤한테 땅 살 이야기를 자세하게 들려주리라고 마음이 출렁이고 있었다. 그 계획을 듣고 애리샤도 보비나 조지처럼 기뻐하리라는 확신이 있었다.

아주머니는 병실 앞에 침통한 표정으로 서 있다가 창규를 보자 그만 울상이 되었다.

"아니, 뭐가 잘못됐습니까?"

창규는 마음이 섬뜩해서 물었다.

"겨우 목숨을 건지고 났더니 이젠 또 수술을 해얀다지 않나."

"수술이라뇨?"

"자네도 보지 않았나, 그 유서."

"그 유서가 어쨌게요?"

"홑몸이 아니라고 했었잖아. 약기운 때문에 유산이 됐을 테니 수술을 하라는 게야."

"그럼 거, 소파수술이라는 것 말인가요?"

"그렇지. 수술도 수술이지만 처녀의 몸으로 그게 무슨 꼴이야."

"난 또 무슨 일인가 했네요. 그게 무슨 상관 있어요. 그런 수술 하는 처녀가 요새 세상에 어디 한둘인가요? 겨우 살아나고 나니까 별것 다 가지고 트집이군요, 아주머닌. 소문이나 내지 마세요."

"창규, 말이라도 고맙구먼. 어여 들어가 봐."

아주머니가 손등으로 눈자위를 씻으며 비켜섰다. 창규는 가만히 병실문을 열었다. 그리고 한 발을 성큼 병실로 들여놓았다.

〈1978년〉

두 개의 얼굴

그 산골 마을에서는 밤마다 귀신의 울음 소리가 번져나왔다. 발길을 더듬거려야 할 만큼 어둠이 짙어지기만 하면, 그 습하고 음산한 울음 소리는 영락없이 마을을 공포의 도가니로 몰아넣는 것이었다. 그래서 마을 사람들은 이른 저녁을 해먹고는 해가 떨어지기 무섭게 문이란 문은 모두 닫아걸었다.

마을은 밤만 되면 공동 묘지와 다를 게 없었다. 사람의 통행이 완전히 끊긴 데다, 불을 켠 집이라곤 하나도 없었다. 적막한 어둠 속에 어렴풋한 형체를 드러내고 있는 집들은 흡사 묘지와 같았고, 그 어둠을 헤치고 귀신의 울음 소리가 간헐적으로 휩쓸고 지나가는 것이었다.

—아이고오…… 아이고오…….

목을 놓아 우는 때도 있었고,

—웬수야아…… 웬수야아…….

발악적으로 소리칠 때도 있었고,

—잉잉잉…… 응, 으응, 응…….

섧게 느껴우는 때도 있었고,

—이히히히…… 히히히히…….

간드러지게 웃는 울음을 울 때도 있었다.

그 어떤 울음도 견디어낼 만한 것은 하나도 없었다. 적막한 어둠을 타고 흐르는 여자의 날카로운 비명과 메마른 통곡과 섬뜩한 웃음소리는 하나같이 마을 사람들을 옴짝달싹 못하게 옥죄고 있었다.

그 울음 소리는 계속 들려오는 것이 아니었다. 한바탕 찬물을 끼얹고 나서는 못 견디게 지루한 시간 동안 잠잠한 것이다. 그러다가 느닷없이 "이히히히……" 전신의 피를 바지직바지직 마르게 하는 웃음소리가 싸늘하게 퍼져오는 것이다.

그 소리는 어디서 들려오는 것인지 분간할 수가 없었다. 어떤 때는 왼쪽 같기도 했다가, 어떤 때는 오른쪽 같았고, 또 어느 때는 바로 등 뒤에서 들리는 것 같기도 했다. 처음 얼마 동안은 잔뜩 주눅이 든 낮은 목소리로 왼쪽이니 동쪽이니, 오른쪽이니 서쪽이니 우김질도 하긴 했지만, 차차 그것도 멈추고 말았다. 백날 우김질을 하면 무얼 할 것인가. 동쪽이면 어떻고 바로 등뒤면 어떻단 말인가. 그런 우김질로 귀신이 울기를 멈추지 않는 한 그것처럼 부질없는 일이 없었다.

"엄마 무서…… 불 켜."

파랗게 질린 애가 가슴으로 파고들며 애원했다.

"알었다. 엄마가 꼭 안아줄게, 어서 자그라."

여인은 애를 감싸안으며 동그랗게 뭉친 솜덩어리를 집어들었다.

"엄마 불 켜, 나 무서."

"알었어, 이 솜으로 귀 막아줄 테니 어서 자."

"싫어, 답답해. 빨랑 불 켜어."

"이 원수야, 불을 켜면 어찌 되는지나 알어?"

여인은 낮게 틀어잡은 목소리로 애를 꾸짖으며 머리를 쥐어박았다. 그러고는 사정없이 솜을 애 귀에다가 틀어박았다. 그런 여인의 한 손은 우악스럽게 애의 입을 덮고 있었다. 머리를 쥐어박힌 애의 아픔은 그 손바닥에 짓눌려 억지로 삭여지고 있는 참이었다.

집집마다 소등(消燈)을 한 것은 결코 자의(自意)에서만이 아니었다. 처음 귀신이 울기 시작했을 때, 사람들은 마을 전체를 대낮처럼 밝게 불을 밝히기를 원했었다. 그건 짐승이나 귀신은 불이나 밝음을 무서워하기 때문이었다. 밤마다 불을 밝히자면 나무도 엄청나게 들 것이었다. 그러나 그건 문제가 아니었다. 남쪽을 제외하고는 마을은 온통 산으로 둘러싸여 있었던 것이다. 그 산에 빽빽하게 자라고 있는 나무는 다 어디다 쓸 것인가. 그러나 이 의견은 좌절되고 말았다.

"그 무슨 철부지 애들 같은 말들을 하시오. 저 나무들을 가꾸느라고 우리가 얼마나 피땀을 흘렸는데, 그까짓 귀신을 쫓는 데 불쏘시개로 태워 없앤단 말이오. 저건 당신네 어른들의 재산만은 아니오. 애들, 자손한테까지 남겨야 할 재산이란 말이오."

이장(里長)이 화가 난 어조로 말했다.

사람들은 말을 잃고 말았다. 이장의 말이 맞았다. 이장의 의견에 따라 민둥산에 나무를 심고 가꾸기 15년여. 그동안 겪은 고생과 들인 정성은 실로 대단한 것이었다. 이제 한 아름씩이 다 되어가다시피 하는 나무들을 멋대로 쳐내려 귀신을 쫓자고 밤새껏 일삼아 태워댈 수는 없는 노릇이었다.

"이장도 귀신 곡성을 듣긴 들었을 건디, 이대로 밤마다 험한 꼴로 지낼 순 없는 노릇 아닌가."

노인은 이장에게 해결책을 강구하라고 압력을 가하고 있

었다.

"그렇지요. 이대로 시달릴 순 없는 일이죠."

젊은 이장은 눈살을 잔뜩 찌푸린 채 무거운 표정이 되었다.

"한 품고 오신 귀신을 사람 완력으로 이긴 법은 없답니다. 그저 달래야 해요, 달래야."

어느 여자가 말했고,

"그렇잖구요. 원귀를 잘못 몰아세웠다간 날벼락 맞아요. 천상 비위 맞춰서 구슬려야 한다구요."

옆의 여자가 생기 도는 목소리로 맞장구를 쳤다.

"그렇담, 굿을 해얀단 말이렷다."

처음 말을 꺼냈던 노인이었다.

"그렇지요. 굿을 해야죠."

"원귀 달래는 데야 굿 말고 더 신효한 처방이 어디 있나요."

두 여자가 자신만만하게 강조했고, 좌중의 모든 사람들은 완전한 해결책을 찾아낸 기쁨으로 술렁거렸다.

"그거 괜찮은 방법입니다."

이윽고 이장이 동의를 표했다.

"하루라도 빨리 길일(吉日)을 잡아야 해요."

"그럼, 그럼. 돼지도 큰 놈으로 통째 올리고……."

"그렇지, 집집마다 추렴을 해서 떡 벌어지게 차려 올려야지."

여자들은 처음에 모였을 때의 침울한 기분을 싹 털어버리고 굿 차릴 이야기로 빠져들고 있었다.

"모두들 조용히 하십시다."

이장의 말에 사람들은 모두 말을 멈추었다.

"에에, 굿을 하는 건 백번 좋은데, 굿은 무당이 하는 것 아닙니까. 그런데 우리 마을에는 무당이 없잖습니까."

이장의 이 말에 사람들은 모두 무슨 뚱딴지 같은 소리냐는 듯 서로서로 얼굴을 마주 보았다. 그러나 그 시간은 지극히 짧았다.

"고게 무슨 걱정입니까요. 기별만 띄우면 얼씨구나 올 걸 가지고."

어느 입빠른 여자가 말했고,

"그러게, 무당 없는 동네가 어디 우리 동네뿐인감."

다른 여자가 입을 삐죽해 보였다.

"내 말은 그런 뜻이 아닙니다."

술렁거리는 분위기를 잡으려는 듯 이장의 목소리는 사뭇 컸다.

"에 또, 무당을 불러오는 것은 당연한 일입니다. 그런데 그 무당의 입으로 우리 동네에 귀신이 붙어서 동네 굿을 했다는 소문이 나는 게 염려다 그 말입니다. 어느 한 집도 아니고, 동네 전체가 귀신이 붙었다, 그래서 귀신 붙은 동네라고 소문이 퍼져봐요. 그런 날엔 우리 동네 꼴은 뭐가 되겠소. 우릴 귀신 붙은 것들이라고 상대하기 꺼려 하고, 우리 동네 농작물을 귀신 붙은 물건이라고 사려 들지 말라는 법 없잖겠소. 그럼 우리네 신세가 어떻게 되겠소. 십년공부 도로아미타불 아니오. 나는 바로 그게 걱정이란 말이오."

좌중에는 갑자기 냉기가 돌았다. 이장의 말은 구구절절이 옳았다. 역시 이장은 예사 사람은 아니었다. 젊은 나이에 비해 언제나 생각이 깊고 넓었다. 이장이 이 산골 마을을 아끼고 염려하는 것만큼이나 사람들은 제각기 애정과 애착을 지니고 있었다. 이장이 나타나기 전까지만 하더라도 이 산골 마을의 생활은 말이 아니었다.

고작해야 산자락 아래를 타고 일구어진 밭뙈기에서 거둬들인 고구마로 산골의 긴 겨울을 나기란 반쯤은 죽어 있는 꼴이었다. 그나마 돈 구경을 할 수 있는 것은 봄이면 고사리, 가을이면 밤을 따내서였다. 그러나 그 돈이란 것이 간에 기별도 안 갈 만큼 시장스러운 액수였다. 없어서는 안 될 소금이나 실 등속을 가까스로 장만할 뿐, 간고등어 한 손 선뜻 사들 수 없었다. 그런데 젊은 이장이 자리를 차고 앉으면서부터 동네는 달라지기 시작한 것이다. 물론 젊은이가 처음부터 이장은 아니었다.

그가 동네에 모습을 나타내게 되었을 때만 해도 아무도

관심을 기울이지 않았다. 사람 사는 곳에 옛사람이 떠나거나 새사람이 들어오는 것은 물이 높은 곳에서 낮은 곳으로 흐르는 것처럼 자연스런 이치였다. 그 젊은 내외는 극성스러울 만치 부지런했다. 사람들이 거들떠보지도 않는 돌과 잡풀투성이의 땅을 일구는가 하면, 나뭇가지와 칡줄기로 닭장을 얽어 만들었고, 사시장철 흘러가는 맑은 냇물을 옆에다 놓고 한사코 우물을 파는가 하면, 자기 산도 아닌데 낑낑거리며 나무를 줄지어 심어나가는 것이었다.

이런 그들 내외의 행동은 심심찮은 웃음거리였다. 그러나 그들은 귀라도 먹었는지 도무지 주위를 아랑곳하지 않았다. 몇 개월이 지나고 해가 바뀌게 되자, 사람들은 눈을 휘둥그렇게 떴다. 돌과 잡풀투성이였던 땅은 어느새 자신들의 밭보다 몇 배 넓은 밭으로 변해 있었고, 그 엉성하기 이를 데 없던 닭장에서는 새하얀 달걀이 쏟아져 나오는 것이 아닌가. 그때부터 사람들은 그들 내외에게 꽤는 호의적이면서도 아첨기 어린 웃음을 보이며 접근하기 시작했다. 그들은 귀머거리거나 벙어리가 아니었다. 사람들이 묻는 말에 다정스럽게 대답했고, 알고 싶어하는 것은 친절하게 가르쳐 주었다.

사람들은 시샘이라도 하듯 그들 내외처럼 되고 싶어했고, 그러다 보니 그들 내외는 사람들을 이것저것 시키는 자리에 놓이게 되었다. 그 젊은 남자는 마을 사람들이 모두 힘을 합쳐 일할 수 있기를 은근히 바랐다. 그러나 그런 주장을 내세우지는 않았다. 언제부턴가 모르게 마을이 공동으로 처리할 문제가 생기면 젊은이의 의견대로 따르게 되었다. 그만큼 젊은이는 생각이 깊었고, 사심이 없이 행동했다. 그러던 어느 날 모임에서 젊은이는 갑자기 이장이 되어버린 것이다.

"김씨가 이장을 맡지그래."

누군가가 불쑥 말했고,

"그래, 난 늙어서……."

나이가 든 이장은 당황하고 궁색한 표정으로 어물거렸다. 그때 뜻하지 않은 박수가 산발적으로 짝짝짝 터져나왔고, 젊은이는 이장의 직책을 맡게 되었다. 사람들은 놀랐다. 그 전에 있으나마나 했던 이장이란 자리가 그처럼 빛나고 크게 느껴진 사실에 사람들은 두 번 세 번 놀라고 있었다. 그는 무서운 열성으로 일을 해나갔다. 그는 마을 전체의 이익과 행복을 위해 모두 힘을 합해 줄 것을 역설했다. 그는 어마어마하게 느껴질 만큼의 계획을 세워 사람들에게 알리고는 잠시도 지체하지 않고 실행으로 옮기는 것이었다. 예를 들면, 남쪽을 빼고는 빙 둘러싸인 3면의 민둥산에 나무를 심는다는 계획 같은 것이었다. 그는 몇몇의 반대를 가차 없이 묵살했고, 일을 진행해 가는 동안 일어나는 사소한 불평 같은 것은 결코 용납하지 않았다. 그 대신 그는 이 일을 이룬 다음의 이익이 무엇인지를 누누이 강조했다. 그는 결국 2년에 걸쳐 나무 심기를 완료했고, 첫해에 심었던 나무가 숲을 이루는 것을 본 사람들은 비로소 다음해에는 무슨 열매든 열리리라는 사실을 확인하며 보람을 느끼게 되었다. 해가 바뀌고 열매를 따게 되었을 즈음엔 이장의 말은 그대로 법이었다. 이장이 한 일은 실로 많았고, 또 그 결과가 대부분 좋았기 때문에 당연한 일인지도 몰랐다. 사람들도 예전 같지 않게 이 산골 마을에 사는 것을 떳떳하게 내세웠다. 대단한 변화가 아닐 수 없었다.

그런데 십년공부 도로아미타불이다. 그건 있을 수 없는 일이었다. 이장의 말마따나 귀신 붙은 동네 물건이라고 외면을 해버리는 날에는 옛날의 꼴로 되돌아가게 될지도 모른다. 그건 생각만 해도 끔찍한 일이다. 그 허기진 가난에 다시 묻히느니, 차라리 귀신의 울음에 시달리는 편이 나을지도 모른다. 사람들은 제각기 이런 생각에 빠져 난감해져 있었다.

"이장, 무슨 묘책이 없겠소?"

노인이 마른 음성으로 두꺼운 침묵을 깼다.

"글쎄요, 한 가지 방법이 있긴 한데……."

이장이 신중한 표정으로 말끝을 흐렸고, 사람들은 그러면 그렇지 하는 눈길을 일제히 이장에게로 보냈다.

"이빨 없으면 잇몸으로 산다고 했습니다. 우리 힘으로 굿을 올리는 겁니다. 우리의 정성만 지극하면 원귀도 마음 풀고 떠날 겁니다"

이렇게 해서 다음날로 굿을 준비했다. 아낙네들은 모두 목욕을 했고, 생리일을 맞고 있는 여자들은 아예 음식을 장만하는 데 얼씬도 못했다. 어둠이 내리는 것과 동시에 상을 차렸다. 걸게 차린 굿상 앞에 동네 사람들은 모두 모여섰고, 이장을 선두로 깊은 절을 올렸다. 그럴 때마다 둘러선 사람들은 하나같이, 제발 원혼을 풀고 우리 동네에서 멀리멀리 떠나가주십소사 하며 정성껏 빌었다. 귀신도 그 정성에 감복했음인가. 바라 징이 울리지 않는 굿인데도 그 소름 끼치는 울음을 그친 것이었다. 굿이 파하고 각자 집으로 돌아와서도 도무지 믿어지지 않아 조마조마 가슴들을 조이며 귀를 세웠지만, 귀신은 울지 않고 자정이 넘어갔다. 사람들은 무턱대고 절을 하고 싶은 안도감에 충만되어 생애의 처음인 것 같은 다디단 잠속으로 빠져 들어갔다.

다음날은 밝기가 바쁘게 밖으로 몰려나와 자신들의 정성을 거두어준 귀신에게 감사하고 고마워했다. 그런 그들의 얼굴에는 전에 볼 수 없었던 밝은 웃음이 넘쳐나고 있었다.

그러나 이게 어찌 된 일일까. 해가 지고 어두워지자 또다시 귀신이 울기 시작했다.

—이히히히…… 으응, 응, 응, 응…….

사람들은 이틀 전보다 더 오금이 저리고 등골에 찬바람이 이는 공포에 휩싸였다. 자신들의 정성을 물리쳐버린 귀신이 한 발짝 더 가까이 다가선 느낌이었다.

다음날로 사람들은 다시 모였다. 여러 가지 이야기가 오갔지만, 뾰족한 방법이 강구되지는 못했다.

"이장님, 그 쌍놈에 귀신을 우리 남자들이 나서서 때려잡읍시다."

불쑥 튀어나온 이 말에 장내는 아연 긴장했다. 그 말을 한 사람은 춘배였다. 그는 뼈대가 굵은 기운깨나 쓰는 사내였다.

"나, 귀 떨어지고 귀신 울음 소리는 생전 처음 듣는데 말요. 그걸 잡아 열두 토막을 내고 말아야지, 언제까지 이꼴로 바들바들 떨고만 있을 거요."

"맞는 말이오. 헌데 귀신이 사람 눈에 보여야 때려잡든지 말든지 할 게 아뇨."

이장이 고개를 저었다.

"그렇지 않아유. 그렇게 역력하게 우는 귀신이라면 별종(別種)일 게 틀림없어요. 그 울음 소리 나는 곳으로 쫓아가 보는 겁니다. 가보면 머리를 헤풀었는지, 하얀 옷을 입었는지, 다리도 없이 하늘을 날아다니는지 알 거 아닙니까."

사람들은 춘배에게 노골적으로 적대감을 드러내고 있었다. 여자들은 대개가 귀를 막고 있었고, 옆의 남자들도 자꾸 멀리 떨어져 앉으려 하고 있었다. 그런 춘배의 말을 귀담아 듣거나 옆에 가까이 있으면, 그에게 떨어질 귀신의 화가 자신들에게도 미칠지 모른다는 두려움 때문인 게 분명했다.

"글쎄, 그 용기는 좋은데, 괜히 그러다가 화를 입는 게 아닌지 모르겠소."

이장이 언짢은 표정으로 말했다.

"아니, 그럼 이장님도 귀신이 있다고 믿는단 말요?"

"뭐 꼭 그런 건 아뇨. 허지만 밤마다 울고 있으니 전혀 안 믿을 수도 없는 일 아니겠소."

"참 웃깁니다그려. 난 꼭 귀신을 때려잡고 말 게요."

"자아, 너무 성급하게 굴지 말고 내 말을……."

춘배는 이장의 말은 아랑곳하지 않고 사람들에게 외쳤다.

"어디 나와 함께 떠날 사람은 나서시오."

사람들은 누구 하나 동조하지 않았다.

"좋소, 다 그 정도라면 오늘 밤 나 혼자 귀신을 때려잡도록 하겠소."

날이 어두워지자, 귀신은 어김없이 그 소름 돋는 처절한 울음을 울었고, 춘배는 늙은 어머니의 쓸쓸한 만류를 뿌리치며 집을 나섰다. 몽둥이를 들고 어둠 속으로 사라져가는 아들의 뒷모습을 바라보며 어머니는 눈물을 뚝뚝 떨어뜨리고 있었다. 그러나 차마 소리 내어 울지는 못했다.

다음날 아침 일찍 춘배네로 몰려든 사람들은 밤새껏 한잠도 자지 못한 것이 틀림없는 퀭한 눈의 춘배 어머니만 툇마루에 조그맣게 쪼그리고 앉아 있는 것을 발견했을 뿐이다. 행여나 행여나 했지만 춘배는 하루 해가 다 빠지도록 돌아오지 않았다. 공포의 바람이 써늘하게 마을을 휘감았다. 귀신은 장정 한 사람을 덥석 잡아가고 만 것이다.

"강요하진 않습니다. 자원하십시오. 춘배를 찾아내야 하지 않겠어요?"

이장의 말에 누구 하나 선뜻 나서는 남자가 없었다. 행여 이장과 눈이 마주칠까 두려워 고개를 푹 떨구고들 있었다.

구출대 조직에 실패한 이장은 엄명을 내렸다. 소등령(消燈令)과 금족령(禁足令)이었다. 어두워지기 시작하면 일절 불을 켜지 말라는 것이었다. 굿도 효험이 없이 발악하고 있는 귀신의 비위를 건드리지 말고 제물에 지쳐서 물러서게 하자는 것이었다. 그리고 금족령은 어두워진 다음에 나다니지 말라는 것이 아니라, 낮에 맘대로 동네를 벗어나지 말라는 것이었다. 괜한 소문을 퍼뜨려 귀신 붙은 마을이라는 피해를 자초하지 말자는 뜻이었다.

그래서 모든 집들은 그 희미한 석유등마저 밝힐 수가 없게 된 것이다. 그러니 공포감은 한층 더해졌고, 밤은 견디기 어렵게 길어졌다. 천상 애들의 귀를 솜으로 틀어막아 재운 다음, 어른들도 귀를 막고 잠을 청하는 것이 상책이었다.

춘배 어머니는 낮에도 집 안에 들어앉아 있어야만 했다. 괜히 아들을 찾는다고 아무 데나 쏘다니다가 어머니까지 화를 입게 되어서는 안 된다는 것이었다. 그런 이장의 마음씀에 사람들은 또 큰 고마움을 느꼈다. 그러나 춘배 어머니 마음은 그 반대였다. 말이 위해주는 것이지, 그건 징역살이나 마찬가지였다. 하나밖에 없는 아들이었다. 무슨 수를 쓰든 찾아내야 했다. 이제 자기는 눈감을 날이 머잖은 나이였다. 비록 자신의 목숨을 버리는 한이 있더라도 아들은 찾아내야 했다. 그 기운 실한 아들이 귀신한테 홀려 변을 당했을 것 같지가 않았다. 필경 어딘가에 살아 있을 것 같은 생각을 쉽사리 떼칠 수가 없었다. 위로를 한답시고 진종일 옆에 붙어앉아 있는 여편네들만 아니었다면, 진즉 동네 언저리며 산속을 샅샅이 뒤졌을 것이다. 아들이 변을 당했더라도 그렇다. 어서 시체를 찾아 장례를 치러야지, 언제까지나 여우나 까마귀 밥이 되게 내버려둘 수는 없는 일이었다.

춘배 어머니는 아들이 집을 나간 그날 밤부터 사흘째를 조그맣게 웅크리고 앉아 신경을 곤두세우고 있었다. 그러다가 퍼뜩 머리를 스치는 게 있었다. 으레 귀신은 자정이 넘어 발동을 하기 시작해서 새벽 닭이 울기 직전에 쫓겨간다고 하지 않았는가. 그래서 제사도 자정이 넘어 차리지 않던가. 그런데 이건 어찌 된 일일까. 귀신은 초저녁부터 울기 시작해서는 정작 자정이 가까워졌다 싶으면 울음을 그치는 것이 아닌가. 그것뿐만이 아니었다. 밤이 바뀔수록 울음 소리가 탁해지고 기운이 빠져가고 있었다. 처음엔 잘못 들었는가 했다. 나도 귀신한테 홀리고 있는가 싶었다. 그래서 살을 꼬집어 비틀며 정신을 가다듬었고, 그것이 시원찮아 바늘로 허벅지를 찔러대며 귀를 곤두세웠다. 그러나 그건 틀림없는 사실이었다. 귀신도 지치고 목이 쉬는 것일까. 참 알다가도 모를 일이었다.

귀신이 울기 시작하고 이레째가 되었다. 사람들은 핼쑥하게 지쳐 있었고, 동네에는 습한 냉기가 가득 흐르고 있었다. 애가 있는 집들은 새로운 걱정거리가 생겼다. 밤마다 무서움을 견디다 못한 아이들이 시름시름 앓기 시작했다. 어떤 심한 아이는 경기를 일으켜 파랗게 까무러치기도 했다. 진달래꽃을 태워 술에 타먹인다, 토끼 꼬리를 과서 먹인다 했지만, 병세는 차도를 보이지 않았다. 어머니들은 무당을 불러들여 진짜 굿을 하든지, 애들을 들쳐업고 병원을 찾아가기를 노골적으로 바라게 되었다.

"내가 다녀오도록 하겠소. 애들 놀란 데는 청심환이 젤이니까 내가 구해오겠소."

이장은 손수 약을 구하러 떠났다. 역시 이장은 장하고도 고마운 사람이었다.

춘배 어머니는 마음을 단단히 사려먹었다. 하늘처럼 믿었던 아들이 없어진 마당에 못할 일은 아무것도 없었다. 그까짓 귀신—, 맞닥뜨려 함께 머리 산발하고 덤비다가 기운이 모자라 잡아먹혀도 그만이었다.

해가 떨어지자 춘배 어머니는 옷을 갈아입었다. 몸에 흰색 옷을 남기지 않았다.

귀신의 첫 울음이 싸늘한 바람을 일구며 어둠 속에 퍼지자 춘배 어머니는 서둘러 사립을 나섰다. 더 확인할 것도 없이 그 소리는 서쪽 산허리짬에서 퍼져오고 있었다. 그동안 바늘로 허벅지를 찔러가며 마당 한가운데 서서 찾아낸 소리의 방향이었다.

춘배 어머니는 잰 걸음질을 쳤다. 손에는 낫을 움켜쥐고 있었다. 그 낫으로 하나밖에 없는 아들의 목숨을 앗아간 귀신의 목을 싹둑 쳐버릴 작정이었다. 춘배는 유복자였다. 남편은 춘배를 자신의 배에 담아놓고 전쟁터에 끌려가서는 영영 못 올 목숨이 되고 말았다. 눈물로 눈이 썩도록 울었지만, 남편에 대한 사무친 정이 다스려지지 않았다. 울면 울수록 눈물로 가려진 흐린 시야 저편에 남편의 모습은 선하기만 했다. 견디다 못해 남편의 전사지(戰死地)를 수소문하기 시작했고, 시댁의 만류도 뿌리치고 젖먹이를 업은 채, 이 산골 마을을 찾아들게 되었던 것이다. 이 마을이 남편의 품이거니 여기며 아들 하나만을 키우는 보람으로 반평생을 살아왔다. 그런데 그 아들이 난데없는 귀신 발동에 제물이 되고 만 것이다.

—히히히히…….

귀신이 또 한바탕 웃어젖히고 있었다. 춘배 어머니는 반사적으로 걸음을 멈추고 귀를 기울였다. 틀림없이 어제보다 좀더 탁해진 소리였다. 그 소리는 분명히 서쪽 산허리인 장군묘께에서 들려오고 있었다.

춘배 어머니는 산골의 돌 하나하나를 손으로 만지듯 환히 알고 있었다. 아들의 배를 곯리지 않기 위해서 그 누구보다도 부지런히 산을 뒤지고 오르내리며 보낸 30년이었다. 그래서 어디에 가면 고사리가 부드럽고, 어느 골짜기에 가면 송이버섯이 많고, 어느 바위 밑에 더덕이 실팍한지 남모르는 것을 알고 있기도 했다.

장군묘께에서 귀신이 울다니. 그럼 장군묘에서 나온 귀신일까. 장군묘가 얼마나 오래됐는데, 이제야 귀신이 나올까. 나오더라도 그렇지, 어쩌자고 장군이 여자로 둔갑한 귀신이 됐을까. 그럴 리가 없는데. 장군묘 자리는 더없는 명당이라던데 뭐가 모자라 원귀가 되나. 옳지, 자손들이 제사를 안 지내서 그러는 건 아닐까.

그렇게 생각하니 그럴지도 모른다 싶었다. 장군묘는 앞이 탁 트인 양지바른 언덕에 자리 잡고 있었는데, 어느 명절 때라고 한번 젯밥이 놓이는 적이 없었다. 옛날에 나라에 큰 공을 세운 장군이 묻힌 자리라고 말을 듣고 유심히 살펴야 묏자리인 것을 알지, 그렇지 않고서는 무심코 지나치기 십상이었다. 그만큼 묘는 평지와 구분이 안 될 지경으로, 으레 높았다 낮았다 하는 산등성이의 굴곡쯤으로 황폐해 있었다. 그러나 자세히 살펴보면 둥그스름하게 이어진 묏자리는 실히 보통 것의 서너 배는 넘어 보였다. 사람들은 그 장군묘가 동네를 지켜주고 있다고 믿고 있었고, 아이들에게도 자기네의 자랑스런 선조나 되는 것처럼 아무 주저 없이 그 이야기를 들려주곤 했다. 그러면서도 그 누구도 봉분을 새로 돋우는 일은 고사하고 명절 때 젯밥 한 그릇 올리는 일 없이 지나쳤다. 그렇다고 여태껏 한 번도 노여워한 일이 없었다. 그런데 어째서 뒤늦게 우리 춘배를…….

춘배 어머니는 어느덧 산자락을 밟고 있었다. 낫을 쥔 손아귀에다 힘을 주며 부르르 떨었다. 장군 아니라 임금님 망령이라도 어림없다. 내 새끼 춘배를 빼앗아갈 순 없다. 목숨을 내걸고 사생결단 싸우리라 다시 이를 앙다물었다.

—히히히히…… 응응, 으응…….

귀신은 날카롭게 웃음을 뿌리다가 이어 울기 시작했다. 그 소리는 바로 코앞에서 들리는 것처럼 가깝고 선명했다. 춘배 어머니는 부르르 떨었다. 이렇게 끝을 못 보고 죽는다는 서러움이 귀신에 대한 증오로 타올랐다.

몸을 바싹 웅크리고 비탈을 기어올랐다. 얼마를 올랐을까. 땅바닥에 찰싹 몸을 붙였다. 숨소리를 죽였다.

—달그락, 달각…….

잘못 들은 것이 아니었다. 분명 쇳소리였다. 어디서 들려오는 것인지는 확실하지 않았지만 쇳소리인 것만은 틀림없었다. 한동안 그대로 엎드려 있었다. 눈에 익은 어둠 속에서 나무들만이 쭉쭉 뻗어올라 있었다.

—달각, 달가락…….

왼쪽이었다. 장군묘가 있는 왼쪽에서 들려오는 소리였다. 춘배 어머니는 새로운 공포에 떨었다. 저건 또 어떻게 된 소릴까. 무슨 귀신들이 요동을 치는 것일까. 우리 춘배가 이런 무섬증에 가위눌려 어디론지 끌려가고 만 것인가. 춘배 어머니는 입술을 깨물며 부르르 떨었다. 정신을 차려야 했다. 오금이 뻣뻣해 오고 눈앞에 무수하게 많은 색색의 불똥이 오락가락했다. 춘배, 내 새끼 춘배 원수를 갚아야 해. 여기까지 와서……, 여기까지 와서…….

춘배 어머니는 장군묘를 향해 다시 기기 시작했다.

남편은 자상한 사람이었다. 결혼 생활이라곤 고작 다섯 달 남짓 하고 사별을 해야 했지만, 그 다섯 달의 정을 못 잊어 마시고 되마시며 살아온 육십 평생이었다. 이래도 한세상, 저래도 한세상이라고 했다. 그 말은 꼭 자신을 두고 한 말이었다. 시부모들은 자식을 두고 개가(改嫁)하라고 했고, 이 마을로 옮겨와서도 남자가 없었던 것은 아니었다. 춘배를 친자식처럼 아끼던 강 서방이 그렇게 목을 놓았지만 영 마음이 동하지 않았다. 사람의 마음이 그렇게 모질고 정이란 게 그다지 질긴 줄을 알고 스스로 놀랐었다. 남편이 숨을 내린 땅에 찾아들어 아들을 키우고, 그 아들을 다시 그 땅에 묻고 이제 마시막으로 자신의 차례를 기다리게 된 것이다.

—덜그럭, 덜컥…….

춘배 어머니는 사지를 딱 멈추었다. 쇳소리는 바로 저 앞 어둠 속에서 들려오고 있었다.

"……."

"……."

그리고 알아들을 수는 없지만, 두런거리는 소리도 들려왔다. 귀신들이 저희들끼리 하는 소리인가. 혹시 사람들은 아닐까. 사람……? 이 어둠 속에서 사람들이 무슨 일을 할 것인가. 사람일지도 모른다는 생각이 떠오르자 동시에 가슴이 덜컥 내려앉는 새로운 무서움이 몰려들었다. 그건 귀신이라고 생각했던 한기 나는 무서움과는 또다른 무서움이었다.

사람이든 귀신이든 가릴 것이 없었다. 어차피 죽기로 작정한 목숨이었다. 춘배 어머니는 다시 소리 나는 쪽을 향하여 기기 시작했다.

—덜컥, 달그락…….

"아직 멀었어요?"

여자의 목소리.

"조금만 더하면 돼."

남자의 목소리.

"오늘은 뭐 좀 색다른 게 있어요?"

여자의 목소리.

"갈수록 괜찮아."

남자의 목소리.

"오늘은 그만 해요."

여자의 목소리.

"곧 끝낼 테니까 한 번만 더 외쳐."

남자의 목소리.

"목이 아파 죽겠단 말예요. 이러다간 피 넘어오겠어요."

여자의 짜증스런 목소리.

"난 힘 안 드는 줄 알아? 나 혼자 잘살자고 하는 짓인가?"

남자의 퉁명스런 목소리. 그리고 길게 울려퍼지는 귀신의 울음 소리. 춘배 어머니는 어둠 속에서 눈을 부릅뜬 채 부들부들 떨고 있었다. 남자는 삽으로 장군묘를 파헤치고 있었고, 여자는 조금 떨어진 돌 위에 서서 귀신 울음을 울고 있는 것이 아닌가.

저것들이 누군가, 저것들이 누군가. 춘배 어머니는 비 오듯 식은땀을 흘리며 소리 없이 그들에게로 접근하고 있었다. 저것들이 내 자식을…….

조그만 바위 뒤에 몸을 숨긴 춘배 어머니는 고개를 늘여빼며 눈꼬리에 힘을 모았다.

"아니……."

하마터면 소리를 지를 뻔했다. 저건 이장 내외가 아닌가. 춘배 어머니는 여태껏 틀어쥐고 있던 낫을 놓치는 줄도 모르고 있었다. 낫이 떨어지면서 돌에 부딪혀 쇳소리를 냈다.

"여보, 이상한 소리가 들렸어요!"

여자가 외쳤고,

"뭐? 어느 쪽이야!"

남자가 삽을 치켜들며 경계 태세를 취했다.

"저기, 저 바위 뒤에 누가 있어요!"

여자가 날카롭게 소리쳤다.

"누구야, 썩 나와! 죽기 전에 썩 나와!"

남자가 한 발짝 한 발짝 옮기며 위협했다.

"내다, 춘배 에미다. 느이 년놈이 설마 우리 춘배를……."

춘배 어머니는 낯도 들지 않은 채 넋 나간 사람처럼 중얼거리고 서 있었다.

"이 할망구가 기어코 여기까지……."

삽을 치켜들고 한 걸음씩 다가서고 있는 어둠 속의 남자는 이제 그렇게 믿음직스럽고 인정스럽던 이장이 아니라, 얼마든지 사람을 해칠 수 있는 흉악한 짐승이었다. 춘배 어머니는 뒷걸음질 치며 질정 없이 중얼대고 있었다.

"우리 춘배를……, 우리 춘배를……."

〈1979년〉

1943년 전남 승주군 선암사에서 아버지 조종현과 어머니 박성순 사이의 4남 4녀 중 넷째(아들로는 차남)로 태어남. 아버지는 일제시대 종교의 황국화 정책에 의해 만들어진 시범적인 대처승이었음.

1948년 '여순반란사건'을 순천에서 겪음.

1949년 순천 남국민학교 입학.

1950년 충남 논산에서 6·25를 맞음.

1953년 작은아버지들이 살고 있던 벌교로 이사. 최초의 자작 문집을 만들었고, 글짓기에서 전교 1등상을 받음.

1956년 광주 서중학교 입학.

1958년 아버지가 서울 보성고등학교로 전근.

1959년 서울로 이사. 광주 서중학교 제34회 졸업. 보성고등학교 입학.

1962년 보성고등학교 제52회 졸업. 동국대학교 국문학과 입학.

1966년 대학 졸업과 동시에 육군 사병 입대.

1967년 시인 김초혜와 결혼.

1969년 육군 병장 제대.

1970년 《현대문학》 6월호에 「누명」이 첫회 추천됨. 12월호에 「선생님 기행」으로 추천 완료. 동구여상에서 교직 근무 시작.

1971년 중편 「20년을 비가 내리는 땅」《현대문학》, 단편 「빙판」《신동아》, 「어떤 전설」《현대문학》 발표. 「선생님 기행」이 일본어로 번역됨.

1972년 중편 「청산댁」《현대문학》, 단편 「이런 식이더이다」《월간문학》 발표. 부부 작품집 『어떤 전설』(범우사) 출간. 중경고등학교로 전근. 아들 도현을 낳음.

1973년 중편 「비탈진 음지」《현대문학》, 단편 「거부 반응」《현대문학》, 「타이거 메이저」《일본 한양》, 「상실기」를 「상실의 풍경」으로 개제 《월간문학》에 발표. 10월 유신으로 교직을 떠나게 됨. 《월간문학》 편집일을 시작. 「청산댁」이 일본에서 간행된 『한국전후대표작선집』에 번역 수록.

1974년 중편 「황토」 작품집 『황토』에 수록. 단편 「술 거절하는 사회」《월간문학》, 「빙하기」《현대문학》, 「동맥」《월간문학》 발표. 작품집 『황토』(현대문학사) 출간.

1975년 단편 「인형극」《현대문학》, 「이방 지대」《문학사상》, 「전염병」을 「살풀이굿」으로 개제 《신동아》에 발표. 「발아설」을 「삶의 흠집」으로 개제 《월간문학》에 발표. 「황토」가 영화화됨. 월간문학사 그만둠.

1976년 단편 「허깨비춤」《현대문학》, 「방황하는 얼굴」《한국문학》, 「검은 뿌리」《소설문예》, 「비틀거리는 혼」《월간문학》 발표. 장편 『대장경』을 민족문학 대계의 일환으로 집필 완성. 월간 문예지 《소설문예》 인수, 10월호부터 발간.

1977년 중편 「진화론」《현대문학》, 「비둘기」《소설문예》, 단편 「한, 그 그늘의 자리」《문학사상》, 「신문을 사절함」《소설문예》, 「어떤 솔거의 죽음」《창작과비평》, 「변신의 굴레」《신동아》, 「우리들의 흔적」《소설문예》 발표. 작품집 『20년을 비가 내리는 땅』(범우사) 출간. 10월호를 끝으로 《소설문예》의 경영권을 넘김.

1978년 중편 「미운 오리 새끼」《소설문예》, 단편 「마술의 손」《현대문학》, 「외면하는 벽」《주간조선》, 「살 만한 세상」《월간중앙》 발표. 작품집 『한, 그 그늘의 자리』(태창문화사) 출간. 도서출판 민예사 설립.

1979년 단편 「두 개의 얼굴」《문예중앙》, 「사약」《주간조선》, 「장님 외줄타기」《정경문화》 발표. 중편 「청산댁」이 KBS 〈TV문학관〉에 극화 방영.

1980년 단편 「모래탑」《현대문학》, 「자연 공부」《주간조선》 발표. 도서출판 민예사의 경영권을 넘기고 주간의 일을 봄. 장편 『대장경』(민예사) 출간. 문고본 『허망한 세상 이야기』(삼중당) 출간.

1981년 중편 「유형의 땅」《현대문학》, 「길이 다른 강」《월간조선》, 「사랑의 벼랑」《여성동아》, 단편 「껍질의 삶」《한국문학》 발표. 중편 「청산댁」이 프랑스어로 번역 출간.

1982년 중편 「인간 연습」《한국문학》, 「인간의 문」《현대문학》, 「인간의 계단」《소설문학》, 「인간의 탑」《현대문학》, 단편 「회색의 땅」《문학사상》, 「그림자 접목」《소설문학》 발표. 작품집 『유형의 땅』(문예출판사) 출간. 중편 「인간의 문」으로 대한민국문학상 수상. 중편 「유형의 땅」으로 현대문학상 수상. 중편 「유형의 땅」이 MBC TV 6·25 특집극으로 방영.

1983년 중편 「박토의 혼」《한국문학》, 단편 「움직이는 고향」《소설문학》 발표. 대하소설 『태백산맥』을 원고지 1만 5천 매 예정으로 《현대문학》 9월호부터 연재 시작. 연작 장편 『불놀이』(문예출판사) 출간. 『불놀이』가 MBC TV 6·25 특집극으로 방영.

1984년 중편 「운명의 빛」을 「길」로 개제 《한국문학》에 발표. 단편 「메아리 메아리」《소설문학》 발표. 장편 『불놀이』 영어로 번역. 중편 「박토의 혼」 독일어로 번역. 작품 「메아리 메아리」로 소설문학작품상 수상. 도서출판 민예사에서 《한국문학》을 인수하고, 주간을 맡아 12월호부터 발간.

1985년 중편 「시간의 그늘」《한국문학》 발표. 대하소설 『태백산맥』 연재 집필을 위해 매달 안양의 라자로마을에 10여 일씩 칩거.

1986년 『태백산맥』 제1부 4천 8백 매 완결(《현대문학》 9월호). 제1부를 3권의 단행본으로 출간(한길사).

1987년 『태백산맥』 제2부를 《한국문학》 1월호부터 연재 시작하여 12월호까지 3천 2백 매 완결. 제2부를 2권의 단행본으로 출간.

1988년 『태백산맥』 제3부를 《한국문학》 3월호부터 연재 시작하여 12월호까지 3천 2백 매 완결. 제3부를 2권의 단행본으로 출간. 작품집 『어머니의 넋』(한국문학사) 출간. 신문사 문학 담당 기자와 문학평론가 39인이 뽑은 '80년대 최고의 작품' 1위 『태백산맥』(《문예중앙》, 1988년 여름호). 성옥문화상 수상.

1989년 『태백산맥』 제4부를 《한국문학》 1월호부터 연재 시작하여 11월호까지 4천 5백 매 완결. 제4부를 3권의 단행본으로 출간(전 10권 완간). 『태백산맥』 완결을 고대하며 투병하시던 아버지의 별세를 소설을 쓰다가 전화로 연락받음. 소설의 완결까지 연재 1회분 반을 남겨놓은 상태에서 아버지의 장례를 치름. 문학평론가 48인이 뽑은 '80년대 최대의 문제작' 1위 『태백산맥』(『80년대 대표소설선』, 1989년, 현암사). 80년대의 '금단'을 깬 대표 소설 『태백산맥』(《한겨레신문》, 1989. 12. 28).

1990년 새 대하소설 『아리랑』의 집필을 위해 중국 만주, 동남아 일대, 미국 하와이, 일본, 러시아 연해주 등지를 취재 여행, 12월 11일부터 《한국일보》에 2만 매로 예정된 『아리랑』 연재를 시작. 출판인 34인이 뽑은 '이 한 권의 책' 1위 『태백산맥』(《경향신문》, 1990. 8. 11). 현역 작가와 평론가 50인이 뽑은 '한국의 최고 소설' 『태백산맥』(《시사저널》, 1990. 11. 22). 동국문학상 수상.

1991년 『아리랑』 연재 계속. 작품 『태백산맥』으로 단재문학상 수상. 『태백산맥』으로 유주현문학상 수여가 결정되었지만 수상을 거부함. 이를 계기로 그 상이 폐지되었음. 『태백산맥』 연구서 『문학과 역사와 인간』(한길사) 출간. 전국 대학생 1,650명이 뽑은 '가장 감명 깊은 책' 1위 『태백산맥』, '대학생 필독 도서' 1위 『태백산맥』(《중앙일보》, 1991. 11. 26).

1992년 『아리랑』 연재 계속. 대검찰청에서 『태백산맥』이 국가보안법상의 이적 표현물과 적에 대한 고무 찬양에 저촉되는지를 내사한 결과 작가에 대한 의법 조치나 책의 판금을 문제 삼지 않기로 했다고 발표. '학생이나 노동자들이 읽으면 불온 서적 소지·탐독으로 의법 조치할 것이며, 일반 독자들이 교양으로 읽는 경우에는 무관하다'는 내용의 대검 발표는 모든 언론들의 비판과 조롱거리가 됨. 대검의 그런 공식적 태도는 『태백산맥』 1부가 단행본으로 발간되면서부터 작가에게 몇 년 동안에 걸쳐 줄기차게 가해져 온 모든 수사 기관들의 음성적 압력과 억압 그리고 협박이 대표적으로 표출된 것에 지나지 않음. 일본의 출판사 집영사와 『태백산맥』 전 10권 완역 출판 계약 체결, 일본에서 대하소설을 완역 계약한 것은 최초. 한국의 지성 49인이 뽑은 '미래를 위한 오늘의 고전 60선'에 『태백산맥』 선정(《출판저널》, 1992. 2. 20). 서울리서치 조사 독자 500명이 뽑은 '가장 기억에 남는 작품' 1위 『태백산맥』(《조선일보》, 1992. 8. 25).

1993년 『아리랑』 연재 계속. 외아들 도현이 육군 사병 입대. 중편 「유형의 땅」이 영어로 번역되어 현대한국소설집(제목 『유형의 땅』, 샤프 출판사) 출간.

1994년 6월 『아리랑』 제1부 「아, 한반도」를 3권의 단행본으로 출간(도서출판 해냄). 8월 제2부 「민족혼」을 3권의 단행본으로 출간. 10월 제3부 「어둠의 산하」 중 일부가 제7권으로 출간. 12월 제8권 출간. 신문 연재로는 원고량을 다 소화할 수가 없어서 《한국일보》 연재를 중단하고 후반부 집필에 전념. 4월에 8개의 반공 우익 단체들이 작품 『태백산맥』과 작가를, 역사를 왜곡하여 국가보안법을 위반한 불온 서적 및 사상 불온자로 몰아 검찰에 고발함. 거기에다 이승만의 양자에 의해 이승만의 명예훼손죄 고발도 첨가됨. 6월에 치안본부 대공수사실(속칭 남영동)에서 수사를 받았고, 그 후 몇 개월에 걸쳐 출두 요구와 거부를 반복하는 동안에 『아리랑』 집필에 치명적인 피해를 받음. 『태백산맥』 영화화(태흥영화사), 영화 개봉을 앞두고 작가를 고발했던 반공 우익 단체들이 영화를 상영하면 극장과 영화사를 폭파하고 불 지르겠다고 공공연한 공갈 협박을 자행하여 대대적인 사회의 물의를 일으킴. 전국 애장가 720명이 뽑은 '가장 아끼는 책' 1위 『태백산맥』(《한겨레신문》, 1994. 10. 5).

1995년 2월 『아리랑』 제3부 「어둠의 산하」 중 일부인 제9권 출간. 5월 제4부 「동트는 광야」 중 일부인 제10권 출간. 7월 25일 총 2만 매의 『아리랑』 집필 완료, 4년 8개월 만의 결실. 7월 제11권 출간. 8월 해방 50주년을 맞이하며 제12권 출간(전 12권). 『태백산맥』을 출판사를 옮겨서 출간(도서출판 해냄). 「조정래 특집」(《작가세계》 가을호). 서울대학교 신입생 218명이 뽑은 '가장 감명 깊게 읽은 책' 1위 『태백산맥』, '가장 읽고 싶은 책' 1위 『태백산맥』(《한겨레신문》, 1995. 3. 15). '우리 사회에 가장 영향력이 큰 책' 《시사저널》 조사 2위 『태백산맥』, 3위 『아리랑』(《시사저널》, 1995. 10. 26). 20대 남녀 독자 294명이 뽑은 '가장 읽고 싶은 책' 1위 『아리랑』(《도서신문》, 1995. 12. 30). 《한겨레21》의 독자들이 뽑은 '1995년의 좋은 인물'에 선정(《한겨레21》, 1995. 12. 28). 사회 각 분야 전문가 47인이 뽑은 '올해의 좋은 책' 1위 『아리랑』(《출판문화》, 1995, 송년 특집호). 1천만 명 서명을 목표로 하는 '태백산맥·아리랑 작가 조정래 노벨문학상 추천 서명인 발대식'이 1995년 11월 28일 종로 탑골공원에서 시민 단체 자발로 이루어짐(《중앙일보》, 1995. 11. 30).

1996년 단일 주제 비평서인 『태백산맥』 연구서 『태백산맥 다시 읽기』 권영민 집필로 출간(도서출판 해냄). 『아리랑』 연구서 『아리랑 연구』 조남현 외 11인의 집필로 출간(도서출판 해냄). 세 번째 대하소설을 위해 독일, 프랑스, 미국 등 취재 여행. 중편 「유형의 땅」 이탈리아어로 번역. 프랑스 아르마땅 출판사와 『아리랑』 전 12권 완역 출판 계약 체결. 일본에서 『태백산맥』 완역과 마찬가지로 프랑스에서 한국의 대하소설을 완역 계약한 것은 최초의 일. 미혼 직장 여성 502명이 뽑은 '친구에게 가장 권하고 싶은 책' 1위 『태백산맥』, 3위 『아리랑』, '가장 감명 깊게 읽은 책' 1위 『태백산맥』, 4위 『아리랑』(《동아일보》 《조선일보》, 1996. 1. 18). 전국 20세 이상 독자 1천 200명이 뽑은 '가장 기억에 남는 소설' 1위 『태백산맥』(《동아일보》, 1996. 4. 29). '우리 사회에 가장 영향력이 큰 책' 《시사저널》 조사 1위 『태백산맥』, 5위 『아리랑』(《시사저널》, 1996. 10. 24).

1997년 새 대하소설을 위해 베트남, 사우디아라비아 등 취재 여행. '『태백산맥』 100쇄 출간 기념연'을 3월 6일 프라자호텔에서 개최(도서출판 해냄 주최), 증정본 겸 기념본으로 『태백산맥』 양장본 100질을 제작. 대하소설로 100쇄 발간은 최초의 일이며, 450만 부 돌파는 한국 소설사 100년 동안의 최고 부수라고 각 언론이 보도. 3월부터 동국대학교 첫 번째 만해석좌교수가 됨. 장편 『불놀이』 영역판(전경자 교수 번역)이 미국 코넬대학교 출판부에서 출간. 프랑스 유네스코에서 『불놀이』 번역 시작. 각 대학 수석 합격자 40명이 뽑은 '후배들에게 가장 권하고 싶은 소설' 1위 『태백산맥』, 5위 『아리랑』(《중앙일보》, 1997. 2. 25). 전국 국문과 대학생 150명이 뽑은 '가장 좋은 소설' 1위 『태백산맥』, 4위 『아리랑』(《조선일보》, 1997. 5. 15). 서울대학생 1천 명이 뽑은 '가장 감명 깊게 읽은 소설' 1위 『태백산맥』, 4위 『아리랑』(《조선일보》, 1997. 7. 23). 1997년 서울 6개 대학 도서관의 문학 작품 대출 1위 『태백산맥』(《동아일보》, 1997. 12. 28). 전남 보성군청에서 추진하던 '태백산맥 문학공원' 사업이 자유총연맹과 안기부의 개입·방해로 전면 좌초(《시사저널》, 1997. 9. 18).

1998년 『아리랑』 프랑스어판 제1부 3권이 4월 말에 출간(아르마땅 출판사). 문예진흥원 번역 지원으로 작품집 『유형의 땅』 프랑스어로 번역 시작. 세 번째 대하소설 『한강』을 《한겨레신문》 창간 10주년을 기념하여 5월 15일부터 연재 시작. 『태백산맥』 사건은 이때까지도 미해결인 채 국가보안법 위반 혐의자로 검찰에 걸려 있었음. 20·30대 사무직 남·여 600명이 뽑은 '지금까지 살아오면서 가장 기억에 남는 책'(전 세계의 작품을 대상) 한국출판연구소 조사 남자 국내 1위 『태백산맥』, 여자 국내 1위 『태백산맥』(《동아일보》, 1998. 4. 21). 서울대학 도서관 대출 1위 『아리랑』(《조선일보》, 1998. 7. 23). 제1회 노신(魯迅)문학상 수상.

1999년 《한국일보》 조사, 문인 100명이 뽑은 지난 100년 동안의 소설 중에서 '21세기에 남을 10대 작품'에 『태백산맥』 선정(《한국일보》, 1999. 1. 5). 《출판저널》 특별 기획, 각 분야 지식인 100인이 선정한 '21세기에도 빛날 20세기 책들(국내 모든 저작물 대상)' 36종에 『태백산맥』 선정됨(《출판저널》 1999년 신년 특집 증면호). 《한겨레21》 창간 5돌 특집, 전국 인문·사회계열 교수 129명이 뽑은 '20세기 한국의 지성 150인'에 선정됨(《한겨레21》, 1999. 3. 25). MBC TV 〈성공시대〉 70분 특집방영 '소설가 조정래'. 『조정래문학전집』 전 9권(도서출판 해냄) 출간. 『태백산맥』 일어판 1·2권(집영사) 출간. 장편 『불놀이』 프랑스 유네스코에서 프랑스어판(아르마땅 출판사) 출간. 소설집 『유형의 땅』이 문예진흥원 선정으로 프랑스어판(아르마땅 출판사) 출간. 출판인 50인이 뽑은 20세기 최고 작가 2위(《세계일보》, 1999. 12. 18). 《중앙일보》 선정 '20세기 명저 국내 20선(국내 모든 분야 망라)'에 『태백산맥』 선정됨(《중앙일보》, 1999. 12. 23). 《중앙일보》 선정 '20세기 한국의 베스트셀러'에 『태백산맥』 『아리랑』이 동시에 선정. 30개 중에서 한 작가의 두 작품이 동시에 선정된 것은 유일함(《중앙일보》, 1999. 12. 23).

2000년 『태백산맥』 일어판 10권 완간(집영사). 9월 29일, 『아리랑』의 발원지인 전북 김제시에서 시민의 이름으로 '조정래 대하소설 아리랑 문학비'를 벽골제 광장에 세우고, 제1호 명예시민증 수여. 그날 10시 29분에 첫 손자 재면(在勉)이가 태어나 희한한 겹경사를 이룸.

2001년 「어떤 솔거의 죽음」이 그림을 곁들인 청소년 도서로 출간(다

림출판사). 광주시 문화예술상 수상. 자랑스러운 보성(普成)인상 수상. 11월 『한강』 제1부 「격랑시대」를 3권의 단행본으로 출간(도서출판 해냄). 12월 제2부 「유형시대」를 3권의 단행본으로 출간.

2002년 1월 3일 총 1만 5천 매의 『한강』 집필 완료. 3년 8개월 만의 결실. 1월 『한강』 제3부 「불신시대」의 일부를 2권의 단행본으로 출간. 2월 「불신시대」의 나머지를 2권의 단행본으로 출간. 『한강』 전 10권 완간. 1월 17일 작품 집필 때문에 6개월 동안 미루어왔던 탈장 수술 받음. 12월 등단 33년 만에 첫 번째 산문집 『누구나 홀로 선 나무』 출간(문학동네).

2003년 중편 「안개의 열쇠」《실천문학》, 단편 「수수께끼의 길」《문학사상》 발표. 2월 'Yes24 회원 선정 2002년의 책'에서 『한강』이 남자 1위, 여자 2위. 3월 만해대상 수상. 4월 제1회 동리문학상 수상. 5월 프랑스 아르마땅 출판사에서 『아리랑』 전 12권 완역 출간. 유럽 지역에서 한국의 대하소설이 완간된 것은 최초의 일. 5월 16일 전북 김제시에서 건립한 '조정래 아리랑 문학관' 개관식 개최. 생존 작가의 문학관이 세워진 것은 처음 있는 일. 둘째 손자 재서(在緖) 태어남.

2004년 4월 30일 프랑스의 시인이며 극작가인 테르지앙(Terzian)이 『아리랑』을 희곡화하여, 『분노의 나날』로 출간(아르마땅 출판사). 7월 1일 희곡집 『분노의 나날』을 『분노의 세월』로 시인 성귀수 씨가 번역 출간(도서출판 해냄). 8월 20일 『태백산맥』 프랑스어판 제1권 출간(아르마땅 출판사). 9월 1일 중편 「유형의 땅」이 독어판으로 출간(독일 페페르코른 출판사). 12월 15일 만화 『태백산맥』 1권이 박산하 씨 그림으로 출간(더북컴퍼니 출판사). 12월 20일 『태백산맥』 일어판 문고본 계약(일본 집영사).

2005년 단편 「미로 더듬기」《현대문학》. 1월 1일 《문화일보》 2005년 신년 특집으로 〈광복 60돌 '한국을 빛낸 30인'〉에 선정. 5월 26일 순천시에서 '조정래 길'을 지정하고 표지석 개막식 개최(낙안 구기-승주 죽림 사이). 4월 1일 서울지방검찰청에서 『태백산맥』 고소 고발 사건에 대해 만 11년 만에 무혐의 결정 내림. 5월 20일 MBC TV에서 〈조정래〉 3부작 제작(『태백산맥』 고소 고발 사건의 발단과 수사 경과, 무혐의 결정이 내려지기까지의 전 과정). 6월 23일 인터넷 서점 Yes24와 포털 사이트 네이버가 진행한 '네티즌 추천 한국 대표 작가 – 노벨문학상 후보를 추천해 주세요'에서 네티즌 6만 명이 참여해 조정래를 1위로 선정. 또, '한국인에게 큰 감동을 준 작품'으로 『태백산맥』을 1위로 선정. 8월 10일 장편 『불놀이』 독어판 이기향 씨 번역으로 출간(페페르코른 출판사). 8월 15일 『태백산맥』 프랑스어판 3권 출간. 8월 13~21일 인천시립극단에서 광복 60주년 기념 특별 공연으로 연극 〈아리랑〉을 인천종합문화예술회관에서 공연. 10월 5일 MBC TV와 『태백산맥』 드라마 계약.

2006년 장편 『인간 연습』 분재 1회 《실천문학》. 3월 15일 『태백산맥』 프랑스어판 4권 출간. 4월 10일 〈한국소설 베스트〉 시리즈로 『유형의 땅』 포켓북 출간(일송포켓북). 4월 15일 「미로 더듬기」로 현대불교문학상 수상. 6월 28일 장편 『인간 연습』 출간(실천문학사). 장편 『오 하느님』 분재 1회 《문학동네》, 10월 15일 『태백산맥』 프랑스어판 5권 출간.

2007년 1월 5일 한국 문학 대표작 선집 27 『황토』 출간(문학사상사). 1월 29일 『아리랑』 100쇄 돌파 기념연 개최(도서출판 해냄). 3월 26일 장편 『오 하느님』 단행본 출간(문학동네). 4월 20일 『태백산맥』 프랑스어판 6권 출간. 8월 10일 조정래 소설집 『어떤 전설』 출간(책세상). 10월 25일 '큰 작가 조정래의 인물 이야기(위인전 시리즈)' 첫 다섯 권(신채호, 안중근, 한용운, 김구, 박태준) 출간(문학동네). 11월 30일 『태백산맥』 프랑스어판 7, 8, 9권 출간. 12월 27일 『태백산맥』 프랑스어판 전 10권 완간.

2008년 4월 7일 KYN과 『아리랑』 TV 드라마 계약. 4월 10일 『교과서 한국문학』 시리즈 조정래편 5권 출간(휴이넘 출판사). 5월 1일 『죽기 전에 꼭 읽어야 할 책 1001』에 『태백산맥』이 선정됨. 서기 850년경에 씌어진 『아라비안나이트(천일야화)』에서부터 최근에 이르기까지 1,200여 년 동안 발표된 전 세계의 소설을 대상으로 평론가·학자·작가·언론인 등으로 구성된 국제적인 전문가 집단이 참여하여 1,001편을 가려 뽑은 책으로 우리나라 작품으로는 『태백산맥』과 『토지』가 뽑혀 수록됨(영국 카셀 출판사, 번역서 마로니에북스). 11월 20일 '큰 작가 조정래의 인물 이야기' 제6권 『세종대왕』, 제7권 『이순신』 출간(문학동네). 11월 21일 '조정래 태백산맥 문학관' 개관식(전남 보성군 벌교읍 회정리 『태백산맥』이 시작되는 지점). 12월 11일 '자랑스러운 동국인상' 수상. 12월 23일 '사회 각 분야 가장 존경받는 인물' 문학 분야 1위로 선정됨(《시사저널》 제1,000호 기념 특대호 특집).

2009년 3월 2일 『태백산맥』 200쇄 돌파 기념연 개최(도서출판 해냄). 대하소설로 200쇄 돌파는 최초. 9월 30일 자전 에세이 『황홀한 글감옥』 출간(시사IN북). 10월 26일 2007년 출간한 장편소설 『오 하느님』을 『사람의 탈』로 제목을 바꿔 개정 출간. 11월 18일 장애문화예술인들을 위한 'Art 멘토 100인 위원회 1호'

위원으로 위촉됨(한국장애인문화진흥회).

2010년 장편소설 『허수아비춤』을 계간지 《문학의 문학》 여름호에 600매 분재함과 동시에, 인터넷서점 인터파크에도 2개월간 60회로 연재한 후 10월 1일 단행본으로 출간(도서출판 문학의문학). 11월 10일 장편 『불놀이』, 12월 1일 장편 『대장경』 개정판 출간(도서출판 해냄). 12월 2일 경남 창원에서 '고려 대장경 팔각 불사 1,000년 기념'으로 장편 『대장경』을 오페라로 공연(경남음악협회). 12월 22일 장편 『허수아비춤』이 독자들이 뽑은 '2010 최고의 책'으로 시상식 거행(인터파크 도서). 12월 26일 장편 『허수아비춤』이 '2010 네티즌 선정 올해의 책'이 됨(Yes24).

2011년 4월 대하소설 『태백산맥』 『아리랑』 『한강』 전자책 출시, 이와 동시에 장편소설 및 중단편소설집도 개정 출간과 동시에 전자책 출시 결정. 6월 3~4일 예술의전당에서 '고려대장경 팔각 불사 1000년 기념' 오페라 〈대장경〉 공연(경남음악협회). 4월 25일 초기 단편 모음집 『상실의 풍경』 개정판 출간, 5월 30일 중편 「황토」와 7월 25일 중편 「비탈진 음지」를 장편으로 전면 개작해 단행본 『황토』 『비탈진 음지』로 출간, 10월 10일 『어떤 솔거의 죽음』 개정판 출간(이상 모두 도서출판 해냄).

2012년 2월 유비유필름과 『태백산맥』 드라마판권 계약. 4월 영국 놀리지펜 출판사와 『태백산맥』의 영어·러시아어 번역출간 계약. 4월 30일 『외면하는 벽』 개정판 출간(도서출판 해냄). 7월 중편 「유형의 땅」이 전경자의 영어번역으로 영한대역 『유형의 땅』으로 출간(도서출판 아시아). 9월 30일 『유형의 땅』 개정판 출간(도서출판 해냄), 11월에는 《출판저널》이 뽑은 '이달의 책'으로 선정됨. 10월 5일 『사람의 탈』 영어판 출간(Merwin Asia). 『금서의 재탄생』(장동석 저, 북바이북)과 『금서, 시대를 읽다』(백승종 저, 산처럼)에서 금서로서의 『태백산맥』을 집중 조명함.

2013년 2월 23일 참여연대로부터 공로패 받음. 2월 25일 단편집 『그림자 접목』 개정판 출간(도서출판 해냄). 3월 대하소설 『아리랑』의 뮤지컬 제작을 위해 신시컴퍼니(대표 박명성)와 판권계약 체결. 3월 25일부터 인터넷 포털 사이트 네이버에 『정글만리』 일일연재를 시작, 7월 10일 108회를 끝으로 연재 종료와 동시에 7월 12일 단행본 전 3권으로 출간(도서출판 해냄). 10월 7일 『정글만리』 중국어판 출판계약 체결. 『정글만리』에 대해; 10월 7일 문화계 인사 60인이 선정한 '2013 출판 부문 1위.' 10월 24일 《중앙일보》·교보문고가 공동 선정한 '2013년 올해의 좋은 책 10.' 11월 26일 제23회 한국가톨릭매스컴상 수상(출판부문). 12월 9일 출간 5개월 만에 100만부 돌파 최단 기록. 12월 11일 한국예술평론가협의회 선정 제33회 '올해의 최우수 예술가상' 수상(문학부문). 12월 14일 《동아일보》가 선정한 '2013 올해의 책.' 12월 20일 Yes24 네티즌 선정 '2013년 올해의 책' 1위. 12월 21일 《조선일보》가 선정한 '2013년 올해의 책.' 12월 26일 인터파크도서 '제8회 인터파크 독자 선정 2013 골든북 어워즈'에서 골든북 1위, 골든북 작가부문 1위. 12월 30일 알라딘 독자 선정 '2013년 올해의 책' 1위,

2014년 1월 8일 《매일경제》·교보문고 공동 선정 '2014년을 여는 책 50'. 1월 10일 국립중앙도서관 통계, '2013년 도서관에서 가장 많이 이용한 도서' 1위. 3월 6일 뮤지컬 〈태백산맥〉 개막, 3월 8일까지 공연(순천시립예술단). 3월 15일 『정글만리』 100쇄 돌

파(『태백산맥』 2번, 『아리랑』 1번에 이어 네 번째 100쇄 돌파가 됨). 6월 12일 벌교읍 부용산 아래, 복원된 보성여관(소설 속의 남도여관)으로 이어진 '태백산맥길' 첫머리에 조성된 '태백산맥 문학공원 기념조형물 제막식'이 열림. 높이 3미터, 길이 23미터의 조형물에는 작가의 약력, 『태백산맥』에 대한 평가, 『태백산맥』의 줄거리, 그리고 작가의 흉상이 조각되어 있다. 그런데 그 조각은 모두를 놀라게 할 만큼 특이하고도 독창적이다. 조각가인 서울대학교 이용덕 교수는 세계 최초의 기법인 '역상(逆像) 조각'으로 그 창조성을 감동적으로 보여주고 있다. 9월 20일 제1회 심훈문학대상 수상. 12월 15일 인터뷰집 『조정래의 시선』 출간(도서출판 해냄).

2015년 6월 15일 『아리랑 청소년판』 출간(조호상 엮음, 백남원 그림, 도서출판 해냄). 7월 16일 뮤지컬 〈아리랑〉 개막, 9월 5일까지 공연(신시컴퍼니). 8월 5일 장편소설 『허수아비춤』 개정판과 함께, 문학 인생 45년을 담은 『조정래 사진 여행: 길』 출간(도서출판 해냄). 10월 3일 제2회 이승휴문화상 문학상 수상.

2016년 7월 12일 장편소설 『풀꽃도 꽃이다』(전 2권) 출간(도서출판 해냄). 10월 4일 『정글만리』를 영어로 옮긴 『*The Human Jungle*』이 브루스 풀턴 교수와 윤주찬 씨의 번역으로 미국 현지에서 출간(Chin Music Press Inc). 11월 8일 『태백산맥 출간 30주년 기념본』(전 10권) 및 『태백산맥 청소년판』(전 10권) 출간(조호상 엮음, 김재홍 그림, 도서출판 해냄).

2017년 7월 25일~9월 3일 뮤지컬 〈아리랑〉 공연(신시컴퍼니). 11월 21일 은관문화훈장 수훈. 11월 30일 시조시인 조종현, 소설가 조정래, 시인 김초혜의 문학적 성과를 기념하고 그 정신을 이어

나가고자 전라남도 고흥군에 설립된 '조종현 조정래 김초혜 가족문학관' 개관.

2018년 2월 9일 〈2018 평창 동계올림픽대회〉 성화 봉송(오대산 월정사 천년의 숲길). 4월 20일 만손자 조재면과 함께 집필한 『할아버지와 손자의 대화』 출간(도서출판 해냄).

2019년 장편소설 『천년의 질문』을 네이버 오디오클립에 오디오북 형태로 30회 연재한 후 6월 11일 단행본 전 3권으로 출간(도서출판 해냄). 11월 2일 조정래 작가의 문학적 성취를 기리고 국내 문학을 대표하는 중견 작가의 작품 활동을 지원하기 위해 제정된 '조정래문학상' 제1회 개최(전남 보성군 벌교읍민회). 11월 11일 '서점인이 뽑은 올해의 작가'로 선정됨(한국서점조합연합회). 12월 12일 『천년의 질문』이 '2019년 올해의 책'으로 선정됨(Yes24).

2020년 3월 1일 서울 종로구 배화여고에서 열린 〈3·1절 101주년 기념식〉에서 묵념사 집필·낭독. 6월 25일 강원도 철원군 백마고지 전적지에서 6·25전쟁 70주년 기념 '한반도 종전기원문' 집필·낭독, 이 기원문은 김정은 북한 국무위원장, 도널드 트럼프 미국 대통령, 안토니우 구테흐스 유엔 사무총장 등에게 전달됨. 오대산 월정사 자연명상마을에 집필실 세심헌(洗心軒) 마련. 7월 2~4일 뮤지컬 〈아리랑〉 공연(전주시립예술단). 8월 1일 등단 50주년을 기념하며 자전 에세이 『황홀한 글감옥』 개정판 출간(도서출판 시사IN북). 10월 15일 대하소설 『태백산맥』 『아리랑』, 11월 30일 『한강』의 등단 50주년 개정판 출간(도서출판 해냄). 『한강』 100쇄 돌파(『태백산맥』 2번, 『아리랑』 1번, 『정글만리』 1번에 이어 다섯 번째 100쇄 돌파가 됨). 10월 15일 반세기 문학 인생 및 남녀노소 독자들의 질문 100여

개에 대한 작가의 답을 담은 산문집 『홀로 쓰고, 함께 살다』 출간(도서출판 해냄).

2021년 4월 30일 장편소설 『인간 연습』 개정판 출간(도서출판 해냄). KBS와 한국문학평론가협회가 공동으로 진행한 연중기획 〈우리 시대의 소설〉에 『태백산맥』 선정 및 방영됨(제26화).

2022년 6월 18일 경남 창원에서 콘서트 오페라 〈대장경〉 공연(창원문화재단). 『천년의 질문』 경기도 공공도서관 60대 이상 대출 1위 도서 선정.

2023년 4월 영국 펭귄-랜덤하우스가 '펭귄 클래식' 시리즈 최초로 출간한 한국문학 번역 선집 『*The Penguin Book of Korean Short Stories*』에 「유형의 땅」 번역 수록. 브루스 풀턴 교수가 편집하고 권영민 교수가 서문을 씀. 윌라 오디오북 대작 라인업으로 조정래 대하소설 3부작과 『정글만리』를 독점 공개하기로 함. 7월 24일 『태백산맥』을 시작으로 10월 『아리랑』, 12월 『한강』 공개. 10월 28~29일 태백산맥문학관 개관 15주년 기념행사로 북토크와 문학기행 등 진행. 11월 21일 장편소설 『황금종이』를 단행본 전 2권으로 출간(도서출판 해냄).

2024년 4월 22일부터 윌라 오디오북 대작 라인업에 『정글만리』 독점 공개. 9월 『인간 연습』 독일어판이 장영숙 씨 번역으로 출간(이오스 출판사). 『황금종이』가 제주도 공공도서관 60대 이상 대출 1위 도서로 조사됨. 새 장편소설 집필을 위해 프랑스와 네덜란드 등 취재 여행. 11월 태백산맥문학관의 필사본 전시실 증축이 완료되었고, 이곳에 총 68세트의 기증 필사본이 전시돼 있다(24년 10월 31일 기준). 12월 3일 전남 순천에서 창작판소리 〈태백산맥〉 공연((사)무성국악진흥회).

조정래 소설

외면하는 벽

제1판 1쇄 / 1999년 6월 1일
제2판 1쇄 / 2012년 4월 30일
제2판 8쇄 / 2025년 11월 30일

저자 / 조정래
발행인 / 송영석
발행처 / (株)해냄출판사

등록번호 / 제10-229호
등록일자 / 1988년 5월 11일

04042 서울시 마포구 서교동 368-4 해냄빌딩 5·6층
대표전화 / 326-1600 팩스 / 326-1624
홈페이지 / www.hainaim.com

ISBN 978-89-6574-006-3